Christopher Isherwood

Goodbye to Berlin

•

베를린이여 안녕

베를린 이야기 2

창 비 세 계 문 학

46

베를린이여 안녕
베를린 이야기 2

크리스토퍼 이셔우드
성은애 옮김

창비

차례

•

베를린 일기
1932~33년 겨울
283

일러두기

1. 이 책은 Christopher Isherwood, *Goodbye to Berlin* (New York: New Directions Books 2012)를 번역 저본으로 삼았다.

2. 본문 중의 각주는 옮긴이의 것이다.

3. 원문에 영어가 아닌 외국어로 표기된 부분은 각주에 독일어는 '(독)', 프랑스어는 '(프)'라고 표시하고 그대로 옮겼다.

4. 외국어는 가급적 현지 발음에 준하여 표기하되, 일부 우리말로 굳어진 것은 관용을 따랐다.

작가의 말

이 책에 들어 있는 여섯편은 대체로 연속되는 이야기다. 원래 히틀러 등장 이전의 베를린에 대한 에피소드 모음으로 된 방대한 소설로 계획했던 것 중 남아 있는 단편들 전부이다. 나는 그 작품을 '없어진 사람들'이라고 부르려고 했다. 그러나 나는 원래의 제목을 바꿨다. 이렇게 느슨하게 연결된 일기와 소묘의 짧은 연작에 붙이기에는 너무 거창하니까.

『노리스 씨 기차를 갈아타다』(미국에서는『노리스 씨의 마지막』으로 출간됐다)를 읽은 독자라면 그 소설의 어떤 인물들이나 상황이 여기 내가 써놓은 작품들과 겹치거나 상충된다는 점을 알아차릴 것이다. 예를 들어 쌜리 볼스는 슈뢰더 부인 집의 계단에서 노리스 씨와 마주쳤을 수도 있다. 크리스토퍼 이셔우드는 분명 어느날 저녁 집에 와서 윌리엄 브래드쇼가 침대에서 자고 있는 것을 보게 됐을지도 모른다. 설명은 간단하다. 노리스 씨의 모험은 한때 『없어진 사람들』의 일부로 구성됐던 것이다.

내가 이 이야기의 '나'에게 나 자신의 이름을 붙였다고 해서 독자들이 이것을 순전히 자전적인 이야기라고 생각하거나, 명예훼손이 될 정도로 등장인물들이 실제 인물의 정확한 묘사라고 생각해서는 안된다. '크리스토퍼 이셔우드'는 편의상 만들어낸 복화술사의 인형이지 그 이상은 아니다.

첫번째 「베를린 일기」 「노바크가 사람들」 「란다우어가 사람들」은 이미 존 레먼의 『뉴 라이팅』에 수록된 바 있다. 이 중에서 「베를린 일기」와 「노바크가 사람들」, 그리고 두번째 「베를린 일기」는 그의 펭귄판 『뉴 라이팅』에 수록됐다. 「쌜리 볼스」는 원래는 호가스 출판사에서 별도의 단행본으로 출간됐던 것이다.

C. I.

1935년 9월

베를린이여 안녕

존 레먼과 비애트릭스 레먼에게

베를린 일기
1930년 가을

A Berlin Diary
Autumn 1930

내 방 창문에서 보이는, 깊숙하고 근엄하고 거대한 거리. 위층의 묵직한 발코니, 그리고 소용돌이와 문장 무늬가 양각된 더러운 회벽으로 이루어진 건물 정면의 그늘 아래에는 종일 불을 켜놓은 지하 상점들. 이 지역 전체가 이렇다. 파산한 중산층의 빛바랜 귀중품이나 중고 가구를 쑤셔넣은 남루하고 기념비적인 금고들처럼 집들이 끊임없이 이어지는 길.

나는 카메라다. 셔터를 열어놓고, 생각하지 않으며, 수동적으로, 기록만 하는. 건너편 창에서 면도하는 사내, 키모노를 입고 머리를 감고 있는 여인을 기록한다. 언젠가는 이 모든 것을 현상하고 조심스럽게 인화하여 고정시켜둘 날이 있을 것이다.

저녁 8시, 문들이 닫힐 것이다. 아이들은 저녁을 먹고 있다. 가게 문은 닫혀 있다. 시간제로 방을 빌릴 수 있는 길모퉁이 작은 호텔의 야간 초인종 위로 간판이 켜진다. 이제 곧 휘파람 소리가 들리기 시작할 것이다. 청년들이 여자 친구를 부른다. 차가운 날씨에 길바닥에서 그들은 이미 잠자리가 준비된 따뜻한 방의 불 켜진 창문을 향해 휘파람을 분다. 그들은 안으로 들어가고 싶어한다. 그들의 신호가 깊고 공허한 거리로, 음탕하고 은밀하고 구슬프게 메아리쳐온다. 그 휘파람 소리 때문에 나는 저녁 시간에는 여기 있기가 싫다. 그 소리는 내가 고향에서 멀리 떨어져 외국의 도시에 홀로 있다는 사실을 떠올리게 한다. 때때로 나는 그 소리를 듣지 않고, 책을 집어들어 읽어보려고 마음먹는다. 그러나 곧 신호가 날카롭고 지속적으로, 절박하게 인간적으로 들려오게 되어 있는지라, 마침내 나는 일어나 베니션 블라인드 틈으로 내다보고서 그것이 ─ 물론 그럴 리 없다는 걸 잘 알지만 ─ 나를 부르는 것이 아니라는 것을 확인한다.

창문을 닫고 난롯불을 피웠을 때 이 방에서 나는 독특한 냄새. 향과 오래된 빵 냄새가 섞인 듯한 아주 불쾌하지는 않은 냄새. 제단처럼, 화려하게 채색된 타일을 붙인 길쭉한 난로. 고딕 사원같이 생긴 세면대. 비스마르크가 프로이센 왕과 마주 보는 장면의 스테인드글라스로 된, 성당 창처럼 조각된 수납장도 고딕식이다. 제일 좋은 의자는 주교의 권좌 같다. 구석에는 중세의 미늘창 모조품 (유랑 극단에서 가져온 걸까?) 세개를 한데 묶어 모자걸이를 만들어놓았다. 슈뢰더 부인은 때때로 미늘창의 머리 부분을 돌려 빼서

닦곤 한다. 그것들은 묵직하고, 살상을 할 수 있을 정도로 날카롭다.

이 방에 있는 모든 것이 그렇다. 불필요하게 단단하고, 비정상적으로 무거우며, 위험할 정도로 날카롭다. 여기 책상에 앉은 내 앞에는 금속제 물건들이 빽빽하게 들어차 있다. 서로 얽힌 뱀 모양의 촛대 한쌍, 악어 머리가 삐죽 튀어나온 재떨이, 피렌쩨풍 단검을 본뜬 종이칼, 고장 난 작은 시계를 꼬리 끝으로 받쳐 들고 있는 놋쇠 돌고래. 이런 것들은 어찌 되는 걸까? 어떻게 이들이 파괴될 수 있단 말인가? 이들은 아마도 수천년 동안 그대로일 것이다. 사람들은 이들을 박물관에 보관할 것이다. 혹은 전쟁 때 군수품을 만들기 위해 녹여버릴지도 모른다. 매일 아침 슈뢰더 부인은 이들을 어떤 불변의 위치에 조심스럽게 정돈해놓는다. 그들은 자본과 사회와 종교와 섹스에 대한 그녀의 단호한 진술처럼, 거기 그렇게 서 있다.

하루 종일 그녀는 크고 우중충한 아파트를 쿵쿵거리며 돌아다닌다. 볼품없지만 기민하게, 그녀는 방에서 방으로 천 실내화를 신고 뒤뚱뒤뚱 오가며, 꽃무늬 가운을 속치마나 속옷이 조금도 보이지 않도록 정교하게 핀으로 여미고, 쓰레받기를 휘두르면서, 세입자들의 수납장이나 짐을 엿보고 탐문하고 뒤지면서 돌아다닌다. 그녀는 검고 반짝이는, 뭔가를 캐묻는 것 같은 눈을 가졌고, 스스로 자랑스러워하는 예쁜 갈색 곱슬머리를 지녔다. 그녀는 아마 쉰다섯살쯤 됐을 것이다.

오래전, 전쟁과 인플레이션을 겪기 전에 그녀는 제법 잘살았다. 그녀는 발트 해 연안으로 여름 휴가를 갔고, 집안일을 하는 하녀도 있었다. 지난 삼십년간 그녀는 이곳에 살았고 세입자를 받았다. 그녀는 친구가 생기는 게 좋아서 이 일을 시작했다.

"내 친구들이 나한테 그래. '리나, 어떻게 그럴 수 있어? 독립적으로 살 돈도 있는데 굳이 낯선 사람들이 네 방에 살고 네 가구를 더럽히고 하는 것을 어떻게 참을 수가 있지?' 그러면 나는 늘 같은 답을 해. '내 세입자들은 세입자들이 아니야'라고 말이지. '그들은 내 손님이야'라고.

봐요, 이시부 씨, 그 시절엔 여기 와서 살 사람들에게 유난히 까다롭게 굴 수가 있었어. 고르고 선택할 수가 있었지. 정말 집안 좋고 교육도 잘 받은 ── 진정한 상류층 인사만 (당신처럼, 이시부 씨) 받았어. 남작도 있었고, 기병대위도, 교수도 있었지. 그들은 종종 선물도 줬어 ── 꼬냑 한병, 아니면 초콜릿 한상자, 아니면 꽃. 휴가를 가면 항상 엽서를 보내줬어 ── 런던일 때도 있고, 빠리, 바덴바덴일 때도 있었지. 그렇게 예쁜 엽서들을 받곤 했는데⋯⋯"

그리고 이제 슈뢰더 부인은 자기 방도 없다. 그녀는 거실의 가리개 뒤, 용수철이 망가진 작은 소파 위에서 자야 한다. 베를린의 낡은 아파트들이 흔히 그렇듯, 우리 집 거실은 집의 앞쪽과 뒤쪽을 잇는다. 앞쪽 방에 사는 세입자는 화장실에 가려면 거실을 지나가야 해서, 슈뢰더 부인은 종종 밤에 잠을 깬다. "그렇지만 나는 금방 다시 잠들어. 걱정할 거 없어. 난 너무 피곤해서." 그녀는 집안일을 전부 손수 해야 하고, 그 일로 하루를 거의 다 보낸다. "이십년 전에 누가 나더러 마룻바닥을 닦으라고 했다면 따귀를 때려줬을 거야. 그렇지만 익숙해지지. 무슨 일에든 익숙해질 수 있어. 아, 이 요강을 비우라고 했다면 차라리 내 오른손을 자르겠다고 했을 시절도 기억나…… 그런데 지금은," 슈뢰더 부인은 그 말에 맞춰 동작을 하면서 말했다. "맙소사! 지금은 그냥 차 한잔을 쏟아버리는 일 정도밖에 안돼!"

그녀는 이 방에 살던 세입자들이 남겨놓은 다양한 자국과 얼룩에 대해 내게 설명해주는 것을 좋아했다.

"그래, 이시부 씨, 하나하나마다 기억나는 일이 있어…… 여기, 깔개 위를 봐 — 세탁소에 얼마나 여러번 보냈는지 몰라, 그런데도 지워지질 않아 — 이게 노에스케 씨가 생일 파티 하고 토해놓은 거야. 도대체 뭘 먹었기에 저런 얼룩을 만든 거지? 그는 베를린에 공부하러 왔어. 부모는 브란덴부르크에 살고 — 정말 일류 가문이지. 오, 확실해! 돈이 무진장 많았어! 그의 아버지는 의사고, 물론 아들이 자기 길을 따라가길 원했지…… 얼마나 멋진 청년이었는지! '노에스케 씨,' 하고 나는 그에게 말하곤 했어. '미안한 얘기지만, 공부를 좀더 열심히 해야지 — 그렇게 머리도 좋은데! 어머니 아버지를 생각해야지. 부모님 돈을 그렇게 낭비하면 쓰나. 아, 차라리 그 돈을 슈프레 강에 던져버리는 게 낫겠어. 그럼 최소한 첨벙 소리는 날 거 아냐!' 나는 그의 엄마 같았지. 그리고 늘, 그가 어려운 상황에 처하면 — 그는 징글맞게 생각이 없었거든 — 바로 나한테 왔어. '슈뢰더 님,' 그는 이렇게 말하곤 했어. '나한테 화내지 마요…… 어젯밤 카드놀이를 했는데, 이달 용돈을 몽땅 잃었어요. 아버지한테 감히 말을 못하겠어요……' 그러면서 그 큰 눈으로 나를 쳐다보는 거야. 그가 뭘 바라는지 정확하게 알았지, 그 망할 놈!

그렇지만 차마 거절하지 못했어. 그래서 나는 앉아서 그의 어머니에게 편지를 써서는 한번만 용서해주고 돈을 좀더 보내달라고 했어. 그러면 그 어머니는 늘 그렇게 해줬지…… 아이는 낳아본 적이 없어도, 여자로서 물론 나는 어떻게 모성애에 호소하는지 알거든…… 왜 웃어, 이시부 씨? 자, 자! 사람은 실수를 하는 법이라고!

그리고 저기가 바로 그 기병대위가 늘 벽지에 커피를 쏟던 곳이야. 그는 약혼녀랑 저기 긴 의자에 앉아 있곤 했거든. '대위님,' 하고 난 말했지. '제발 커피는 탁자에서 마셔요. 이렇게 말하는 거 좀 그렇지만, 시간 많으니까 나중에 해도 되잖아요……' 그렇지만 그는 늘 저 긴 의자에 앉았어. 그러고는 틀림없이 감정이 슬슬 달아오르기 시작하면 커피를 엎질러버리는 거야…… 그렇게 잘생긴 신사인데! 그의 어머니와 누이가 가끔 찾아오곤 했어. 그들은 베를린에 오는 걸 좋아했지. '슈뢰더 양,' 하고 그들은 내게 말하곤 했어. '여기서, 이 모든 것 한가운데 사는 게 얼마나 행운인지 당신은 몰라요. 우린 그냥 시골 사람들이라 ─ 당신이 부러워요! 그러니 우리에게 궁정의 최신 스캔들 좀 얘기해주세요.' 물론 농담으로 그러는 거지. 그들은 하르츠의 할버슈타트 가까운 곳에 아주 예쁜 집을 가지고 있어. 내게 사진을 보여주곤 했지. 정말 꿈같은 집이야!

저 카펫에 잉크 자국 보여? 저게 코흐 교수가 만년필을 흔들어대던 곳이야. 내가 백번쯤 말했지. 결국은 그의 의자 주변 바닥에 압지를 몇장씩 깔아놓기까지 했다니까. 그는 정말 정신이 없어…… 그렇게 사람 좋은 노신사인데! 참 소박하고. 난 그를 무척 좋아했어. 내가 셔츠를 수선해주거나 양말을 꿰매주면, 눈에 눈물이 글썽해서 고맙다고 했지. 재미있는 사람이기도 했어. 가끔 그는 내가 오는 소리가 들리면 불을 끄고 문 뒤에 숨곤 했지. 그러고는 사자처럼 으르렁대서 나를 놀라게 하는 거야. 꼭 아이처럼……"

슈뢰더 부인은 이런 식으로, 같은 이야기를 반복하는 법도 없이 한시간씩 계속할 수 있다. 그녀의 이야기를 얼마 동안 듣고 있노라면 나는 묘하게 몽롱한 우울감에 빠진다. 나는 정말로 서글퍼지기 시작한다. 그 세입자들은 모두 지금 어디에 있을까? 십년이 지나면 나 자신은 또 어디에 있을까? 분명 여기는 아닐 것이다. 그 머나먼 날에 다다르려면 나는 얼마나 많은 바다와 국경 들을 넘어야 할까? 얼마나 먼 길을 걸어서, 말을 타고, 차로, 자전거로, 비행기로, 증기선으로, 기차로, 엘리베이터로, 에스컬레이터로, 전차로 여행해야 할까? 그 어마어마한 여행에는 얼마나 많은 돈이 필요할까? 그 길에서 나는 얼마나 많은 음식을 서서히, 지친 채로 소비하게 될까? 몇켤레의 신발이 닳아 없어질까? 몇천개비의 담배를 피울까? 얼마나 많은 차와 얼마나 많은 맥주를 마실까? 얼마나 끔찍하게 무미건조한 전망인가! 그러고 나면—죽어야 한다니…… 갑작스럽고 막연한 불안의 고통이 내 창자를 쥐어짜서 나는 화장실에 가기 위해 실례하겠다고 말해야 한다.

내가 한때 의대생이었다는 것을 듣고, 그녀는 내게 자신의 가슴 크기에 불만이 많다고 털어놓는다. 그녀는 심장이 두근거려 고통스러운데, 분명 심장이 압박되어서 그렇다고 확신한다. 그녀는 수술을 받아야 하는지 묻는다. 그녀의 지인들 중 일부는 그렇게 하라고 조언하고, 일부는 반대한다.

"오, 맙소사, 이런 무게를 지니고 다녀야 하다니! 생각해봐, 이시부 씨. 나도 당신처럼 날씬했다고!"

"따라다니는 사람 엄청 많았죠, 슈뢰더 부인?"

그랬다. 수십명 되었더란다. 그렇지만 친구는 하나뿐. 그는 이혼을 해주지 않는 아내와 별거 중인 유부남이었다.

"우리는 십일년을 함께 지냈어. 그리고 폐렴으로 죽었지. 때때로 밤에 일어나 추위를 느낄 때면 그가 있었으면 하고 바라지. 혼자 자면 절대 따뜻해질 수가 없거든."

이 아파트에는 다른 세입자들이 네명 더 있다. 내 방 바로 옆, 큰 앞쪽 방에는 코스트 양. 마당을 굽어보는 맞은편 방에는 마이어 양. 거실을 지나 뒷방에는 보비. 그리고 보비의 방을 지나 욕실을 지나 사다리를 올라가면 슈뢰더 부인이 뭔가 주술적인 이유로 '스웨덴 파빌리온'이라고 부르는 작은 다락방이 하나 있다. 그녀는 이것을 밤낮 대부분을 밖에 나가 지내는 영업사원에게 월 20마르크를 받고 세놓고 있다. 나는 때때로 일요일 아침에 부엌에서 조끼와 바지만 입고 미안하다는 듯이 이리저리 성냥갑을 찾아 헤매는 그와 마주친다.

보비는 트로이카라는 베를린 서쪽 구역의 바에서 바텐더로 일한다. 그의 본명은 모른다. 그가 이 이름을 쓰는 것은 요새 베를린 유흥가에서 영어 이름이 유행이기 때문이다. 그는 숱이 적고 매끄러운 검은 머리카락을 지녔고, 창백하고 근심스러운 표정에, 말쑥하게 잘 차려입는 청년이다. 이른 오후, 그가 겨우 잠에서 깨어날 무렵, 그는 머리그물을 쓰고 속옷 바람으로 아파트를 돌아다니곤 한다.

슈뢰더 부인과 보비는 아주 친하다. 그는 부인을 간질이고 엉덩이를 찰싹 때린다. 그녀는 프라이팬이나 대걸레로 그의 머리를 때린다. 처음에 내가 이들이 이렇게 티격태격하는 것을 보고 놀라자, 둘 다 좀 쑥스러워했다. 이젠 내가 있어도 그러려니 한다.

코스트 양은 금발에 커다랗고 맹해 보이는 푸른 눈을 가진, 혈색이 발그레한 아가씨다. 가운 차림으로 욕실을 드나들다 마주칠 때면 그녀는 수줍게 내 시선을 피한다. 그녀는 통통하지만 몸매가 좋다.

어느날 나는 슈뢰더 부인에게 직설적으로 물어봤다. 코스트 양의 직종이 뭐예요?

"직종? 하, 하, 그거 괜찮네! 딱 들어맞는 말이야! 아, 직종은 좋지. 이런 거 — "

그리고 그녀는 너무나 우스꽝스럽게 뭔가를 하는 분위기로, 으쓱대며 두 손가락으로 쓰레받기를 집어들고 오리처럼 부엌을 뒤뚱거리며 걸어다니기 시작했다. 문 바로 옆에서 그녀는 의기양양하게 뒤돌아 마치 실크 손수건처럼 쓰레받기를 흔들고는, 놀리듯이 내게 손 키스를 날리며 말했다.

"그래, 그래, 이시부 씨! 걔네들이 이렇게 한다고!"

"잘 모르겠어요, 슈뢰더 부인. 외줄 타기라도 한다는 거예요?"

"히, 히, 히! 아주 좋아, 이시부 씨! 그래, 맞았어! 그거야! 그 여자는 외줄 타기 하듯이 살아간다고. 그게 바로 딱 맞는 표현이야!"

이 일이 있은 직후 어느날 저녁, 나는 코스트 양이 계단에서 웬 일본인과 함께 있는 것을 봤다. 슈뢰더 부인이 나중에 설명해주기를 그가 코스트 양의 최고 고객 중 하나라고 했다. 그녀는 코스트 양에게 침대에 있지 않을 때는 어떻게 함께 시간을 보내느냐고 물어봤단다. 그 일본인은 독일어를 거의 못했던 것이다.

"아, 그거요," 코스트 양이 말했다. "축음기를 함께 들어요. 그리고 초콜릿을 먹고, 그리고 많이 웃지요. 그 사람은 웃는 걸 아주 좋아해요……"

슈뢰더 부인은 정말로 코스트 양을 꽤 좋아하고, 분명히 그녀의 직종에 대해 어떤 도덕적 반대도 하지 않는다. 그럼에도 불구하고 그녀는 코스트 양이 찻주전자 주둥이를 깨놓았거나 거실 석판에 전화 통화 수를 십자로 표시해놓지 않으면 화를 낸다. 그럴 때면 그녀는 어김없이 이렇게 소리친다.

"그래, 결국, 너 같은 여자한테 뭘 기대할 수 있겠니, 천한 창녀 같으니! 아, 이시부 씨, 얘가 전에 뭐 했는지 알아? 하녀였다고! 그러다가 주인이랑 그렇고 그런 사이가 된 거야. 그리고 물론 어느날 모종의 상황에 처하게 된 거지…… 그리고 그 작은 어려움을 없애버리고는 후다닥 그 길로 나가야 했던 거지……"

마이어 양은 뮤직홀의 **요들송** 가수다 ─ 슈뢰더 부인이 존경심을 표하며 내게 확언한 바로는, 독일 전체에서 최상급이라는 것이다. 슈뢰더 부인은 마이어 양을 그리 좋아하지는 않지만 그녀를 매우 존경한다. 그럴 만하니까. 마이어 양은 불도그 같은 턱과 굵직한 팔, 거친 밧줄 색깔의 머리카락을 지녔다. 그녀는 바이에른 사투리를 쓰고 특이하게 공격적인 말투로 이야기한다. 집에 있을 때면 그녀는 거실 탁자에 노련한 정치인처럼 앉아서 슈뢰더 부인이 카드를 늘어놓는 것을 도와준다. 그들은 능숙한 점쟁이고, 하루를 시작할 때 반드시 카드 점을 쳐본다. 그들이 당장 알고 싶어하는 일은 주로 이런 것이다. 마이어 양이 언제 다시 약혼하게 될 것인가? 이 질문에는 마이어 양 못지않게 슈뢰더 부인도 관심이 많다. 마이어 양의 집세가 밀려 있기 때문에.

날씨가 좋으면 모츠 가 모퉁이에 퉁방울눈의 남루한 사내가 캔버스 천으로 만든 이동식 천막 옆에 서 있다. 천막의 양옆에는 점성술 도해와, 만족한 고객들이 서명해놓은 추천 편지가 붙어 있다. 슈뢰더 부인은 복채를 낼 여유가 있을 때마다 그에게 가서 점을 친다. 사실 그는 그녀의 삶에서 가장 중요한 역할을 한다. 그를 대하는 그녀의 행동에는 장난과 위협이 뒤섞여 있다. 그녀가 말하길, 그가 약속한 좋은 일이 실제로 일어나면 그녀는 그에게 키스를 하고, 저녁 초대를 하고, 금시계를 사줄 거란다. 그렇지 않으면 그의 목을 조르고, 귀싸대기를 갈겨주고, 경찰에 고발할 거란다. 무엇보다도 그 점쟁이는 그녀에게 프로이센 국영 복권에서 그녀가 큰돈을 따게 될 거라고 말했다. 이제까지 그녀는 운이 없었다. 그러나 그녀는 늘 딴 돈을 가지고 뭘 할까를 의논한다. 물론 우리는 모두 선물을 받게 될 것이다. 나는 모자를 받을 것이다. 슈뢰더 부인은 나처럼 교육받은 사람이 모자 없이 나다니는 것은 매우 부적절하다고 생각한다.

카드 점을 치지 않을 때면 마이어 양은 차를 마시며 슈뢰더 부인에게 과거 공연계에서의 성공에 대해 늘어놓는다.

"그러고는 매니저가 말했죠. '프리치, 정말 넌 하늘이 보낸 사람이야! 여주인공이 아파. 네가 오늘밤 코펜하겐으로 떠나야 해.' 그리고 한술 더 떠서, 싫다는 대답은 대답으로 치지도 않는 거예요. '프리치,' 하고 그는 말했어요. (늘 나를 그렇게 불렀죠.) '프리치, 오랜 친구를 실망시키진 않을 거지?' 그래서 간 거죠……" 마이어 양은 회상에 잠겨 차를 홀짝거린다. "멋진 남자였는데, 좋은 집안 출신이고." 그녀는 미소 짓는다. "친근하고…… 하지만 행실은 늘 반듯했죠."

슈뢰더 부인은 열심히 고개를 끄덕이고, 한마디마다 차를 홀짝거리며, 한껏 즐긴다.

"매니저들 중엔 뻔뻔한 악마 같은 놈들도 있을 테지? (쏘시지 좀 더 먹을래, 마이어 양?)"

"(고맙습니다, 슈뢰더 부인. 조금만 먹을게요.) 네, 일부는요…… 믿을 수가 없을 거예요! 그렇지만 난 스스로를 챙길 줄 알죠. 아주 어릴 때부터요……"

맨살이 드러난 마이어 양의 살찐 팔에서 근육들이 입맛 떨어지게 물결친다. 그녀는 턱을 내민다.

"난 바이에른 사람이에요. 바이에른 사람은 한번 상처 입으면 절대 잊지 않죠."

어제저녁 거실로 들어오다가 나는 슈뢰더 부인과 마이어 양이

카펫에 귀를 대고 납작 엎드려 있는 것을 봤다. 그들은 간간이 즐겁게 미소를 교환하거나 유쾌하게 서로를 꼬집다가, 동시에 쉿! 하고 외치곤 했다.

"들어봐요!" 슈뢰더 부인이 속삭였다. "가구를 죄다 부수는 중이야!"

"남자가 여자를 펑펑 때리고 있어요!" 마이어 양이 환희에 차서 외쳤다.

"빵! 저 소리 들어봐!"

"쉿! 쉿!"

"쉿!"

슈뢰더 부인은 거의 제정신이 아니었다. 내가 무슨 일이냐고 묻자 그녀는 기어 일어나 내 쪽으로 뒤뚱뒤뚱 오더니 내 허리를 껴안고 나와 왈츠를 췄다. "이시부 씨! 이시부 씨! 이시부 씨!" 숨이 찰 때까지.

"그런데 무슨 일이냐고요?" 내가 물었다.

"쉿!" 바닥에서 마이어 양이 명령했다. "쉿! 또 시작했어요!"

우리 바로 아래 아파트에는 글란터네크 부인이라는 사람이 산다. 그녀는 갈리시아¹ 출신의 유대인인데, 이것만으로도 마이어 양의 적이 될 이유가 충분하다. 마이어 양은 말할 필요도 없이 열렬한 나치다. 게다가 이것과는 별개로 글란터네크 부인과 마이어 양은 계단에서 마이어 양의 요들송을 놓고 한바탕 설전을 벌였던 것

---

1 에스빠냐 북서부 해안지역.

같다. 글란터네크 부인은 아마 아리아인이 아니라서 그런지, 고양이 소리가 더 낫겠다고 말했다. 그로써 그녀는 마이어 양뿐만 아니라, 모든 바이에른 사람, 모든 독일 여성을 모욕했다. 그리고 그 복수를 행하는 것은 마이어 양의 기꺼운 의무였던 것이다.

보름쯤 전에 이웃들 사이에서 예순살 먹고 마녀처럼 못생긴 글란터네크 부인이 신문에 남편을 구하는 광고를 냈다는 소문이 퍼졌다. 설상가상으로, 지원자 한사람이 이미 나타났다. 할레 출신의 홀아비 푸주한이었다. 그는 글란터네크 부인을 계속 봐왔지만, 그럼에도 불구하고 그녀와 결혼하려고 했다. 마이어 양에게 기회가 온 것이다. 에둘러 물어본 끝에 그녀는 그 푸주한의 이름과 주소를 알아내어, 그에게 익명의 편지를 썼다. 글란터네크 부인은 (1) 아파트에 벌레들이 있으며 (2) 사기 혐의로 체포됐다가 미쳤다는 이유로 석방됐고 (3) 자기 침실을 부도덕한 목적으로 임대했으며 (4) 그후 시트도 바꾸지 않고 그 침대에서 잤다는 사실을 알고 있는지? 이제 푸주한이 그 편지를 들고 글란터네크 부인에게 따지러 왔다. 두사람의 목소리가 꽤 똑똑하게 들렸다. 격분한 프로이센인의 으르렁대는 소리와 유대인 여자의 날카로운 비명 소리가. 가끔 주먹으로 나무를 내려치는 쿵 소리, 그리고 때때로 유리 깨지는 소리가 들려왔다. 소동은 한시간 넘게 계속됐다.

오늘 아침 우리는 이웃들이 관리인 여자에게 그 소동에 대해서 불평했고 글란터네크 부인이 눈이 시커멓게 멍들었다는 이야기를 듣는다. 결혼은 취소됐다.

이 거리의 주민들은 이미 내 얼굴을 안다. 식료품점에서 사람들은 내가 버터 한 파운드를 달라고 할 때 내 영국식 억양을 듣고도 고개를 돌리지 않는다. 해가 진 길모퉁이에 서 있는 세명의 창녀들은 더이상 내가 지나갈 때 "이리 와, 자기!" 하고 목쉰 소리로 속삭이지 않는다.

그 세 창녀들은 분명 모두 쉰살이 넘었다. 그들은 굳이 나이를 숨기려 하지 않는다. 눈에 띄게 연지나 분을 바르지도 않는다. 그들은 헐렁하고 낡은 모피 외투와 긴 치마를 입고 아줌마 모자를 쓴다. 내가 우연히 그들 이야기를 보비에게 했더니 그가 설명해주기를, 편한 유형의 여성에 대한 수요가 제법 있단다. 많은 중년 남자들이 소녀들보다는 그들을 좋아한다는 거다. 그들은 심지어 십대 소년들도 유혹한다. 보비의 설명에 따르면, 소년은 자기 또래의 여자애들에게는 수줍음을 타지만, 엄마뻘 정도로 나이 든 여자에게는 그렇지 않다는 것이다. 대부분의 바텐더처럼, 보비도 성적인 문제에 있어서는 엄청난 전문가다.

다른 날 저녁, 나는 그가 일하는 시간에 만나러 갔다.

트로이카에 도착했을 때는 9시쯤으로, 꽤 이른 시간이었다. 그곳은 내가 기대하던 것보다 훨씬 크고 근사했다. 대공처럼 술 장식 달린 제복을 입은 수위는 내가 영어로 그에게 말을 걸 때까지 모자를 쓰지 않은 내 머리를 미심쩍게 쳐다봤다. 날렵한 물품 보관소 아가씨는 내 헐렁한 플란넬 바지의 흉한 얼룩을 감추고 있는 외투를 벗으라고 강권했다. 카운터에 앉아 있던 심부름하는 소년은 일어나서 안쪽 문을 열어줄 생각도 안했다. 다행히도 보비가 푸른색과 은색으로 된 바 뒤의 자기 자리에 있었다. 나는 오랜 친구에게 다가가듯 그에게 향했다. 그는 아주 다정하게 나를 맞았다.

"안녕하세요, 이셔우드 씨. 여기서 만나니 정말 반가워요."

나는 맥주를 주문하고 구석의 스툴에 앉았다. 벽을 등진 채, 나는 실내 전체를 훑어봤다.

"장사는 어때?" 내가 물었다.

밤일하는 사람 특유의 얼굴, 분을 바르고, 근심에 찌든 보비의 얼굴이 심각해졌다. 그는 머리를 바 너머 내가 앉은 쪽으로 기울이고, 은밀히 아부하듯 진지하게 말했다.

"별로 좋지 않아, 이셔우드 씨. 요즘 우리가 상대하는 사람들은…… 정말 말도 못해! 아, 일년 전이라면 그들을 문간에서 바로 돌려보냈을 거야. 맥주 한잔을 시켜놓고, 마치 저녁 내내 여기 앉아 있을 권리라도 있는 듯 군다니까."

보비는 퍽 씁쓸하게 말했다. 나는 불편해지기 시작했다.

"뭐 마실래?" 나는 죄라도 지은 듯 맥주를 벌컥벌컥 마시며 물었다. 그리고 오해가 있을까봐 덧붙였다. "난 위스키와 탄산수."

보비도 그걸 마시겠다고 말했다.

공간은 거의 비어 있었다. 나는 환멸을 느낀 보비의 눈으로 보려고 하면서, 몇몇 손님들을 훑어봤다. 매력적이고 옷을 잘 입은 여자 세명이 바에 앉아 있었다. 나와 가장 가까이 있는 여자가 특히 우아했다. 그녀에게는 어딘가 국제적인 분위기가 있었다. 그러나 대화가 뜸해진 틈을 타서 나는 그녀가 다른 바텐더와 이야기하는 것을 토막토막 듣게 됐다. 아주 강한 베를린 억양이었다. 그녀는 피곤하고 지루했다. 입은 축 처져 있었다. 젊은이 한사람이 그녀에게 다가와 대화에 참여했다. 맵시 좋은 야회복 재킷을 입은 잘생기고 어깨가 넓은 청년이었는데, 휴가 여행 중인 영국 명문 사립학교의 학생 대표쯤일 수도 있었다.

"아냐, 아냐,²" 나는 그가 말하는 것을 들었다. "나랑은 안돼!³" 그는 씩 웃으며 퉁명스럽고 거친 길거리의 몸짓을 해 보였다.

저 구석에는 심부름하는 소년이, 흰 재킷 차림으로 화장실 지키는 작고 늙은 직원과 이야기를 하며 앉아 있었다. 소년은 뭐라고 말하면서 웃다가 갑자기 커다랗게 하품을 했다. 무대에 올라간 연주자 세명은 연주를 들려줄 만한 청중이 올 때까지는 연주하기 싫다는 듯 잡담을 나누고 있었다. 테이블 중 하나에는 진짜 손님이 하나 앉아 있는 것 같았다. 콧수염이 난 건장한 남자였다. 그러나 잠시 후 나는 그와 눈이 마주쳤고, 그는 내게 가볍게 인사했다. 나는 그가 매니저라는 것을 알았다.

문이 열렸다. 남자 두명과 여자 두명이 들어왔다. 여자들은 나이가 들었고, 두꺼운 다리에 짧은 머리를 하고, 비싼 야회복을 입고 있었다. 남자들은 무기력하고 창백했으며, 아마도 네덜란드인 같았다. 틀림없이, 이들에게는 돈이 있었다. 순식간에 트로이카가 돌변했다. 매니저, 담배 심부름 소년, 화장실 직원이 동시에 일어났다. 화장실 직원이 사라졌다. 매니저는 담배 심부름 소년에게 다급하게 소리 낮춰 뭐라고 말했고, 소년도 바로 사라졌다. 그러고 나

---

2 (독) Nee, Nee,

3 (독) Bei mir nicht!

서 그는 고개 숙여 인사하고 웃으며 손님들의 테이블로 다가가 두 남자와 악수했다. 담배 소년이 쟁반을 들고 다시 나타났고, 뒤이어 포도주 리스트를 든 웨이터가 서둘러 나섰다. 그러는 동안 세 명의 합주단이 경쾌하게 연주를 시작했다. 바의 여자들은 스툴에 앉은 채 뒤돌아보고, 은근히 유혹하는 미소를 지었다. 제비족들은 마치 전혀 모르는 사람들에게 하듯 그녀들에게 다가와 격식 차려 인사를 하고는 교양 있는 어조로 춤 한번 추시겠느냐고 물었다. 말쑥한 심부름 소년은 겸손하게 미소 지으며 한송이 꽃처럼 낭창낭창 허리를 흔들면서 담배 쟁반을 들고 방을 가로질러 왔다. "담배요, 담배!4" 그의 목소리는 배우처럼 낭랑하고 조롱하는 듯했다. 같은 어조로, 그러나 좀더 크게, 더 놀리듯이, 더 즐겁게, 우리 모두가 들을 수 있도록 웨이터가 보비에게 주문했다. "에드시끄 모노뽈5!"

말도 안되게, 심각하게 세심히 배려하면서, 춤추는 사람들은 매 동작 그들이 하는 역할을 의식하고 있음을 드러내며 복잡한 회전들을 보여줬다. 쌕소폰 주자는 악기를 리본으로 목에 느슨하게 걸고서 작은 메가폰을 들고 무대 가장자리까지 나왔다.

당신은 웃을지 몰라

난 사랑해요

내 아내를……6

------

4 (독) Zigarren! Zigaretten!

5 고급 샴페인의 일종.

6 (독) Sie werden lacher, / Ich lieb' / Meine eigene Frau…

그는 다 안다는 듯 음흉한 미소를 지으며 노래했고, 우리 모두를 그 음모에 연루시키면서, 빗대어서 하는 암시를 목소리에 잔뜩 담아, 아주 재미있다는 듯 눈을 희번덕거리며 굴렸다. 상냥하고, 날렵하고, 그보다 다섯살이 젊은 보비가 술병을 다뤘다. 그러는 동안 두명의 축 늘어진 신사는 아마도 사업에 대해서 잡담을 하고 있었다. 그들이 빚어낸 밤의 유흥에는 눈길도 주지 않은 채. 그러는 동안 그들의 여인들은 조용히 앉아서, 방치되고 당혹스럽고 불편하고 매우 지루해 보였다.

히피 베른슈타인 양은 내 첫 학생으로, 거의 유리로만 지어진 그뤼네발트[7]의 집에 산다. 베를린에서 가장 잘사는 집들은 대부분 그뤼네발트에 있다. 왜 그런지는 알기 어렵다. 알려진 모든 비싸고 흉칙한 양식들로 지어진 그 빌라들은 어처구니없이 괴팍한 로꼬꼬 양식에서 지붕이 납작하고 강철과 유리로 만든 상자로 된 입체파 양식까지 다양하고, 이 눅눅하고 음울한 소나무 숲에 한데 모여 있다. 땅값이 엄청나게 비싸서, 넓은 정원을 가질 여유가 있는 사람이 거의 없다. 그들의 집에서는 오직 이웃의 뒷마당만 보이고, 그 마당들은 저마다 철망과 사나운 개로 보호되어 있다. 절도와 혁명의 공포가 이 불쌍한 사람들을 일종의 포위 상태로 만들어버린 것이다. 그들에게는 사생활도 햇빛도 없다. 이 지역은 그야말로 백만장자

---

7 베를린 서쪽의 한 구역.

의 슬럼이다.

대문의 초인종을 울리자 젊은 하인이 집에서 열쇠를 가지고 나왔고, 으르렁거리는 커다란 앨세이션[8]이 따라왔다.

"내가 여기 있는 동안은 물지 않을 겁니다." 하인이 씩 웃으면서 나를 안심시켰다.

베른슈타인 집의 홀에는 금속 장식 징이 박힌 문들이 있고 벽에는 볼트 머리로 고정시켜놓은 선박용 시계가 있다. 모더니즘 양식의 조명등은 압력계, 온도계, 계기판 다이얼처럼 보이도록 디자인됐다. 그러나 가구는 집과 부속품에 어울리지 않는다. 그 집은 마치 엔지니어들이 편안하게 지내려고 발전소에다가 구식의 고급 하숙집에서 의자와 탁자를 갖다놓은 것 같다. 근엄한 금속 벽에는 잔뜩 윤을 낸 19세기 풍경화들이 커다란 금박 액자에 끼워져 걸려 있다. 베른슈타인 씨는 아마도 한순간 무모한 생각이 들어 인기 있는 아방가르드 건축가에게 빌라를 맡겼다가, 그 결과에 화들짝 놀라서 집 안의 소장품으로 최대한 덮어보려고 했던 것 같다.

히피 양은 열아홉살쯤 되는 통통하고 예쁜 소녀로, 윤기 나는 밤색 머리카락에 가지런한 이와 소처럼 커다란 눈망울을 지녔다. 웃음소리는 나른하고 명랑하고 제멋대로이며, 가슴이 예쁘다. 그녀는 미국식 억양이 약간 섞인 학교 영어를 꽤 잘해서 스스로도 아주 만족스러워한다. 그녀는 분명 공부를 할 생각은 전혀 없다. 내가 매주 수업 계획을 알려줄 때마다 그녀는 내 말을 끊고 초콜릿, 커피,

---

8 독일 셰퍼드의 일종.

담배 따위를 계속 권했다. "잠깐만요, 과일이 없네요." 그녀는 미소 지으며 인터폰을 들고 말했다. "아나, 오렌지 좀 가져와요."

하녀가 오렌지를 가지고 오자, 나는 싫다고 했는데도 억지로 접시와 나이프, 포크가 갖춰진 정규 식사를 해야 했다. 이것이 선생-학생 관계인 척하는 마지막 가식을 부숴버렸다. 나는 매력적인 요리사가 차려준 식사를 부엌에서 먹고 있는 경찰관이 된 것 같았다. 히피 양은 내가 먹는 것을 앉아서 보다가 사람 좋은 나른한 미소를 짓고 말했다.

"말해봐요, 왜 독일에 오셨어요?"

그녀는 나에 대해 호기심이 많지만, 마치 소가 한가하게 문살 사이로 머리를 들이미는 정도다. 그녀는 딱히 문이 열리기를 바라는 게 아니다. 나는 독일이 매우 흥미로워 보인다고 말했다.

"정치적, 경제적인 상황은," 나는 선생의 말투로 권위 있게 둘러댔다. "다른 유럽 국가보다 독일이 훨씬 흥미로워."

"러시아만 빼고, 물론." 나는 실험적으로 덧붙였다.

그러나 히피 양은 반응하지 않았다. 그녀는 그저 온화하게 미소 지을 뿐이었다.

"여기가 지루하실 것 같은데요? 베를린에 친구도 많이 없으시잖 아요, 네?"

이 상황이 그녀에게는 즐겁고 재미난 것 같았다.

"예쁜 여자들은 몰라요?"

이때 인터폰이 울렸다. 나른하게 미소 지으며 그녀는 수화기를 집어들었지만, 거기서 흘러나오는 쟁쟁거리는 소리를 듣고 있는 것 같지는 않았다. 나는 히피의 엄마인 베른슈타인 부인의 실제 목소리가 옆방에서 말하고 있는 것을 똑똑히 들을 수 있었다.

"여기다 엄마의 **빨간책** 두고 갔느냐고요?" 히피 양은 마치 내가 그 농담을 공유해야 한다는 듯, 나를 보고 웃으며 조롱하듯 반복했다. "아니요, 없어요. 아래층 서재에 있을 거예요. 아빠한테 연락해봐요. 네, 지금 서재에 계세요." 몸짓으로 그녀는 내게 오렌지를 하나 더 먹으라고 권했다. 나는 예의 바르게 고개를 저었다. 우리는 둘 다 미소 지었다. "엄마, 오늘 점심 뭐예요? 네? 정말요? 너무 좋아요!"

그녀는 수화기를 내려놓고 다시 반대심문을 시작했다.

"아무 예쁜 여자들 모른다고요?"

"예쁜 여자들 아무도……" 나는 어물어물 표현을 고쳐줬다. 그러나 히피 양은 미소 지으며 질문에 대한 답변을 기다릴 뿐이었다.

"그래, 한사람 알아." 나는 마침내 코스트 양을 염두에 두고 이렇게 말했다.

"딱 한사람?" 그녀는 웃기고 놀랍다는 듯 눈썹을 치켰다. "그럼 말해봐요, 독일 여자랑 영국 여자와 달라요?"

나는 얼굴을 붉혔다. "독일 여자와……" 나는 그녀의 표현을 고쳐주려다가 영국 여자랑,이라고 말하는지 영국 여자가,라고 해야 할지 완전히 확신할 수 없다는 것을 깨닫고 말을 멈췄다.

"독일 여자랑 영국 여자와 달라요?" 그녀는 계속 웃으며 끈질기게 되풀이했다.

나는 얼굴이 더없이 붉어졌다. "그래. 아주 달라." 나는 대담하게 말했다.

"어떻게 다른데요?"

다행히도 전화벨이 또 울렸다. 이번엔 부엌에서 누군가가, 점심이 평소보다 한시간 앞당겨졌다는 소식을 전했다. 베른슈타인 씨가 오후엔 시내에 나가야 한다는 것이었다.

"죄송해요." 히피 양이 일어서며 말했다. "오늘은 여기서 끝내야겠어요. 금요일에 다시 뵙는 거죠? 그럼 안녕히 가세요, 이셔우드 씨. 대단히 감사합니다."

그녀는 가방을 뒤적거려서 내게 봉투 하나를 내줬고, 나는 그것을 어색하게 호주머니에 집어넣은 후 베른슈타인의 집이 보이지 않게 되자 봉투를 열어봤다. 5마르크짜리 한장이 들어 있었다. 나는 그것을 허공에 던져버렸다가, 아차 싶어서 오분 동안 찾아 헤맨 끝에 모래 속에서 찾아냈고, 노래를 부르고 길가의 돌들을 걷어차면서 전차 역까지 내달렸다. 나는 마치 좀도둑질에라도 성공한 것처럼 매우 죄의식을 느낀 동시에 기분이 들뜨기도 했다.

히피 양을 가르치는 척하는 것조차도 시간낭비에 불과하다. 그녀는 어떤 단어를 모르면 그냥 독일어로 말한다. 내가 그녀의 말을 고쳐주면 그녀는 그 말을 독일어로 반복한다. 물론 나는 그녀가 게으른 것이 좋고, 단지 베른슈타인 부인이 자기 딸이 얼마나 진도를 안 나갔는지 발견하게 될까봐 두려울 뿐이다. 그러나 그럴 가능성은 별로 없다. 대부분의 부자들은 일단 신뢰하기로 결정하면 얼마든지 그들을 이용해먹을 수 있다. 개인 교습의 유일한 실제적인 문제는 일단 대문으로 들어서는 일이다.

히피의 경우, 그녀는 나의 방문을 즐기는 것 같다. 언젠가 그녀가 한 말에서, 나는 그녀가 진짜 영국인 영어 선생이 있다고 학교 친구들에게 자랑하고 있음을 알게 됐다. 우리는 서로를 잘 이해한다. 나는 영어를 가지고 너무 피곤하게 굴지 말라고 주는 과일 뇌물을 받는다. 그녀는 그녀대로, 부모에게 내가 이제껏 본 중 최고의 선생이라고 말한다. 우리는 그녀가 관심을 두고 있는 것들에 관해서 독일어로 수다를 떤다. 삼사분마다, 인터폰으로 하나도 중요하지 않은 메시지들을 교환하는 이 가족의 게임에서 그녀가 자신의 역할을 수행하느라 수업은 중단된다.

히피는 미래에 대해 전혀 걱정하지 않는다. 베를린의 여느 사람들처럼, 그녀도 꾸준히 정치적인 상황에 대해 이야기하지만, 종교 이야기를 할 때처럼 관습적으로 우울한 표정을 지으며 짧게 언급할 뿐이다. 그건 그녀에게 비현실적인 이야기다. 그녀는 대학에 가고, 여행을 다니고, 즐겁게 지내다가, 물론 결국에는 결혼을 할 생각이다. 그녀에겐 이미 남자 친구들이 굉장히 많다. 우리는 남자 친구들에 관해 이야기하면서 많은 시간을 보낸다. 어떤 친구는 멋진 차를 가졌다. 또다른 친구는 비행기를 가졌다. 또다른 친구는 결투를 일곱번이나 했다. 또다른 친구는 특정한 지점을 잘 건드려서 가로등 불을 끄는 묘수를 발견해냈다. 어느날 밤, 춤을 추고 돌아오는 길에 히피와 그는 주변의 가로등을 몽땅 꺼버렸다.

오늘, 베른슈타인 집에서는 점심을 일찍 먹었다. 그래서 나는 '수업'을 하는 대신 점심식사에 초대됐다. 가족 전체가 있었다. 건장하고 얌전한 베른슈타인 부인. 키가 작고 불안정하고 영악해 보이는 베른슈타인 씨. 아주 뚱뚱한 열두살짜리 여동생도 하나 있었다. 그녀는 터져버릴 것 같다는 히피의 농담과 경고에도 아랑곳없이, 먹고 또 먹었다. 그들은 그들 나름의 안락하고 갑갑한 방식으로 서로를 좋아하는 듯 보였다. 약간의 집안싸움도 있었다. 베른슈타인 씨는 아내가 오후에 차로 쇼핑하러 가는 것이 탐탁지 않았기 때문이다. 지난 며칠 동안 시내에 나치들의 소요가 자주 있었던 것이다.

"전차 타고 가지." 베른슈타인 씨가 말했다. "그놈들이 내 아름다운 차에 돌을 던지게 할 수는 없어."

"그들이 나한테 돌을 던지면요?" 베른슈타인 부인이 명랑하게 물었다.

"아, 그게 뭐가 문제야? 그놈들이 당신한테 돌 던지면 내가 머리에 붙일 반창고나 하나 사주면 되지. 5그로셴[9]이면 될 텐데. 그렇지만 내 차에 돌을 던지면 아마 500마르크쯤 들걸."

그 문제는 그렇게 해결됐다. 베른슈타인 씨는 내게로 관심을 돌렸다.

"우리가 나쁘게 대접하는 건 아니죠? 훌륭한 식사를 대접할 뿐만 아니라, 식사를 해주는 댓가로 돈을 주니까!"

나는 히피의 표정에서 '이것이 베른슈타인식 유머라고 하더라도 너무 많이 갔다'는 것을 읽었다. 그래서 나는 웃으며 이렇게 말

---

9 독일의 예전 화폐단위. 1그로셴은 10페니히.

했다.

"제가 한입 더 먹을 때마다 1마르크씩 더 주실래요?"

이 말에 베른슈타인 씨는 아주 즐거워했다. 그러나 조심스럽게 그는 내가 진담으로 말하지 않았음을 자신이 알고 있다는 표시를 했다.

지난주 동안, 우리 집은 엄청난 소동에 휩싸였다.

그것은 코스트 양이 슈뢰더 부인에게 와서 자기 방에서 50마르크를 도둑맞았다고 하면서 시작됐다. 그녀는 매우 속상해했고, 특히 그 돈이 방세와 전화요금을 내려고 따로 둔 것이어서 더더욱 그렇다고 설명했다. 50마르크 지폐는 코스트 양의 방문 바로 안쪽에 있는 수납장 서랍에 놓여 있었다고 했다.

슈뢰더 부인은 즉시, 무리도 아닌 것이, 그 돈을 코스트 양의 손님 중 한사람이 훔쳐가지 않았겠느냐고 암시했다. 코스트 양은, 그게 불가능하다, 왜냐하면 지난 사흘 동안 손님이 한사람도 오지 않았다, 라고 말했다. 게다가, 하고 그녀는 덧붙였다. 그녀의 친구들은 절대로 의심할 수 없다는 거였다. 그들은 모두 유복한 신사들이고, 그들에게 그까짓 50마르크는 푼돈일 뿐이라는 것이었다. 이 말을 듣고 슈뢰더 부인은 매우 짜증이 났다.

"그러니까 우리 중 한사람이 그랬다고 하려는 거야! 뻔뻔하기는! 아, 이시부 씨, 정말이지, 걔를 잘근잘근 다져버릴 수도 있었다고!"

"그럼요, 슈뢰더 부인. 그러실 수 있었을 것 같아요."

그러고 나서 슈뢰더 부인은 그 돈이 사실은 도둑맞은 게 아니었다는 가설을 만들어냈다. 코스트 양이 월세를 내지 않으려는 수작에 불과하다는 거였다. 그녀는 코스트 양에게까지 이런 암시를 했고, 코스트 양은 격노했다. 코스트 양은 어쨌거나 며칠 내로 돈을 마련하겠다, 이미 마련해놨다,라고 말했다. 또 그녀는 월말에 방을 나가겠다고 통지했다.

그러는 동안 나는 아주 우연히, 코스트 양이 보비와 연애를 한다는 사실을 발견하게 됐다. 어느날 저녁, 내가 들어갔더니 코스트 양의 방에 불이 꺼져 있었다. 그게 늘 눈에 띄었는데, 왜냐하면 그녀의 방문에 뿌연 유리가 끼워져 있어서 아파트 현관 쪽으로 불빛이 비쳤기 때문이다. 나중에 내가 침대에 누워 책을 읽고 있는데, 코스트 양의 방문이 열리고 웃으며 속삭이는 보비의 목소리가 들려왔다. 마루 판자가 삐걱거리고 숨죽여 웃는 소리가 한참 들린 후에, 보비는 아파트를 빠져나가 최대한 조용히 문을 닫았다. 잠시 후, 그가 요란한 소리를 내며 들어와서 곧장 거실을 통과해 가면서 슈뢰더 부인에게 잘 자라고 인사하는 소리가 들렸다.

슈뢰더 부인이 이 상황을 제대로 모른다 하더라도, 그녀는 최소한 의심은 하고 있다. 그래야 그녀가 코스트 양에게 격노한 것이 설명된다. 사실 그녀는 끔찍하게 질투심이 많으니까. 기막히게 기괴하고 당혹스러운 사건들이 일어나고 있었다. 어느날 아침 내가 욕실에 가려는데, 코스트 양이 이미 욕실을 쓰고 있었다. 슈뢰더 부인은 내가 말리기도 전에 욕실 문으로 달려가서 코스트 양에게 당장 나오라고 명령했다. 당연히도 코스트 양이 말을 듣지 않자, 슈뢰더 부인은 내가 말리는데도 주먹으로 문을 쾅쾅 치면서 "내 욕실에서 나와!" 하고 외쳤다. "당장 나와, 아니면 경찰을 불러서 끌어낼 테야!"

이러고 나서 그녀는 울음을 터뜨렸다. 너무 울어서 심장이 벌렁 거렸다. 보비가 헐떡이며 흐느끼는 그녀를 소파에 앉혀야 했다. 우리 모두 어쩔 줄 모르고 둘러서 있는데, 마이어 양이 마치 교수형 집행인 같은 얼굴로 문간에 나타나 무시무시한 소리로 코스트 양에게 이렇게 말했다. "운 좋은 줄 알아, 이년아, 네가 죽일 뻔했잖아!" 그리고 그녀는 상황을 완벽히 장악하고는, 우리더러 다 나가 있으라고 하고 나를 식료품점에 보내서 발드리안 드롭스[10] 한병을 사오라고 했다. 내가 돌아와보니 그녀는 소파 옆에 앉아서 슈뢰더 부인의 손을 쓰다듬으며 더없이 애절한 어조로 이렇게 중얼거리고 있었다. "리나, 불쌍한 아가…… 저 사람들이 무슨 짓을 한 거예요?"

---

10 쥐오줌풀 혹은 그 추출액으로 만든 진정제.

쌜리 볼스
Sally Bowles

10월 초의 어느날 오후, 프리츠 벤델이 블랙커피를 마시자며 자기 아파트에 나를 초대했다. 프리츠는 늘 블랙을 강조하며 '블랙커피'를 마시자고 초대했다. 그는 자신의 커피에 상당한 자부심이 있었다. 사람들은 베를린에서 가장 진한 커피라고들 했다.

　　프리츠는 커피 파티 때 늘 입는 복장 ─ 아주 두꺼운 요트 경기용 흰색 스웨터와 아주 가벼운 푸른 플란넬 바지 ─ 이었다. 그는 활짝 웃는 달콤한 미소로 나를 맞았다.

　　"여, 크리스!"

　　"안녕, 프리츠. 잘 지내?"

　　"잘 지내지." 그는 커피 머신 위로 고개를 숙였고, 매끈한 검은 머리카락이 두피에서 흘러내려 눈 위로 풍성하고 향기롭게 드리워졌다. "이 망할 기계가 안 움직여." 그가 덧붙였다.

"일은 어때?" 내가 물었다.

"엉망이고 끔찍해." 프리츠는 그윽하게 씩 웃었다. "다음달에 새로운 거래가 성사되지 않든지, 제비족이나 하든지."

"되든지…… 아니면…… 하든지……" 나는 직업적인 습관에 의해 그의 말을 고쳐줬다.

"지금 영어가 엉망이야." 프리츠는 대단히 자족적으로 느릿느릿 말했다. "쎌리 말이 자기가 몇번 가르쳐주겠대."

"쎌리가 누구야?"

"아, 잊고 있었네. 자넨 쎌리를 모르지. 내가 잘못했네. 그런데 오늘 오후에 오기로 했어."

"괜찮은 여자야?"

프리츠는 개구쟁이 같은 검은 눈을 굴리며 에나멜가죽 통에서 럼에 적신 담배를 한개비 꺼내 건네줬다.

"끄을-내줘!" 그는 느릿느릿 말했다. "결국 난 그녀에게 홀딱 빠져들고 있는 것 같아."

"누군데? 뭐 하는 여자야?"

"영국 여자인데, 배우야. 레이디 윈더미어[1]에서 노래하는데 — 화끈해, 정말이야!"

"그렇다면 별로 영국 여자 같지 않은데."

"알고 보면 프랑스 피도 약간 섞여 있어. 엄마가 프랑스 사람이

---

1 오스카 와일드의 희곡 『윈더미어 부인의 부채』(*Lady Windermere's Fan*, 1892)에서 따온 것으로 보이는 바의 이름.

야."

잠시 후, 쌜리가 도착했다.

"내가 너무 늦었지, 프리츠 자기?"

"삼십분쯤." 프리츠는 느릿느릿 말하면서 그 특유의 즐거운 표정을 빛냈다. "소개할까? 여긴 이셔우드 씨, 볼스 양. 이셔우드 씨는 보통 크리스라고들 불러."

"아닌데." 내가 말했다. "프리츠는 아마 내 평생 나를 크리스라고 부르는 유일한 사람일 겁니다."

쌜리가 웃었다. 그녀는 어깨에 작은 케이프가 달린 검은 실크 옷을 입고, 심부름하는 소년처럼 작은 모자를 머리 한쪽으로 멋지게 기울여 쓰고 있었다.

"전화 좀 써도 되지, 자기?"

"물론이지. 가서 써." 프리츠가 나와 눈을 맞췄다. "이쪽 방으로 와, 크리스. 보여줄 게 있어." 그는 자신이 새로 발굴한 쌜리에 대한 내 첫인상을 듣고 싶은 것이 분명했다.

"제발, 나를 이 남자와 단둘이 있게 놔두지 말아줘!" 그녀가 외쳤다. "그러면 전화로 나를 유혹해버릴 거라고. 그는 끔찍하게 정열적이거든."

그녀가 다이얼을 돌릴 때, 나는 그녀의 손톱이 에메랄드빛 초록색으로 칠해진 것을 봤다. 색을 아주 잘못 골랐는데, 왜냐하면 그 색깔 때문에 손을 주목하게 되는데, 그녀의 손은 담배를 피워 잔뜩 얼룩져 있던데다가, 어린 소녀의 손처럼 더러웠기 때문이었다. 그녀는 프리츠의 여동생이라고 해도 될 정도로 가무잡잡했다. 얼굴은 길고 말랐으며, 새하얗게 분을 발랐다. 눈은 아주 크고 갈색이었는데, 그녀의 머리카락과 눈썹 펜슬 색에 맞추려면 조금 더 어두운 색이어야 했다.

"여보세용," 그녀는 선명한 체리색 입술을 마치 수화기에 키스를 하려는 듯 내밀면서 달달하게 말했다. "당신이에요, 자기?" 그녀의 입술이 맹하게 달콤한 미소를 지으며 벌어졌다. 프리츠와 나는 앉아서 마치 극장에서 공연을 보듯이 그녀를 보고 있었다. "내일밤 뭐 하고 싶어요? 아, 너무 멋져…… 아니요, 아니요, 오늘밤은 집에 있을 거예요. 네, 네, 정말로 집에 있을 거예요…… 안녕, 자기……"

그녀는 전화를 끊더니 의기양양하게 우리 쪽으로 돌아섰다.

"이 남자랑 어젯밤에 잤거든." 그녀가 공표했다. "정말 끝내주게 잘해. 사업에도 완전히 천재고, 무지무지 돈이 많아서 ─" 그녀는 소파로 다가와서 프리츠 옆에 앉아 한숨을 쉬고 쿠션에 몸을 푹 기댔다. "커피 좀 주시죠, 자기? 목이 말라 죽을 것 같아."

곧 우리는 프리츠가 가장 좋아하는 주제를 논하기 시작했다. 그는 이것을 라브라고 발음했다.

"평균적으로," 그가 우리에게 말했다. "난 이년에 한번씩은 제대로 연애를 하고 있어."

"마지막으로 연애한 지 얼마나 됐는데?" 쌜리가 물었다.

"정확하게 일년하고 십일개월!" 프리츠는 그녀를 아주 짓궂게 바라봤다.

"멋있어!" 쌜리는 코를 찡끗하며 무대에서처럼 낭랑하게 웃었다. "말해봐용 ── 지난번 연애는 어땠는데?"

이 말 때문에 물론, 프리츠는 자서전을 통째로 풀기 시작했다. 빠리에서 유혹하던 스토리와, 휴가철 라스빨마스에서 추파를 던지던 세세한 상황과, 뉴욕에서의 네번에 걸친 로맨스, 시카고에서의 실망, 보스턴 정복, 그리고 빠리로 다시 돌아와서 벌인 작은 여흥, 빈에서의 몹시도 아름다운 일화, 런던에서의 위로, 그리고 마침내 베를린에 이르기까지.

"있잖아요, 프리츠 자기," 쌜리가 나한테 코를 찡끗하면서 말했다. "내가 보기에 당신 문제는 딱 맞는 여자를 아직 만나지 못했다는 거야."

"그게 맞는 말일 거야 ── " 프리츠는 그 말을 매우 심각하게 받아들였다. 그의 검은 눈은 촉촉하게 감상에 젖었다. "아직 내 이상형을 찾고 있는지도……"

"언젠가는 찾겠지. 분명히 찾을 거야." 쌜리는 나를 흘끗 보면서, 프리츠를 놀리는 게임으로 끌어들였다.

"그렇게 생각해?" 프리츠는 음탕하게 씩 웃으며 그녀를 향해 눈을 빛냈다.

"당신은 그렇게 생각지 않아요?" 쌜리는 내게 물었다.

"잘 모르겠네요." 내가 말했다. "왜냐하면 난 이제까지 프리츠의 이상형이 뭔지 파악하질 못해서."

무슨 이유에서인지 이 말에 프리츠는 즐거워했다. 그는 이것을 일종의 보증서처럼 받아들였다. "크리스는 나를 아주 잘 알지." 그가 맞장구를 쳤다. "크리스가 모른다면 아마 아무도 모를 거야."

쎌리가 갈 시간이 됐다.

"아들론[2]에서 5시에 누굴 만나기로 했어." 그녀가 설명했다. "그 런데 벌써 6시네! 괜찮아. 그 늙은 돼지는 좀 기다려도 되니까. 그 는 내가 자기 정부가 되길 원하지만, 난 그가 내 빚을 다 갚아주기 전까지는 그렇게 하면 망한다고 말하는 중이야. 남자들은 왜 늘 그 렇게 짐승 같지?" 그녀는 핸드백을 열고 재빨리 입술과 눈썹 화장 을 손봤다. "오, 그런데, 프리츠 자기, 천사처럼 나한테 10마르크만 빌려주면 안돼요? 택시비가 없네."

"아, 그럼!" 프리츠는 호주머니에 손을 넣더니 영웅처럼 지체 없 이 돈을 내줬다.

쎌리는 내 쪽으로 돌아서서 말했다. "언제 와서 저랑 차 한잔하 시죠? 전화번호 주세요. 전화드릴게요."

내 생각에 그녀는 내가 돈이 좀 있다고 생각한 것 같았다. 그래, 이건 그녀에게 한번쯤은 교훈이 되겠군. 나는 그녀의 작은 가죽 수 첩에 내 전화번호를 적어줬다. 프리츠가 그녀를 배웅했다.

"자!" 그는 방으로 폴짝폴짝 뛰어 들어와서 경쾌하게 문을 닫았 다. "저 여자 어때, 크리스? 예쁘다고 내가 말 안했던가?"

"말했지!"

"난 매번 볼 때마다 점점 더 미치겠어!" 흐뭇하게 한숨을 쉬면서 그는 담배를 한개비 집어들었다. "커피 더 마실래, 크리스?"

"아니야, 됐어."

---

2 베를린 시내의 고급 호텔.

"있잖아, 크리스. 그녀가 너한테도 반한 것 같아!"

"아, 무슨 말도 안되는!"

"정말이야, 그런 것 같아!" 프리츠는 기분이 좋아 보였다. "그러니까 우리는 이제부터 그녀를 아주 자주 보게 될 것 같다는 거지!"

슈뢰더 부인의 집으로 돌아왔을 때 나는 어지러워서 침대에 반 시간쯤 누워 있어야 했다. 프리츠의 블랙커피는 늘 독했다.

며칠 후, 그는 나를 쌜리가 노래하는 곳으로 데리고 갔다.

레이디 윈더미어(지금은 없어졌다고 들었다)는 타우엔치엔 가 뒷길에 있는 예술가 느낌의 '격식 없는' 바로서, 주인은 분명 가능한 한 몽빠르나스처럼 보이게 만들고 싶어했던 것 같다. 벽은 주문서에 그린 소묘들, 캐리커처, 서명이 담긴 연극 사진들 ─ "이 세상 하나뿐인 레이디 윈더미어에게" "조니에게, 마음을 담아" ─ 로 뒤덮여 있었다. 실물의 네배쯤 되는 문제의 그 부채는 바 위쪽에 진열되어 있었다. 방 한가운데 있는 무대 위에는 커다란 피아노가 놓여 있었다.

나는 쌜리가 어떻게 하는지 보고 싶었다. 어떤 이유에서인지 나는 그녀가 좀 예민할 것이라고 생각했지만, 전혀 그렇지 않았다. 놀랄 정도로 깊고 허스키한 목소리였다. 노래를 잘하지는 않았다. 별다른 표현력도 없이, 손은 옆으로 늘어뜨린 채였다 ─ 그렇지만 그녀의 공연은 깜짝 놀라게 하는 등장이나 사람들이 뭐라고 생각하든 전혀 개의치 않는다는 식의 분위기 때문에 그 나름대로 인상적이었다. 팔을 되는대로 축 늘어뜨리고, 얼굴에는 보든가-말든가

식의 미소를 띠고 그녀는 노래했다.

> 난 이제 알아요, 엄마가 왜
> 진실해야 한다고 하셨는지
> 엄마는 바로 당신 같은
> 사람 때문에 그러신 거야

박수갈채가 터졌다. 잘생기고 젊은 금발 곱슬머리 피아니스트가 일어나서 정중하게 쎌리의 손에 키스했다. 그러고 나서 그녀는 노래 두곡을 더 했다. 한곡은 프랑스어로, 다른 한곡은 독일어로. 이 노래들에는 아까만큼의 반응은 없었다.

노래가 다 끝나자 쎌리는 또다시 손 키스를 엄청나게 보내고 이어서 바를 향해서도 몸짓을 지어 보였다. 쎌리는 그곳에 있는 모든 사람을 아는 것 같았다. 그녀는 그들을 모두 '당신' 혹은 '자기'라고 불렀다. 화류계 지망생으로서, 그녀는 놀랍게도 사업 감각이나 전술이 거의 없는 것처럼 보였다. 그녀는 분명히 바텐더와 잡담하기를 더 좋아하는 노신사에게 접근하려고 많은 시간을 허비했다. 나중에 우리는 모두 제법 취했다. 그러자 쎌리는 약속이 있어 가야 한다고 했고, 매니저가 와서 우리 테이블에 앉았다. 그와 프리츠는 영국 귀족에 대해 이야기했다. 이곳은 프리츠 본연의 영역이었다. 나는 그전에도 종종 그랬듯이, 이런 장소에는 다시 오지 말아야겠다고 결심했다.

그러고 나서 약속했던 대로 쌜리가 전화해 차를 마시자며 초대했다.

그녀는 쿠어퓌르스텐담[3]에서 쭉 내려가 할렌제로 올라가는 음울한 마지막 길에 살았다. 두꺼비같이 턱 아래로 살이 주머니처럼 축 늘어진, 살찌고 지저분한 주인아주머니가 안내해서 들어간 곳은, 가구가 제대로 갖춰져 있지 않은 커다랗고 우울한 방이었다. 한쪽 구석에 부서진 소파와 18세기 전투를 그린 빛바랜 그림이 있었고, 그림 속에서는 부상병이 우아한 자세로 팔꿈치로 기대고 반쯤 누워 프레데리크 대제의 말이 달리는 것을 보며 감탄하고 있었다.

"오, 안뇽, 크리스 자기!" 문간에서 쌜리가 외쳤다. "정말 왔네요! 진짜 끔찍하게 외로웠는데. 카프 부인의 가슴에 안겨 울고 있었다고요. 안 그래요, 카프 부인?[4]" 그녀는 두꺼비 같은 주인아주머니에게 말했다. "당신 가슴에 안겨 울었다고요.[5]" 카프 부인은 두꺼비처럼 킥킥거리며 가슴을 흔들었다.

"커피 드실래요, 크리스, 아니면 홍차?" 쌜리는 말을 이었다. "둘 다 마셔도 돼요. 사실은 홍차는 좀 별로예요. 카프 부인이 홍차를 어떻게 하는지 모르겠거든요. 부엌에서 나오는 쓰레기들을 주전자에 다 때려넣고 찻잎과 함께 끓이는 것 같아요."

"그럼, 커피 마실게요."

"천사 같은 카프 여사뉘임, 커피 두잔만 갖다주실래요옹?[6]" 쌜리

3 베를린 서쪽의 번화가.

4 (독) Nicht wahr, Frau Karpf?

5 (독) Ich habe geweint auf Dein Brust.

의 독일어는 부정확할 뿐 아니라, 그냥 자기 나름의 독일어였다. 그녀는 모든 단어를 젠체하며, 유난히 '외국인' 스타일로 발음했다. 표정만 봐도 외국어를 말하고 있다는 것을 알 정도였다. "크리스 자기, 미안하지만 커튼 좀 쳐줄래요?"

바깥은 아직 환했지만, 나는 시키는 대로 했다. 그러자 쌜리는 탁자의 조명을 켰다. 내가 창문에서 돌아서자, 그녀는 소파 위에 고양이처럼 우아하게 몸을 웅크리고는 가방을 열어 담배를 찾았다. 그러나 그녀는 그 자세를 취하자마자 다시 팔짝 뛰어 일어났다.

"프레리 오이스터7 먹을래요?" 그녀는 부서진 세면대 아래의 신발장 같은 곳에서 유리잔과 달걀, 우스터 소스병을 꺼냈다. "난 사실상 이것만 먹고 살아요." 그녀는 솜씨 좋게 달걀을 깨어 유리잔에 담고 소스를 더한 후 만년필 끝으로 휘휘 저었다. "내가 사 먹을 수 있는 게 이 정도죠." 그녀는 소파로 돌아가 우아하게 웅크리고 앉았다.

그녀는 오늘도 전과 같은 검은 드레스를 입고 있었지만, 케이프는 없었다. 그 대신 그녀는 작은 흰색 옷깃과 흰색 커프스를 착용했다. 그것은 일종의 연극적인 순결함, 마치 그랑도페라에 나오는 수녀처럼 보이는 효과를 줬다. "뭘 보고 웃어요, 크리스?" 그녀가 물었다.

"모르겠어요." 내가 말했다. 그러나 저절로 웃음이 나오는 것을 어쩔 수가 없었다. 그 순간 쌜리의 외모에는 뭔가 유달리 코믹한

---

6 (독) Frau Karpf, Liebling, willst Du sein ein Engel und bring zwei Tassen von Kaffee?
7 날달걀을 넣은 숙취 해소용 음료.

느낌이 있었다. 그녀의 작고 검은 머리, 큰 눈과 섬세하게 구부러진 코는 정말 아름다웠고 ─ 그녀는 이 모든 특징을 너무나 말도 안되게 의식하고 있었다. 그녀는 산비둘기처럼 득의만만하게 여성스러웠고, 의식적으로 머리를 균형 잡고 섬세하게 손을 배치한 채 누워 있었다.

"크리스, 이 자식, 뭘 보고 웃는지 말하라니까?"

"정말 조금도 모르겠는걸."

그 말에 그녀도 웃기 시작했다. "뭐야, 미쳤어!"

"여기 오래 살았어?" 나는 커다랗고 우울한 방을 둘러보며 물었다.

"베를린에 와서 쭉. 보자 ─ 이제 두달쯤 됐네."

나는 그녀에게 왜 독일에 오기로 결심했는지 물었다. 혼자 왔어? 아니, 그녀는 여자 친구와 함께 왔다. 여배우. 쌜리보다 나이가 많은. 그녀는 전에 베를린에 와본 적이 있다. 그녀는 쌜리에게 틀림없이 UFA[8]에서 일거리를 얻을 수 있을 거라고 했다. 그래서 쌜리는 어느 착한 노신사에게 10파운드를 빌려 그녀와 함께 왔다.

둘이 실제로 독일에 도착할 때까지 그녀는 부모에게 아무것도 말하지 않았다. "다이애나를 만나보면 좋을 텐데. 당신이 상상할 수 있는 가장 멋진 꽃뱀이거든. 어디서나 남자를 잡아 ─ 그 나라 말을 할 줄 알건 아니건 상관없어. 정말 웃겨 죽는다니까. 난 정말 그녀를 좋아해."

그렇지만 그들이 베를린에 석주 동안 함께 있었는데도 일거리

---

8 우파(Universum Film AG). 독일의 대형 영화사. 1917년 설립, 1920년대에 나치에 인수되면서 이후 국영화됨. 종전 이후 민간 영화사로 바뀌어 현재에 이름.

는 나타나질 않았고, 다이애나는 은행가를 하나 붙잡아 그와 함께 빠리로 가버렸다.

"당신을 여기 버려두고? 정말 나쁜 여자네."

"아, 몰라…… 다들 각자 자기 앞가림은 해야 하니까. 그녀 입장이었다면, 나라도 똑같이 했을걸."

"안 그랬을 거야!"

"어쨌든, 난 괜찮아. 난 늘 혼자 잘 지내니까."

"쌜리, 당신 몇살이야?"

"열아홉."

"맙소사! 스물다섯은 된 줄 알았는데!"

"알아. 모두 그렇게 말해."

카프 부인이 변색된 금속 쟁반에 커피 두잔을 담아 발을 끌면서 들어왔다.

"오, 카프 부인, 정말 굉장해요!"

"대체 왜 이 집에 사는 건데?" 나는 주인아주머니가 나가자 물었다. "이것보다는 훨씬 좋은 방을 얻을 수 있을 것 같은데."

"음, 그럴 수 있지."

"그럼, 왜 안 얻어?"

"아, 몰라. 게으른가보지, 뭐."

"여기 얼마 내는데?"

"한달에 80마르크."

"아침 포함?"

"아니 — 아닐 거야."

"아닐 거라고?" 나는 단호하게 외쳤다. "그렇지만 확실히 알아야 하는 거 아니야?"

쌜리는 이 말을 순순하게 받았다. "그래, 내가 바보라 그래. 그렇지만 난 저 아줌마한테 돈이 생기면 주거든. 그래서 정확하게 계산하기가 힘들어."

"그렇지만, 맙소사, 쌜리 — 내 방은 한달에 오십 내는데 아침 포함이야. 그리고 이 방보다 훨씬 더 좋다고!"

쌜리는 고개를 끄덕였지만, 변명하듯 말을 이었다. "크리스토퍼 자기, 봐요, 또 한가지는, 내가 떠나면 카프 부인이 어떻게 될지 모르겠다는 거야. 다른 세입자를 구할 수 없을 게 분명하거든. 누구도 그녀의 얼굴과 냄새와 그 모든 것을 견딜 수 없을 거야. 게다가 그녀는 석달째 집세가 밀려 있어. 세입자가 없다는 것을 알게 되면 그들이 그녀를 당장 내쫓을걸. 그렇게 되면 그녀는 자살해버릴 거라고 한단 말이야."

"그래도, 왜 그녀 때문에 희생하는지 모르겠는데."

"난 희생하고 있는 게 아니야, 정말. 여기 있는 게 좋아. 카프 부인과 나는 서로 잘 이해해. 삼십년 정도 있으면 아마 나도 그녀처럼 될 거야. 점잖은 주인아줌마라면 아마 일주일 만에 나를 쫓아내버릴걸."

"우리 주인아줌마는 안 그럴 거야."

쌜리는 코를 찡끗하면서 희미하게 웃었다. "커피 맛 어때, 크리스 자기?"

"프리츠네 커피보단 낫네." 나는 애매하게 말했다.

쎌리가 웃었다. "프리츠 멋지지 않아? 나 그 사람 정말 좋아해. '신경 쓰여'라고 말할 때 좋아."

"망할, 신경 쓰이게." 나는 프리츠를 따라해봤다. 우리 둘 다 웃었다. 쎌리는 담배를 또 한개비 꺼내 불을 붙였다. 그녀는 줄곧 담배를 피웠다. 나는 조명에 비친 그녀의 손이 얼마나 늙어 보이는지 깨달았다. 그 손은 신경질적으로 핏줄이 불거지고 몹시 앙상한 — 중년 여인의 손이었다. 초록색 손톱은 손과 전혀 어울리지 않았다. 딱딱하고 빛나는, 못생긴 작은 딱정벌레들처럼, 그냥 우연히 거기 들러붙은 것 같았다. "웃기는 건," 그녀가 생각에 잠긴 듯 덧붙였다. "프리츠와 나는 잔 적이 없다는 거야." 그녀는 잠시 멈췄다가 흥미롭다는 듯 물었다. "잤을 거라고 생각했어?"

"음, 그래 — 그랬던 것 같아."

"안 잤어. 단 한번도……" 그녀는 하품했다. "그리고 앞으로도 안 잘 거 같아."

우리는 몇분간 말없이 담배를 피웠다. 그러고 나서 쎌리는 자기 가족에 대해 이야기하기 시작했다. 그녀는 랭커셔의 방앗간 집 딸이었다. 그녀의 엄마 볼스 양은 상속녀였는데, 잭슨 씨와 결혼하면서 성을 합쳤다. "아빠는 끔찍한 속물이었어. 아닌 척했지만. 내 진짜 이름은 잭슨-볼스야. 그렇지만 물론 무대 위에선 그렇게 부를 수 없지. 사람들이 미쳤다고 할 테니까."

"프리츠 말로는 당신 엄마가 프랑스인이라던데?"

"아니, 물론 아니지!" 그녀는 좀 짜증이 난 것 같았다. "프리츠는 바보야. 늘 무슨 얘길 지어낸다니까."

쎌리에게는 베티라는 여동생이 있었다. "정말 천사야. 난 걔가 너무 예뻐. 열일곱살인데 아직 엄청 순진하다니까. 엄마는 걔를 진짜 상류층처럼 키웠어. 베티는 내가 어떤 창녀인지 알게 되면 거의 죽을 거야. 걔는 남자에 대해선 정말 아무것도 몰라."

"그런데 당신은 왜 상류층 느낌이 아니지, 쎌리?"

"몰라. 아마 아빠 쪽 가풍이 나오나봐. 아빠를 보면 맘에 들 거야. 아빠는 아무도 신경 안 써. 정말 멋진 사업가지. 한달에 한번쯤, 완전히 술에 고주망태가 돼서 엄마의 세련된 친구들을 다 겁에 질리게 만들지. 나더러 런던에 가서 연기를 배우라고 한 것도 아빠야."

"학교는 일찍 그만뒀나봐?"

"응. 학교는 참을 수가 없더라고. 퇴학당했어."

"어쩌다 그랬어?"

"교장 선생님에게 임신했다고 말했지."

"오, 이런, 쎌리, 그럴 수가!"

"정말 그랬다니까! 엄청난 소동이 벌어졌어. 의사를 불러 나를 진찰하고, 부모님을 부르고. 사실이 아니라는 것을 알고는 무지하게 실망하더라고. 교장 선생님은 그런 역겨운 일을 상상만으로라도 떠올릴 수 있는 아이는 학교에 남아선 안된다, 다른 여자애들이 물든다, 하더라고. 그래서 내 길을 간 거지. 그리고 나서는 런던에 가도 된다고 할 때까지 아빠를 괴롭힌 거야."

쎌리는 런던에 와서 다른 여학생들과 함께 호스텔에 머물렀다. 거기서 그녀는 감시에도 불구하고 밤시간의 대부분을 젊은 남자들의 아파트에서 보냈다. "나를 유혹한 첫 남자는 내가 나중에 말할 때까지 내가 처녀라는 걸 전혀 몰랐어. 그는 멋있었고, 나는 그를 좋아했지. 코미디 배역에는 완전히 천재였어. 언젠가는 분명 엄청 유명해질 거야."

얼마 후 쌜리는 영화의 군중 장면에 출연했고, 마침내 순회 공연단에서 작은 역할을 맡게 됐다. 그때 다이애나를 만난 것이다.

"베를린에는 얼마나 있을 건데?" 내가 물었다.

"모르지. 레이디 윈더미어 일은 이제 일주일밖에 안 남았거든. 에덴 바에서 만난 남자를 통해서 이 일을 얻었는데. 그런데 지금 그 남자는 빈에 있어. UFA에 다시 전화해볼까봐. 그리고 가끔 데이트하는 끔찍한 유대인 노인네가 있어. 늘 계약을 주선해주겠다고 약속해. 그런데 그냥 나랑 자고 싶은 것뿐이야, 늙은 새끼가. 이 나라 남자들은 끔찍한 것 같아. 아무도 돈 있는 남자가 없고, 초콜릿 한상자나 주고 그냥 꼬시면 되는 줄 안다니까."

"이 일이 끝나면 대체 어떻게 할 거야?"

"글쎄, 집에서 보내온 용돈이 조금 있어. 그걸로 오래 버티진 못하겠지만. 엄마는 나더러 곧 영국으로 돌아오지 않으면 용돈을 끊을 거라고 이미 협박했어…… 물론 여기서 여자 친구랑 함께 사는 줄 알지. 엄마는 내가 혼자 사는 줄 알면 바로 기절할걸. 어쨌든 난 곧 스스로를 책임질 수 있을 만큼 벌어야 해. 가족에게 돈 받는 건 싫으니까. 지금은 불경기라 아버지 사업도 끔찍하게 안 좋거든."

"저기, 쌜리 ― 정말로 곤란한 상황에 처하면 내게 알려줬으면 좋겠어."

쌜리는 웃었다. "정말 다정하네, 크리스. 그렇지만 난 친구들을 등쳐먹진 않아."

"프리츠는 당신 친구 아니야?" 저절로 그 말이 튀어나왔다. 그러나 쌜리는 개의치 않는 것 같았다.

"아, 물론 난 프리츠를 끔찍이 좋아하지. 그렇지만 그이는 돈이 많잖아. 어쨌거나 사람이 돈이 많으면 다르게 느껴지는 거야— 왜 그런지는 모르지만."

"그럼 내가 돈이 많지 않다는 건 어떻게 알아?"

"당신?" 쌜리는 웃음을 터뜨렸다. "처음 딱 보자마자 쪼들리고 있다는 걸 알았어!"

쌜리가 찾아와 나와 차를 마신 날, 슈뢰더 부인은 흥분해서 제정신이 아니었다. 그녀는 그날을 위해 가장 좋은 옷을 입고 머리를 손질했다. 초인종이 울리자 그녀는 요란하게 문을 열어젖혔다. "이시부 씨," 그녀가 의미심장하게 내게 윙크를 하며 매우 큰 소리로 알렸다. "웬 여자분이 당신을 보러 왔어!"

나는 쌜리와 슈뢰더 부인을 서로 정식으로 소개했다. 슈뢰더 부인은 공손함이 넘쳐났다. 그녀는 쌜리를 계속 '아가씨'라고 불렀다. 쌜리는 심부름 소년 같은 모자를 한쪽 귀 위로 기울여 쓰고 낭랑하게 웃으며 소파에 우아하게 앉아 있었다. 슈뢰더 부인은 노골적으로 찬탄하고 놀라워하며 그녀 주위를 맴돌았다. 그녀는 분명 쌜리 같은 여자를 본 적이 없는 것 같았다. 차를 내왔을 때, 보통 함께 내주는 희끄무레하고 맛없게 생긴 페이스트리 대신, 잼 타르트가 접시 한가득 별 모양으로 놓여 있었다. 나는 또한 슈뢰더 부인이 우리에게 가장자리가 레이스 모양으로 뚫린 두장의 작은 종이 냅킨도 줬음을 알아챘다. (나중에 내가 이렇게 준비해준 데 감사 인사를 하자, 그녀는 기병대위가 약혼녀와 차를 마실 때도 늘 이 냅킨을 준비했었노라고 말했다. "아, 그래, 이시부 씨. 날 믿으라고! 젊은 여자들이 뭘 좋아하는지 안다니까!")

"소파에 좀 누워도 돼, 자기?" 단둘이 남자마자 쌜리가 물었다.

"그럼, 되지."

쌜리는 모자를 벗고 작은 벨벳 신발을 소파에 걸쳐둔 채 가방을 열고 분칠을 하기 시작했다. "끔찍하게 피곤해. 어젯밤 한숨도 못 잤어. 정말 멋진 새 애인을 만났거든."

나는 차를 따르기 시작했다. 쌜리는 옆눈으로 나를 흘끗 봤다.

"내가 이렇게 얘기하면 충격받나, 크리스토퍼 자기?"

"전혀 아니야."

"그렇지만 좋진 않지?"

"내가 상관할 일이 아니지." 나는 그녀에게 찻잔을 건넸다.

"오, 맙소사," 쌜리가 외쳤다. "영국 사람처럼 굴지 마! 물론 당신 은 당신 일만 생각하겠지!"

"그럼 좋아, 굳이 알고 싶다면. 그런 얘기 들으면 지루해."

이건 내가 의도한 것보다 훨씬 더 그녀를 화나게 했다. 그녀의 어조가 바뀌었다. 그녀는 냉랭하게 말했다. "당신은 이해할 줄 알 았는데." 그녀는 한숨을 쉬었다. "내가 잊고 있었네 — 당신도 남자 니까."

"미안해, 쌜리. 남자인 걸 어쩌겠어, 물론…… 그렇지만 나한테 화내지는 마. 단지 당신이 그렇게 얘기할 때는 실은 그저 신경이 날카로운 거라는 얘기를 하는 것뿐이야. 당신은 천성이 낯을 가리는 것 같아. 그래서 그들을 튕겨내서 당신을 인정하든지 못마땅해하든지 하도록 만들려고 하는 거야. 난폭하게. 난 알아, 나도 가끔 그러거든…… 단지 나한테 그러지는 말았으면 하는 거지. 왜냐하면 나한테는 소용이 없고, 그냥 당혹스럽게 만들 뿐이거든. 베를린에 있는 모든 독신 남자와 자고, 그때마다 와서 나한테 그 얘기를 한다고 해도, 당신이 까멜리아의 여인[9]이라고 나를 설득할 수는 없을 거야 — 왜냐하면, 정말로, 당신은 그게 아니잖아."

"아니지…… 아닌 것 같아 — " 쎌리의 목소리는 조심스럽고 건조했다. 그녀는 이 대화를 즐기기 시작하고 있었다. 나는 뭔가 새로운 방식으로 그녀의 비위를 맞추는 데 성공했던 것이다. "그럼 정확하게 난 어떤 사람이야, 크리스토퍼 자기?"

"당신은 잭슨-볼스 부부의 딸이야."

쎌리는 차를 홀짝거렸다. "그래…… 무슨 말인지 알 것 같아…… 당신 말이 맞을지도 몰라…… 그럼 내가 애인들을 전부 정리해야 한다고 생각해?"

"물론 아니지. 당신이 확신만 있으면 정말로 즐기는 거고."

"물론," 쎌리가 잠시 침묵했다가 심각하게 말했다. "나는 내 일에 사랑이 개입되게 하지 않아. 일이 우선이니까…… 그렇지만 연애를 하지 않는 여자가 위대한 여배우가 될 수 있을지 의문이

---

9 *La Dame aux Camelias.* 흔히 『춘희』로 알려진 알렉상드르 뒤마의 1848년작 소설의 원제목. 베르디의 오페라 「라 뜨라비아따」(1853)의 원작이기도 함.

야—” 그녀는 갑자기 말을 멈췄다. “왜 웃어, 크리스?”

“안 웃어.”

“당신은 늘 날 비웃어. 내가 정말 무지막지하게 멍청하다고 생각하지?”

“아냐, 쎌리. 난 당신이 전혀 바보가 아니라고 생각해. 내가 웃고 있던 건 사실이야. 내가 좋아하는 사람들은 종종 내가 자기들을 비웃기를 바라는데, 왜 그런지는 모르겠어.”

“그럼 당신은 날 좋아하는 거야, 크리스토퍼 자기?”

“응, 물론 좋아하지, 쎌리. 뭐라고 생각했는데?”

“그렇지만 날 사랑하진 않지?”

“응. 사랑하진 않아.”

“정말 기분 좋다. 난 처음 만났을 때부터 당신이 날 좋아했으면 했거든. 그렇지만 날 사랑하지는 않는다니 기뻐. 어쩐지 난 당신하고 사랑할 수 있을 것 같진 않거든—그러니까 당신이 날 사랑했으면 모든 것이 망가졌을 거잖아.”

“그래, 참 다행이다, 안 그래?”

“그래, 정말⋯⋯” 쎌리는 머뭇거렸다. “고백할 게 하나 있어. 크리스 자기⋯⋯ 이거 당신이 이해할지 모르겠는데.”

“명심해, 나 그냥 남자야, 쎌리.”

쎌리가 웃었다. “정말 바보 같은 얘기야. 그렇지만 어쩐지 내가 당신한테 말하지 않았다는 사실을 당신이 나중에 알게 되면 안 좋을 것 같아⋯⋯ 저번에 프리츠가 우리 엄마가 프랑스인이라고 했다고 했지?”

"응, 기억해."

"그리고 그가 그 얘길 만들어냈을 거라고 내가 말한 것도? 음, 사실은 아니야…… 내가 그에게 그렇게 말했거든."

"도대체 왜 그랬는데?"

우리는 함께 웃기 시작했다. "몰라." 쎌리가 말했다. "아마 좋은 인상을 주고 싶었나봐."

"엄마가 프랑스 사람인 게 무슨 좋은 인상을 줘?"

"내가 가끔 그렇게 미칠 때가 있어, 크리스. 당신이 좀 봐줘야 해."

"알았어, 쎌리, 봐줄게."

"그리고 프리츠에게는 말하지 않기로 맹세할 거지?"

"맹세해."

"만약 말하면, 이 자식," 쎌리가 웃으며 내 책상에서 종이칼을 집어들고 말했다. "목을 잘라버릴 테다!"

나중에 나는 슈뢰더 부인에게 쎌리를 어떻게 생각하느냐고 물었다. 그녀는 황홀한 상태였다. "그림 같아, 이시부 씨! 그렇게 우아하고. 손발도 어쩜 그렇게 예뻐! 정말 최고 상류층에 속해 있다는 걸 알 수 있어…… 봐, 이시부 씨, 난 당신이 그런 여자 친구를 사귈 줄은 생각도 못했어! 늘 조용하고……"

"아, 슈뢰더 부인, 원래 조용한 사람들이 ―"

그녀는 깔깔 웃음을 터뜨리며, 짧은 다리로 선 채 몸을 앞뒤로 흔들었다. "맞아, 이시부 씨! 맞아!"

섣달그믐날, 쎌리는 슈뢰더 부인의 집으로 이사 들어왔다.

그것은 전부 막판에 결정됐다. 나의 거듭된 경고에 의심이 생긴 쎌리는 카프 부인이 특히나 야비하고 서투르게 사기 치는 것을 잡아냈던 것이다. 그래서 그녀는 마음을 굳히고 통보했다. 그녀는 코스트 양이 쓰던 방으로 들어왔다. 슈뢰더 부인은 물론 넋이 나갈 정도로 기뻐했다.

우리는 실베스테르 축일[10] 만찬을 집에서 함께했다. 슈뢰더 부인, 마이어 양, 쎌리, 보비, 트로이카에서 온 동료 바텐더, 그리고 나. 실로 성대한 식사였다. 다시 호감을 사게 된 보비는 슈뢰더 부인을 대담하게 희롱했다. 마이어 양과 쎌리는 위대한 예술가로서 서로 이야기를 나누며 영국에서의 뮤직홀의 가능성에 대해 토론했다. 쎌리는 그녀가 펄레이디엄[11]과 런던 콜리시엄 극장에 어떻게 출연했는지에 대해서 정말 깜짝 놀랄 만한 거짓말들을 늘어놓았고, 그 순간에는 그녀 스스로도 분명 반쯤 믿고 있는 듯했다. 마이어 양은 거기에 더해 흥분한 학생들이 그녀를 마차에 태워 뮌헨의 거리를 어떻게 질주했는지에 관해 늘어놓았다. 이 지경이 되자 쎌리가 마이어 양에게 「알프스여 안녕」을 불러달라고 설득하는 데는 오래 걸리지 않았다. 끌라레 컵[12]에 싸구려 꼬냑까지 한병 마셨으니 그 노래는 정말 내 기분과 잘 어울려 나는 눈물을 몇방울 흘리고 말았다. 우리는 반복되는 악절과 마무리 부분의 귀가 찢어지는 듯한 '유

---

10 교황 실베스테르 1세(재위 314~35)의 기일로, 섣달그믐임.
11 런던 옥스퍼드 가에 있는 극장. 1910년에 건립됨.
12 적포도주에 브랜디, 탄산수, 레몬, 설탕을 섞어 차게 한 음료.

후-히!' 부분을 함께 불렀다. 그러고 나서 쎌리는「소년 블루스」라는 노래를 감정을 아주 잘 살려 불러서, 보비의 동료 바텐더는 노래를 개인적으로 받아들이고는 그녀의 허리를 껴안았고, 그래서 보비는 그를 말리며 단호하게 이제 일하러 가야 한다고 상기시켜야 했다.

쎌리와 나는 그들과 함께 트로이카로 갔고, 거기서 프리츠를 만났다. 그와 함께 있던 사람은 클라우스 링케라는 젊은 피아니스트로, 레이디 윈더미어에서 쎌리가 노래할 때 반주를 해주던 사람이었다. 나중에 프리츠와 나만 함께 자리를 떴다. 프리츠는 좀 우울해 보였으나, 왜 그런지는 말하려 하지 않았다. 몇몇 여자들이 얇은 거즈 천 뒤에서 그림자놀이를 해 보였다. 그리고 테이블마다 전화기가 놓인 커다란 댄스홀이 있었다. 우리는 일상적인 대화를 나눴다. "실례합니다만, 부인, 당신 목소리를 들으니 길고 검은 속눈썹을 가진 매력적인 금발이신 것 같네요―딱 내가 좋아하는 타입요. 어떻게 아느냐고요? 아하, 그건 비밀이죠! 네―맞아요. 난 키가 크고 어깨가 넓고 군인처럼 생겼고요, 작은 콧수염이 있죠…… 못 믿겠다고요? 그럼 직접 와서 보세요!" 쌍쌍이 서로의 엉덩이에 손을 올려놓고 춤을 추고, 서로 얼굴에 대고 소리를 지르고, 땀을 뻘뻘 흘렸다. 바이에른 지방의 의상을 입은 오케스트라는 소리를 지르고 술을 마시고 맥주 같은 땀을 흘렸다. 그곳은 마치 동물원 같은 냄새가 났다. 그후에 나는 혼자 빠져나와 몇시간 동안이나 종이 띠의 밀림 속을 헤매다녔던 것 같다. 이튿날 아침, 잠에서 깨어나니 침대가 종이띠로 가득 차 있었다.

일어나서 옷을 입고 얼마 안 있어 쌜리가 집에 돌아왔다. 그녀는 곧장 내 방으로 왔는데, 피곤해 보였지만 기분이 좋은 것 같았다.

"안녕, 자기! 지금 몇시야?"

"거의 점심때야."

"아니, 정말이야? 어쩜! 정말 배고프다. 아침에 커피 한잔밖에 안 마셨어……" 그녀는 뭔가 바라는 듯 말을 멈추고는 내 다음 질문을 기다렸다.

"어디 갔다 왔어?" 내가 물었다.

"하지만, 자기," 쌜리는 괜히 놀라는 척하면서 눈을 크게 떴다. "난 다 아는 줄 알았는데!"

"전혀 모르겠는데."

"말도 안돼!"

"정말 몰라, 쌜리."

"오, 크리스토퍼 자기, 어떻게 그런 거짓말을 해! 아, 당신이 그 모든 걸 계획했으면서! 그렇게 프리츠를 따돌리다니 ─ 정말 삐친 것 같던데! 클라우스와 나는 웃겨 죽는 줄 알았어."

그렇지만 그녀는 그리 편해 보이진 않았다. 처음으로 나는 그녀가 얼굴을 붉히는 것을 봤다.

"담배 있어, 크리스?"

나는 한개비를 주고 성냥을 켜줬다. 그녀는 길게 한모금 뿜어내더니 천천히 창가로 걸어갔다.

"난 정말 그를 끔찍이 사랑해."

그녀는 살짝 찡그리며 돌아서서 소파로 건너와 조심스럽게 손발을 정돈하고 몸을 동그랗게 웅크렸다. "최소한, 나는 그렇게 생각해." 그녀가 덧붙였다.

나는 점잖게 잠시 사이를 두었다가 물었다. "그럼 클라우스도 당신을 사랑해?"

"그는 나를 엄청 좋아하지." 쌜리는 정말로 진지했다. 그녀는 몇 분간 더 담배를 피웠다. "레이디 윈더미어에서 나를 처음 본 순간부터 나를 사랑했대. 그렇지만 우리가 함께 일을 하니까, 감히 뭐라고 말을 못했던 거야. 내가 노래를 못하게 될까봐 두려웠대…… 나를 만나기 전에는 여자의 몸이 얼마나 멋지고 아름다운 것인지 몰랐다는 거야. 그동안 살면서 여자가 딱 세명 있었대……"

나는 담뱃불을 붙였다.

"물론, 크리스, 당신이 정말 이해하리라곤 생각 안해…… 설명하기가 참 어려워……"

"그럴 거 같아."

"4시에 다시 만나기로 했어." 쌜리의 어조는 다소 도전적이었다.

"그러면 좀 자는 게 좋겠어. 슈뢰더 부인에게 달걀 요리 좀 해주라고 할게. 아직 너무 취해 있으면 내가 직접 하든가. 침대에 누워. 침대에서 먹으면 되니까."

"고마워, 크리스 자기. 당신은 정말 천사야." 쌜리가 하품했다. "당신 없으면 내가 대체 어떻게 할지 모르겠어."

이후로 쌜리와 클라우스는 매일 만났다. 그들은 주로 우리 집에서 만났다. 한번은 클라우스가 밤새 있었다. 슈뢰더 부인은 내게 이

일에 대해 별말 하지 않았지만, 그녀가 꽤 충격을 받았다는 것은 알 수 있었다. 클라우스가 못마땅해서가 아니었다. 그녀는 그가 매우 매력적이라고 생각했으니까. 그렇지만 그녀는 쌜리가 내 여자라고 생각했고, 그래서 내가 그렇게 온순하게 비켜서 있는 것을 보고 충격받은 것이었다. 그러나 내가 그 연애에 대해 몰랐고 쌜리가 나를 정말로 속여왔더라도, 슈뢰더 부인은 기꺼이 즐겁게 그 음모를 도왔을 것이다.

그러는 동안 클라우스와 나는 약간 서먹했다. 계단에서 마주칠 때면 우리는 원수처럼 냉랭하게 인사를 했다.

1월 중순경, 클라우스는 갑자기 영국으로 떠났다. 기대도 안했는데 영화에 배경음악을 맞춰 넣는 아주 좋은 일을 제안받은 것이다. 작별인사를 하러 왔던 날 오후, 아파트에는 마치 쌜리가 위험한 수술을 받고 있는 외과병원이라도 되는 것 같은 기운이 뚜렷하게 감돌았다. 슈뢰더 부인과 마이어 양은 거실에 앉아 카드 점을 보고 있었다. 슈뢰더 부인이 나중에 내게 알려준 바에 의하면, 그 결과가 더이상 좋을 수가 없었다고 한다. 클로버 8이 좋은 조합으로 세번이나 나왔다는 것이다.

쌜리는 이튿날 하루 종일 자기 방 소파에서 종이와 연필을 무릎에 올려놓은 채 몸을 웅크리고 있었다. 시를 쓰는 중이었다. 그녀는 내게 그것을 보여주려고 하지 않았다. 그녀는 줄담배를 피우면서 프레리 오이스터를 섞어댔지만, 슈뢰더 부인이 만들어준 오믈렛은

몇입 먹고는 더이상 먹지 않았다.

"뭐 좀 갖다줄까, 쎌리?"

"아니, 괜찮아, 크리스 자기. 그냥 아무것도 먹고 싶지가 않아. 내가 무슨 훌륭한 성인이나 그런 게 된 것처럼 기분이 아주 좋고, 날아다닐 것 같아. 얼마나 근사한 기분인지 모를 거야…… 초콜릿 먹을래, 자기? 클라우스가 세상자나 줬거든. 난 더 먹으면 토할 것 같아."

"고마워."

"그 사람과 결혼할 것 같진 않아. 우리 둘의 경력을 망칠 테니까. 이봐, 크리스토퍼, 그 사람이 날 끔찍이도 좋아하니까, 내가 계속 주변에 맴돌면 그에게 좋지 않을 거야."

"두사람 다 유명해지고 난 후에 결혼할 수도 있지."

쎌리는 잠깐 생각했다.

"아니…… 그렇게 해도 모든 걸 망치게 될 거야. 우리는 항상 원래의 자신에 맞춰서 살도록 노력해야 하거든. 무슨 말인지 당신이 알지 모르겠지만. 그리고 우린 둘 다 서로 달라야 해…… 그는 정말 엄청나게 원초적이야. 파우누스[13] 같아. 그와 있으면 내가 아주 외딴 숲 속 한가운데 있는 멋진 님프나 그런 것이 된 것처럼 느껴져."

클라우스의 첫번째 편지는 적절한 시점에 도착했다. 우리는 모

---

[13] 고대 로마 신화에 나오는 숲의 신. 남자의 얼굴과 몸에 염소 다리와 뿔이 달림.

두 그 편지를 초조하게 기다리고 있었다. 그리고 슈뢰더 부인은 나한테 그 편지가 왔다고 말하려고 나를 특별히 일찍 깨우기까지 했다. 아마 그녀는 그 편지를 직접 읽을 기회가 없을까봐 걱정돼서 내가 그녀에게 그 내용을 말해주길 바라는 것 같았다. 만일 그런 거라면, 그녀의 걱정은 근거 없는 것이었다. 쌜리는 그 편지를 슈뢰더 부인, 마이어 양, 보비, 나에게 보여줬을 뿐만 아니라, 집세를 받으러 온 관리인의 아내가 있는 자리에서 편지 일부를 큰 소리로 읽어주기까지 했던 것이다.

처음부터 그 편지는 내게 씁쓸한 뒷맛을 남겼다. 편지의 어조 전체가 아주 이기적이고 뭔가 봐준다는 듯한 느낌이었다. 클라우스는 런던이 마음이 안 든다고 했다. 그는 외로웠다. 음식도 안 맞았다. 스튜디오 사람들은 그를 대할 때 배려가 없었다. 그는 쌜리와 함께 있었으면 했다. 그녀가 여러가지로 그를 도와줄 수 있었을 테니까. 그러나 기왕 영국에 있으므로 그 기회를 최대한 활용하려고 한다고 했다. 그는 열심히 일해서 돈을 벌 것이었다. 쌜리도 열심히 일하라고 했다. 일을 하면 기분이 좋아질 것이고 우울함에서 벗어날 수 있을 테니까. 편지 말미에는 다채로운 사랑의 말이, 다소 지나치게 번드르르하게 붙어 있었다. 그 말들을 읽으면 느낄 수 있었다. 그는 이런 편지를 전에도 여러번 써본 것이었다.

그러나 쌜리는 기뻐했다. 클라우스의 권고가 아주 감명 깊었던지 그녀는 당장 영화사 몇군데와 극단 한군데, 그리고 대여섯군데의 '사업' 관련 지인들에게 전화를 걸었다. 그 모든 연락에도 불구하고 확실한 것은 아무것도 없었던 게 사실이다. 그러나 그녀는 그후 스물네시간 동안 내내 매우 낙관적인 분위기를 유지했다—내게 말하길, 심지어 꿈속에서도 온통 계약과 네 자릿수 숫자의 수표들이 나왔다는 것이다. "정말 굉장한 느낌이야, 크리스. 난 이제 곧장 앞만 보고 갈 거고, 세계에서 가장 훌륭한 여배우가 될 테야."

이 일이 있고 나서 일주일쯤 지난 어느날 아침, 내가 쎌리 방에 들어갔더니 그녀는 손에 편지를 한장 들고 있었다. 나는 클라우스의 글씨체를 한눈에 알아봤다.

"안녕, 크리스 자기."

"안녕, 쎌리."

"잘 잤어?" 그녀의 어조는 부자연스럽게 밝고 수다스러웠다.

"잘 잤어. 당신은?"

"꽤 잘 잤어…… 날씨가 나쁘네, 그렇지?"

"그래." 나는 창가로 가서 내다봤다. 과연 그러했다.

쎌리는 허물없이 미소 지었다. "이 자식이 영영 가버린 거 알아?"

"어떤 자식?" 나는 난처해지기 싫었다.

"오, 크리스! 맙소사, 둔한 척하지 마!"

"정말 미안해. 오늘 아침에는 이해가 좀 느리네."

"설명하기도 귀찮아, 자기." 쎌리가 편지를 내밀었다. "여기, 읽어봐, 응? 이 빌어먹을 뻔뻔한 자식이! 큰 소리로 읽어. 어떻게 들리나 들어보게."

"내 사랑, 불쌍한 아기,"라고 그 편지는 시작됐다. 클라우스는 쎌리를 불쌍하고 사랑스러운 아기라고 불렀다. 그의 설명에 따르면 그가 이제부터 해야 할 이야기가 그녀를 끔찍하리만큼 불행하게 만들 것이기 때문이란다. 그럼에도 불구하고 그는 그 말을 해야 했다. 그는 드디어 결심했음을 말해야만 했다. 그녀는 그 결정이 쉬웠다고 생각하면 안됐다. 그것은 매우 어렵고 고통스러웠다. 그러나 그는 자신이 옳음을 안다고 했다. 한마디로, 그들은 헤어져야 한다.

"이제 알겠어,"라고 클라우스는 썼다. "내가 아주 이기적으로 굴었다는 걸. 난 단지 내 즐거움만 생각했어. 그러나 나는 이제 내가 당신에게 나쁜 영향을 끼치고 있다는 것을 깨달았어. 내 사랑, 당신은 나를 너무 좋아해. 우리가 계속 함께 있게 되면 당신은 자신의 의지나 생각이 없어져버릴 거야." 클라우스는 이어서 쎌리에게 자신의 일을 위해 살라고 충고했다. "내가 알게 된 것은, 일이야말로 유일하게 중요하다는 점이야." 그는 쎌리가 괜히 속상해할까봐 걱정이었다. "용감해야 해, 쎌리, 내가 사랑하는 불쌍한 아기."

편지 마지막에 가서야 전모가 드러났다.

"며칠 전 나는 영국 귀족계급의 지도층인 클라인 부인의 파티에 초대되어 갔어. 거기서 고어-에커슬리 양이라는 아름답고 지적인 영국 여자를 만났어. 이름을 내가 제대로 듣진 못했지만, 그녀는 어떤 영국 귀족의 친척이야—누군지 당신은 아마 알겠지. 그후로 두번 만났고, 많은 것들에 관해서 멋진 대화를 나눴지. 그녀만큼 내 마음을 잘 이해할 수 있는 여자를 만난 적이 없는 것 같아—"

"이건 처음 듣는 얘기야." 쎌리가 킥 웃으며 쓸쓸하게 말문을 열었다. "난 그놈이 대체 생각이 있는 건지 모르겠어."

바로 이때 슈뢰더 부인이 비밀의 냄새를 맡고 들어와 쎌리에게 목욕을 하겠느냐고 물어서 우리의 대화를 중단시켰다. 나는 그 두 사람이 충분히 이야기하라고 자리를 비켜줬다.

"그 바보에게 화조차 나지 않아." 그날 오후에 쌜리가 화가 나서 담배를 피우며 방을 이리저리 오가면서 말했다. "난 그저 엄마 같은 마음에서 그가 안됐다고 느낄 뿐이야. 다만 그가 자신을 이런 여자들에게 내던져버리면, 자기 일은 도대체 어쩌겠다는 건지 상상이 안될 뿐이지."

그녀는 다시 방을 한바퀴 돌았다.

"내 생각에, 그가 딴 여자와 계속 연애했고 오래 지난 후에 그 얘기를 나한테 했더라면, 좀더 신경이 쓰였을 거야. 그렇지만 이 여자애는! 아이고, 그의 정부도 못되는 것 같은데."

"물론 아니지." 내가 동의했다. "프레리 오이스터나 먹을까?"

"그거 좋은 생각이다, 크리스! 당신은 늘 딱 맞는 일을 생각해낸다니까. 당신이랑 연애했으면 좋겠어. 클라우스는 당신 새끼손가락만큼도 안돼."

"나도 알아."

"그 망할 뻔뻔한 놈," 쌜리는 우스터 소스를 꿀꺽 마시고 윗입술을 핥으며 외쳤다. "내가 자기를 좋아한대! ……최악은 뭐냐면, 정말 내가 좋아했다는 거야!"

그날 저녁 그녀의 방에 들어가보니, 그녀는 펜과 종이를 앞에 놓고 있었다.

"그에게 편지를 백만통 썼다가 다 찢어버렸어."

"소용없어, 쌜리. 영화나 보러 가자."

"맞아, 크리스 자기." 쌜리는 작은 손수건의 모서리로 눈을 훔쳤다. "신경 써봐야 소용없지, 그렇지?"

"요만큼도 없다니까."

"난 꼭 훌륭한 배우가 될 거야 ― 그놈에게 보여주기 위해서라도!"

"바로 그거야!"

우리는 뷜로 가의 작은 영화관으로 갔다. 영화관에서는 위대한 사랑과 가정, 아이를 위해서 배우 경력을 희생하는 여자의 이야기를 담은 영화를 상영하고 있었다. 우리는 너무 웃어서 영화가 끝나기도 전에 극장을 떠나야 했다.

"이제 기분이 굉장히 좋아졌어." 쌜리가 나오면서 말했다.

"좋네."

"아마, 결국은, 그를 제대로 사랑하지 않았던 건지도 몰라…… 어떻게 생각해?"

"내가 뭐라고 말하긴 어렵네."

"난 종종 어떤 남자를 사랑했는데 알고 보면 그렇지 않았다는 걸 깨닫게 돼. 그렇지만 이번엔," 쌜리의 목소리는 회한에 젖었다. "정말 **확실**하다고 느꼈는데…… 그런데 이젠 어쩐지 모든 것이 좀 헷갈리는 것 같아……"

"아마 충격을 받아서 그럴 거야." 내가 넌지시 말했다.

쌜리는 이 생각이 상당히 마음에 들었다. "그래, 그런 것 같아……! 그런데 크리스, 당신은 정말 여자들 맘을 끝내주게 잘 이해한다. 내가 만난 어떤 남자보다 나아…… 분명히 언젠가는 수백

만부가 팔릴 엄청 훌륭한 소설을 쓰게 될 거야."

"날 믿어줘서 고마워, 쌜리!"

"당신도 나 믿지, 크리스?"

"물론 믿지."

"아니, 솔직하게 말하면?"

"글쎄…… 당신은 어떤 일은 아주 성공적으로 잘해낼 거라고 확신해 — 단지 뭐가 될지는 모르지만…… 내 말은, 시도했다면 해낼 수도 있었던 그런 일들이 많지 않을까, 안 그래?"

"그런 것 같아." 쌜리는 생각에 잠겼다. "최소한, 그런 느낌은 들어…… 그리고 때로는 내가 아무 짝에도 소용없다는 느낌도 들고…… 나 참, 한 남자가 나에게 한달 동안만이라도 충실하도록 하지도 못한다니."

"오, 쌜리, 그 얘기는 다시 꺼내지도 마!"

"알았어, 크리스 — 그 얘기는 다시 하지 말자. 가서 술이나 마셔."

그후로 몇주 동안 나와 쌜리는 거의 내내 함께 있었다. 커다랗고 침침한 방 안에서 소파에 몸을 웅크리고 그녀는 담배를 피우고 프레리 오이스터를 마시고 미래에 대해 끊임없이 이야기했다. 날씨가 좋고 내가 수업이 없는 날이면 우리는 비텐베르크 광장까지 산책을 나가 벤치에 앉아 햇볕을 쪼이며 지나가는 사람들에 대한 대화를 나눴다. 모든 사람이 노란색 베레모를 쓰고 너저분한 늙은 개의 가죽 같은 낡은 모피 외투를 입은 쌜리를 쳐다봤다.

"난 말이야," 그녀는 이렇게 말하길 좋아했다. "이 거지 같은 우리 두사람이 나중에 세계에서 가장 멋진 소설가와 가장 위대한 배우가 될 거라는 걸 알면 사람들이 뭐라고 할지 궁금해."

"많이 놀라겠지, 뭐."

"우리가 메르세데스를 몰고 다니면서 이 시절을 돌아보게 되면 이렇게 생각할 것 같아. 결국 그리 나쁘진 않았어!"

"지금 메르세데스를 타는 것도 그리 나쁘진 않을 것 같은데."

우리는 부와, 명성과, 쎌리가 맺을 엄청난 계약들과, 내가 언젠가 쓰게 될 소설의 기록적인 판매에 대해 끊임없이 이야기했다. "내 생각엔," 쎌리가 말했다. "소설가가 되면 굉장할 것 같아. 당신은 지독하게 몽상가고 비현실적이고 사업과는 거리가 멀어서, 사람들은 당신에게 원하는 만큼 사기를 쳐서 빼먹을 수 있다고 생각하거든 ─ 그런데 당신은 앉아서 그들에 관한 책을 써서 그들이 얼마나 돼지 같은 놈들인지 보여주고, 그 소설로 어마어마한 성공을 해서 떼돈을 버는 거지."

"내 생각에 내 문제는 내가 그럴 정도로 몽상적이진 않다는 거야……"

"……내가 정말 돈 많은 남자를 애인으로 둘 수 있다면. 보자…… 난 일년에 삼천하고 아파트 한채, 좋은 차 한대면 되거든. 당장은 부자가 되기 위해 뭐든지 할 거야. 돈이 많으면 정말 좋은 계약을 하기 위해 기다릴 여유가 있잖아. 처음 오는 제의를 바로 잡아챌 필요가 없는 거야…… 물론 나를 부양하는 남자에게는 절대적으로 충실해야겠지 ─"

쎌리는 이런 이야기를 퍽 진지하게 했고, 정말 그럴 생각이었다. 그녀는 불안하고 초조한, 매우 묘한 심리 상태였다. 종종 그녀는 아무 특별한 이유도 없이 성질을 내곤 했다. 그녀는 끊임없이 일자리를 구하는 이야기를 했지만, 그러기 위한 아무런 노력도 하지 않았다. 그녀의 용돈은 아직까지 끊기지 않았지만, 우리는 상당히 조촐한 생활을 하고 있었다. 쎌리가 더이상 저녁에 외출하거나 다른 사람들을 보고 싶어하지 않았기 때문이다. 한번은 프리츠가 차를 마시러 왔다. 나는 두사람만 남겨두고 편지를 쓰러 갔다. 내가 다시 돌아왔을 때 프리츠는 이미 가고 없었고 쎌리는 눈물을 흘리고 있었다.

"저 남자 너무 지루해!" 그녀는 흐느꼈다. "미워! 죽여버리고 싶어!"

그러나 몇분 후 그녀는 다시 차분해졌다. 나는 반드시 필요한 프레리 오이스터를 만들기 시작했다. 쎌리는 소파에 웅크리고 앉아 생각에 잠겨 담배를 피웠다.

"나 말이야," 그녀가 갑자기 말했다. "나, 아이를 가진 건지도 몰라."

"맙소사!" 나는 거의 잔을 떨어뜨릴 뻔했다. "정말 그런 것 같아?"

"몰라. 내 경우엔 알기가 어려워서. 좀 불규칙하거든…… 가끔 구역질도 나고. 아마 내가 뭘 잘못 먹어서 그럴지도……"

"그래도 의사한테 가보는 게 낫지 않아?"

"아, 그래야 할 것 같아." 그녀는 노곤하게 하품했다. "급할 거 없어."

"아니, 급하지! 내일 의사한테 가!"

"봐, 크리스, 당신이 뭔데 나한테 가라 마라야? 아예 얘기도 하지 말 걸 그랬어!" 쎌리는 다시 눈물을 터뜨리려고 했다.

"아, 알았어! 알았어!" 나는 황급히 그녀를 달래려고 했다. "좋을 대로 해. 내가 관여할 일이 아니니까."

"미안해, 자기. 딱딱거릴 생각은 없었는데. 아침에 일어나보고. 아마 결국엔 의사에게 가긴 갈 거야."

그러나 물론 그녀는 가지 않았다. 이튿날, 그녀는 훨씬 밝아 보였다. "오늘 저녁 외출하자, 크리스. 이 방이 지겨워. 나가서 인생을 좀 즐겨보자고!"

"그러자, 쎌리. 어디 가고 싶어?"

"트로이카 가서 멍청이 보비랑 얘기나 하자. 술 한잔 사줄지도 — 모르는 거잖아!"

보비는 우리에게 술을 사주지 않았다. 그렇지만 그럼에도 불구하고 쎌리의 제안은 괜찮았던 것으로 드러났다. 왜냐하면 바로 그때 트로이카의 바에 앉아 있다가 우리는 처음으로 클라이브와 이야기를 나누게 됐으니까.

그때부터 우리는 거의 줄곧 그와 함께 있었다. 따로 또 같이. 나는 한번도 그가 멀쩡한 때를 본 적이 없었다. 클라이브는 우리에게 아침 식전에 위스키 반병을 마신다고 했고, 나는 그의 말을 믿지 않을 이유가 없었다. 그는 종종 우리에게 자기가 왜 그렇게 술을 많이 마시는지 설명하기 시작했다 ── 너무 불행해서였다. 그렇지만 왜 그가 그렇게 불행한지는 알아내지 못했다. 왜냐하면 쌜리가 늘 말을 가로막고는 이제 나가거나 다음 장소로 이동하거나 담배를 한대 피우거나 위스키를 한잔 더 마실 때라고 말했기 때문이다. 그녀는 거의 클라이브만큼이나 위스키를 많이 마셨다. 그래봐야 진짜 취한 것 같지는 않았지만, 때때로 그녀의 눈은 마치 끓어오르는 것처럼 끔찍해 보였다. 날이 갈수록 그녀 얼굴의 화장이 점점 더 두꺼워졌다.

클라이브는 덩치가 아주 컸고 육중한 로마인처럼 잘생겼으며, 이제 막 살이 찌기 시작하는 참이었다. 그에게는 서글프고 모호해 보이는 미국인 특유의 분위기가 있었고, 그것은 늘 그렇듯 매력적이었다. 특히 그렇게 돈이 많은 사람이라면 두배로 매력적인 법이다. 그는 모호하고 생각에 잠긴, 약간은 길 잃은 느낌이 있었고, 막연히 즐겁게 보내고 싶어했지만 어떻게 시작해야 할지 몰랐다. 그는 늘 자신이 그 상황을 즐기고 있는지 아닌지, 우리가 하고 있는 일이 **진짜** 재미있는 건지, 확신하지 못하는 것 같았다. 그에게는 계속해서 확신을 줘야 했다. 이게 진짜인가? 이게 정말로 확실하게 보장할 수 있는 좋은 시간인가? 그런가? 그래, 그래, 물론 ── 끝내줬어! 굉장했어! 하, 하, 하! 학생 같은 커다란 그의 웃음소리는 울려나와 다시 메아리치고, 다소 억지스럽게 들리다가, 뭔가 묻는 듯이 당혹스러워하는 분위기로 돌연 사라지곤 했다. 그는 우리의 지지 없이는 한발짝도 나아가지 못했다. 그렇지만, 그가 우리에게 호소하는 순간에도 나는 때때로 기이하고 교활한 냉소가 번득이는 것을 감지해낼 수 있을 것 같았다. 그는 우리를 정말 어떻게 생각한 걸까?

매일 아침 클라이브는 차를 보내서 우리를 그가 머무르는 호텔까지 데려오게 했다. 운전기사는 늘 린덴의 가장 비싼 꽃집에서 주문한 멋진 꽃다발을 들고 왔다. 어느날 아침 나는 수업이 있어서 나중에 가겠다고 쌜리와 약속을 해놓았다. 호텔에 도착해서야 나는 클라이브와 쌜리가 일찌감치 출발하여 비행기를 타고 드레스덴으로 간 것을 알게 됐다. 클라이브는 쪽지를 남겨, 거듭거듭 사과의 말을 하면서 나 혼자 언제 호텔로 와서 점심을 함께하자고 초대했다. 그러나 나는 그러지 않았다. 나는 수석 웨이터의 눈에 담긴 그 표정이 두려웠다. 저녁에 클라이브와 쌜리가 돌아왔을 때 클라이브는 내게 선물을 하나 가져왔다. 그것은 실크 셔츠 여섯벌들이 세트였다. "당신한테 금으로 된 담뱃갑을 사주고 싶어했어." 쌜리는 내 귀에 속삭였다. "그렇지만 난 셔츠가 더 나을 거라고 했어. 당신 셔츠 상태가 좀…… 게다가 지금은 좀 천천해 가야 해. 그 사람이 우리가 돈만 노린다고 생각하면 안되잖아……"

나는 그 선물을 감사히 받았다. 달리 어쩌겠는가? 클라이브는 우리를 철저히 타락시켰다. 그는 돈을 내서 쌜리가 무대에서 경력을 쌓을 수 있도록 해주기로 했다. 그는 아주 멋지게, 그게 마치 아주 사소한 문제라는 듯, 번거롭지도 않게, 친구들 사이에서 해결될 수 있다고 말했다. 그러나 그 주제를 건드리자마자 그는 정신을 다른 데 팔고 있는 것처럼 보였다 ── 그의 생각은 마치 어린애처럼 쉽사리 산만해졌다. 때로 쌜리가 조바심 나는 것을 억지로 감추려고 애

쓰는 것이 내 눈에 보였다. "잠깐 우리 둘만 있게 해줘, 자기." 쌜리는 내게 속삭이곤 했다. "클라이브와 내가 사업 얘기 좀 하게." 그러나 쌜리가 아무리 교묘하게 그 얘기를 꺼내려 해도 그녀는 결코 성공하지 못했다. 반시간 후 내가 다시 갔을 때, 나는 클라이브가 미소를 지으며 위스키를 홀짝거리고, 쌜리 역시 미소를 지으며 엄청난 짜증을 감추고 있는 것을 보게 되곤 했다.

"나 그 사람 좋아해." 쌜리는 우리가 단둘이 있을 때마다 반복해서 사뭇 엄숙하게 말했다. 그녀는 열렬하게 진심으로 이를 믿고 있었다. 그것은 마치 새로 채택한 종교적 신조의 교리와도 같았다. 쌜리는 클라이브를 좋아한다. 백만장자를 사랑하는 것은 매우 진지한 기획이었다. 쌜리의 얼굴은 점점 더 자주 연극 속 수녀 같은 황홀한 표정을 짓곤 했다. 그리고 실제로, 클라이브가 그 매력적인 모호한 태도로 누가 봐도 분명한 직업 거지에게 20마르크 지폐를 줬을 때, 우리는 순수한 경외심의 시선을 교환했다. 그렇게 많은 돈을 낭비한다는 것은 우리에게 뭔가 영감을 받은 일인 것 같은, 일종의 기적 같은 느낌을 줬다.

어느날 오후, 클라이브는 평소에 비하면 거의 멀쩡한 정신인 것처럼 보였다. 그는 계획을 짜기 시작했다. 며칠 후 우리 셋이 베를린을 떠나기로 한 것이다. 영원히. 우리는 오리엔트 특급 열차를 타고 아테네로 갈 것이다. 거기서 이집트로 비행기를 타고 간다. 이집트에서 마르세유로. 마르세유에서 배를 타고 남미로. 그리고 따이띠, 씽가포르, 일본. 클라이브는 그 지명들을 마치 반제[14] 노선의 역

이름이라도 되는 듯 심드렁하게 발음했다. 그는 이미 거기에 가봤다. 그는 그 모든 곳을 다 알았다. 그의 일상적인 권태는 점점 그 터무니없는 대화에 현실감을 불어넣었다. 결국, 그는 그렇게 할 수 있는 능력이 있었으니까. 나는 그가 정말로 그러리라고 진지하게 믿기 시작했다. 그의 부를 약간 보여주는 것만으로도 그는 우리의 인생 전체를 바꾸어놓을 수도 있었다.

우리는 어떻게 될까? 일단 떠나면 우리는 돌아와서는 안된다. 우리는 절대 그를 떠날 수도 없다. 쌜리는, 물론 그와 결혼할 것이다. 나는 매우 불분명한 처지, 일은 없는 일종의 개인 비서 같은 처지에 놓일 것이다. 이런 생각이 퍼뜩 떠오르면서, 나는 내가 지금으로부터 십년 후, 플란넬 옷을 입고 검은색 흰색이 섞인 구두를 신고, 아래턱에 살이 쪄서, 약간 무표정한 얼굴로 캘리포니아의 한 호텔 라운지에서 술을 따르고 있는 모습을 상상했다.

"와서 장례식 좀 봐." 클라이브가 말하고 있었다.

"무슨 장례식, 자기?" 쌜리가 참을성 있게 물었다. 이건 이야기가 새로운 방식으로 다시 단절된다는 뜻이었다.

"아, 몰랐어?" 클라이브는 웃었다. "아주 우아한 장례식이야. 한 시간 전부터 행렬이 계속 지나가고 있었어."

우리 셋은 모두 클라이브의 방 발코니로 나왔다. 아래로 거리에는 사람들이 꽉 차 있었다. 헤르만 뮐러[15]의 장례식 행렬이었다. 창

---

14 베를린 남쪽의 구역.

15 Hermann Müller(1876~1931). 바이마르 공화국 시기의 정치인. 독일사회민주당 (SPD) 소속으로, 1920년과 1928~30년에 수상을 역임함.

백하고 한결같은 직원들, 정부 관료들, 노조 대표들 ─ 프로이센 사회민주당의 칙칙하고 따분한 행렬이 그림자만 보이는 브란덴부르크 문의 아치를 향해 깃발을 내걸고 터덜터덜 걸어가고 있었고, 저녁 바람에 검은 근조 띠들이 천천히 흔들렸다.

"음, 그런데 이 사람은 누구야?" 클라이브가 내려다보며 물었다. "꽤 거물이었나봐?"

"누가 알아." 쌜리는 하품하면서 대답했다. "봐, 클라이브 자기, 저녁노을이 멋지지 않아?"

그녀의 말이 맞았다. 우리는 저 아래서 죽은 사람을 관에 넣고 깃발에 문구를 새긴 채 행진하고 있는 독일 사람들과는 아무런 관련이 없었다. 며칠 있으면 우리는 세계 인구의 99퍼센트와, 생계를 유지하려 돈을 벌고 생명보험을 들고 자식의 미래를 걱정하는 남녀들과 아무런 동류의식이 없게 될 거야, 나는 생각했다. 아마도 중세 사람들이 영혼을 악마에게 팔았다고 생각했을 때 이렇게 느꼈을 터였다. 그것은 묘하게 들뜨도록 만드는, 불쾌하지 않은 느낌이었다. 그러나 동시에 나는 약간 무서웠다. 그래, 나는 스스로에게 말했다. 이제 저질러버렸어. 나는 없어진 사람[16]이야.

이튿날 아침, 우리는 평소와 같은 시간에 호텔에 도착했다. 짐꾼이 우리를 좀 이상한 눈으로 쳐다본다고 나는 생각했다.

"누굴 찾으시죠, 부인?"

---

16 이셔우드가 원래 베를린에서 수집한 이야기들을 모아서 구성하려고 했으나 완성하지 못한 작품집의 제목이 '없어진 사람들'임. '작가의 말' 참조.

그 질문이 너무 이상하게 들려서 우리는 둘 다 웃었다.

"아, 물론 365호실이죠." 쌜리가 대답했다. "누구라고 생각하세요. 지금쯤이면 우리 얼굴 알지 않나?"

"죄송하지만 안될 것 같습니다, 부인. 365호 손님은 오늘 아침 일찍 떠나셨어요."

"떠났다고요? 나갔다는 얘기죠? 참 재밌네요! 언제 돌아오는데요?"

"돌아오는 것에 관해선 아무 말씀도 없었습니다, 부인. 부다뻬스뜨로 가신다고 했어요."

우리가 눈이 휘둥그레져서 그를 쳐다보고 서 있는데, 웨이터 한 사람이 쪽지를 하나 가지고 서둘러 왔다.

"친애하는 쌜리와 크리스," 쪽지에는 이렇게 쓰여 있었다. "난 이 빌어먹을 도시를 더이상 견딜 수가 없어서 떠나. 언젠간 만나길 바라며, 클라이브.

(혹시 내가 잊을까봐서.)"

봉투 안에는 300마르크가 들어 있었다. 이것과 시들어가는 꽃들, 쌜리의 구두 네켤레와 (드레스덴에서 산) 모자 두개, 그리고 내 셔츠 여섯벌이 클라이브의 방문에서 얻은 자산의 전부였다. 처음에 쌜리는 아주 화가 났다. 그리고 우리는 둘 다 웃기 시작했다.

"자, 크리스, 우리가 꽃뱀으로는 별로 쓸모가 없는가봐, 그렇지, 자기?"

우리는 그날 하루 종일 클라이브가 떠난 것이 미리 생각해둔 묘수인지 토론하면서 지냈다. 나는 미리 생각한 것이 아니라는 쪽이었다. 나는 그가 새로운 도시와 새로 알게 된 지인들을 떠날 때마다 같은 방식일 것 같았다. 나는 그에게 공감했다, 아주 많이.

그러고 나자 그 돈을 어떻게 할 것인가 하는 문제가 등장했다. 쎌리는 250마르크를 새 옷을 사기 위해 저축해놓기로 했다. 나머지 50마르크는 그날 저녁에 다 써버릴 것이었다.

그러나 50마르크를 펑펑 쓰는 것은 우리가 상상하던 것만큼 재미있지가 않았다. 쎌리는 몸이 아파서 우리가 주문한 근사한 저녁을 먹지 못했다. 우리는 둘 다 우울했다.

"저기, 크리스, 남자들이 늘 나를 떠나게 되는 것 같다는 생각이 들기 시작했어. 생각을 하면 할수록, 그런 남자들이 더 많이 기억나. 정말 끔찍하다."

"난 떠나지 않을게, 쎌리."

"정말, 자기? ……그렇지만 심각하게 하는 말인데, 난 일종의 이상형인가봐. 무슨 말인지 당신이 알진 모르지만. 난 남자들을 아내로부터 떼어낼 수 있는 종류의 여자이지만, 어느 누구도 오래 붙잡아놓지는 못했어. 그건 내가 모든 남자에게 자기가 원한다고 상상하게 만드는 그런 여자라는 거지. 정작 나를 가질 때까지는. 그러고 나면 결국 실제로는 그렇지 않다는 것을 아는 거지."

"글쎄, 순수한 마음을 가진 미운 오리 새끼보단 차라리 그게 낫다는 거잖아?"

"……내가 클라이브에게 한 행동을 생각하면 나 자신을 걷어차주고 싶어. 그에게 돈 얘기를 그런 식으로 해서 귀찮게 하지는 말았어야 했는데. 내 생각에 그는 다른 사람들처럼, 내가 그냥 천한 창녀일 뿐이라고 생각했을 거야. 그런데 난 그를 진짜 좋아했단 말이지 —— 어떤 면에서는…… 내가 그와 결혼을 했더라면 그를 남자로 만들어줬을 텐데. 술도 끊게 하고 말이지."

"당신이 좋은 본보기가 되어줬으면서."

우리는 둘 다 웃었다.

"그 돼지 같은 놈이 최소한 그래도 돈은 좀 남겨줬네."

"괜찮아. 그 사람 돈은 많잖아."

"상관없어." 쌜리는 말했다. "창녀 노릇하는 거 지겨워. 이제 돈 있는 남자는 쳐다보지도 않을래."

이튿날 아침, 쌜리는 많이 아팠다. 우리는 그게 술 때문이라고 생각했다. 그녀는 아침 내내 침대에 누워 있었고, 일어나려다가 기절했다. 나는 당장 의사에게 가보라고 했지만 그녀는 말을 듣지 않았다. 차 마실 시간쯤 그녀는 다시 기절했고 그후에도 안색이 너무 안 좋아 보여서 슈뢰더 부인과 나는 그녀에게 아예 물어보지도 않고 의사를 불렀다.

의사는 도착해서 꽤 오래 머물렀다. 슈뢰더 부인과 나는 거실에서 그의 진단을 들으려고 기다렸다. 그러나 놀랍게도 그는 우리에게 들러 인사하지도 않은 채 갑자기 매우 서둘러서 아파트를 떠났다. 나는 당장 쌜리의 방으로 갔다. 쌜리는 침대에 앉아서 얼굴에 굳은 미소를 띠고 말했다.

"크리스토퍼 자기, 나 만우절 바보 됐어."

"그게 무슨 소리야?"

"내가 아이를 가졌대."

쌜리는 웃어보려고 했다.

"오, 이런!"

"그렇게 겁먹지 마, 자기! 어쩌면 이럴 수도 있다고 예상하고 있었잖아."

"클라우스의 애야?"

"응."

"어떻게 할 거야?"

"낳지 말아야지, 물론." 쌜리는 담배를 찾았다. 나는 멍하게 내 신발만 쳐다봤다.

"의사가……"

"아니, 안한대. 내가 직설적으로 물어봤어. 아주 끔찍하게 충격을 받더라고. 내가 말했지. '선생님, 이 불행한 아이가 태어나면 어떻게 될 것 같다고 생각하세요? 내가 좋은 엄마가 될 것 같아 보여요?'"

"그랬더니 뭐래?"

"그런 건 정말 말도 안된다고 생각하는 것 같았어. 그에게 유일하게 문제가 되는 건 그의 직업적 명성이야."

"음, 그러면 직업적 명성이 없는 사람을 찾아야겠네. 그럼 되겠네."

"내 생각에는," 쌜리가 말했다. "슈뢰더 부인에게 물어보는 게 나을 것 같아."

그래서 슈뢰더 부인과 의논하게 됐다. 그녀는 이 모든 상황을 아주 잘 받아들였다. 그녀는 놀랐지만 지극히 현실적이었다. 그렇다, 그녀는 누군가를 알고 있었다. 친구의 친구의 친구가 예전에 어려운 일을 겪은 적이 있었다. 의사는 자격을 완전히 갖춘 사람이었고, 매우 영리했다. 유일한 문제는 비쌀지도 모른다는 것이었다.

"아이고 세상에," 쌜리는 외쳤다. "그 클라이브 놈의 돈을 다 쓰지 않았잖아!"

"내 생각엔 클라우스가—"

"이봐, 크리스. 이거 딱 한번만 얘기해둘게. 당신이 혹시라도 클라우스에게 편지 쓰는 거 나한테 들키면 정말 용서 안할 거고, 절대 다시는 당신하고 얘기 안해!"

"아, 알았어…… 물론 안 쓸 거야. 그냥 그러면 어떨까 한 거야, 그뿐이야."

나는 그 의사가 마음에 들지 않았다. 그는 계속 쌜리의 팔을 문지르고 꼬집고 손을 만졌다. 그러나 그는 그 일을 하기에 딱 맞는 사람인 것 같았다. 쌜리는 자리가 나는 대로 그가 운영하는 사설 요양원에 들어가기로 했다. 모든 것이 완벽하게 공식적으로 공정하게 처리됐다. 그 말쑥하고 자그마한 의사는 몇마디 매끄러운 문장으로 음습한 불법성의 기미를 남김없이 날려버렸다. 그의 설명에 따르면, 쌜리의 건강 상태로는 출산의 위험을 무릅쓰기가 불가능하다는 것이었다. 그런 취지의 증명서도 발급될 예정이었다. 말할 필요도 없이 그 증명서에는 돈이 많이 들었다. 요양원도, 수술 자체도 그럴 것이었다. 의사는 어떤 조치를 취하기도 전에 선불로 250마르크를 요구했다. 결국 우리는 200마르크로 깎았다. 쌜리가 나에게 나중에 설명하기를, 새 드레스를 사려면 50마르크는 있어야 한다고 했다.

마침내 봄이 됐다. 까페들은 인도에 나무 단을 깔고 있었고, 무지개색 바퀴를 단 아이스크림 가게들도 문을 여는 중이었다. 우리는 지붕이 열린 택시를 타고 요양원으로 갔다. 날씨가 화창해서 쎌리는 몇주간 봐온 것보다 기분이 나아 보였다. 그러나 슈뢰더 부인은 용감하게 웃어보려고 했으나 거의 울 지경이었다. "의사가 유대인은 아니죠?" 마이어 양은 내게 단호하게 물었다. "더러운 유대인이 그녀 몸에 손대게 하면 안돼요. 그들은 늘 그런 직업을 가지려 한다니까요, 짐승 같은 놈들!"

쎌리의 방은 좋았고, 발코니가 달리고 깨끗하고 환했다. 나는 저녁때 다시 그곳에 갔다. 화장을 하지 않고 침대에 누워 있으니 그녀는 몇살은 더 어려 보여서, 어린 소녀 같았다.

"안녕, 자기…… 아직 안 죽었어, 보다시피. 사람들이 최선을 다하긴 했지만 말이야…… 여기 정말 웃기는 곳 아니야? ……클라우스 그 돼지 놈이 날 봤어야 하는데…… 그놈 마음을 몰랐던 결과가 이거라니……"

그녀는 약간 들떠서 아주 많이 웃었다. 간호사 중 하나가 뭔가를 찾으려는 듯 잠깐 들어왔다가 거의 즉시 도로 나갔다.

"저 여자는 당신을 엿보고 싶어서 죽을 지경이야." 쎌리가 설명했다. "봐, 내가 저 여자한테 당신이 애아버지라고 했거든. 상관없지, 자기……"

"전혀 신경 안 써. 영광이지, 뭐."

"그래야 일이 단순해져. 그러지 않고 아무도 없으면, 사람들이 아주 이상하다고 생각하니까. 난 애인에게 버림받은, 배신당한 불쌍한 여자로 멸시당하고 동정받는 건 개의치 않아. 그래도 그게 특별히 내 비위에 맞는 건 아니잖아, 그렇지? 그래서 난 저 여자에게 우리가 정말 끔찍이 사랑하는데 너무 형편이 어려워서 결혼할 상황이 못된다고, 그리고 우리가 둘 다 유명해지고 부자가 되어서, 이 한 아이를 벌충하기 위해서라도 가족을 열 명으로 만들 날을 꿈꾸고 있다고 했어. 저 간호사가 정말 감동받더라고, 불쌍한 여자 같으니. 정말로 울었다니까. 오늘밤 저 여자 당번인데, 나한테 애인 사진을 보여주겠대. 귀엽지 않아?"

이튿날 나는 슈뢰더 부인과 함께 요양원에 갔다. 쌜리는 누워서 턱 밑까지 이불을 덮고 있었다.

"오, 안녕, 두분! 앉으세요. 몇시죠?" 그녀는 침대에서 불편하게 뒤척이더니 눈을 비볐다. "이 꽃들은 다 어디서 난 거죠?"

"우리가 가져왔어."

"정말 멋져요!" 쌜리는 공허하게 웃었다. "오늘 바보 같은 모습이라 죄송해요…… 그놈의 클로로포름 때문에…… 머리가 그걸로 꽉 찼어요."

우리는 잠깐만 머물렀다. 집으로 오는 길에 슈뢰더 부인은 아주 속상해했다. "믿을 수 있어요, 이시부 씨, 내 딸이었더라도 이보다 더 맘이 아플 순 없을 거라는 걸? 정말이지 그 불쌍한 애가 저리 고

생하는 것을 보니 차라리 내가 대신 그 자리에 누워 있었더라면 싶더라니까 — 정말로!"

이튿날이 되자 쌜리는 훨씬 나아졌다. 우리 모두 그녀를 만나러 갔다. 슈뢰더 부인, 마이어 양, 보비, 프리츠. 물론 프리츠는 무슨 일이 있었는지 전혀 몰랐다. 그가 들은 것은, 쌜리가 작은 궤양이 배 속에 생겨 수술을 받았다는 이야기였다. 아무것도 모르는 사람들이 늘 그러하듯, 그는 황새니, 구스베리 나무[17]니, 유모차니 아기니 하는 이야기들을 의도하지 않게, 깜짝 놀랄 정도로 적시에 언급하고, 심지어 최근에 불법 수술을 받았다는 소문이 난 베를린 사교계의 유명 여성에 관한 새로운 스캔들까지 떠들어댔다. 쌜리와 나는 서로 눈을 피했다.

이튿날 저녁, 나는 마지막으로 요양원에 있는 그녀를 방문했다. 그녀는 아침에 퇴원할 예정이었다. 그녀는 혼자 있었고 우리는 발코니에 함께 앉았다. 그녀는 이제 괜찮아 보였고 방 안에서 걸어다닐 수도 있었다.

"내가 간호사한테 오늘은 당신 말고는 아무도 보고 싶지 않다고 했어." 쌜리는 나른하게 하품했다. "사람들이 날 정말 피곤하게 만들어."

"나도 갔으면 좋겠어?"

"오, 아냐," 쌜리는 기운 없이 말했다. "당신이 가면 또 간호사 중

---

17 아기는 어디서 오는지 아이들이 물을 때, 구스베리 나무 아래서 주워왔다고 대답하기도 하는 것을 빗댐.

한명이 들어와서 수다를 떨기 시작할 텐데, 뭐. 내가 명랑하고 환하게 보이지 않으면 이 지옥 같은 곳에 하루 이틀 더 있어야 한다고 할 거야. 그건 참을 수가 없어."

그녀는 침울하게 조용한 거리를 내다봤다.

"저기, 크리스, 어떤 면에서는 그 아이를 낳았으면 싶기도 해…… 아이를 가졌다면 정말 멋졌을 텐데. 지난 하루 이틀 동안, 엄마가 되는 건 어떨까 하는 기분이더라니까. 어젯밤에 여기 혼자 오랫동안 앉아서 팔에 이 쿠션을 안고 그게 내 아기라고 상상해본 거 알아? 그러고 있자니 이 세상 전부와 단절되어 있는 정말 놀라운 기분이 들더라고. 난 그 아이가 어떻게 자라나고, 내가 그 아이를 위해 어떻게 일하고, 아이를 밤에 재우고 나서 내가 어떻게 밖으로 나가서 아이의 음식과 옷가지를 살 돈을 벌기 위해 추잡한 늙은이와 섹스를 할까 상상했어…… 그렇게 웃어도 괜찮아, 크리스…… 정말 그랬다니까!"

"그럼 결혼해서 아이를 갖지그래?"

"모르겠어…… 난 남자에 대한 믿음을 잃은 것 같아. 난 남자들에게 아무런 쓸모가 없어…… 심지어 당신도, 크리스토퍼, 당신이 거리로 지금 나가서 택시에 치인다 해도…… 난 물론 애석하긴 하겠지만, 정말 아무렇지도 않을 거 같아."

"고마워, 쌜리."

우리는 함께 웃었다.

"물론 진심은 아니야, 자기 ─최소한, 개인적으로는. 자긴 내가 이런 상태일 때 내가 하는 말 신경 쓰면 안돼. 갖가지 미친 생각이 다 든다니까. 아이를 가진다고 생각하면 자기 새끼를 지키려는 야생동물이나 그런 게 된 것처럼 끔찍하게 원초적인 느낌이 들어…… 내 생각에는 지금 내가 모든 사람에게 무진장 못되게 구는 게 다 그래서인 것 같아."

부분적으로는 이날의 대화 때문에, 나는 갑자기 그날 저녁, 모든 수업을 취소하고 가능한 한 빨리 베를린을 떠나서 발트 해 연안 어딘가로 가서 새로 일을 시작하겠다고 결심해버렸다. 크리스마스 이래로 나는 거의 한 단어도 쓰지 못하고 있었다.

쎌리에게 내 생각을 이야기하자, 그녀는 다소 안심하는 것 같았다. 우리는 둘 다 변화가 필요했다. 우리는 나중에 그녀가 내게로 오면 되겠다고 막연하게 이야기했다. 그러나 그 순간에조차 나는 그녀가 그러지 않으리라고 느꼈다. 그녀의 계획은 매우 불확실했다. 나중에 그녀는 빠리로, 혹은 알프스로, 혹은 프랑스 남부로 갈 수도 있다고 했다 — 돈만 생기면. "그렇지만 아마," 그녀가 덧붙였다. "그냥 여기 있을지도 몰라. 꽤 행복할 거야. 이 장소에, 뭐랄까, 익숙해진 것 같아."

나는 7월 중순이 되어갈 무렵 베를린으로 돌아왔다.

그때까지 나는 내가 떠나온 첫 한달 동안 주고받은 대여섯장의 엽서 말고는 쎌리의 소식을 전혀 듣지 못했다. 나는 그녀가 우리 아파트를 떠난 것을 알고도 그리 놀라지 않았다.

"물론, 떠난 건 이해하지. 그녀가 응당 기대하는 정도로 편안하게 해주지는 못했으니까. 무엇보다 침실에 수도도 없고.” 가엾은 슈뢰더 부인의 눈에 눈물이 고였다. “그래도 나는 엄청 실망했어…… 볼스 양은 행실이 아주 좋았어. 내가 그 점에 대해서는 불평할 수가 없지. 그녀는 7월 말 방세까지 내겠다고 하더라고. 물론 21일까지 아무 통보도 해주지 않았으니 내가 그 돈을 받을 자격은 있지 ─ 그렇지만 그런 말을 하지는 않았어…… 정말 매력적인 아가씨였는데 ─”

“새 주소 있어요?”

“아, 있어. 그리고 전화번호도. 물론 전화 걸어봐야지. 보면 반가워할 거야…… 다른 남자들도 드나들었지만, 당신이 진짜 그녀의 친구잖아, 이시부 씨. 알지, 내가 늘 당신 둘이 결혼했으면 하고 바랐던 거. 이상적인 부부가 될 텐데. 당신은 그녀에게 늘 좋은 영향을 줬고, 그녀도 당신이 책과 공부에 너무 깊이 빠져 있을 때 당신을 즐겁게 해주곤 했잖아…… 아, 그래, 이시부 씨, 웃을지도 모르지만 ─ 사람 일은 모르는 거잖아! 아직 늦지 않았을지도 몰라!”

*

이튿날 아침, 슈뢰더 부인은 몹시 흥분해서 나를 깨웠다.

“이시부 씨, 이거 봐봐! 다나트 방크[18]가 문 닫았대! 수천군데가 파산한대도 놀랄 일이 아니네! 우유 배달부가 그러는데 보름 안에

---

18 다름슈태터 운트 나티오날 방크(Darmstädter und National Bank). 1929년 미국에서 시작된 금융위기로 인해 1931년 7월 13일 파산한 독일의 대형 은행.

내전이 일어날 거래! 이거 웬일이야!"

　나는 옷을 입자마자 거리로 나갔다. 당연히, 놀렌도르프 광장 모퉁이의 은행 밖에는 군중이, 가죽 쌔철 백을 멘 남자들과 스트링 백을 든 여자들 — 슈뢰더 부인 같은 여자들이 많이 모여 있었다. 은행 창문에는 쇠창살이 쳐 있었다. 대부분의 사람들은 잠긴 문을 골똘히 그리고 멍하니 노려보고 있었다. 문 한가운데에는 마치 고전 작품의 한 페이지처럼 고딕 활자로 예쁘게 인쇄된 작은 공고가 붙어 있었다. 공고에 의하면 제국의 대통령이 예금을 보장한다는 것이었다. 모든 것이 문제가 없었다. 단지 은행이 문을 열지 않을 뿐이었다.

　어린 소년 하나가 군중 사이에서 굴렁쇠를 가지고 놀고 있었다. 굴렁쇠가 어떤 여인의 다리에 가서 부딪혔다. 그녀는 당장 그에게 달려들어 이렇게 말했다. "너, 그냥 못되기만 한 게 아니구나! 뻔뻔스러운 놈 같으니! 여기서 뭘 바라는 거야!" 다른 여인 하나가 그 겁먹은 소년을 공격하는 데 가담했다. "가! 이게 무슨 일인지 몰라, 응?" 그러자 다른 누군가가 화가 나서 비아냥대듯 물었다. "당신도 저 은행에 예금했나봐요?" 소년은 그들의 억눌린 분노가 터지기 전에 도망갔다.

　오후가 되자 날이 더워졌다. 새로운 비상령의 세칙이 이른 석간신문에 나왔다 — 정부 입장을 보여주는, 간결한 내용이었다. 민심을 동요케 하는 핏빛 잉크로 가로줄을 쳐놓은 머리기사 하나가 뚜렷이 두드러졌다. "모든 것이 무너진다!" 나치 언론인 하나가 독자들에게 상기시키기를, 내일, 즉 7월 14일이 프랑스에서는 국경일인데, 틀림없이 프랑스인들은 올해 독일이 망하리라는 전망 때문에 특히 열렬하게 기뻐할 거라고 덧붙였다. 나는 남성복 상점으로 가서 12마르크 50페니히를 주고 플란넬 기성복 바지를 하나 샀다 — 영국인의 자신감 넘치는 제스처라고나 할까. 그리고 나서 나는 지하철을 타고 쎌리를 만나러 갔다.

그녀는 브라이텐바흐 광장에서 멀지 않은 곳, 예술가 단지로 설계된 방 세개짜리 아파트 건물에 살고 있었다. 초인종을 울리자 그녀는 직접 문을 열어줬다.

"안녀여엉, 크리스, 이 자식!"

"안녕, 쎌리 자기!"

"잘 있었어? ……조심해, 자기, 내 옷 흐트러질라. 좀 있다 나가 봐야 하거든."

나는 그녀가 전부 흰색으로 옷을 입은 것을 본 적이 없었다. 그녀에게 잘 어울렸다. 그러나 그녀의 얼굴은 더 수척해졌고 한층 나이 들어 보였다. 그녀는 머리를 새로운 모양으로 자르고 아름답게 곱슬거리게 했다.

"멋지다." 내가 말했다.

"그래?" 쎌리는 즐겁고 꿈꾸는 듯한, 자의식적인 미소를 지었다. 나는 그녀를 따라 아파트 거실로 들어갔다. 한쪽 벽 전체가 창문이었다. 체리색 목재 가구들이 있었고 요란한 술 장식이 달린 쿠션이 놓인 아주 낮은 긴 의자가 있었다. 복슬복슬하고 작은 흰 강아지 한마리가 펄쩍 일어나 캥캥 짖었다. 쎌리는 강아지를 안아들고 실제로 입술을 갖다대진 않고 뽀뽀하는 시늉을 했다. "프레디, 예쁜 것, 아유, 귀여워라!¹⁹"

"당신 거야?" 나는 그녀의 독일어 억양이 좋아진 것을 느끼며 물었다.

"아니, 게르다 거야. 나랑 이 아파트 같이 쓰는 여자."

"안 지 오래됐어?"

"한 한두주?"

"어떤 사람이야?"

"나쁘지 않아. 지독한 구두쇠야. 실제론 거의 모든 것에 내 돈을 내야 해."

"여기 좋은데."

"그래? 맞아, 괜찮은 것 같아. 어쨌든 놀렌도르프 가의 그 집구석보단 낫지."

"왜 떠났어? 슈뢰더 부인하고 싸운 거야?"

"아니, 딱히 그런 건 아냐. 그냥 그 아줌마 얘기 듣는 게 지겨워서. 정말 머리가 어떻게 될 것 같았다니까. 너무너무 지겨워, 정말."

"당신을 많이 좋아했는데."

쌜리는 살짝 짜증내며 기운 없이 어깨를 으쓱였다. 이 대화가 이뤄지는 동안 나는 그녀가 내 눈을 피하고 있음을 알아챘다. 긴 침묵이 이어졌다. 나는 당혹스럽고 뭔가 쑥스러운 기분이 들었다. 나는 가보겠다고 언제 말해야 할까 생각하기 시작했다.

그때 전화벨이 울렸다. 쌜리는 하품을 하고 전화기를 무릎 위로

---

19 (독) Freddi, mein Liebling, Du bist soo süss!

당겨왔다.

"여보세요, 누구세요? 네, 저예요…… 아니요…… 아니요…… 정말 모르겠는데…… 정말 모르겠다고요! 내가 맞혀야 해요?" 그녀의 코에 주름이 생겼다. "어윈? 아니에요? 폴? 아니야? 잠깐만…… 어디 봐요……"

"자, 자기, 나 지금 정말 얼른 가야 해!" 마침내 통화가 끝나자 쌜리가 외쳤다. "벌써 두시간이나 늦었다고!"

"새 남자 친구 생겼어?"

그러나 쌜리는 내 미소를 무시했다. 그녀는 귀찮다는 기색을 희미하게 내비치며 담배에 불을 붙였다.

"사업상 어떤 남자를 만나야 해." 그녀는 짧게 말했다.

"그럼 언제 다시 만날까?"

"내가 봐야 할 사람이…… 자기, 지금은 정말 만날 사람이 많아…… 내일은 하루 종일 교외로 나가봐야 하고, 아마 그다음 날도…… 나중에 알려줄게…… 곧 프랑크푸르트로 가게 될지도 모르고."

"거기 일자리가 있는 거야?"

"아니. 꼭 그런 건 아니고." 쌜리의 목소리는 간단했고, 이 화제를 끝내려는 느낌이었다. "어쨌든 가을까지는 영화 일은 도전하지 않기로 했어. 푹 쉴 거야."

"새 친구가 많이 생긴 것 같네."

쌜리의 태도는 다시 모호해졌고, 조심스럽게 심드렁했다.

"그래, 그런 것 같아…… 아마 슈뢰더 부인 집에서 살면서 몇달 동안 아무도 안 만난 데 대한 반동인 것 같아."

"그래," 나는 못된 미소를 지을 수밖에 없었다. "당신 새 친구들 중 다나트 방크에 예금해놓은 사람이 없길 바랄게."

"왜?" 그녀는 당장 관심을 보였다. "무슨 일이야?"

"정말 못 들은 거야?"

"물론 못 들었지. 난 신문도 안 읽고 오늘 아직 밖에 나가지도 않았거든."

나는 그녀에게 그 위기의 뉴스를 전했다. 다 듣고 나자 그녀는 꽤나 겁먹은 것처럼 보였다.

"그렇지만 도대체 왜," 그녀는 초조하게 외쳤다. "진작 얘기 안 했어? 정말 심각한 문제인데."

"미안해, 쎌리. 나는 당신이 이미 다 아는 줄 알았지…… 특히 요즘 금융가 사람들하고 어울리는 것 같아서—"

그러나 쎌리는 이 빈정거림을 무시했다. 그녀는 얼굴을 찌푸리고 생각에 잠겼다.

"정말 심각한 일이면, 레오가 전화를 해서 말했을 텐데……" 마침내 그녀가 중얼거렸다. 그렇게 생각하니 그녀의 마음이 한결 편해진 것 같았다.

우리는 길모퉁이까지 함께 걸어나왔고, 거기서 쎌리는 택시를 잡아탔다.

"이렇게 멀리 사니까 정말 짜증나." 그녀가 말했다. "곧 차를 하나 살까봐."

"그건 그렇고," 막 헤어지려고 하는데 그녀가 덧붙였다. "뤼겐 섬[20]은 어땠어?"

"해수욕 많이 했어."

"그래, 잘 가, 자기. 또 만나."

"잘 가, 쌜리. 재밌게 지내."

이 일이 있고 일주일쯤 후, 쌜리가 전화를 했다.

"크리스, 지금 바로 와줄 수 있어? 아주 중요해. 좀 부탁해."

이번에도 쌜리 혼자 아파트에 있었다.

"돈 좀 벌어볼래, 자기?" 쌜리가 이렇게 인사했다.

"물론이지."

"좋아! 봐, 이런 거야……" 그녀는 보송보송한 분홍색 천으로 몸을 감싸고 숨차게 이야기했다. "내가 아는 남자가 잡지를 창간하려고 해. 정말 아주 고급이고 예술적인 잡지고, 멋진 현대적 사진, 그 잉크병이랑 여자 머리 거꾸로 뒤집어놓고 ─ 뭐 그런 거 알잖아…… 요는, 매 호에 나라 하나를 특집으로 해서 그 나라의 풍습이나 관습, 그런 것들에 관한 기사로 훑어본다는 거지. 그런데, 첫번째로 다루려는 나라가 영국이고, 그래서 나더러 영국 여자에 관한 기사를 써달라는 거야…… 물론, 난 정말 무슨 말을 해야 할지 아무것도 떠오르지 않아서, 이렇게 생각했지. 당신이 내 이름으로 기사를 써주고 돈을 받게 하자 ─ 난 이 편집자 말을 거절하고 싶지가 않은 거야. 왜냐하면 이 남자는 다른 방식으로 나한테 굉장히

---

20 발트 해 연안의 섬.

유용할지도 모르거든, 나중에……"

"알았어, 해볼게."

"아, 멋져!"

"얼마나 빨리 해야 하는 건데?"

"봐, 자기, 그게 문제야. 당장 있어야 해…… 아니면 아무런 소용이 없어. 왜냐하면 내가 나흘 전에 약속을 했고, 오늘 저녁에 줘야 하거든…… 아주 길 필요는 없어. 오백 단어쯤."

"음, 최선을 다해볼게……"

"좋아. 정말 훌륭해…… 어디든 편한 곳에 앉아. 여기 종이도 있어. 펜 있어? 아, 여기 사전도 있다. 혹시 철자 모르는 게 있으면…… 난 목욕 좀 할게."

사십오분 후 쌜리가 옷을 차려입고 나왔을 때 나는 이미 글을 완성해놓았다. 솔직히 내가 해낸 일이 스스로 꽤 흐뭇했다.

그녀는 그것을 신중하게 읽었다. 아름답게 그린 그녀의 눈썹 사이로 천천히 주름이 잡혔다. 그녀는 다 읽고 나서 한숨을 내쉬며 원고를 내려놓았다.

"미안해, 크리스. 이건 안되겠어."

"안되겠다고?" 나는 정말로 깜짝 놀랐다.

"물론, 문학적인 관점이나 그 모든 면에서 보면 아주 좋다고 말해야겠지……"

"좋아, 그런데 뭐가 잘못된 거야?"

"충분히 산뜻하지가 않아." 쌜리는 제법 단호했다. "이건 그 남자가 원하는 것이 아니야, 전혀."

나는 어깨를 으쓱했다. "미안해, 쎌리. 최선을 다했어. 그렇지만 저널리즘은 내 길이 아니야, 알다시피."

원망이 담긴 침묵이 이어졌다. 내 허영심은 상처를 입었다.

"맙소사, 누구에게 이 일을 부탁하면 해줄 수 있을지 알겠어!" 쎌리는 갑자기 벌떡 일어나며 외쳤다. "도대체 내가 왜 진작 그 사람 생각을 못했지?" 그녀는 전화를 붙잡고 번호를 돌렸다. "아, 여보세요, 쿠르트 자기……"

삼분 만에 그녀는 그 기사에 대해 전부 설명했다. 수화기를 내려놓고 그녀는 의기양양하게 공표했다. "대단해! 당장 해준대……" 그녀는 인상적으로 말을 멈췄다가, 덧붙였다. "쿠르트 로젠탈이야."

"그게 누군데?"

"못 들어봤어?" 쎌리는 짜증이 났다. 그녀는 엄청나게 놀라는 척했다. "영화에 관심 좀 있는 줄 알았는데? 젊은 씨나리오 작가 중에 최고야. 돈도 어마어마하게 벌어. 내가 좋으니까 이 일은 해주는 거야, 물론…… 면도하면서 비서에게 받아쓰게 해서 바로 편집자 아파트로 보내주겠대…… 정말 끝내줘!"

"편집자가 원하는 대로일 거라고 확신하는 거야, 이번엔?"

"물론 그럴 거야! 쿠르트는 굉장한 천재거든. 뭐든지 할 수 있어. 지금 그는 남는 시간에 소설을 쓰고 있어. 지독하게 바빠서 아침 먹으면서 소설을 받아쓰게 할 수밖에 없다는 거야. 지난번에 내게 처음 몇장을 보여줬어. 솔직히 말해서, 내가 읽은 소설 중 단연 최고야."

"그래?"

"딱 내가 좋아하는 종류의 작가야." 샐리는 말을 이었다. 그녀는 조심스레 내 눈을 피했다. "그는 아주 야심만만하고 항상 일을 하고 있어. 그리고 뭐든지 쓸 수 있어 ─ 사람들이 원하는 건 뭐든지. 씨나리오, 소설, 희곡, 시, 광고…… 게다가 거만하지도 않아. 요즘 젊은 작가들처럼 책 한권 썼다고 예술에 대해 논하기 시작하고 자기가 세계에서 가장 훌륭한 작가라는 듯이…… 그런 사람들 정말 밥맛 떨어져……"

나는 그녀에게 짜증이 나서 웃음을 터뜨릴 수밖에 없었다.

"언제부터 내가 그렇게 못마땅했어, 샐리?"

"당신을 못마땅하게 생각하는 건 아니야." ─ 그러나 그녀는 나를 똑바로 보지 못했다 ─ "딱히 그런 건 아냐."

"내가 그렇게 밥맛 떨어져?"

"뭔지 모르겠는데…… 당신 어쩐지 좀 변한 것 같아……"

"어떻게 변했는데?"

"설명하기 힘들어…… 활기가 없어 보인다 할까, 아니면 하고 싶은 게 없다 할까. 그냥 딜레땅뜨 같아. 그게 짜증나."

"미안해." 그러나 까부는 것처럼 보이려 했던 내 어조는 다소 억지로 짜낸 듯이 들렸다. 샐리는 찌푸리며 자신의 작고 검은 구두를 내려다봤다.

"내가 여자라는 걸 기억해야 해, 크리스토퍼. 여자들은 모두 남자들이 강하고 단호하고 자신의 경력을 쌓아나가는 걸 좋아해. 여자는 남자에게 엄마 같은 마음으로 대하고 그의 약한 면을 보호해주고 싶어하지만, 그에게는 강한 면도 있어야 해. 여자가 존경할 수 있는…… 어떤 여자에게 관심이 있다면, 당신에게 아무런 야망이 없다는 걸 그 여자가 알게 하지 마. 그러면 당신을 경멸하게 될 거야."

"그래, 알았어…… 그리고 그게 당신이 친구를 ─ 당신의 새로운 친구를 택하는 원칙인 거지?"

그녀는 이 말에 발끈했다.

"내 친구들이 사업에 재능이 있다고 비웃는 건 쉽겠지. 그들에게 돈이 있는 건, 그들이 그것을 위해 일했기 때문이야…… 당신은 당신이 그 사람들보다 낫다고 생각하는 거지?"

"그래, 쌜리, 물어봤으니 말인데 ─ 그들이 내가 상상하는 대로라면 ─ 난 그렇게 생각해."

"거봐, 크리스토퍼! 그게 전형적인 당신이야. 그게 짜증나는 거야. 당신은 거만하고 게을러. 당신이 그렇게 말을 할 거면, 증명할 수도 있어야지."

"자기가 다른 사람보다 낫다는 걸 어떻게 증명하는데? 게다가, 난 그런 말 하지 않았어. 내 말은 내가 스스로를 더 좋다고 생각한다는 거야 ─ 그건 그냥 취향의 문제야."

쌜리는 대답하지 않았다. 그녀는 얼굴을 살짝 찌푸리고 담뱃불을 붙였다.

"내가 변한 것 같다고 했지." 내가 말을 이었다. "솔직히 말하면, 나도 당신에 대해 똑같은 생각을 하고 있었어."

쌜리는 놀라는 것 같지도 않았다. "그래, 크리스토퍼? 당신 말이 맞을지도 몰라. 모르겠어…… 아니면 우리 둘 다 변한 게 없는 건지도. 아마 우린 서로를 그저 있는 그대로 보고 있는 건지도 몰라. 우리는 여러가지 면에서 너무나 다르잖아."

"응, 그건 알고 있어."

"내 생각에는," 쎌리는 구두를 응시한 채 생각에 잠겨 담배를 피웠다. "우리가 아마 서로에게서 벗어난 게 아닐까 싶어, 조금은."

"그럴지도 모르지……" 나는 미소 지었다. 쎌리의 진짜 속뜻은 너무나 명백했다. "어쨌든, 이걸 가지고 싸울 필요는 없지, 그렇지 않아?"

"물론이지, 자기."

잠시 침묵이 흘렀다. 나는 가봐야겠다고 말했다. 우리는 이제 조금 쑥스러웠고, 과하게 예의를 차렸다.

"정말 커피 한잔도 안 마실 거야?"

"응, 고맙지만."

"차는 어때? 아주 좋은 거야. 선물로 받았거든."

"아니야, 정말 고마워, 쎌리. 진짜로 가봐야 해."

"그래?" 그녀의 말소리는 어쩐지 좀 마음이 놓이는 것같이 들렸다. "그럼 조만간 다시 전화해, 그럴 거지?"

"그럼."

나는 그 집에서 나와 길을 따라 빠르게 걸어가기도 전에, 내가 얼마나 화가 나고 창피한 기분인지 깨달았다. 정말 개 같은 년 아닌가, 나는 생각했다. 난 중얼거렸다. 결국 애당초 그녀가 그렇다는 걸 알고 있었던 것뿐인데, 뭐. 아니야, 그건 아니지. 난 몰랐어. 난 그냥 내 좋을 대로만 ─ 왜 솔직하게 인정을 못해? ─ 그녀가 나를 좋아한다고 생각했던 거지. 글쎄, 내 생각이 틀렸던 것 같아. 그렇지만 그렇다고 그녀를 탓할 수 있나? 그러나 나는 그녀를 탓했고, 그녀에게 격노했다. 그 순간, 그녀가 흠씬 매 맞는 꼴이라도 보면 더 기쁠 수가 없을 것 같았다. 정말이지 나는 말도 안되게 화가 나서 그동안 내가 내 나름의 특이한 방식으로 쎌리를 사랑했던 것이 아닌가 하는 생각이 들 정도였다.

그러나 그건 사랑이 아니라 ─ 그보다 더 나쁜 것이었다. 그건 가장 싸구려의, 가장 유치한 종류의 상처 입은 허영심이었다. 그녀가 내가 쓴 기사에 대해 어떻게 생각하는지 신경 쓰인다는 것이 아니라 ─ 음, 어쩌면 약간은 신경 쓰였을지도, 그러나 아주 약간일 뿐이다. 나의 문학적인 자만심은 그녀가 어떤 말을 해도 끄떡없을 정도라서 ─ 문제는 나 자신에 대한 그녀의 비판이었다. 남자 속을 쏙 빼놓는 여자들의 굉장한 성적인 재주란! 쎌리는 열두살짜리 여학생 정도의 어휘와 정신 상태를 지녔다고, 그녀는 도대체 어처구니없다고, 나 스스로에게 말해봐야 아무 소용이 없었고 ─ 난 어찌어찌 내가 엉터리라고 느끼게 되어버렸음을 알고 있을 뿐이었다. 어쨌거나 나는 약간 엉터리 아니었을까 ─ 그녀가 말하던 우스꽝스러운 이유에서는 아니더라도 ─ 여학생들에게 하는 예술가연하는 이야기라든가, 새로 습득한 응접실 사회주의라든가? 그렇다, 난 그랬다. 그러나 그녀는 그런 것들은 전혀 모른다. 나는 꽤 쉽게 그녀에게 감명을 줄 수도 있었다. 그게 가장 모욕적인 부분이었다. 나는 우리의 만남을 처음부터 잘못 이끌었던 것이다. 나는 멋지고, 설득력 있고, 우월하고, 아버지 같고, 성숙하게 구는 대신에, 얼굴을 붉히고 그녀와 옥신각신했던 것이다. 나는 그녀의 짐승 같은 쿠르트라는 놈과 그의 앞마당에서 경쟁하려고 했다. 물론 바로 그게 쎌리 입장에서 내가 그렇게 하길 바라던 것이기도 했다! 몇달이 지나고 나서 나는 단 한번의 치명적인 실수를 했다─나는 그녀에게 내가 무능할 뿐만 아니라 질투심도 많다는 것을 보여줬다. 그렇다, 비천하게 질투심 많은. 나는 스스로에게 발길질을 하고 싶었다. 그 생각만 하면 수치심에 머리끝부터 발끝까지 따끔거렸다.

자, 기왕 잘못은 저질러졌다. 이제 한가지만이 남았고, 그건 그 모든 일을 잊어버리는 것이었다. 물론 내가 쎌리를 다시 보기는 불가능할 터였다.

이 일이 있고 나서 열흘쯤 지난 어느날 아침, 나는 약간 외국인 억양이 있지만 미국식 영어를 유창하게 말하는, 작고 얼굴이 창백한 검은 머리 청년의 방문을 받았다. 그의 이름은 조지 P. 쌘더스라고 했다. 그는 『베 체트 암 미탁』에 실린 내 영어 수업 광고를 봤다고 했다.

"언제부터 시작하고 싶으세요?" 내가 물었다.

그러나 그 청년은 급히 고개를 저었다. 아니, 수업을 받으러 온 것이 아니라고 했다. 좀 실망해서, 나는 예의 바르게 그가 방문한 이유를 설명하기를 기다렸다. 그는 서둘러 말할 필요가 없다고 생각하는 듯했다. 그 대신, 그는 담배를 받아들고 앉아서 미국에 관해

수다를 떨기 시작했다. 시카고에 가보셨나요? 아니라고요? 아, 그럼 제임스 L. 슈로브라고 들어보셨나요? 못 들어보셨다고요? 청년은 가볍게 한숨을 쉬었다. 그는 나에 대해서, 그리고 일반적으로 세상에 대해서 인내심을 가지고 있는 것 같은 분위기를 풍겼다. 그는 이미 많은 다른 사람들에게도 마찬가지 태도를 가져왔음이 분명했다. 그의 설명에 따르면 제임스 L. 슈로브는 시카고의 거물이라는 거였다. 그는 식당 체인과 영화관 몇개를 가지고 있다고 했다. 미시건 호에는 두채의 큰 별장과 요트가 있었다. 또 차도 최소한 네대 가지고 있었다. 이때쯤 나는 탁자를 손가락으로 두드리기 시작하던 참이었다. 고통스러운 표정이 청년의 얼굴에 스쳐갔다. 그는 내 귀한 시간을 빼앗아 죄송하다고 했다. 그는 단지 내가 관심이 있을 것 같아서 ―부드럽게 책망하는 어조였다― 그리고 내가 슈로브 씨를 알기만 했다면 그는 분명 자신의 친구인 쌘더스의 존경심이 근거가 있음을 확인시켜줄 것이었기에 슈로브 씨 이야기를 했을 뿐이었다. 그렇지만…… 어쩔 수 없는 일인데…… 음, 200마르크만 빌려주시겠어요? 그는 사업을 시작하기 위해 그 돈이 필요했다. 그건 아주 특별한 기회인데, 내일 아침까지 돈을 마련하지 못하면 영영 놓쳐버리게 된다는 거였다. 그는 사흘 안에 돈을 갚겠다고 했다. 내가 지금 그 돈을 주면 그는 그날 저녁 이 모두가 완벽하게 진짜라는 것을 증명할 서류를 가져오겠다고 했다.

안되겠다고요? 아, 네…… 그는 심지어 놀라는 것 같지도 않았다. 그는 이내 가겠다고 일어섰다. 마치 고객일 수도 있겠다 싶은 사람에게 자신의 귀중한 이십분을 낭비한 사업가처럼. 그가 공들여 예의 바르게 암시한 바에 의하면, 그건 내 손해이지, 그의 손해가 아니었다. 이미 문 앞으로 나가서 그는 잠시 멈췄다. 혹시 아는 여배우가 있으신지? 그는 부업으로 스튜디오 조명에 피부가 건조해지지 않도록 특별히 발명된 새로운 유형의 크림을 가지고 다닌다고 했다. 이미 할리우드 스타들은 모두 사용 중인데, 유럽에서는 아직 알려지지 않았다는 거였다. 크림을 써보고 추천해줄 여배우가 있다면, 여섯명에게는 공짜 크림 쌤플을 주고, 영원히 반값으로 공급해준다는 것이었다.

잠시 망설이다가 나는 그에게 쎌리의 주소를 줬다. 내가 왜 그랬는지 나도 잘 모르겠다. 물론 부분적으로는 다시 앉아서 대화를 계속하고 싶어하는 그 청년을 내보내기 위해서였다. 또 어쩌면 부분적으로는, 악의에서 그랬을지도 모른다. 쎌리가 그의 수다를 한두 시간 참아준다고 해봐야 별로 해로울 것은 없을 것이다. 그녀는 야망 있는 남자가 좋다고 했으니까. 어쩌면 크림 하나쯤 얻게 될지도 모르지 ─ 그런 게 진짜로 있다면 말이다. 그리고 그가 그녀에게 200마르크를 빌려달라고 한다 해도 ─ 음, 그 역시 큰 문제가 안될 것이다. 그는 어린애 하나도 속일 수 없는 사람이었다.

"그렇지만 뭘 하든," 내가 그에게 경고했다. "내가 보냈다고는 하지 마세요."

그는 살며시 미소 지으며 당장 동의했다. 그는 내 요구에 대해 자기 나름대로 설명을 가지고 있음이 틀림없었다. 왜냐하면 이 요구를 조금도 이상하게 여기지 않으니 말이다. 그는 아래층으로 내려가면서 예의 바르게 모자를 들어 인사했다. 이튿날 아침이 되자 나는 그의 방문을 까맣게 잊어버렸다.

며칠 후, 쌜리가 전화를 걸었다. 나는 수업을 하다 말고 불려나와 전화를 받았고 그래서 굉장히 불친절했다.

"아, 당신이야, 크리스토퍼 자기?"

"그래. 나야."

"지금 바로 나 보러 와줄 수 있어?"

"안돼."

"아……" 내가 거절해서 쌜리는 분명 충격을 받은 것 같았다. 잠시 침묵이 이어지더니 그녀는 익숙지 않게 겸손한 태도로 말을 이었다. "아주 많이 바쁜가봐?"

"응. 바빠."

"음…… 그럼 내가 당신을 좀 보러 가면 안될까?"

"무슨 일로?"

"자기," ─ 쌜리는 정말로 절박한 것 같았다 ─ "전화로는 도저히 설명할 수가 없어…… 정말 심각한 일이야."

"아, 알았어." ─ 나는 되도록 못되게 굴려고 하면서 말했다 ─ "잡지 기사를 또 써야 하나봐?"

그렇지만 내가 이 말을 하자마자 우리는 둘 다 웃음을 터뜨렸다.

"크리스, 정말 잔인해!" 쌜리는 전화로 명랑하게 재잘거리다가, 문득 자제하며 그만뒀다. "아니야, 자기 ─ 이번에는 진짜야. 정말 끔찍하게 심각하고, 정말, 진짜 그래." 그녀는 말을 잠시 멈췄다가 인상적으로 덧붙였다. "그리고 도와줄 수 있는 사람이 자기밖에 없어."

　"아, 알았어……" 나는 이미 반 이상 누그러져 있었다. "한시간쯤 있다가 와."

　"음, 자기, 맨 처음부터 얘기할까? ……어제 아침에 어떤 남자가 전화를 걸어서 나를 보러 와도 되겠느냐는 거야. 아주 중요한 사업이래. 그가 내 이름과 모든 것을 아는 것 같아서 내가 말했지. 네, 그럼요, 바로 오세요…… 그래서 그가 왔어. 그는 자기 이름이 라꼬프스끼―폴 라꼬프스끼라고 했고, 자기가 메트로골드윈마이어 영화사의 유럽 에이전트이며, 내게 제안을 하나 하려고 왔다고 했어. 그는 그들이 이딸리아 리비에라에서 촬영할 예정인 코미디 영화에 출연할, 독일어를 할 줄 아는 영국 여배우를 찾고 있다는 거야. 그 모든 게 아주 설득력이 있더라고. 그는 감독과 촬영감독, 미술감독이 누구고 누가 씨나리오를 썼는지까지 말해줬어. 당연히 들어본 적이 없는 사람들이었지. 그렇지만 놀랄 일은 아닌 것 같았어. 사실은 그래서 더 현실적으로 들렸어. 왜냐하면 대부분은 신문에서 볼 수 있는 이름들 중에서 골랐을 테니까…… 어쨌든 그 사람 말이, 이제 날 봤으니 내가 바로 그 역할을 맡을 사람이라고 확신한다는 거야. 테스트 결과가 괜찮으면 자기가 실질적으로 나한테 약속을 해줄 수도 있대…… 물론 난 신이 나서 테스트를 언제 할 거냐고 물었지. 그 사람 말이 하루 이틀 사이엔 안된대. UFA 사람들하고 조율해야 해서…… 그래서 우리는 할리우드에 대해 얘기하기 시작했고, 그 사람은 온갖 얘기를 다 해줬어―아마 영화

잡지에서 읽은 얘기일 수도 있겠지만, 어쨌든 그건 아닐 거라고 생각해 ─ 그리고 어떻게 음향 효과를 내는지 어떻게 눈속임 촬영을 하는지 얘기해줬어. 그는 정말 재미있었고 엄청나게 많은 스튜디오에서 일해본 것이 분명했어…… 어쨌든 할리우드 얘기를 다 하고 나자 그는 미국과 그가 아는 사람들, 갱스터들과 뉴욕에 대해서 얘기해줬어. 그의 말로는 방금 미국에서 와서 짐이 아직 함부르크 세관에 있다는 거야. 사실은 그가 옷을 그렇게 허름하게 입고 있는 게 좀 이상하다고 생각하던 참이었거든. 그렇지만 물론, 그 얘기를 듣고 나니까 당연하다는 생각이 들었어…… 자 ─ 이제 여기서부터 웃지 않겠다고 약속해, 크리스, 안 그러면 말해줄 수가 없어 ─ 곧장 그는 나를 열렬히 사랑한다고 고백하는 거야. 처음에는 화가 났지. 사업과 쾌락을 뒤섞어버리다니. 그렇지만 잠시 후 별로 개의치 않게 됐어. 그는 뭐랄까, 러시아식으로 꽤나 매력 있었거든…… 그리고 마지막에는 저녁을 먹자고 초대하는 거야. 우리는 호르허로 가서 평생 먹어본 중 가장 멋진 저녁을 먹었어. (그게 유일한 위안이야.) 다만, 계산서가 나오니까 그 남자가 말하는 거야. '아, 그런데, 자기, 내일까지 300마르크만 빌려줄 수 있어요? 내가 달러밖에 없어서, 은행에서 바꿔야 해요.' 그래서 물론 난 그에게 돈을 줬지. 재수가 없으려니까 그날 저녁 돈이 꽤 많았지 뭐야…… 그러고 나서 그가 말했어. '당신의 영화 계약을 축하하면서 샴페인을 한병 마시죠.' 그래서 그러자고 했어. 그때쯤엔 아마 좀 취했나봐. 그가 그날밤을 함께 보내자고 했을 때 그러자고 했거든. 우리는 아우그스부르크 가의 작은 호텔로 가서 ─ 이름은 까먹었어, 그렇지만 쉽

게 다시 찾을 수 있어…… 정말 으스스한 곳이었지…… 어쨌든 그
날 저녁 무슨 일이 있었는지는 더이상 잘 기억 못하겠어. 오늘 아
침에서야 이 모든 일들을 제대로 생각해보기 시작한 거야. 그 남자
는 아직 자고 있었지. 그리고 나는 정말 다 괜찮은 것일까 생각하
기 시작했어…… 그전에는 그의 속옷을 눈여겨보지 않았는데, 약
간 충격적이더라고. 중요한 영화계 인사라면 실크 속옷을 입어야
하잖아, 안 그래? 그런데 그 사람 건 낙타 털이나 뭐 그런, 아주 이
상한 물건이더라고. 꼭 세례 요한이 입었을 것같이 생긴 거야. 그
리고 울워스[21]에서 산 주석 넥타이핀을 했고. 물건들이 낡았다는
게 다가 아니야. 새것이었대도 정말 아무 짝에도 소용없는 물건이
라는 걸 알 수 있었어…… 그래서 나는 침대에서 일어나 그의 호주
머니를 뒤져보기로 했지만, 마침 그가 깨어나는 바람에 때를 놓치
고 말았어. 우리는 아침식사를 주문했지…… 그때쯤엔 내가 그를
미친 듯 사랑하게 돼서 알아차리지 못할 거라고 생각했는지, 아니
면 계속 가식을 떨기도 귀찮아서 그랬는지 잘 모르겠지만, 오늘 아
침엔 영 딴사람이더라고 ― 그냥 보통 부랑자 같더란 말이지. 그
는 칼날에 묻은 잼을 핥아먹었고, 물론 대부분을 침대 시트에 흘
렸어. 그리고 정말 끔찍하게 후루룩거리면서 달걀노른자를 빨아
먹었지. 나는 그를 보고 웃지 않을 수가 없었고, 그래서 그는 화가
났어…… 그러더니 이렇게 말하는 거야. '맥주를 마셔야겠어!' 내
가 말했어. 응. 좋아. 프런트에 전화해서 갖다달라고 해. 솔직히 말

---

21 1878년 F. W. 울워스가 창업한 소매 체인점. 주로 저렴한 생활잡화를 판매함.

하면 나는 이 남자가 좀 무서워지기 시작했어. 그는 무슨 원시인처럼 얼굴을 찌푸리고 노려보기 시작하는 거야. 난 그가 미쳤다고 확신했어. 그래서 할 수 있는 한 그를 달래보자고 생각했지…… 어쨌든, 그는 내 제안이 썩 괜찮은 듯싶었고, 전화를 집어들고 길게 통화하더니 엄청 화를 냈어. 방으로 맥주를 갖다주지 않겠다고 했다는 거야. 지금 생각하니 그는 전화기 훅을 누른 채 그냥 연기를 한 거야. 그렇지만 엄청 연기를 잘한데다가, 난 겁이 나서 이것저것 알아차릴 수가 없었어. 난 그가 맥주를 마시지 못해서 나를 죽일지도 모르겠다는 생각이 들었어…… 그렇지만 그는 그 상황을 차분하게 받아들였어. 그가 말하길, 옷을 입고 아래층으로 내려가서 직접 가져와야겠대. 좋아, 내가 말했지…… 그리고, 나는 기다리고 또 기다렸는데, 그 사람은 돌아오질 않는 거야. 그래서 마침내 난 벨을 울리고 하녀에게 그가 나갔는지 봤느냐고 물었지. 그녀가 말했어. '아, 네, 그 신사분이 한시간쯤 전에 계산하고 가셨는데요…… 깨우지 말라고 하셔서요.' 난 너무 놀라서, 그저 이렇게 말했지. '아, 알았어요. 고마워요……' 웃기는 것은, 그때쯤 난 그가 미쳤다고 단정하고 더이상 그가 사기꾼이라고는 의심하지 않았다는 거야. 아마 그게 그가 바라는 거였을 테지…… 어쨌든, 결국 그는 미친놈이 아니었어. 왜냐하면 내 가방을 봤더니 그놈이 어제 내가 300마르크를 빌려주고 남은 잔돈뿐만 아니라, 나머지 내 돈까지 몽땅 가져간 거야……이 모든 일에서 내가 짜증나는 건 내가 창피해서 경찰서에도 가지 못할 거라고 그가 생각할 거라는 점이지. 자, 그러니 그가 잘못 생각했다는 걸 보여줄 거야—"

"그런데 쎌리, 그 남자가 정확히 어떻게 생겼어?"

"키는 당신만 해. 창백하고. 검은 머리. 미국 태생이 아니라는 건 알 수 있어. 외국인 억양으로 말했거든 — "

"그가 시카고에 사는 슈로브라는 사람 얘기 했었어?"

"보자…… 응, 물론 했어! 그 사람 얘길 많이 했어…… 그런데 크리스, 도대체 당신이 어떻게 알아?"

"음, 그게 말이지…… 이봐, 쎌리, 정말 끔찍한 고백을 할 게 있어…… 날 용서해줄지는 모르겠지만……"

같은 날 오후에 우리는 알렉산더 광장으로 갔다.

조사는 내 예상보다 훨씬 당혹스러웠다. 어쨌든 내게는. 쎌리는 불편하게 느꼈더라도 눈꺼풀을 살짝 움직이는 것 말고는 전혀 티를 내지 않았다. 그는 두 명의 안경 쓴 경찰관에게 아주 경쾌하고 명랑한 일상적인 태도로 사건의 세부 사항들을 설명해서, 그녀가 길 잃은 강아지나 버스에서 잃어버린 우산에 대해 불평하러 온 것이 아닌가 싶을 정도였다. 두 명의 경찰관은 — 분명 처자식이 있는 사람들인데 — 처음에는 충격받은 것 같았다. 그들은 보라색 잉크에 펜을 푹푹 담그고, 팔꿈치를 갑갑한 듯 휘휘 돌리고 나서 쓰기 시작했고, 매우 퉁명스럽고 거칠었다.

"그럼 호텔에 대해서," 둘 중 나이 많아 보이는 사람이 딱딱하게 물었다. "거기 가기 전에 그 호텔이 그렇고 그런 종류의 호텔이라는 걸 알고 있었겠죠?"

"음, 설마 브리스톨로 갈 거라고 예상하신 건 아니잖아요, 그죠?" 쌜리의 어조는 온화하고 이성적이었다. "거기는 짐 가방이 없으면 우리를 받아주지도 않을 건데요, 어쨌든."

"아, 짐 가방이 없었어요?" 젊은 사람이 의기양양하게 아주 중요하다는 듯이 이 사실에 달려들었다. 그의 보라색 경찰관식 흘림체가 줄 쳐진 풀스캡판 종이에 차분하게 쓰여나갔다. 이 주제에 영감을 받아, 그는 쌜리의 반박에는 조금도 주의를 기울이지 않았다.

"일반적으로 남자가 저녁 먹으러 나가자고 할 때 옷 가방을 싸지는 않아요."

그러나 나이 든 사람은 요점을 단번에 알아차렸다.

"그러니까 식당에 있을 때까지는 이 청년이 당신더러 — 에 — 호텔에 같이 가자고 하진 않았다는 거죠?"

"저녁 먹은 후까지도 안 그랬죠."

"이봐요, 아가씨." 나이 든 사람이 의자에 기대어 아주 냉소적인 아버지처럼 말했다. "전혀 모르는 사람이 이런 식으로 초대할 때 받아들이는 게 아가씨의 평소 습관인지 알고 싶은데요?"

쌜리는 귀엽게 미소 지었다. 그녀는 순진함과 솔직함 그 자체였다.

"그렇지만, 봐요, 경찰관 아저씨, 그는 생판 모르는 사람이 아니었다고요. 내 약혼자였어요."

이 말을 듣고 두 사람 다 벌떡 몸을 일으켰다. 젊은 사람은 심지어 새 페이지에 작은 얼룩을 만들기도 했다 — 아마도 경찰 본부의 그 모든 흠결 없는 서류 기록에 남은 유일한 얼룩이었을 것이다.

"그러니까 볼스 양," — 무뚝뚝하게 말하면서도, 나이 든 사람의 눈은 벌써 반짝거리고 있었다 — "그러니까 고작 오후 반나절 만나서 이 남자와 약혼했다는 얘기입니까?"

"맞아요."

"그게, 참 ― 좀 드문 일 아닙니까?"

"그렇겠죠," 쌜리가 진지하게 동의했다. "그렇지만 요즘은 아시다시피 여자들이 남자를 기다리게 할 여유가 없어요. 한번 물어봐서 여자가 거절하면, 남자가 다른 여자에게 갈지도 모르니까요. 여자들이 워낙 남아도니까 ―"

이 말에 나이 든 경관은 솔직하게 빵 터졌다. 그는 의자를 뒤로 젖히면서 얼굴이 빨개지도록 웃어댔다. 그는 거의 일분이 지나서야 겨우 말을 다시 할 수 있었다. 젊은 사람은 훨씬 더 체면을 차렸다. 그는 커다란 손수건을 꺼내서 코를 푸는 척했다. 그러나 그는 코를 풀다가 재채기를 하고 말았고 결국 껄껄거리고 웃었다. 그러고는 곧 그 역시 쌜리를 진지하게 받아들이려는 시도를 말끔히 포기했다. 나머지 조사는 정중한 관심을 표하려는 시도가 동반된, 희가극과도 같이 격의 없는 분위기에서 진행됐다. 특히 나이 든 경관은 아주 대담해졌다. 아마도 그들은 내가 거기 있어서 아쉬웠을 것이다. 그들은 그녀하고만 있고 싶어했다.

"이제 걱정 마세요, 볼스 양." 그들은 헤어질 때 그녀의 손을 다독이며 말했다. "우리가 그놈을 찾아줄게요. 베를린을 발칵 뒤집어서라도!"

"와!" 나는 그들이 우리 이야기를 들을 수 없는 곳에 이르자마자 외쳤다. "당신은 정말 그 사람들을 어떻게 다루는지 잘 아네!"

쌜리는 꿈꾸듯이 미소 지었다. 그녀는 스스로에게 매우 흡족해

했다. "그게 정확히 무슨 소리야, 자기?"

"당신도 잘 알잖아 ─ 그들을 저렇게 웃게 만들었잖아. 그들에게 그가 당신 약혼자라고 말한 거 말이야! 정말 굉장했어!"

그러나 쌜리는 웃지 않았다. 그 대신 그녀는 약간 얼굴을 붉히며 발치를 내려다봤다. 웃기면서도 죄의식을 느끼는, 애 같은 표정이 그녀의 얼굴에 떠올랐다.

"봐, 크리스, 그건 진짜라니까 ─"

"진짜라고!"

"응, 자기." 처음으로 쌜리는 정말 쑥스러워했다. 그녀는 아주 빠르게 말하기 시작했다. "오늘 아침엔 말할 수가 없었어. 그 모든 일이 일어나고 난 다음이라, 입 밖에 내면 너무 바보같이 들릴 테니까…… 식당에 있을 때 그가 내게 결혼하자고 했고 나는 좋다고 했어…… 봐, 난 그가 영화계에 있으니까 그렇게 후딱 약혼하는 데 익숙할지도 모른다고 생각한 거지. 어쨌든 할리우드에서는 꽤 흔한 일이잖아…… 그리고 미국 사람이니까 언제든 원하기만 하면 쉽게 이혼할 수 있겠다 싶기도 했지…… 그리고 내 경력에는 이로운 일일 수도 ─ 그러니까, 그의 말이 진짜였다면 말이야 ─ 있었잖아, 안 그래? ……우리는 할 수만 있다면 오늘 결혼할 예정이었다고…… 이제 와서 그 생각을 하면 웃겨 ─"

"그렇지만, 쌜리!" 나는 멈춰섰다. 나는 입을 벌리고 멍하니 그녀를 바라봤다. 웃을 수밖에 없었다. "아, 정말…… 당신은 내가 평생 만난 사람 중에 가장 특이한 사람이야!"

쌜리는 의도치 않게 어른들을 즐겁게 하는 데 성공한 장난꾸러기 아이처럼 조금 킥킥거렸다. "내가 늘 말했잖아, 나 약간 미쳤다고, 응? 이제 믿을 수 있겠지 —"

일주일도 넘게 지나서야 경찰은 소식을 전해줬다. 그리고 어느 날 아침, 두명의 형사가 나를 보러 왔다. 우리의 묘사와 일치하는 청년을 추적해서 감시 중이라는 것이었다. 경찰은 그의 주소를 알고 있지만, 체포하기 전에 내가 그의 신원을 확인해주기를 원했다. 클라이스트 가의 스낵바로 잠깐 함께 가실까요? 그는 거의 매일 이맘때에 거기 나타난다고 했다. 나는 사람들 가운데서 그가 누군지 지목해주고 나서 더 번거롭거나 불쾌할 일 없이 바로 나오면 된다는 거였다.

나는 그 일이 별로 마음에 내키지 않았지만, 이제 와서 벗어날 길은 없었다. 우리가 도착했을 때는 점심시간이라 스낵바가 붐볐다. 나는 그 청년을 거의 단번에 찾아냈다. 그는 컵을 든 채로 카운터의 차 항아리 옆에 서 있었다. 혼자서 그렇게 넋 놓고 서 있는 그를 보니 좀 딱해 보였다. 그는 남루했고 훨씬 더 어려 보였다 — 그냥 어린 소년에 불과했다. 나는 "여기에는 없네요"라고 거의 말할 뻔했다. 그러나 그래봐야 무슨 소용이겠는가? 어쨌거나 이미 잡은 건데. "네, 그 사람이 맞아요." 나는 형사들에게 말했다. "저기 있네요." 그들은 고개를 끄덕였고, 나는 돌아서서 서둘러 걸어 내려왔다. 죄의식을 느끼면서 나는 나 자신에게 이렇게 말했다. 다시는 경찰을 돕지 않겠어.

며칠 후 쎌리가 와서 나머지 이야기를 해줬다. "물론 그를 다시 봐야 했어…… 나 자신이 아주 비인간적으로 느껴지더라니까. 그는 정말 불쌍해 보였어. 그저 이렇게 말하더라고. '당신이 내 친구인 줄 알았는데.' 나는 그에게 돈은 그냥 가지라고 말했지만, 어쨌거나 그 돈은 이미 다 써버렸다는 거야…… 경찰 얘기로는, 그가 정말로 미국에 가보긴 했지만 미국인은 아니래. 폴란드 사람이래…… 기소당하지는 않을 것 같아. 그게 한가지 마음 놓이는 일이지. 의사에게 진찰을 받고 고향으로 돌려보낼 거래. 잘 좀 대해줬으면 좋겠는데……"

"그러니까 결국 미친놈이라는 거야?"

"그런가봐. 살짝 미친……" 쎌리는 미소 지었다. "나한테는 별로 기분 좋은 얘기가 아니지? 아, 그리고 크리스, 그가 몇살인지 알아? 짐작도 못할걸!"

"스무살쯤 된 것 같던데."

"열여섯살이래!"

"아, 이런!"

"그래, 정말…… 이 사건을 소년법정에서 다룰 수도 있었다니까!"

우리 둘 다 웃었다. "이거 봐, 쎌리," 내가 말했다. "내가 당신을 좋아하는 건 당신이 정말 지독하게 속여먹기 쉽다는 거야. 절대로 속지 않는 사람들은 정말 따분하거든."

"그러니까 당신은 아직 날 좋아하는 거지, 크리스 자기?"

"응, 쎌리. 나 아직도 당신 좋아해."

"나한테 화났을까봐 걱정했는데 ─ 지난번 일 말이야."

"화났었지. 많이."

"그렇지만 지금은 아니지?"

"응…… 아닌 것 같아."

"내가 변명이든, 설명이든, 뭘 하려고 해봐야 소용없지…… 가끔 내가 그래…… 당신은 이해해줄 거 같아, 그렇지, 크리스?"

"그래," 내가 말했다. "그럴 거 같아."

그후로 나는 그녀를 보지 못했다. 보름쯤 후, 정말로 전화를 한 번 해봐야겠다고 생각하고 있을 때, 나는 빠리에서 온 엽서를 받았다. "어젯밤에 여기 도착했어. 내일 다시 정식으로 편지 쓸게. 많이 사랑해." 편지는 오지 않았다. 한달 후, 다시 로마에서 엽서가 왔다. 주소는 없었다. "하루 이틀 뒤에 편지 쓸게"라고 했다. 그게 육년 전 일이다.

그래서 이제 내가 그녀에게 쓴다.

이거 읽거든, 쎌리 ─ 혹시라도 읽는다면 ─ 이것을 내가 당신에게, 그리고 우리의 우정에 진심으로 바치는 헌사라고 생각하고 받아줘.

그리고 나에게 엽서 한장 보내줘.

뤼겐 섬에서

1931년 여름

On Ruegen Island

Summer 1931

나는 일찍 일어나 파자마 바람으로 베란다에 앉는다. 나무가 들판 위로 기다란 그림자를 드리운다. 마치 자명종이 울리듯, 새들이 갑자기 기이하고 격렬하게 울어댄다. 모래흙에 바큇자국이 깊이 팬 시골길 위로 자작나무가 무겁게 늘어져 있다. 부드러운 구름 한 조각이 호수를 따라 나무가 늘어선 위로 움직이고 있다. 자전거를 탄 남자는 그의 말이 길옆 풀밭에서 풀을 뜯는 것을 지켜보고 있다. 그는 말굽에 얽힌 밧줄을 풀어주고 싶다. 그는 말을 두 손으로 밀쳐보지만 말은 꼼짝도 하지 않는다. 이때 숄을 두른 노파 한사람이 어린 남자아이와 함께 걸어온다. 소년은 어두운색 쎄일러복을 입고 있다. 매우 창백하고 목에는 붕대를 감았다. 그들은 곧 돌아선다. 한 남자가 자전거를 타고 지나가면서 말과 함께 있는 남자에게 뭐라고 소리친다. 그의 목소리는 낭랑하지만, 알아들을 수는 없게, 아침의 고요함 속에 울려퍼진다. 수탉이 운다. 삐걱거리며 지나가는 자전거. 정원의 정자에 놓인 흰 탁자와 의자에 맺힌 이슬, 묵직한 라일락에서 떨어진 물방울. 다시 수탉이 운다. 훨씬 더 크고 가깝게. 바닷소리가 들리는 것 같다. 아니면 아주 멀리서 울리는 종소리.

마을은 왼쪽 저 높은 곳 숲 속에 숨어 있다. 마을의 집들은 대부분 다양한 해변의 건축 양식으로 지은 숙박업소들이다 ─ 사이비 무어풍, 오래된 바이에른식, 타지마할, 그리고 흰 소용돌이 무늬 발코니가 달린 로꼬꼬풍 인형의 집. 숲 뒤쪽에는 바다가 있다. 지그재그로 난 길을 따라가면 마을을 통과하지 않고도 바다로 갈 수 있다. 그 길을 따라가면 갑자기 모래 절벽 가장자리에 이르게 되고, 발아래로 해변이, 미지근하고 얕은 발트 해가 바로 발밑에 펼쳐진다. 만의 이쪽 끝은 꽤 황량하다. 정식 해수욕장은 곶의 모퉁이를 돌아서면 있다. 바베[1]에 있는 슈트란트 식당의 흰 양파 같은 돔이 저 멀리 1킬로미터쯤 떨어져 더운 공기의 물결 뒤에서 아른거린다.

숲 속에는 토끼와 살무사와 사슴이 있다. 어제 아침 나는 노루 한 마리가 보르조이[2] 개에게 쫓겨, 들판을 가로질러 나무 사이로 내달리는 것을 봤다. 개는 노루를 잡지 못했다. 둘 중에 개가 길고 우아하게 도약하며 움직이는 것이 훨씬 더 빨라 보였고, 노루는 마법에 걸린 그랜드 피아노처럼 거칠고 뻣뻣하게 움찔거리며 난폭하게

<hr>

1 발트 해 연안의 휴양도시.
2 털이 하얗고 몸집이 큰 러시아산 개.

달려갔는데도 말이다.

이 집에는 나 말고도 두사람이 더 있다. 그중 한사람은 피터 윌 킨슨이라는 내 또래 영국인이다. 다른 한사람은 베를린에서 온 오 토 노바크라는 이름의 독일 노동계급 소년이다. 그는 열예닐곱살 쯤 됐다.

피터는 — 나는 벌써 그를 편하게 부른다. 우리는 첫날 저녁부터 꽤 세게 놀아서 재빨리 친구가 됐다 — 마르고 가무잡잡하고 신경 질적이다. 그는 뿔테 안경을 쓴다. 흥분하면 손을 무릎 사이에 쑤셔 넣고 꽉 움켜쥔다. 관자놀이 양쪽에선 굵은 핏줄이 불거진다. 그는 신경질적인 웃음을 억지로 참느라 온몸을 떨고, 마침내 오토는 짜 증이 나서 이렇게 외친다. "아, 그렇게 좀 하지 마!³"

오토는 잘 익은 복숭아 같은 얼굴을 가지고 있다. 그의 머리카락 은 숱 많은 금발로, 이마 아래쪽까지 자라 있다. 눈은 작고 반짝이 는 것이 장난기로 가득하며, 무장해제시키는 환한 미소는 너무 순 진해 보여서 믿을 수 없을 정도이다. 그가 씩 웃을 때면 복숭아꽃 같 은 뺨 위로 두개의 커다란 보조개가 팬다. 지금 그는 열심히 나에 게 알랑거리면서 비위를 맞추고, 내 농담에 웃어주며, 기회가 있을 때마다 내게 다 안다는 듯이 영악한 윙크를 던진다. 내 생각에 그 는 피터를 상대하는 데 있어서 나를 잠재적인 동맹으로 보고 있다.

오늘 아침 우리는 다 같이 해수욕을 했다. 피터와 오토는 커다 란 모래성을 쌓느라 분주하다. 나는 누워서 피터가 땡볕을 즐기며,

---

3 (독) Mensch, reg'Dich bloss nicht so auf!

마치 무장한 감시자 앞에 있는 사슬에 묶인 죄수처럼 맹렬하게 아동용 삽으로 땅을 마구 파헤치는 것을 지켜봤다. 길고 더운 오전 내내 그는 잠시도 가만히 앉아 있질 않았다. 그와 오토는 수영하고, 땅을 파고, 씨름하고, 경주하고, 고무 축구공으로 놀며 모래밭을 오르내렸다. 피터는 말랐지만 강단이 있다. 오토와 경기를 할 때면 그는 엄청나게 맹렬한 의지력으로 버티는 것처럼 보인다. 그건 피터의 정신력과 오토의 육체 간의 대결이다. 오토는 그 몸이 전부고, 피터는 머리만 있다. 오토는 유연하고 수월하게 움직인다. 그의 몸짓에는 잔인하고 우아한 동물이 지닌 야만적이고 무의식적인 품위가 있다. 피터는 가차 없는 의지력으로 그의 뻣뻣하고 꼴사나운 몸을 닦달하며 자신을 몰아붙인다.

오토는 터무니없이 거만하다. 피터는 그에게 흉곽 확장기를 사줬고, 그는 이 기구를 가지고 하루 종일 엄숙하게 운동을 한다. 점심을 먹은 후 피터를 찾으러 그들의 침실로 들어가니, 오토가 거울 앞에 혼자 서서 라오콘처럼 흉곽 확장기와 씨름하고 있는 것이 보였다. "봐, 크리스토프!" 그가 헐떡였다. "봐, 할 수 있어! 다섯줄 모두 다!" 오토는 확실히 그 나이 또래 소년치고는 빼어난 어깨와 가슴을 지녔다 — 그러나 그의 몸은 그럼에도 불구하고 어딘가 약간 우습다. 상체의 아름답고 성숙한 선이 갑자기 확 얇아지며 다소 우스꽝스럽게 작은 엉덩이와 막대기처럼 미성숙한 다리로 이어진다. 그리고 흉곽 확장기와 이렇게 씨름하면 할수록 날마다 그는 점점 상체만 묵직해진다.

오늘 저녁 오토는 약간 일사병 기미가 있어, 머리가 아프다며 일찍 잠자리에 들었다. 피터와 나는 단둘이 마을까지 걸어갔다. 밴드가 지옥의 사슬이 풀린 것 같은 소음을 내는 바이에른식 까페에서 피터는 내 귀에 고래고래 고함을 쳐가며 자기 인생 이야기를 해줬다.

피터는 사 남매의 막내다. 그에게는 결혼한 누나 둘이 있다. 누나 중 하나는 시골에 살며 사냥을 한다. 다른 누나는 언론이 흔히 '사교계의 여주인'이라고 부를 만한 사람이다. 피터의 형은 과학자이자 탐험가이다. 그는 콩고, 뉴헤브리디스[4], 그레이트배리어리프[5]에 가본 적이 있다. 체스를 두며, 예순살의 목소리로 말하고, 피터가 아무리 생각해봐도 성행위는 해본 적이 없는 듯하다. 가족 중 현재 피터와 교류하는 유일한 사람은 사냥하는 누나이지만, 피터가 매형을 싫어하기 때문에 거의 만나지 않는다.

피터는 어릴 때 몸이 약했다. 그는 예비학교에 다니지 않았지만, 열세살이 되자 그의 아버지는 그를 명문 사립에 보냈다. 그의 아버지와 어머니는 이 문제로 다퉜고, 피터가 엄마의 부추김에 힘입어 심장에 문제가 생겨 두번째 학기를 마치고 학교를 그만둘 때까지 지속됐다. 이렇게 일단 학교에서 벗어나자, 피터는 엄마가 자신을 너무 애지중지하고 오냐오냐한 나머지 겁쟁이로 만들었다며 엄마를 미워하기 시작했다. 그녀는 아들이 자기를 용서하지 않을 것임을 알았고, 그녀에게는 피터가 유일하게 아끼는 자식이었으므로,

---

4 오스트레일리아 북동 남태평양상의 군도.
5 오스트레일리아 북동부 퀸즈랜드 해안에 나란히 발달한 세계 최대의 산호초.

그리하여 그녀는 병을 앓다가 곧 죽었다.

피터를 다시 학교로 보내기에는 너무 늦어버려서, 윌킨슨 씨는 가정교사를 고용했다. 가정교사는 성직자가 되려고 하는 아주 고지식한 청년이었다. 그는 겨울에도 찬물로 목욕했고, 곱슬머리에 그리스인 같은 턱을 가졌다. 윌킨슨 씨는 처음부터 그를 싫어했고, 형은 비아냥거리는 말들을 했기 때문에, 피터는 열렬히 가정교사의 편을 들게 됐다. 그들은 둘이서 호수 지방⁶으로 도보 여행을 가기도 하고, 쓸쓸한 황무지의 경치 한가운데서 성체聖體의 의미를 토론하기도 했다. 이런 이야기를 하다보니 불가피하게 그들은 감정적으로 복잡하게 얽히게 됐고, 어느날 저녁 어떤 헛간에서 갑자기 무시무시하게 싸우기에 이르렀다. 이튿날 아침, 가정교사는 열장짜리 편지를 남기고 떠났다. 피터는 자살을 고민했다. 그는 나중에 그 가정교사가 콧수염을 기르고 오스트레일리아로 갔다는 이야기를 전해들었다. 그래서 피터는 다른 가정교사를 구했고, 마침내 옥스퍼드 대학에 진학했다.

아버지의 사업도 형의 과학도 싫어한 그는 음악과 문학을 종교적으로 숭배했다. 1학년 때 그는 옥스퍼드를 아주 좋아했다. 그는 티파티에 나가 이야기하기를 즐겼다. 즐겁고도 놀랍게도, 사람들이 그가 하는 말에 귀 기울이는 것 같았다. 자주 이러다보니 마침내 그는 그들이 약간 당혹스러워하는 낌새를 알아차리게 됐다. "어찌 됐든," 피터가 말했다. "난 늘 잘못된 음계를 눌렀던 거지."

---

6 잉글랜드 북서부.

그러는 동안 그의 집, 욕실이 네개 달리고 차 세대가 들어가는 차고가 있으며, 늘 먹을 것이 지나치게 많은 메이페어 저택에서는 윌킨슨 가족이 썩어가듯 서서히 해체되고 있었다. 콩팥이 아프고, 위스키를 마시고, '사람을 다루는' 지식을 가진 윌킨슨 씨는 화가 나고 혼란스럽고 또 조금 딱하기도 했다. 그는 자식들이 가까이 지나가면 뿌루퉁한 늙은 개처럼 달려들고 으르렁댔다. 식사 시간에는 아무도 이야기를 하지 않았다. 그들은 서로 눈길을 피하고, 서둘러 위층으로 올라가 친한 친구들에게 증오와 풍자로 가득 찬 편지를 썼다. 오직 피터만이 편지를 쓸 친구가 없었다. 그는 멋없이 호사로운 침실에 틀어박혀 읽고 또 읽었다.

　　이젠 옥스퍼드도 마찬가지였다. 피터는 더이상 티파티에 가지 않았다. 그는 종일 공부만 했고, 시험 직전에 신경쇠약에 걸렸다. 의사는 환경을 완전히 바꾸고 새로운 관심사를 가지라고 조언했다. 피터의 아버지는 그를 데번셔에서 여섯달 동안 농사일을 하면서 놀게 해줬고, 그러고 나서 사업 이야기를 시작했다. 윌킨슨 씨는 다른 자식들에게는 그들 수입의 원천에 대해 하다못해 예의로라도 관심을 가져달라고 설득하지 못했었다. 그들은 모두 서로 다른 자기만의 세계에서 난공불락이었다. 딸 중 한명은 귀족과 결혼하려고 했고, 다른 한명은 왕세자와 종종 사냥을 나갔다. 큰아들은 왕립 지리학회에서 논문을 발표했다. 피터만이 자신의 존재를 정당화하지 못했다. 다른 자식들은 이기적으로 행동했지만, 자신이 무엇을 원하는지 알고 있었다. 피터도 이기적으로 행동했지만, 자신이 무엇을 원하는지 몰랐다.

그러나 중대한 순간에 피터의 외삼촌이 죽었다. 이 삼촌은 캐나다에 살고 있었다. 그는 피터를 어릴 때 딱 한번 봤고, 무연히 마음에 들어했기에, 그에게 전재산을 남겼다. 많지는 않지만, 편안하게 먹고살 만한 돈이었다.

피터는 빠리로 가서 음악을 공부하기 시작했다. 그의 선생은 그가 고작해야 괜찮은 이류 아마추어밖에는 되지 못할 거라고 했지만, 그는 그럴수록 더 열심히 공부했다. 그는 단지 생각하는 것을 피하기 위해 공부했고, 그래서 첫번째보다는 덜했지만 또다시 신경쇠약에 걸렸다. 이번에는 확실히 미쳐버릴 것만 같았다. 그는 런던을 방문했지만 집에는 아버지만 있었다. 그들은 첫날 저녁 격렬하게 다퉜다. 그때부터 그들은 거의 한마디도 주고받지 않았다. 일주일 동안 침묵하면서 거창한 식사를 하고 나자, 피터는 미약한 살인 충동에 빠졌다. 아침 내내 그는 아버지의 목에 난 뾰루지에서 눈을 떼지 못했다. 그는 빵칼을 만지작거렸다. 갑자기 그의 왼쪽 얼굴이 씰룩거리기 시작했다. 얼굴이 씰룩거리고 또 씰룩거려서 그는 손으로 뺨을 가려야 했다. 그는 아버지가 이를 알아차렸지만 의도적으로 그 이야기를 하지 않는다고 ── 그래서 사실은 일부러 그를 고문하는 것이라고 확신했다. 마침내 피터는 더이상 참을 수가 없었다. 그는 벌떡 일어나 방에서 나와, 집을 빠져나와서, 정원으로 가, 젖은 잔디밭에 얼굴을 묻고 엎드렸다. 그는 너무 두려워 움직이지도 못하고 그냥 엎어져 있었다. 십오분쯤 지나자 경련이 멈췄다.

그날 저녁 피터는 리젠트 가를 걷다가 창녀를 만났다. 둘은 여자 방으로 들어가서 여러시간 이야기를 나눴다. 그는 그녀에게 살아

온 이야기를 다 들려주고, 10파운드를 주고는 키스도 하지 않고 떠났다. 이튿날 아침, 이상한 발진이 왼쪽 허벅지에 생겼다. 의사는 그 원인을 설명하지 못해 당황하는 것 같았지만, 어떤 연고를 처방해줬다. 발진은 옅어졌지만 지난달까지도 완전히 사라지지는 않았다. 리젠트 가의 일 이후로 피터는 왼쪽 눈에도 문제가 생기기 시작했다.

이미 꽤 오랫동안 그는 심리분석가를 찾아가 의논해보려는 생각을 하고 있었다. 그의 마지막 선택은 나른하고 심술궂은 목소리와 커다란 발을 가진, 정통 프로이트파였다. 피터는 즉시 그가 싫어졌고 그에게 그렇다고 말했다. 그 프로이트파 의사는 종이쪽지에 뭔가를 기록했지만, 기분이 상한 것 같지는 않았다. 후에 피터는 그가 중국 예술을 제외한 그 어떤 것에도 관심이 없음을 알게 됐다. 그들은 일주일에 세번 만났고, 한번 갈 때마다 2기니가 들었다.

여섯달 후 피터는 프로이트파 의사를 포기하고 새로운 분석가에게 다니기 시작했다. 흰머리에 밝고 친근한 태도를 가진 핀란드 여성이었다. 피터는 그녀가 이야기하기 편하다고 생각했다. 그는 최선을 다해서 그녀에게 자기가 과거에 하고, 말하고, 생각하고, 꿈꾸던 모든 것을 이야기했다. 가끔 기분이 내키지 않으면 그는 그녀에게 순전히 거짓말인 이야기나, 사례집에서 모은 일화들을 이야기했다. 나중에 그는 이것이 거짓말이었음을 고백하고, 그들은 그러한 거짓말을 하게 된 그의 동기에 대해 토론했고 그것이 매우 흥미롭다는 데 합의했다. 공휴일 밤이면 피터는 꿈을 꾸곤 했고, 이것은 다음 몇주 동안 대화 주제를 제공했다. 분석은 거의 이년 동안 계속됐고, 완결될 줄을 몰랐다.

올해 피터는 핀란드 여성에게 싫증이 났다. 그는 베를린에 괜찮은 사람이 있다는 이야기를 들었다. 그래, 그럴까? 어쨌든 기분 전환은 될 것이었다. 게다가 경제적이었다. 베를린 의사는 한번 갈 때 15마르크밖에 들지 않았다.

"그럼 아직 그에게 다니는 거야?" 내가 물었다.

"아니……" 피터는 미소 지었다. "그럴 여유가 없어, 보다시피."

지난달, 도착하고 하루 이틀 후 피터는 해수욕을 하러 반제 호수에 나갔다. 물이 아직 차서 사람들이 많지 않았다. 피터는 모래 위에서 혼자 공중제비를 도는 한 소년을 발견했다. 나중에 그 소년이 다가와 성냥을 하나 달라고 했다. 그들은 대화를 나누게 됐다. 그게 오토 노바크였다.

"오토는 정신분석가 얘기를 하니까 경악하더라고. '뭐라고!' 그가 말했어. '그냥 네가 얘기만 하게 해주는 데 하루에 15마르크나 준단 말이지! 나한테 10마르크 줘. 그럼 하루 종일 얘기해줄게. 밤새도록도 좋아!'" 피터는 얼굴이 빨개지고 손을 비비 틀면서, 온몸을 들썩이며 웃었다.

묘한 일이지만, 오토가 분석가의 자리를 대신하겠다고 했을 때 그건 영 터무니없는 이야기는 아니었다. 수많은 동물적인 사람들과 마찬가지로, 오토는 상당한 본능적 치유력을 가지고 있다 — 그 능력을 쓰려고만 든다면. 그럴 때면 피터에 대한 그의 치료법은 어김없이 정확하다. 피터는 탁자에 앉아 몸을 웅크리고, 겁먹은 아이처럼 입꼬리를 아래로 축 늘어뜨린다. 돈을 쏟아부은, 뒤틀린 그의 성장 과정을 완벽하게 보여주는 표본 같다. 그러면 오토가 씩 웃으며 보조개를 짓고 들어와, 의자를 하나 넘어뜨리고는, 피터의 등을 찰싹 때리고 두 손을 비비며 아무 생각 없이 외친다. "그래, 그래…… 바로 그거야!"[7] 그러면 순간, 피터가 변한다. 그는 긴장을 풀고 자연스러운 자세를 취하기 시작한다. 입가에서 딱딱한 느낌이 사라지고, 눈에서는 쫓기는 표정이 없어진다. 그 마법이 통하는 한, 그는 그냥 보통 사람과 똑같다.

피터는 자기가 오토를 만나기 전엔 감염될까 너무 두려워서 고양이를 한번 안아주고 나서도 석탄산으로 손을 씻곤 했다고 말한다. 이제 그는 종종 오토와 같은 잔으로 술을 마시고, 그의 스펀지를 사용하고 접시를 같이 쓰기도 한다.

호숫가의 온천장과 까페에서 댄스파티가 시작됐다. 우리는 이틀 전 마을의 큰길로 산책을 나갔을 때 첫 댄스파티 공지를 봤다. 나는 오토가 탐난다는 듯 그 포스터를 바라보고, 피터가 그 모습을 보는 것을 눈치챘다. 그러나 그중 누구도 아무런 언급을 하지 않았다.

어제는 춥고 습했다. 오토는 배를 하나 빌려서 호수에 나가 낚시를 하자고 했다. 피터는 이 계획을 마음에 들어했고 당장 동의했다. 그러나 부슬비 속에서 고기가 낚이기를 사십오분 동안이나 기다리게 되자, 그는 짜증을 냈다. 연안으로 돌아오는 길에 오토는 노로

---

7 (독) Ja, ja… So ist die Sache!

철썩철썩 물을 튀겼다 ── 처음에는 노를 제대로 저을 줄 몰라서 그랬고, 나중에는 오로지 피터를 짜증나게 하려고 그랬다. 피터는 정말 화가 나서 오토에게 욕을 했고, 오토는 뿌루퉁해졌다.

저녁을 먹고 나서 오토는 온천장에 가서 춤을 추겠다고 알렸다. 피터는 불길하게 침묵을 지키며 아무 말 없이 듣고 있다가, 입꼬리가 시무룩하게 처지기 시작했다. 오토는 그가 못마땅해하는 것을 정말 몰라서 그랬는지 아니면 일부러 무시한 것인지, 그 사안에 결론이 났다고 생각했다.

그가 나간 후, 피터와 나는 위층의 썰렁한 내 방에 앉아서 창문에 빗방울이 토닥토닥 부딪히는 소리를 듣고 있었다.

"계속될 수가 없을 것 같아." 피터가 우울하게 말했다. "이게 시작이야. 두고 봐."

"말도 안돼, 피터. 뭐가 시작이야? 오토도 가끔은 춤추고 싶어하는 게 당연하잖아. 그렇게 소유욕을 보이면 안돼."

"아, 알아, 알아. 늘 그렇듯이 나 완전히 정신 나간 소리 하는 거야…… 어쨌거나, 이게 시작이야……"

상당히 놀랍게도 그 사건은 정말 내 생각대로 들어맞았다. 오토는 10시가 되기도 전에 온천장에서 돌아왔다. 그는 실망했던 것이다. 사람도 별로 없고 밴드도 변변치 않았다.

"다시는 안 가." 그가 내게 나른한 미소를 보내며 덧붙였다. "지금부터 난 매일 저녁을 너랑 크리스토프랑 함께 보낼 거야. 우리 셋이 같이 있는 게 훨씬 더 재미있어, 안 그래?"

어제 아침, 우리가 바닷가에 누워 있는데, 교활한 푸른 눈과 작은 콧수염을 지닌 키 작은 금발머리 사내가 우리에게 와서 게임을 하나 하자고 했다. 늘 낯선 사람들에게 지나치게 열광하는 오토는 당장 그 제안을 받아들였고, 그래서 피터와 나는 무례하게 굴지 않으려면 그를 따라야 했다.

그 작은 남자는 자신을 베를린 병원의 의사라고 소개한 후 바로 주도권을 잡더니, 우리에게 서 있어야 할 자리를 지정해줬다. 그는 아주 단호했다 ─ 내가 던지는 거리를 그렇게 멀리 하지 않으려고 조금 가까이 움직이려 하자 물러서라고 즉각 명령했다. 그러자 이번에는 피터가 아주 잘못된 방향으로 던지는 것 같았다. 작은 의사는 경기를 멈추고 시범을 보였다. 피터는 처음에는 재미있어했지만, 나중에는 좀 짜증을 냈다. 그가 꽤 무례하게 쏘아붙였지만, 의사는 까딱도 하지 않았다. "몸이 너무 뻣뻣해." 그는 웃으며 설명했다. "그게 잘못이야. 자, 다시 해봐. 그럼 내가 어깨뼈에 손을 얹어서 정말 긴장을 풀었는지 봐줄게…… 아니야, 또 긴장했잖아!"

그는 즐거워 보였다. 마치 피터의 실패가 그의 교수법이 거둔 특별한 승리라도 되는 듯이. 그의 눈이 오토의 눈과 마주쳤다. 오토는 다 이해한다는 듯 씩 웃었다.

의사와의 만남 때문에 피터는 그날 하루 종일 기분이 나빴다. 그를 놀리기 위해서 오토는 그 의사를 아주 좋아하는 척했다. "내가 친구 삼고 싶은 바로 그런 사람이야." 그는 못된 미소를 지으며 말했다. "진정한 스포츠맨이지! 너도 스포츠를 해야 해, 피터! 그럼 그 사람 같은 체격을 갖게 된다고!"

피터의 기분이 그렇지 않았다면 이 말은 그를 미소 짓게 만들었을 것이었다. 그러나 기분이 나빴으므로 그는 몹시 화가 났다. "그렇게 그 사람이 좋으면, 당장 그 의사랑 가버리면 되잖아!"

오토는 장난스럽게 웃었다. "나한테 함께 가자고 하지 않았거든 — 아직까지는!"

어제저녁, 오토는 온천장에 춤추러 나가서 늦게까지 돌아오지 않았다.

이제 마을에는 여름을 보내러 온 방문객이 많다. 깃발이 늘어선 부두 옆 해수욕장은 중세 야영지처럼 보이기 시작한다. 가족마다 차양이 달린 커다란 등나무 해변 의자를 가지고 있고, 의자마다 작은 깃발이 달려 있다. 독일 도시의 깃발 — 함부르크, 하노버, 드레스덴, 로스토크, 베를린 — 도 있고, 국민당, 공화당, 나치의 깃발도 있다. 의자는 저마다 낮은 모래 담으로 둘러놓았고, 의자에 앉은 사람들은 모래 위에 전나무 방울로 다음과 같이 새겨놓았다. 발데스루흐. 발터 가족. 슈탈헬름 철모단. 히틀러 만세![8] 요새는 대다수가 나치의 갈고리 십자가 모양으로 장식되어 있다. 다른 날 아침에 나는 다섯살배기 발가벗은 아이가 혼자 행진하면서, 어깨에 갈고리 십자가 깃발을 휘날리며 "가장 뛰어난 독일"[9] 하고 노래 부르는 것을 봤다.

---

8 (독) Waldesruh. Familie Walter. Stahlhelm. Heil Hitler!

9 (독) Deutschland über alles. 독일 국가의 첫 소절. 2차대전 패전 이후, 나치 정권이 강조하던 1절은 삭제됨.

작은 의사는 이런 분위기를 꽤 즐기고 있다. 거의 매일 아침 그는 우리 요새를 의무적으로 방문한다. "다른 해변에도 가봐" 하고 그는 우리에게 말했다. "거기는 훨씬 더 재미있다고. 예쁜 여자들도 소개해줄게. 여기 젊은이들은 굉장해! 난 의사로서 그들을 어떻게 감상해야 하는지 알잖아. 지난번엔 히덴제 섬에 갔었지. 유대인밖에 없더라고! 여기 돌아와서 진짜 북유럽 사람들을 보니까 좋아!"

"다른 해변에 가보자." 오토가 재촉했다. "여기 너무 지루해. 주위에 사람도 없잖아."

"좋으면 혼자 가." 피터는 화가 나서 냉소적으로 쏘아붙였다. "난 여기 잘 안 맞는 것 같아. 우리 할머니는 에스빠냐 피가 섞였거든."

그렇지만 그 작은 의사는 우리를 가만두지 않는다. 우리가 반대하고, 얼마간 공공연하게 싫다는 표시를 하는 것이 오히려 그를 흥분시키는 것 같다. 오토는 늘 배신하고 우리를 그의 손아귀에 갖다바친다. 하루는 의사가 히틀러에 대해 열변을 토하고 있는데, 오토가 말했다. "박사님, 크리스토프에게는 그렇게 말해봐야 아무 소용없어요. 쟤는 공산주의자거든요!"

이 말에 의사는 정말 즐거워하는 것 같았다. 그의 교활한 푸른 눈이 의기양양하게 빛났다. 그는 다정하게 내 어깨에 손을 얹었다.

"그렇지만 자넨 공산주의자일 리가 없어! 절대로!"

"왜 안돼요?" 나는 몸을 비키며 냉랭하게 물었다. 나는 그가 나를 만지는 게 싫었다.

"왜냐하면 공산주의라는 건 없거든. 그건 한낱 환각일 뿐이야. 정신병이지. 사람들은 그냥 자기가 공산주의자라고 상상하는 거야. 실제로는 그럴 수가 없어."

"그럼 그 사람들은 뭐죠?"

그러나 그는 들으려 하지 않았다. 그는 그 의기양양하고 교활한 미소를 지으며 나를 꼼짝 못하게 했다.

"오년 전엔 나도 자네처럼 그렇게 생각했어. 그렇지만 병원에서 일하다보니 공산주의란 환각에 불과하다는 확신이 들더라고. 사람들에게 필요한 건 기율, 자제력이야. 이건 의사로서 말할 수 있어. 내가 겪어봐서 아는 거야."

오늘 아침 우리는 해수욕 나갈 준비를 하고 내 방에 모였다. 분위기가 긴박했다. 피터와 오토는 아침식사 전에 침대에서 뭔가 알 수 없는 싸움을 시작해서 아직도 진행 중이었던 것이다. 나는 그들에게 별반 주의를 기울이지 않으면서 책장을 넘기고 있었다. 갑자기 피터가 오토의 양 뺨을 세차게 때렸다. 그들은 즉시 맞붙어서 의자들을 넘어뜨리고 방 안을 비틀거리며 드잡이를 했다. 나는 할 수 있는 한 그들에게서 떨어져서 지켜봤다. 그것은 웃기기도 하고, 동시에 불쾌하기도 했다. 그들의 얼굴이 분노로 이상하게 추해졌기 때문이었다. 오토는 피터를 곧 바닥에 눕히고 그의 팔을 비틀기 시작했다. "이제 됐어?" 그는 거듭 물었다. 그는 씩 웃었다. 그 순간 그는 정말로 흉측했고, 악의로 일그러져 있었다. 내가 거기 있어 오토가 즐거워한다는 것을 나는 알고 있었다. 왜냐하면 내가 있으면 피터가 더 모욕감을 느끼게 되니까. 그래서 나는 이 모든 것이 그저 장난이라는 듯 웃음을 터뜨렸고, 방에서 나왔다. 나는 숲을 통과하여 바베까지 걸어갔고, 그 너머 해변에서 해수욕을 했다. 나는 몇 시간 동안은 그들을 다시 보고 싶지 않았다.

오토가 피터에게 모욕감을 주고 싶어한다면, 피터도 자신만의 다른 방식으로 오토에게 모욕감을 주고 싶어한다. 그는 자신의 의지에 모종의 굴복을 하도록 오토에게 강요하고 싶어한다. 그리고 오토는 본능적으로 이런 굴복을 거부하려고 한다. 오토는 마치 동물처럼, 자연스럽게, 그리고 건강하게 이기적이다. 방 안에 의자가 두 개 있다면 그는 망설임 없이 둘 중에서 더 편한 의자에 앉을 것이다. 왜냐하면 피터의 편안함을 고려한다는 생각은 그에게 아예 떠오르지 않으니까. 피터의 이기심은 훨씬 덜 정직하고, 좀더 세련되고, 좀더 변태적이다. 적절한 방식으로 호소하면, 그는 어떤 희생이라도 할 것이다. 아무리 불합리하고 불필요하다 해도. 그러나 오토가 마치 자신의 권리인 양 더 좋은 의자를 차지하면, 피터는 즉시 그가 응할 수밖에 없는 도전이라고 생각할 것이다. 내 생각에 ─ 그들의 두 가지 본성을 고려해보건대 ─ 이 상황에서 벗어날 길은 없어 보인다. 피터는 오토의 굴복을 얻어내기 위해 계속 싸워야 할 것이다. 마침내 그가 그러기를 그만두게 되면, 그것은 단지 그가 오토에게 흥미를 잃었음을 의미할 뿐일 것이다.

그들의 관계에서 진정 파괴적인 측면은, 본질적으로 권태로운 속성을 지녔다는 데 있다. 피터가 종종 오토를 지겨워하는 것은 아주 당연한 일이다 ─ 그들은 공통의 관심사가 거의 하나도 없다─그러나 감상적인 이유들로 인해, 피터는 그렇다고 인정하지는 않을 것이다. 그런 겉치레하려는 동기가 없는 오토가 "여긴 정말 지루해!"라고 말할 때면, 나는 어김없이 피터가 눈살을 찌푸리고 고통스러워하는 것을 보게 된다. 그렇지만 오토는 실제로는 피터 자신보다는 훨씬 덜 자주 지루해한다. 그는 피터와 함께 지내는 것이 정말 재미있다고 느끼고, 하루 중 대부분을 기꺼이 그와 보낸다. 종종 오토가 한시간 동안 멈추지 않고 쓸데없는 소리를 떠들어 댈 때면, 피터는 정말로 그가 조용히 하고 떠나줬으면 하고 바라는 것이 내 눈에는 보인다. 그러나 피터가 보기에 이것을 인정하는 것은 완벽한 패배일 것이므로, 그는 그냥 웃으며 손을 비비고, 오토가 한없이 재미있고 웃기는 척하는 자신을 도와달라고 암묵적으로 나에게 호소한다.

해수욕을 마치고 숲길을 따라 돌아오는 길에, 나는 그 족제비 같은 작은 금발 의사가 내게로 다가오는 것을 봤다. 돌아서기엔 너무 늦었다. 나는 되도록 예의 바르고 냉정하게 "안녕하세요" 하고 인사했다. 의사는 짧은 바지와 스웨터를 입었다. 그는 '숲 속 달리기'[10]를 하는 중이라고 설명했다. "그렇지만 이제 돌아가야겠어." 그가 덧붙였다. "나랑 잠깐 뛰어보지 않겠나?"

"안될 것 같아요." 나는 서둘러 말했다. "저기, 어제 발목을 조금 삐어서요."

---

10 (독) Waldauf.

그의 의기양양한 눈빛을 보면서 나는 내 혀를 깨물어버리고 싶었다. "아, 발목을 삐었다고? 내가 봐줄게!" 혐오감에 몸부림치며 나는 그의 더듬거리는 손가락에 굴복할 수밖에 없었다. "그렇지만 아무것도 아니야. 확실해. 걱정할 필요 없어."

걸으면서 의사는 고개를 꼬아서 나를 올려다보며, 날카롭게 캐묻듯 머리를 약간씩 흔들면서, 내게 피터와 오토에 관한 질문을 했다. 그는 궁금한 것이 많아서 죽을 지경이었다.

"병원에서 일하다보면, 그런 유형의 아이는 도와주려고 해봐야 아무런 소용이 없다는 것을 알게 돼. 자네 친구 피터는 아주 너그럽고 선의를 가지고 있지만, 큰 실수를 하지. 이런 유형의 남자는 늘 원래대로 돌아가거든. 과학적인 관점에서 볼 때 그는 상당히 흥미로워."

마치 그는 뭔가 특별히 중요한 것을 말하려고 했던 것처럼 길 한가운데 멈춰서서, 내 주의를 끌기 위해 잠시 말을 멈추더니 웃으며 선언했다.

"그는 범죄형 두상을 가졌어!"

"그럼 범죄형 두상인 사람은 그냥 범죄자가 되도록 내버려둬야 한다는 건가요?"

"물론 아니지. 난 기율을 신봉한다니까. 이런 아이들은 노동수용소에 보내야 해."

"그럼 거기 데려가서 어떻게 할 건데요? 어쨌든 그들이 바뀔 수 없다고 하시니, 그들을 평생 가둬놓으시겠네요?"

의사는 쾌활하게 웃었다. 이것은 자신을 공격하는 농담이지만 그럼에도 불구하고 자기는 즐길 수 있다는 듯이. 그는 내 팔을 어루만지며 말했다.

"자넨 이상주의자야! 내가 자네 생각을 이해하지 못한다고 생각지는 말게. 그렇지만 그건 비과학적이야, 아주 비과학적이라고. 자네와 자네 친구들은 오토 같은 애들을 이해하지 못해. 난 이해하지. 매주 그런 애들 한두명은 내 병원에 오거든. 그러면 나는 그들의 아데노이드, 유양돌기, 감염된 편도선 들을 절제하는 수술을 해야 해. 그러니까 난 그들을 아주, 아주 잘 안다고!"

"그들의 목과 귀를 잘 안다고 말하는 게 좀더 정확할 것 같은데요."

아마 내 독일어는 이 마지막 말의 의미를 전달할 수 있는 수준이 아니었던 것 같다. 어쨌든 의사는 그 말을 말끔히 무시했다. "난 이런 유형의 애들을 아주 잘 알아." 그가 반복했다. "나쁘게 퇴화된 유형이지. 이런 애들 가지고는 아무것도 안돼. 그들의 편도선을 보면 거의 어김없이 병들어 있어."

피터와 오토 사이에는 사소한 다툼이 끊이지 않지만, 그들과 함께 사는 것이 막상 불쾌하다고 말할 수는 없다. 바로 지금 나는 새 소설에 완전히 몰두해 있다. 소설에 대해 생각하면서, 나는 종종 혼자 오래 산책을 하곤 한다. 실은, 나는 점점 더 자주 그들끼리 내버려둘 핑계를 만들어내고 있다. 그리고 이건 이기적인 짓이다. 왜냐하면 내가 그들과 함께 있을 때면 종종 화제를 돌리거나 농담을 함으로써 싸움이 시작되지 못하게 말릴 수 있기 때문이다. 내가 알기로 피터는 내가 나가는 것을 싫어한다. "넌 정말 금욕적이야." 그는 언젠가 악의를 담아 말했다. "혼자 생각을 하겠다고 늘 뒤로 빠진단 말이지." 한번은 내가 부두 근처 까페에 앉아 밴드 연주를 듣고 있는데, 피터와 오토가 지나갔다. "그러니까, 여기 와서 숨는 거로군!" 피터가 외쳤다. 나는 그가 그 순간 나를 정말 미워하고 있음을 알았다.

어느날 저녁, 우리는 함께 여름 관광객들로 붐비는 큰길을 걷고 있었다. 오토가 피터에게 더없이 못된 미소를 지으며 말했다. "왜 넌 늘 내가 보는 방향과 같은 데를 보는 건데?" 놀랍도록 날카로운 지적이었다. 왜냐하면 오토가 고개를 돌려 여자를 볼 때마다 피터의 눈도 본능적인 질투심을 담고 기계적으로 그의 시선을 따라갔기 때문이다. 우리는 사진관의 진열창을 지나갔다. 거기엔 해변의 사진사가 가장 최근에 찍은 스냅사진들이 그날그날 진열됐다. 오토는 멈춰서서 새 사진들 중 하나를 골똘히 쳐다봤다. 사진 속 인물이 유난히 매력적이라는 듯이. 나는 피터의 입술이 일그러지는 것을 봤다. 그는 자기 자신과 싸우고 있었지만, 자신의 질투 어린 호기심을 억누를 수가 없었고─그 역시 멈춰섰다. 사진은 긴 턱수염을 기르고 베를린 깃발을 휘날리고 있는 살찐 노인의 사진이었다. 오토는 자신의 함정이 성공적이었다는 것을 알고는, 못되게 낄낄거렸다.

저녁을 먹고 나면 어김없이 오토는 호숫가 온천장이나 까페에 춤을 추러 간다. 그는 더이상 굳이 피터의 허락을 구하지 않는다. 그는 저녁 시간을 마음대로 보낼 권리를 확보해놓은 것이다. 피터와 나도 보통은 마을로 나간다. 우리는 부두 난간에 기대어 한참 동안 아무 말도 하지 않고 각자 자기 생각에 잠겨, 온천장의 조명등이 검은 물 위에 싸구려 보석같이 반사되는 것을 내려다본다. 때때로 우리는 바이에른식 까페로 들어가고, 피터는 서서히 취하고 —술잔을 들어올려 입술에 갖다댈 때면, 그의 엄격한 청교도 같은 입매가 혐오로 살짝 찌푸려진다. 나는 아무 말도 하지 않는다. 할 말이 너무나 많다. 내가 알기로 피터는 내가 오토에 대해서 뭔가 도발적인 말을 해주길 바란다. 성질내버림으로써 묘한 위안을 줄 만한. 나는 그렇게 하지 않고, 우리는 술을 마시며 —책과 음악회와 연극에 대해 두서없이 대화를 나눈다. 나중에 우리가 집에 돌아올 때면, 피터의 발걸음은 점점 빨라져서, 집에 들어설 때쯤엔 나를 버리고 위층 자기 침실로 뛰어 올라간다. 종종 우리는 12시 반이나 45분이 되어서야 집에 오지만, 오토가 이미 집에 돌아와 있는 것을 보게 되는 일은 거의 없다.

기차역 근처에 함부르크 빈민가 출신 어린이들을 위한 휴양소가 있다. 오토는 이 휴양소의 교사 중 한명을 알게 됐고, 거의 매일 저녁 함께 춤을 추러 나간다. 때때로 그 여자는 아이들을 데리고 행진하며 집 앞으로 지나간다. 아이들은 창문을 올려다보고 오토가 밖을 내다보고 있으면 애들답지 않은 농담들을 한다. 그들은 젊은 선생의 팔을 쿡쿡 찌르고 당기면서 그녀도 올려다보라고 졸라댄다.

그런 경우, 그 여자는 수줍게 웃으며 속눈썹을 내리깔고 슬쩍 오토를 올려다본다. 그러면 피터는 커튼 뒤에서 지켜보다가 이를 악물고 이렇게 중얼거린다. "개 같은 년…… 개 같은 년…… 개 같은 년……" 이러한 박해는 실제의 우정 그 자체보다 그를 더 짜증나게 한다. 우리가 숲 속에 산책을 나갈 때면 늘 그 아이들과 마주치게 되는 것 같다. 아이들은 행진하며 노래를 ─ 조국에 관한 애국적인 노래들이다 ─ 마치 새들처럼 쩩쩩대는 소리로 부른다. 멀리서 아이들이 다가오는 소리가 들리면, 우리는 반대 방향으로 서둘러 돌아가야 한다. 그건, 피터가 말하길, 후크 선장과 악어 같다.

피터는 한바탕 난리를 쳤고, 오토는 그의 친구에게 아이들을 집 앞으로 데리고 지나가지 말라고 했다. 그러나 이제 그들은 우리 해변, 요새에서 멀지 않은 곳에서 해수욕을 하기 시작했다. 이런 일이 벌어진 첫날 아침, 오토의 시선이 계속 그들 쪽으로 돌아갔다. 피터는 물론 이것을 의식했고, 우울한 침묵에 빠져 있었다.

"오늘 무슨 일이야, 피터?" 오토가 말했다. "왜 그렇게 나한테 지겹게 구는데?"

"너한테 지겹게 군다고?" 피터가 거칠게 웃었다.

"아, 좋아, 그럼." 오토가 벌떡 일어났다. "내가 여기 있는 게 싫은 것 같네." 그리고 그는 우리 요새의 성벽을 넘어, 해변을 달려 선생과 아이들이 있는 쪽으로, 아주 우아하게, 그의 체격이 가장 멋지게 돋보이도록 달려가기 시작했다.

어제저녁, 온천장에서 갈라 댄스파티가 있었다. 보기 드물게 너그러운 분위기로, 오토는 피터에게 12시 45분보다 더 늦지는 않을 거라면서, 책 읽으면서 자기를 기다리라고 했다. 나는 피곤하지 않았고, 한장章을 끝내고 싶었으므로, 그에게 내 방으로 와서 기다리라고 제안했다.

나는 일을 했다. 피터는 책을 읽었다. 시간이 천천히 흘렀다. 문득 나는 시계를 봤고, 이미 2시 15분임을 깨달았다. 피터는 의자에서 졸고 있었다. 그를 깨워야 하나 잠시 고민하던 참에, 오토가 계단을 올라오는 소리가 들렸다. 그의 발소리는 취한 것처럼 들렸다. 방에 아무도 없는 것을 보고, 그는 내 방 문을 벌컥 열었다. 피터가 놀라서 일어났다.

오토는 문기둥에 기대어 싱글싱글 웃으며 건들거렸다. 그는 내게 반쯤 취한 채로 인사했다. "내내 책을 읽었던 거야?" 그가 피터에게 물었다.

"응." 피터는 자제력을 발휘하며 대답했다.

"왜?" 오토가 멍한 얼굴로 미소 지었다.

"잠이 안 와서."

"왜 잠이 안 오는데?"

"네가 잘 알잖아." 피터는 이를 악물고 말했다.

오토는 가장 밉살스럽게 하품을 했다. "난 모르고, 상관도 없어…… 호들갑 떨지 마."

피터가 일어났다. "맙소사, 이 나쁜 자식!" 그는 이렇게 말하며 손바닥으로 오토의 얼굴을 세차게 때렸다. 오토는 막으려고 하지 않았다. 그는 반짝거리는 작은 눈으로 피터를 유난히 매섭게 노려봤다. "좋아!" 그는 목쉰 소리로 말했다. "내일 난 베를린으로 돌아갈래." 그는 비틀거리며 돌아섰다.

"오토, 이리 와." 피터가 말했다. 다음 순간, 나는 그가 분에 못 이겨 눈물을 터뜨리려고 하는 것을 봤다. 그는 오토를 층계까지 따라 나갔다. "이리 와." 그는 날카롭게 명령조로 다시 말했다.

"아, 나 좀 내버려둬." 오토가 말했다. "너 정말 지긋지긋해. 난 지금 자고 싶어. 내일 베를린으로 갈 거야."

그러나 오늘 아침이 되니 평화가 찾아와 있었다 ─ 댓가를 치르고 나서. 오토의 회개는 자기 가족을 향한 감정 분출이라는 형태를 띠었다. "여기서 난 즐겁게 지내느라 가족들 생각은 하지도 않고…… 불쌍한 엄마는 개처럼 일해야 하고, 폐도 안 좋으신데…… 엄마에게 돈을 좀 보내야겠어, 그러자, 피터? 엄마한테 50마르크만 보내자……" 너그러움을 보이다보니, 오토는 자신에게 필요한 것들을 떠올리게 됐다. 노바크 부인에게 필요한 돈 말고도, 피터는 오토에게 180마르크짜리 새 정장, 구두 한켤레, 가운 한벌, 그리고 모자 하나를 주문해줬다.

이 지출에 대한 보답으로 오토는 자발적으로 그 교사와의 관계를 끊겠다고 했다. (우리는 어쨌든 그녀가 내일이면 섬을 떠난다는 것을 이제 안다.) 저녁을 먹은 후 그녀가 나타나 집 밖을 서성였다.

"지칠 때까지 그냥 기다리게 놔둬." 오토가 말했다. "난 안 내려 갈 거야."

초조함에 대담해진 그녀는 곧 휘파람을 불기 시작했다. 그 소리를 듣더니 오토는 미친 듯이 즐거워했다. 그는 창문을 열어젖히더니, 그 선생을 보며 들썩들썩 춤을 추고, 팔을 흔들고 흉측한 표정을 지었고, 그녀는 이 기이한 광경에 놀라 멍해졌다.

"저리 가!" 오토가 소리 질렀다. "꺼져!"

여자는 돌아섰고, 다소 안쓰러운 모습으로, 점점 짙어오는 어둠 속으로 천천히 걸어서 멀어졌다.

"작별인사는 했어야 할 것 같은데." 이제 그의 적이 궤멸됐으므로 너그러워질 여유가 생긴 피터가 말했다.

그러나 오토는 들은 척도 하지 않았다.

"저따위 썩을 년들이 어차피 다 무슨 소용이야? 매일밤 와서 나더러 춤추자고 치근덕거리는데…… 나 어떤지 알잖아, 피터 — 말만 하면 쉽게 넘어가는 거…… 물론 너를 혼자 놔두다니 정말 내가 끔찍하게 잘못했지, 그렇지만 어쩔 수가 있었겠어? 다 쟤들 탓이야, 정말로……"

이제 우리의 삶은 새로운 국면으로 접어들었다. 오토의 결단은 얼마 가지 않았다. 피터와 나는 대부분 둘이서만 지낸다. 교사는 떠났고, 더불어 오토가 요새에서 우리와 함께 해수욕을 하게 만드는 마지막 유인책도 그녀와 함께 떠났다. 이제 그는 매일 아침 부둣가 해수욕장으로 가서 저녁나절의 댄스 파트너들과 시시덕거리고 공놀이를 한다. 키 작은 의사 역시 사라졌고, 그래서 피터와 나는 우리가 내키는 대로 운동이 되지 않을 만큼만 해수욕을 하거나, 햇볕을 받으며 빈둥거릴 자유를 누릴 수 있다.

저녁을 먹은 후엔 춤추러 가기 위한 오토의 준비 의식이 시작된다. 내 침실에 앉아서도 계단참을 건너오는 피터의 발소리가 안도

한 듯 가볍고 경쾌하게 들리는데 — 지금이야말로 피터가 오토의 행동에 어떤 관심도 보이지 않아도 되는 유일한 시간이기 때문이다. 그는 내 문을 두드리고, 나는 보던 책을 바로 덮는다. 나는 아까 마을에 나가서 페퍼민트 크림 반 파운드를 사다놓았다. 피터는 오토에게 다녀오라고 인사한다. 혹시 오늘밤엔, 그래도 결국, 시간 맞춰 오지 않을까, 헛된 희망을 버리지 않은 채로. "12시 반까지, 그러면······."

"1시까지." 오토가 흥정한다.

"좋아." 피터가 양보한다. "1시까지. 그렇지만 늦지 마."

"응, 피터, 안 늦을게."

정원 문을 열고 길을 건너 숲으로 들어서면 오토는 발코니에 서서 우리에게 손을 흔들어준다. 나는 외투 안에 숨긴 페퍼민트 크림을 오토에게 들키지 않기 위해 조심해야 한다. 죄 지은 듯 웃으며, 페퍼민트를 우물거리며, 우리는 숲길을 따라 바베로 간다. 요새 우리는 저녁을 늘 바베에서 지낸다. 거기가 우리 마을보다 좋다. 소나무들을 따라 나지막한 지붕이 덮인 집들이 늘어선 모래 외길에는 낭만적이고 식민지풍의 분위기가 있다. 그곳은 두메 어딘가에 있는 잊혀서 폐허가 되어가는 거주지, 있지도 않은 금광을 찾아왔던 사람들이 여생을 발이 묶여 머물게 된 곳 같다.

작은 식당에서 우리는 딸기와 크림을 먹고 젊은 웨이터에게 말을 건다. 웨이터는 독일이 싫고 미국으로 가고 싶어한다. "여기선 할 일이 아무것도 없어요.[11]" 관광객이 오는 철에는 자유 시간이 전혀 허락되지 않고, 겨울에는 수입이 없다. 바베의 청년 대부분이 나치다. 그들 중 두명이 때때로 식당에 와서 우리와 유쾌하게 정치 논쟁을 벌인다. 그들은 우리에게 자기들이 하고 있는 야외 기동연습과 군사놀이에 대해 이야기해준다.

"당신들은 전쟁 준비를 하고 있는 거예요." 피터는 격노해서 말한다. 이런 경우— 그는 정치에는 정말 조금도 관심이 없지만— 그는 꽤 열을 낸다.

"실례지만," 한 청년이 반박한다. "그건 틀렸어요. 지도자께서는 전쟁을 원하지 않아요. 우리의 프로그램은 명예로운 평화를 위한 거예요. 그래도……" 그는 얼굴이 환해지며 동경하듯 덧붙인다. "전쟁도 괜찮을 거예요! 고대 그리스인들을 생각해봐요!"

"고대 그리스인들은," 내가 반박한다. "독가스를 쓰지는 않았죠."

청년들은 이런 사소한 트집을 비웃는다. 그들 중 하나가 고자세로 대답한다. "그거야 순전히 기술적인 문제죠."

10시 반에 우리는 대부분의 다른 주민들과 함께 기차역으로 내려와 막차가 도착하기를 기다린다. 막차는 보통 텅 비어 있다. 열차는 어두운 숲 속으로 거친 종소리를 울리며 철컹철컹 달려간다. 마침내 귀로에 오르기에 충분히 늦은 시간이 된다. 이제 우리는 걸어간다. 초원을 가로지르면 오토가 춤추러 가는 호숫가 까페의 불 켜진 입구가 보인다.

"지옥의 불빛이 오늘밤도 환하게 빛나고 있네." 피터는 이렇게 말하는 것을 좋아한다.

---

11 (독) Hier ist nichts los.

피터의 질투심은 불면증이 됐다. 그는 수면제를 먹기 시작했지만, 거의 효과가 없다고 했다. 그 약은 다음날, 아침을 먹고 나서야 졸리게 만들 뿐이다. 그는 우리의 해변 요새에서 한두시간 잠들곤 한다.

오늘 아침엔 날씨가 서늘하고 흐렸고, 바다는 굴 같은 회색이었다. 피터와 나는 배를 빌려 부두 너머로 노를 저어 나가서 슬슬 떠다니며 육지로부터 멀어지게 내버려뒀다. 피터는 담배에 불을 붙였다. 그가 갑자기 말했다.

"이게 얼마나 더 갈지 모르겠어……"

"네가 내버려두는 동안은 가겠지."

"그래…… 우리는 꽤 정적인 상태에 도달한 것 같아, 그렇지? 오토와 내가 서로에게 지금처럼 행동하지 말아야 할 특별한 이유는 없는 것 같아……" 그는 잠시 멈췄다가 덧붙였다. "물론 내가 그에게 돈을 그만 주지 않는다면."

"그러면 무슨 일이 생길 것 같아?"

피터는 손가락으로 느릿느릿 물을 휘저었다. "그가 떠나겠지."

배는 몇분 동안 떠다녔다. 내가 물었다. "걔가 너를 좋아한다고는 생각하지 않아?"

"처음에는 그랬을 거야, 아마…… 지금은 아니야. 우리 사이에는 내 현금밖엔 없어."

"너는 아직 걔가 좋은 거야?"

"아니…… 잘 모르겠어. 아마…… 여전히 미워하나봐, 가끔 — 그게 좋아하는 표시라면."

"그럴지도."

긴 침묵이 이어졌다. 피터는 손수건으로 손가락을 닦았다. 그의 입이 신경질적으로 뒤틀렸다.

"자," 그가 마침내 말했다. "내가 어떻게 했으면 좋겠어?"

"어떻게 하고 싶은데?"

피터의 입이 다시 뒤틀렸다.

"내 생각엔, 그를 떠나고 싶어하는 것 같아."

"그럼 떠나면 되지."

"당장?"

"빠를수록 좋지. 멋진 선물을 하나 주고 오늘 오후에 베를린으로 돌려보내."

피터는 고개를 저으며 쓸쓸히 웃었다.

"못해."

다시 긴 침묵이 이어졌다. 그리고 나서 피터가 말했다. "미안해, 크리스토퍼…… 네 말이 다 맞는 거 알아. 내가 네 입장이었더라면 나도 똑같은 말을 했을 거야…… 하지만 난 못해. 일단 이대로 계속돼야 해 ― 어떤 일이 벌어질 때까지는 말이야. 어차피 오래가지는 못할 거야…… 아, 내가 너무 나약하다는 거 알아……"

"나한테 변명할 필요는 없어," 나는 약간 짜증스러운 기분을 숨기려고 미소 지었다. "난 네 심리분석가는 아니잖아!"

나는 노를 집어들고 연안을 향해 노를 젓기 시작했다. 부두에 도착했을 때 피터가 말했다.

"지금 생각하니까 웃긴 것 같아 ― 처음 오토를 만났을 때, 난 우리가 평생 같이 살 줄 알았어."

"아, 맙소사!" 오토와 함께하는 삶의 모습이 우스꽝스러운 지옥
도처럼 내 앞에 펼쳐졌다. 나는 큰 소리로 웃었다. 피터도 그의 깍
지 낀 손을 자기 무릎 사이에 끼워넣으며 웃었다. 그의 얼굴은 분
홍색에서 붉은색으로, 붉은색에서 자주색으로 변했다. 그의 핏줄
이 불거졌다. 우리는 배에서 내릴 때까지도 웃고 있었다.

*

정원에서 집주인이 우리를 기다리고 있었다. "어쩌면 좋아!" 그
가 외쳤다. "너무 늦었네!" 그는 초원 너머 호수 방향을 가리켰다.
우리는 포플러 나무 너머로 작은 열차가 역을 빠져나가면서 연기를
내뿜는 것을 봤다. "당신 친구가 갑자기 급한 일이 생겨서 베를린
으로 가야 한대. 돌아와서 그를 배웅했으면 좋았을걸. 이를 어쩌나!"

이번엔 피터와 내가 동시에 위층으로 달려 올라갔다. 피터의 침
실은 완전히 엉망진창으로 — 서랍과 수납장이 모두 열려 있었다.
탁자 한가운데 오토가 비뚤비뚤 휘갈긴 글씨로 쓴 쪽지가 세워져
있었다.

피터에게

나를 용서해줘. 더이상 견딜 수가 없어서 집으로 갈래.

사랑하는 오토가.

화내지 말아줘.

(내가 보니, 오토는 이 쪽지를 피터가 가지고 있던 심리학 책『쾌락 원칙을 넘어서』[12]에서 찢어낸 면지 위에 썼다.)

"자……!" 피터의 입이 뒤틀리기 시작했다. 나는 그가 격렬하게 감정을 터뜨리지 않을까 예상하며 그를 초조하게 바라봤지만, 그는 꽤 차분해 보였다. 잠시 후, 그는 수납장으로 가서 서랍을 들여다보기 시작했다. "많이 가져가지는 않았네." 다 살펴본 후 그가 알렸다. "넥타이 두어개하고, 셔츠 세장—내 구두가 맞지 않는 게 다행이네!—그리고, 보자…… 200마르크 정도……" 피터는 다소 발작하듯이 웃기 시작했다. "대체로 아주 준수해!"

"갑자기 떠나겠다고 결심한 것 같아?" 그저 뭔가 말하려고 내가 물었다.

"그랬을 거야. 그게 그다운 거지…… 지금 와서 생각해보니, 오늘 아침에 내가 배 타러 나간다고 말했거든—그랬더니 나더러 오래 나가 있을 거냐고 물었어……"

"그랬군……"

나는 피터의 침대에 앉았다—이상한 이야기지만, 마침내 내가 존경할 만한 무엇인가를 오토가 해냈다고 생각하면서.

히스테리처럼 들뜬 피터의 기분은 오전 내내 지속됐다. 점심때가 되자 그는 우울해졌고, 아무 말도 하려 하지 않았다.

---

12 *Jenseits des Lustprinzips*. 지그문트 프로이트의 1920년 저작.

"이제 나도 짐을 싸야겠어." 점심을 다 먹고 나자 그가 말했다.

"너도 가게?"

"물론."

"베를린으로?"

피터는 미소 지었다. "아니야, 크리스토퍼. 놀라지 마! 영국으로 가는 거야……"

"아……"

"오늘밤 늦게 함부르크로 가는 기차가 있어. 바로 갈 거야…… 이 빌어먹을 나라에서 벗어날 때까지 계속 여행해야 할 것 같은 기분이야."

할 말이 없었다. 나는 말없이 그가 짐 싸는 것을 도왔다. 피터는 면도용 거울을 가방에 넣으며 물었다. "오토가 이 거울을 머리에 올려놓고 있다가 깨뜨린 거 기억나?"

"응, 기억나."

짐을 다 싸고 나서 피터는 자기 방 발코니로 나갔다. "오늘밤 여기서 휘파람 부는 사람들 많을 거야." 그는 말했다.

나는 미소 지었다. "내가 가서 달래줘야겠네."

피터가 웃었다. "그래, 그렇게 해!"

나는 그와 함께 역으로 갔다. 다행스럽게도 기관사가 바빴다. 기차는 일이분 정도만 정차했다.

"런던에 가면 뭐 할 거야?" 내가 물었다.

피터의 입꼬리가 축 처졌다. 그는 마치 미소를 거꾸로 뒤집어놓은 것 같은 표정을 지었다. "또다른 정신분석가를 찾아다니겠지,

뭐."

"그럼, 상담료나 좀 깎아봐!"

"그럴게."

기차가 움직이자 그는 손을 흔들었다. "자, 안녕, 크리스토퍼. 늘 마음으로 지지해줘서 고마워!"

피터는 나에게 편지를 쓰라거나 자기 집에 오라거나 하는 당부는 하지 않았다. 그는 이 장소와, 이곳과 관련된 모든 사람을 잊어버리고 싶어하는 것 같았다. 그를 탓할 수는 없었다.

*

오늘 저녁에서야 나는 읽던 책의 페이지를 넘기다가 책갈피에 끼워진 오토의 쪽지를 발견했다.

크리스토프에게

나에게 화내지 말아줘. 넌 피터처럼 멍청이가 아니니까. 네가 베를린에 돌아오면 내가 만나러 갈게. 너 어디 사는지 아니까. 네 편지에서 주소를 봤어. 재미있게 이야기 나눌 수 있을 거야.

사랑하는 친구

오토

난 어쩐지 그를 그리 쉽게 떼어버릴 수 없을 것 같았다.

정말로 이제 나는 하루 이틀 뒤면 베를린으로 떠난다. 나는 8월 말까지는 머무르면서 소설을 끝내야겠다고 생각했지만, 갑자기 이곳이 너무 외롭게 보인다. 난 예상하던 것보다 훨씬 더, 피터와 오토가 보고 싶고, 그들이 매일 다투는 모습을 보고 싶다. 이제 오토의 댄스 파트너들도 더이상 해 질 무렵 내 창문 아래서 쓸쓸히 배회하지 않는다.

노바크가 사람들
The Nowaks

바서토르 가 입구는 옛 베를린의 모습을 보여주는 커다란 석조 아치로, 망치와 낫[1], 나치 십자가로 뒤발라져 있었고, 경매 광고나 범죄자를 수배하는 너덜너덜한 전단이 덕지덕지 붙어 있었다. 깊고 남루한 자갈길에는 여기저기 우는 어린아이들이 나뒹굴었다. 양모 스웨터를 입은 청년들은 자전거를 타고 갈팡질팡 돌면서 우유 단지를 들고 가는 소녀들을 향해 괴성을 질러댔다. 인도에는 '하늘땅'이라고 부르는 깡충 뛰기 놀이를 하기 위해 도형을 분필로 그려놓았다. 길 끝에는 높고, 위험스럽게 날카롭고, 마치 붉은 도구 같이 생긴 교회가 서 있었다.

---

1 노동자와 농민을 상징하는 공산당 표지.

노바크 부인이 직접 문을 열어줬다. 눈 아래로 푸르뎅뎅한 고리 모양이 생긴 것이, 그녀는 지난번에 봤을 때보다 훨씬 더 병색이었다. 그녀는 그때와 같은 모자를 쓰고 너저분하게 낡은 검은 외투를 입고 있었다. 그녀는 처음에 날 알아보지 못했다.

"안녕하세요, 노바크 부인."

그녀의 얼굴이 날카로운 의심에서 환하고 소심하고 거의 소녀 같은 환영의 미소로 천천히 바뀌었다.

"아니, 이거 크리스토프 씨 아니야! 들어와요, 크리스토프 씨! 들어와서 앉아요."

"막 나가시려던 거 아니었나요?"

"아니야, 아니야, 크리스토프 씨 — 방금 들어온 거야. 지금 막." 그녀는 악수하기 전에 자기 손을 외투에 서둘러 닦았다. "청소하러 가는 날이거든. 2시 반까지 끝나질 않아서, 저녁 준비도 늦게 생겼지 뭐야."

그녀는 내가 들어가도록 옆으로 비켜섰다. 나는 문을 밀어 열었고, 그러다가 문 바로 뒤에 있는 스토브 위에 놓여 있던 프라이팬 손잡이를 건드렸다. 비좁은 부엌에는 우리 둘이 함께 있을 공간도 없다시피 했다. 싸구려 마가린에 튀긴 감자의 숨 막히는 냄새가 아파트를 꽉 채우고 있었다.

"와서 앉아요, 크리스토프 씨." 그녀는 허둥지둥 주인 노릇을 하면서 거듭 말했다. "끔찍하게 더러워서 어쩌나. 좀 봐줘야 해요. 난 너무 일찍 나가야 하고 그레테는 열두살이 됐는데도 저렇게 게으른 뚱보라서. 쟤한테 뭘 시킬 수가 없어요. 내내 감시하지 않으면."

거실 천장은 기울어지고, 오래된 습기로 얼룩덜룩했다. 거실에는 큰 탁자와 의자 여섯개, 싸이드보드, 커다란 더블베드 두개가 있었다. 가구들로 꽉 들어차서 옆으로 서서 비집고 다녀야 할 정도였다.

"그레테!" 노바크 부인이 외쳤다. "어디 있니? 당장 이리 와!"

"나갔어요." 안쪽 방에서 오토의 목소리가 들려왔다.

"오토! 와서 누가 왔나 봐라!"

"지금은 안돼요. 축음기 고치느라 바빠요."

"바쁘다니! 네가! 아무 짝에도 쓸모없는 네가! 그것참 엄마한테 말 한번 잘한다. 그 방에서 나와, 안 들려?"

그녀는 자동적이고 즉각적으로, 놀랄 만큼 격렬하게 화를 냈다. 그녀의 얼굴에서 코밖에 안 보였다. 마르고 쓸쓸하고 달아오른 얼굴. 그녀는 온몸을 떨었다.

"괜찮아요, 노바크 부인." 내가 말했다. "나오고 싶을 때 나오라고 하세요. 그러면 더 깜짝 놀랄 텐데요."

"아들 한번 잘 뒀네! 나한테 그렇게 말하다니."

그녀는 모자를 벗고 가방에서 기름때 낀 꾸러미를 꺼내더니 풀기 시작했다. "아이고," 그녀는 호들갑을 떨었다. "얘가 어디 갔나? 늘 저 길에 나가 있는데. 뭘 한번 말하려면 백번은 얘기해야 해. 애들이 도대체 배려심이 없어."

"폐는 어떠세요, 노바크 부인?"

그녀는 한숨을 쉬었다. "어떤 때 보면 더 나빠진 것 같아요. 여기서 열이 나거든. 일이 끝나면 정말 너무 피곤해서 먹지도 못하겠어요. 토할 것 같기도 하고…… 의사도 어떻게 못하는 것 같아. 겨울에 나를 요양원에 보낸다고 그러더라고. 전에도 거기 간 적 있는데. 그런데 대기자가 늘 너무 많다는 거야…… 그리고 이맘때는 아파트가 너무 습해. 저 천장에 자국 보이죠? 물이 뚝뚝 떨어져서 대야를 받쳐놓아야 할 때도 있다니까. 물론 애초에 이런 다락방을 집이라고 빌려주면 안되는 거지, 정말. 감독관이 계속 부적격 판정을 내리긴 해요. 그런다고 어쩌겠어요? 어딘가에는 살아야 하는데. 일년 전에 옮기겠다고 신청을 했는데, 어떻게 해주겠다고 계속 말만 하는 거야. 그래도 훨씬 더 못사는 사람들도 많으니까…… 남편이 지난번에 영국과 파운드화에 대한 기사를 읽어주던데. 계속 떨어진 대요. 난 그런 건 전혀 몰라요. 어쨌든 당신이 돈을 잃거나 하는 건 아니죠, 크리스토프 씨?"

"사실은요, 노바크 부인, 그게 오늘 부인을 만나러 온 이유 중 하나예요. 전 좀더 싼 방으로 들어가려고 하거든요. 그래서 이 근처에 추천해주실 만한 방이 있는가 하고요."

"오 맙소사, 크리스토프 씨, 미안해요!"

그녀는 정말로 꽤 충격을 받았다. "그렇지만 이 동네에 살 수는 없어요─당신 같은 신사가! 오, 안돼요. 당신한텐 전혀 어울리지 않아요."

"생각하시는 것처럼 저 그렇게 까다롭지 않아요. 그냥 한달에 20마르크쯤 하는 조용하고 깨끗한 방을 원하는 것뿐이에요. 작아도 상관없어요. 대부분은 밖에 나가 있으니까요."

그녀는 미심쩍다는 듯 고개를 저었다. "글쎄, 크리스토프 씨, 뭐가 없나 좀 봐야겠네요……"

"저녁 아직 안됐어요, 엄마?" 오토가 안쪽 방 문간에 셔츠 바람으로 나타나 물었다. "정말 배고프다고요!"

"어떻게 아침 내내 네놈을 위해 노예 노릇을 했는데 저녁이 다 돼 있을 거라고 기대할 수가 있니, 이 멍청한 게으름뱅이야!" 노바크 부인은 목소리를 한껏 높여 날카롭게 외쳤다. 그러고는 잠시의 틈도 없이 곧바로 애교 넘치는 사교적인 어조로 돌변해 덧붙였다. "누가 와 있는지 안 보이니?"

"아니…… 크리스토프네!" 오토는 늘 그렇듯 즉시 행동을 개시했다. 그의 얼굴은 극도의 기쁨이 떠오르며 서서히 환해졌다. 뺨엔 미소로 보조개가 팼다. 그는 튀어나와 한 팔을 내 목에 휘감고 손을 꽉 쥐었다. "크리스토프, 이 친구야, 어디 숨어 있었어?" 그의 목소리는 다정하면서도 나무라듯 했다. "얼마나 보고 싶었다고! 왜 우리 만나러 안 왔어?"

"크리스토프 씨는 아주 바쁜 분이잖니." 노바크 부인이 꾸짖듯 끼어들었다. "너처럼 아무것도 안하는 놈 따라다니며 낭비할 시간이 없지."

오토는 씩 웃으며 내게 윙크를 했다. 그러고 나서 그는 노바크 부인을 타박하기 시작했다.

"엄마, 무슨 생각 하는 거예요? 크리스토프한테 커피 한잔도 안 주고 거기 계속 앉아 있게 할 거예요? 계단을 이렇게 올라왔으니 목마를 거 아니에요!"

"네 말은, 오토, 네가 목마르다는 거 아니야? 괜찮아요, 노바크 부인. 아무것도 안 마실래요 — 정말요. 그리고 음식도 못하시게 여기 붙들어두지도 않을게요…… 이봐, 오토, 나랑 같이 나가서 방 찾는 것 좀 도와줄래? 어머니께 방금 말씀드렸는데, 이 동네 와서 살려고…… 나랑 밖에 나가서 커피 마시자."

"뭐, 크리스토프 ─ 네가 여기 할레셰스토르에 살 거라고!" 오토는 흥분해서 춤추기 시작했다. "오, 엄마, 굉장하지 않아요! 아, 정말 좋다!"

"그럼 나가서 크리스토프 씨와 한번 둘러보고 와." 노바크 부인이 말했다. "저녁 하려면 아직 한시간도 더 있어야 하니까. 여기 있으면 방해만 된다. 당신은 물론 아니에요, 크리스토프 씨. 돌아와서 우리랑 뭘 좀 먹을 거죠?"

"저, 노바크 부인. 정말 감사합니다만, 오늘은 안될 것 같아요. 집에 돌아가야 할 것 같아요."

"나가기 전에 빵 한쪽만 줘요, 엄마." 오토가 애처롭게 구걸했다. "정말 배가 고파서 머리가 팽이처럼 빙빙 돈다고요."

"좋아." 노바크 부인은 이렇게 말하고 빵 한조각을 썰어 짜증을 내며 그에게 던지다시피 줬다. "그렇지만 이따 밤에 샌드위치 만들려고 할 때 뭐가 하나도 없다고 나를 원망하진 마라…… 잘 가요, 크리스토프 씨. 우리를 보러 와주다니 친절도 하셔라. 정말 이 근처에서 살게 되면, 자주 들러요…… 뭐 맘에 드는 게 있을지 모르겠지만. 당신에게 익숙한 것들이 아닐 테니……"

오토가 나를 따라 아파트에서 나오려는데 그녀가 다시 그를 불렀다. 나는 그들이 다투는 소리를 들었다. 그러고 나서 문이 닫혔다. 나는 천천히 다섯개 층의 계단을 내려와 마당까지 왔다. 머리 위 하늘에서는 태양이 구름 위로 빛나고 있었지만, 마당 바닥은 축축하고 어두웠다. 부서진 양동이, 바퀴가 빠진 유모차, 자전거 타이어 조각 들이 우물 바닥으로 떨어진 것처럼 여기저기 흩어져 있었다.

일이분 후에 오토가 요란하게 계단을 내려와 내게로 왔다.

"엄마가 직접 물어보고 싶어하지 않아서." 그는 숨이 차서 말했다. "네가 화낼까봐 걱정이셔…… 그렇지만 난 네가 벌레 우글거리는 낯선 집에서 사니, 네가 하고 싶은 대로 할 수 있고 깨끗하기도 하니까 우리와 함께 있을 거라고 했어…… 그러겠다고 해줘, 크리스토프, 제발! 재미있을 거야! 너랑 나랑 뒷방에서 자면 돼. 넌 로타 침대를 쓰면 돼 ― 괜찮다고 할 거야. 걔는 그레테랑 더블베드를 같이 쓰면 돼…… 아침에는 자고 싶을 때까지 자도 돼. 원하면 아침도 갖다줄게…… 올 거지, 응?"

그리고 그렇게 결정됐다.

노바크 집안의 세입자로서의 첫날 저녁은 뭔가 기념식 같은 것이었다. 5시 조금 넘어서 옷가방 두개를 들고 도착해보니, 노바크 부인이 벌써 저녁식사를 만들고 있었다. 오토는 내게 우리가 특식으로 폐 해시[2]를 먹게 될 거라고 속삭였다.

"우리 음식에 대해 좋게 생각하지는 않을 거 같아요." 노바크 부인이 말했다. "먹던 음식과 비교해보면 말이죠. 그렇지만 최선을 다할 거예요." 그녀는 내내 미소를 지으며, 흥분에 들떠 있었다. 나

---

2 송아지 폐 등을 잘게 다져 요리하고 으깬 감자 등을 곁들이는 음식.

는 웃고 또 웃었지만, 어색했고 방해가 되는 것 같았다. 마침내 나는 거실 가구를 타넘어서 내 침대에 앉았다. 짐을 풀 공간이 없었고, 내 옷을 놓을 곳도 없어 보였다. 거실 탁자에서는 그레테가 담뱃갑에 든 그림카드와 교통권을 가지고 놀고 있었다. 그녀는 열두 살 된 덩치 큰 아이였는데, 귀엽게 예쁘기는 했지만, 구부정하고 너무 뚱뚱했다. 내가 있어서 그녀는 지나치게 자신을 의식하는 듯했다. 그녀는 꼼지락거리고, 실실 웃고, 가식적으로 노래하듯 '어른스러운' 목소리로 이렇게 자꾸 불러댔다.

"엄마! 와서 이 예쁜 꽃 좀 봐요!"

"네 예쁜 꽃 볼 시간 없다." 마침내 노바크 부인이 몹시 짜증을 내며 소리 질렀다. "세상에, 딸년은 코끼리만 해가지고, 나 혼자 저녁을 하면서 노예처럼 일을 해야 하니!"

"맞아요, 엄마!" 오토가 즐겁게 끼어들며 외쳤다. 그는 그레테에게 정정당당한 분노를 터뜨렸다. "왜 엄마를 돕지 않는지 알고 싶은데? 너 정말 뚱뚱하잖아. 종일 아무것도 안하고 앉아 있고. 당장 의자에서 발딱 일어나. 안 들려! 그 지저분한 카드 치워. 안 그러면 다 태워버린다!"

그는 한 손으로는 카드를 쥐고 다른 손으로 그레테의 얼굴을 찰싹 때렸다. 그레테는 별로 아프지 않은데도 바로 연기하듯이 목청 높여 울어댔다. "아, 오토, 아프잖아!" 그녀는 손으로 얼굴을 감싸고 손가락 사이로 나를 엿봤다.

"쟤 좀 가만 놔둬!" 노바크 부인이 부엌에서 날카롭게 고함쳤다. "게으름에 대해 이야기를 하다니, 네 정체가 뭔지 좀 알고 싶다! 그리고 너, 그레테, 그 징징대는 소리 좀 그쳐 ─ 아니면 오토한테 제대로 때려서 정말 울게 만들어주라고 할 테다. 너희 둘이서 노는 꼴이 정말 날 정신없게 하는구나."

"그렇지만, 엄마!" 오토는 부엌으로 달려가 그녀의 허리에 팔을 두르고 뽀뽀하기 시작했다. "불쌍한 울 엄마, 엄마, 엄마앙." 그는 속이 영 뒤틀릴 정도로 배려하는 말투를 써가며 흥얼거렸다. "엄만 너무 힘들게 일해야 하고 오토는 엄마한테 끔찍하고. 그렇지만 일부러 그러는 건 아니에요, 알잖아 ─ 그냥 바보라 그래요…… 내일 석탄 날라다드릴까요, 엄마? 그러면 좋겠죠?"

"이거 봐, 사기꾼 같은 놈!" 노바크 부인이 웃고 몸을 뒤틀면서 외쳤다. "네 그 말랑말랑한 애교 필요 없어. 네가 행여 이 불쌍한 늙은 어미를 많이도 생각해주겠다! 그냥 조용히 일이나 하게 내버려 둬."

"오토는 나쁜 애는 아니에요." 그가 마침내 놔주자 그녀는 나를 보며 말을 이었다. "그냥 덜렁대는 거지. 로타와 정반대죠 ─ 걔는 정말 모범적인 아들이에요! 걔는 뭐가 됐든 하는 일에 대해 생색도 안 내고, 몇푼이라도 모으면 자기한테 쓰는 대신 곧장 나한테 와서 이러죠. '여기요, 엄마. 따뜻한 겨울 실내화라도 한켤레 사 신으세요'라고요." 노바크 부인은 나에게 돈을 주는 시늉을 해 보였다. 오토처럼 그녀도 묘사하는 모든 장면을 연기하는 버릇이 있었다.

"아, 로타가 이렇고, 로타가 저렇고," 오토가 퉁명스럽게 말을 잘랐다. "늘 로타뿐이지. 그렇지만 말해봐요, 엄마, 지난번에 엄마한테 20마르크 지폐 준 사람이 누구더라? 로타는 평생 가도 20마르크

166

못 벌어요. 자, 그렇게 말씀하시면, 저한테 더는 기대하지 마세요. 무릎 꿇고 빌면서 기어와도 안돼요."

"이 망할 놈," 그녀는 즉각 반기를 들었다. "크리스토프 씨 앞에서 그런 얘기를 하다니 창피하지도 않으냐! 자, 그 20마르크가 어디서 왔는지 알면 — 그외에도 많지만 — 너랑 같은 집에 잠시도 더 있기 싫다고 할 거다. 그래야 옳지! 그리고 뻔뻔스럽기는 — 그 돈을 나한테 줬다고! 다 알면서, 네 아비가 그 봉투를 보지 않았더라면……"

"맞아요!" 오토는 이렇게 외치면서 원숭이처럼 얼굴을 찌그러뜨리고는 흥분해서 춤을 추기 시작했다. "그게 바로 내가 원하는 거예요! 크리스토프한테 엄마가 그걸 훔쳤다고 인정해요! 엄마는 도둑이야! 엄마는 도둑이야!"

"오토, 어떻게 네가 감히!" 맹렬하고 잽싸게 노바크 부인은 냄비 뚜껑을 움켜쥐었다. 나는 그 범위에서 벗어나려고 한발 물러서다가 의자에 걸려 꽈당 주저앉고 말았다. 그레테는 재미있고도 놀랐다는 듯 꾸며낸 비명을 질렀다. 문이 열렸다. 일을 끝내고 돌아온 노바크 씨였다.

그는 건장하고 땅딸한 남자로, 콧수염을 뾰족하게 길렀고, 짧은 머리에 눈썹이 무성했다. 그는 그 광경을 보고 반쯤은 트림 같은 소리를 내며 한참 툴툴거렸다. 그는 무슨 일이 벌어졌는지 이해하지 못하는 것 같았다. 혹은 그냥 개의치 않는 것 같기도 했다. 노바크 부인은 상황을 이해할 만한 어떤 말도 해주지 않았다. 그녀는 냄비 뚜껑을 조용히 고리에 걸었다. 그레테는 의자에서 벌떡 일어나 팔을 뻗은 채 그에게로 달려갔다. "아빠! 아빠!"

노바크 씨는 딸을 내려다보고 미소 지으며, 니코틴에 물든 밑동만 남은 치아 두어개를 드러내 보였다. 그는 몸을 굽히더니 마치 값나가는 큰 꽃병을 다루듯 감탄이 담긴 호기심으로 조심스럽고 능숙하게 그녀를 안아올렸다. 그의 직업은 이사업체 인부였다. 이윽고 그는 손을 내밀었다 ─ 천천히, 품위 있게, 비위를 맞추려 굳이 수선을 피우지 않으면서.

"반갑소!"

"크리스토프 씨가 우리와 함께 살게 되어 기쁘지 않으세요, 아빠?" 그레테는 아버지의 어깨에 올라탄 채 달달하게 노래하는 어조로 읊조렸다. 이 말에 노바크 씨는 새로운 에너지를 얻은 듯, 내 손을 다시 잡고 흔들었고, 훨씬 더 따뜻하게 등을 토닥였다.

"기쁘냐고! 암, 물론 기쁘지!" 그는 세차게 고개를 끄덕여 수긍하는 표시를 했다. "영국인? 앙글레³, 응? 하, 하. 맞나? 좋아. 음. 난 프랑스어를 하지. 지금은 다 잊어버렸지만. 전쟁 때 배웠어. 서부 전선에서 하사관⁴이었거든. 숱한 포로들하고 얘기했지. 좋은 청년들인데. 우리랑 똑같아……"

"아버지, 또 취하셨네!" 노바크 부인이 지긋지긋해하며 외쳤다. "크리스토프 씨가 뭐라고 생각할까!"

"크리스토프는 상관하지 않을 거야, 그렇지, 크리스토프?" 노바크 씨가 내 어깨를 톡톡 쳤다.

---

3 '영국인'의 프랑스어.

4 (독) Feldwebel.

"크리스토프라니! 크리스토프 씨라고요! 신사를 몰라보는 거예요?"

"그냥 크리스토프라고 부르시면 좋겠어요." 내가 말했다.

"좋아! 크리스토프가 맞지! 우리는 다 똑같은 사람들이야……아르장[5], 돈 — 다 똑같아! 하, 하!"

오토가 내 팔을 잡았다. "크리스토프는 이미 우리 가족이라고요!"

곧 우리는 앉아서 폐 해시, 검은 빵, 몰트 커피, 삶은 감자로 거한 저녁을 먹었다. 쓸 돈이 그렇게 많았기에 (나는 그녀에게 일주일 치 숙식비 10마르크를 선물했던 것이다) 노바크 부인은 무모하게도 족히 열두명은 먹을 만한 감자를 준비했다. 그녀는 커다란 냄비에서 감자를 퍼서 내 접시에 자꾸만 담아줘서, 마침내 나는 질식할 것 같았다. "좀더 먹어요, 크리스토프 씨. 아무것도 안 먹으니."

"평생 이렇게 많이 먹어본 적이 없어요, 노바크 부인."

"크리스토프는 우리 음식 안 좋아해." 노바크 씨가 말했다. "괜찮아, 크리스토프. 익숙해질 거야. 오토도 처음에 바닷가에서 돌아와서 딱 그랬거든. 영국인 친구와 함께 온갖 좋은 것에 익숙해지다 보니……"

"조용히 좀 해요, 아버지!" 노바크 부인이 경고하듯 말했다. "쟤 좀 가만 내버려둘 수 없어요? 뭐가 옳고 그른지 결정할 수 있을 만큼 나이를 먹었다고요 — 그래서 더 창피하지만!"

---

5 '돈'의 프랑스어.

우리가 아직 식사 중일 때 로타가 들어왔다. 그는 침대에 모자를 벗어 던지고는, 예의 바르게 그러나 말없이, 내게 약간 허리를 굽히며 악수를 나누고 탁자에 자리를 잡았다. 내가 있어도 그는 전혀 놀라거나 관심을 보이지 않는 것 같았다. 그는 나와 눈을 거의 마주치지 않았다. 내가 알기로 그는 겨우 스무살이었다. 그러나 그는 나이가 더 들어 보였다. 그는 이미 어른이었다. 오토는 그 옆에 있으니 아이처럼 보였다. 그는 황량한 들판에 대한 집단적 기억으로 인해 뒤틀린, 마르고 앙상한 농부의 얼굴을 하고 있었다.

"로타는 야간학교에 갈 거예요." 노바크 부인이 내게 자랑스럽게 말했다. "정비소에서 일해요. 공학을 공부하고 싶다고 하네요. 요새는 무슨 학위 같은 게 없으면 아무 데서도 받아주질 않아요. 얘가 그린 그림을 보여드려야 하는데, 크리스토프 씨, 보실 시간이 있을 때요. 선생님이 그러시는데 아주 잘 그린 거래요."

"보고 싶네요."

로타는 반응하지 않았다. 나는 그에게 공감하며 내가 좀 바보스럽다고 느꼈다. 노바크 부인은 자랑하고 싶어 안달이었다. "야간 수업이 언제지, 로타?"

"월요일하고 목요일요." 그는 일부러, 고집스럽게, 엄마를 쳐다보지 않고 계속 먹었다. 그리고 아마도 내게 악의가 없다는 것을 보여주기 위해서, 이렇게 덧붙였다. "8시부터 10시 반까지예요." 그는 식사를 마치자마자 한마디도 하지 않고 일어나서, 나와 악수하고, 아까처럼 고개를 약간 숙여 인사한 후, 모자를 쓰고 나갔다.

노바크 부인은 그의 뒷모습을 보고 한숨을 쉬었다. "내 생각에 나치 모임에 가는 것 같아요. 걔네들하고 어울리지 말았으면 하는데. 온갖 말도 안되는 생각들을 머리에 집어넣는다니까요. 그것 때문에 아주 가만있질 못해요. 그 모임에 나간 이후로 완전히 다른 애가 됐어요…… 나야 뭐 이런 정치란 건 전혀 모르지만요. 내가 늘 하는 말이 — 왜 황제가 다시 생기면 안되는 건가요? 뭐라고 하든, 그때가 좋았는데."

"아유, 그 황제 얘기는 좀 그만해요." 오토가 말했다. "우리가 원하는 건 공산주의 혁명이라고요."

"공산주의 혁명이라고!" 노바크 부인이 콧방귀를 뀌었다. "생각하고는! 공산주의자들은 죄다 너처럼 아무 짝에도 쓸모없는 게으름뱅이들이야. 일생 하루도 정직하게 일해본 적이 없고."

"크리스토프도 공산주의자예요." 오토가 말했다. "안 그래, 크리스토프?"

"정식으로는 아닌 것 같아."

노바크 부인이 미소 지었다. "이젠 또 무슨 헛소리를 하려는 거야! 어떻게 크리스토프 씨가 공산주의자일 수가 있어? 그는 신사인데."

"내 말은 — " 노바크 씨가 나이프와 포크를 내려놓고 손등으로 콧수염을 조심스럽게 닦았다. "신이 우리를 만드셨으니 우리는 모두 평등하다는 거야. 당신도 나와 같고, 나도 당신과 같아. 프랑스인은 영국인과 같고, 영국인은 독일인과 같고. 무슨 말 하는지 알겠어?"

나는 고개를 끄덕였다.

"전쟁 때 말이야 —" 노바크 씨는 의자를 탁자로부터 멀리 밀어냈다. "어느날 난 숲 속에 있었어. 혼자서 말이야. 거리를 걸어가듯 나 혼자 숲 속을 걸어가고 있었단 말이지…… 그런데 갑자기 — 내 앞에 프랑스 사람이 하나 떡 서 있는 거야. 땅에서 솟은 것처럼. 지금 자네와 나 사이만큼밖에 떨어져 있지 않았어." 노바크 씨는 말하면서 벌떡 일어났다. 탁자에서 빵칼을 잽싸게 집어들더니 그는 마치 대검처럼 그것을 방어 자세로 들어 보였다. 그는 무성한 눈썹 아래로 나를 노려보며 그 장면을 재연했다. "이렇게 서 있는 거야. 우리는 서로 노려봐. 그 프랑스인은 죽은 사람처럼 창백했어. 갑자기 그가 외쳐. '쏘지 마세요!' 이렇게." 노바크 씨는 경건하게 애원하는 자세로 두 손을 모아쥐었다. 이제 빵칼이 방해가 됐다. 그는 그것을 탁자에 내려놓았다. "'쏘지 마세요! 애가 다섯이에요.' (물론 그는 프랑스어로 말했지. 그렇지만 무슨 말인지 다 알았어. 그때는 내가 프랑스어를 완벽하게 했거든. 지금은 일부 잊어버렸지만.) 자, 나는 그를 쳐다보고 그도 나를 쳐다보는 거야. 그리고 내가 말하지. '아미.' (친구라는 뜻이야.) 그리고 우리는 악수를 해." 노바크 씨는 두 손으로 내 손을 잡고 감정을 한껏 담아 꽉 눌렀다. "그리고 우리는 서로 멀어지기 시작해 — 뒷걸음질로. 나는 그가 등 뒤에서 나를 총으로 쏘기를 바라지 않았거든." 여전히 앞을 노려보면서 노바크 씨는 한발 한발 조심스럽게 뒤로 물러나기 시작했고, 결국 싸이드보드에 쾅 부딪혔다. 사진 액자가 떨어졌다. 유리가 산산조각 났다.

"아빠! 아빠!" 그레테가 즐겁게 외쳤다. "뭘 했는지 봐요!"

"이제 바보짓 좀 그만하시죠, 어릿광대 양반아!" 노바크 부인이 화가 나서 소리쳤다. 그레테는 크게 일부러 웃기 시작했고, 급기야 오토는 그녀의 얼굴을 후려쳤으며 그녀는 무대 연기를 하듯 징징 거리기 시작했다. 그러는 동안 노바크 씨는 아내에게 키스를 하고 뺨을 살짝 꼬집어서 아내의 심기를 달래줬다.

"저리 가요, 주정뱅이 같으니!" 그녀는 웃으며 저항했고, 내가 거기 있다는 것에 수줍어하면서도 기뻐했다. "나 좀 가만 놔둬요, 맥주 냄새 나요!"

당시에 나는 수업이 아주 많아서 대부분 밖에 나와 있었다. 학생들은 서쪽 구역의 부유층이 사는 교외에 흩어져 살았다 ─ 부유하고 잘 가꿔온 여인들은 노바크 부인 또래였지만 십년은 더 젊어 보였다. 그들은 남편이 사무실에 나가고 없는 지루한 오후에 영어 회화를 하는 취미를 즐겼다. 벽난로 앞 실크 쿠션에 앉아서 우리는 『연애 대위법』[6]이나 『채털리 부인의 연인』[7]에 대해 토론했다. 하인은 버터 바른 토스트와 홍차를 갖다줬다. 때때로 문학에 싫증낼 때면, 나는 노바크 가족 이야기로 즐겁게 해줬다. 그러나 나는 내가 거기 산다는 이야기는 굳이 하지 않았다. 내가 정말 가난하다는 것을 인정하면 내 사업에 나쁠 터이므로. 부인들은 내게 시간당 3마르크를 지불했다. 조금 망설이면서, 최선을 다해서 2마르크 50까지 깎기도 했다. 그들 대부분은 또, 일부러 혹은 무의식적으로, 나를

---

6 *Point Counter Point*. 1928년 출간된 올더스 헉슬리의 장편소설.
7 *Lady Chatterley's Lover*. 1928년 피렌쩨에서 출간된 D. H. 로런스의 장편소설.

속여 정해진 시간보다 오래 머물게 하려고 했다. 나는 늘 한 눈으로는 시계를 보고 있어야 했다.

아침 시간에 수업을 원하는 사람은 드물었다. 그래서 나는 보통 노바크 가족 대부분보다 훨씬 늦게 일어났다. 노바크 부인은 청소 일을 나갔고, 노바크 씨는 이삿짐 옮기는 일을 하러 나갔다. 일자리가 없는 로타는 친구를 도와 신문을 돌렸고, 그레테는 학교에 갔다. 오토만이 나와 함께였다. 엄마의 끊임없는 잔소리 끝에 노동부에 가서 실업자 카드에 도장을 받아오라고 내몰리는 아침만 제외하고 말이다.

커피 한잔과 빵 한조각과 드리핑⁸으로 된 우리의 아침식사를 챙겨오고 나면, 오토는 잠옷을 벗고 섀도복싱을 하거나 물구나무를 서면서 운동을 했다. 그는 내가 감탄하도록 근육을 자유자재로 불룩거려 보였다. 내 침대에 쭈그리고 앉아 그는 이런저런 이야기들을 해줬다.

"크리스토프, 내가 어떻게 그 손을 봤는지 얘기했던가?"

"아니, 안한 것 같은데."

"음, 들어봐⋯⋯ 옛날에, 내가 아주 어릴 적에, 밤에 침대에 누워 있었거든. 아주 깜깜하고 늦은 시간이었어. 갑자기 잠에서 깼는데 커다란 검은 손 하나가 침대 위로 뻗어오는 거야. 너무 무서워서 소리도 지르지 못했어. 다리를 당겨서 턱까지 닿게 하고 그것을 노려봤지. 그런데 한 일이분 있다가 그게 사라졌고 나는 그때서야 소

---

8 고기를 요리할 때 나오는 기름.

리를 지른 거야. 엄마가 달려왔기에 내가 말했지. '엄마, 그 손을 봤어요.' 그렇지만 엄마는 웃기만 했어. 믿으려고 하지도 않았지."

보조개가 패고 둥근 빵처럼 생긴 오토의 순진한 얼굴은 사뭇 경건해졌다. 그는 자신의 이야기하는 능력에 온통 집중하면서, 우스꽝스럽게 작고 반짝이는 눈으로 나를 바라봤다.

"그러고 나서, 크리스토프, 몇년 후, 난 가구 천갈이 가게에서 견습으로 일했어. 그런데 어느날 ― 훤한 대낮, 오전 중이었는데 ― 나는 스툴에 앉아서 일하고 있었지. 갑자기 방이 어두워지는 것 같은 거야. 고개를 들어보니 그 손이, 지금 너랑 나 사이만큼 가까이에서, 나에게 다가오고 있는 거야. 팔다리가 싸늘해지고 숨도 쉴 수가 없고 소리칠 수도 없었어. 주인이 내가 창백해진 것을 보고 말했지. '아니, 오토, 무슨 일이야? 어디 아파?' 그가 나에게 말하는데, 그 손이 점점 작아지더니 나에게서 멀어져서 작은 검은 점 정도로 돼버렸어. 그러고 다시 보니 방이 늘 그러던 것처럼 환하더라고. 그리고 내가 그 검은 점을 본 곳에는 파리 한마리가 천장에 붙어서 기어가고 있는 거야. 그렇지만 그날 난 종일 너무 아파서 주인이 나를 집에 보내줘야 했어."

이 이야기를 하는 동안 오토의 얼굴이 하얗게 질렸고, 한순간 정말 두려움으로 겁먹은 표정이 얼굴에 스쳐갔다. 이제 그는 비극적인 인물이었다. 그의 작은 눈에 눈물이 반짝였다.

"언젠가 나는 그 손을 다시 보게 될 거야. 그러면 난 죽게 되겠지."

"말도 안돼." 나는 웃으며 말했다. "우리가 널 지켜줄게."

오토는 서글프게 고개를 저었다.

"그러기를 바라야지, 크리스토프. 그렇지만 아닐 것 같아. 그 손이 결국엔 나를 잡을 거야."

"그 가구점에서는 얼마나 일했어?" 내가 물었다.

"아, 오래는 아니었어. 몇주쯤. 주인이 너무 못되게 굴어서. 그는 늘 나한테 제일 어려운 일을 시켰어 ── 그때는 정말 어릴 때였는데. 어느날은 내가 오분쯤 늦게 갔어. 어마어마하게 야단을 치는 거야. 나를 망할 개새끼[9]라고 하면서. 내가 그걸 참았을 것 같아?" 오토는 몸을 앞으로 기울여 얼굴을 쑥 내밀며, 표정을 일그러뜨려 나를 향해 건조하고 원숭이 같은 악의 어린 웃음을 지었다. "아니, 아니, 난 아니지![10]" 그의 작은 눈이 나를 응시하며 순간 특별히 강렬한, 원숭이의 증오심을 드러냈다. 그의 일그러진 표정은 깜짝 놀랄 만큼 추악해졌다. 그리고 표정이 풀렸다. 나는 더이상 그 가구업자가 아니었다. 그는 머리를 뒤로 쓸어넘기고 이를 드러내며 명랑하고 순진하게 웃었다. "나는 그를 때리려는 척했어. 내가 그를 겁준 거야, 그렇지!" 그는 중년 남자가 겁을 먹고 매를 피하려고 하는 몸짓을 흉내 냈다. 그는 웃었다.

"그리고 떠나야 했던 거야?" 내가 물었다.

오토는 고개를 끄덕였다. 그의 얼굴이 천천히 바뀌었다. 그는 다시 우울해졌다.

"아버지 어머니는 뭐라고 하셨어?"

---

9 (독) verfluchter Hund.

10 (독) Nee, nee! Bei mir nicht!

"아, 부모님이야 뭐 늘 나보고 뭐라고 하지. 내가 어릴 때부터. 빵 두쪽이 있으면 엄마는 늘 큰 쪽을 로타에게 줬어. 내가 불평하면 이렇게 말했지. '가서 일을 해. 너도 나이를 먹을 만큼 먹었잖아. 자기 밥벌이는 해야지. 왜 우리가 널 먹여살려야 하니?'" 오토의 눈은 더없이 진실한 자기연민으로 촉촉하게 젖었다. "여기선 아무도 날 이해 못해. 아무도 내게 잘해주지 않아. 모두 정말 날 싫어해. 다들 내가 죽었으면 하고 바라는 거야."

"어떻게 그런 말도 안되는 소리를 해, 오토! 어머니는 분명 너를 미워하시지 않아."

"불쌍한 엄마!" 오토는 동의했다. 그는 갑자기 어조를 바꿨고, 자기가 방금 무슨 말을 했는지 전혀 의식하지 못하는 것처럼 보였다. "끔찍해. 엄마가 그렇게 매일 일한다고 생각하면 견딜 수가 없어. 알잖아, 크리스토프, 엄마는 아주, 아주 아파. 종종 밤에 몇시간 씩 기침을 해. 그리고 때때로 피를 토하기도 해. 난 엄마가 죽지 않을까 생각하느라 잠을 못 잔다니까."

나는 고개를 끄덕였다. 나도 모르게 미소가 지어졌다. 그가 노바크 부인에 대해 한 말을 믿지 않아서가 아니었다. 그러나 오토 자신은 침대에 웅크려 앉아, 저렇게 매끄럽고 건강한 갈색의 벗은 몸으로, 동물적으로 살아 있으면서 죽음에 대해 이야기하는 것이, 마치 분장한 어릿광대가 장례식 이야기를 하는 것처럼 터무니없게 보였다. 그 역시 이것을 이해했음에 틀림없다. 내가 냉담하게 보이는 데 조금도 충격받지 않고 나를 보고 다시 씩 웃어줬으니까. 그는 다리를 쭉 펴고 어렵지 않게 몸을 앞으로 굽혀 손으로 자기 발을 붙잡았다. "이거 할 수 있어, 크리스토프?"

갑자기 어떤 생각이 들었는지 그는 기분이 좋아졌다. "크리스토프, 내가 너한테 뭐 보여주면, 아무한테도 이야기 안하겠다고 맹세할래?"

"좋아."

그는 일어나서 침대 아래를 뒤졌다. 창가 한구석 마루 널 하나가 느슨했다. 그는 그것을 들어올려서 비스킷을 담았던 깡통을 하나 꺼냈다. 그 통 속에는 편지와 사진이 가득 들어 있었다. 오토는 그것들을 침대 위에 펼쳐놓았다.

"엄마가 보면 다 태워버릴 거야…… 봐, 크리스토프, 이 여자 어때? 이름은 힐데야. 내가 춤추러 가는 곳에서 만났어…… 그리고 이건 마리. 눈이 정말 예쁘지 않아? 얘는 나한테 미쳤어 —— 다른 남자들이 다 질투하지. 그렇지만 내가 딱히 좋아하는 타입은 아니야." 오토는 진지하게 고개를 저었다. "웃긴 건, 그런데 걔가 내게 호감이 있다는 사실을 알게 되자마자, 난 관심이 없어졌어. 딱 헤어지고 싶었다니까. 그런데 걔가 여기 와서 우리 엄마 앞에서 난리를 피운 거야. 그래서 난 걔를 조용히 있게 하려고 가끔 만나줘야해…… 이건 트라데야 —— 솔직히, 크리스토프, 이 여자가 스물일곱 살이라는 게 믿어져? 정말이야! 몸매가 정말 죽이지 않아? 이 여자는 서쪽 구역에 살아, 그것도 자기 아파트에서! 두번이나 이혼했대. 난 아무 때나 거기 갈 수 있어. 이건 그 여자 오빠가 찍어준 사진이야. 우리 둘이 있는 사진을 찍고 싶어했지만, 그러지 말라고 했어. 그 사진들을 나중에 팔아먹기라도 할까봐서 —— 그것 때문에 체포될 수도 있다고……"오토는 히죽거리며 내게 편지 한묶음을 건네줬다. "이거 읽어봐. 정말 웃길 거야. 이건 네덜란드 사람에게서 온 거야. 그는 내가 평생 본 중 가장 큰 차를 가졌어. 봄에 그 사람과 함께 있었지. 나한테 가끔 편지를 써. 아버지가 낌새를 채고는 봉투 안에 혹시 돈이 없나 하고 감시하지 ─ 더러운 개자식! 그렇지만 난 그것보다 훨씬 더 좋은 방법을 알고 있지! 내 친구들에게 말해서 편지를 모두 길모퉁이 빵집으로 보내라고 한 거야. 빵집 아들이 내 친구거든……"

"피터 소식은 들었어?" 내가 물었다.

오토는 잠시 동안 심각하게 나를 바라봤다. "크리스토프?"

"응?"

"부탁 하나만 들어줄래?"

"뭔데?" 나는 조심스럽게 물었다. 오토는 늘 가장 예상치 못한 순간에 약간의 돈을 빌려달라고 부탁한다.

"제발……" 그는 부드럽게 나무라는 투로 말했다. "제발, 내 앞에서 피터 이름을 언급하지 말아줘……"

"아, 알았어." 나는 깜짝 놀라서 말했다. "원하지 않는다면."

"저기, 크리스토프…… 피터는 나한테 상처를 너무 많이 줬어. 난 그가 내 친구라고 생각했는데. 그러다 갑자기, 나를 떠나서 ─ 혼자서……"

눅눅한 가을 날씨에 안개가 걷힐 날이 없는, 어두컴컴하게 움푹 파인 마당에서, 거리의 가수와 악사 들이 거의 끊이지 않고 잇따라

공연을 했다. 만돌린을 연주하는 소년들, 콘서티나[11]를 연주하는 노인, 그리고 어린 딸들과 노래하는 아버지가 있었다. 즐겨 연주되는 곡은 「젊은 시절」이었다. 하루 아침에 그 노래를 열두번쯤 듣기도 했다. 딸들의 아버지는 마비가 와서 당나귀처럼 절박하게 목멘 소리밖에 내지 못했다. 그러나 딸들은 마귀 같은 에너지로 노래를 불렀다. "그녀가 온다, 그녀가 더이상 오지 않는다!" 그들은 인류의 좌절에 기뻐하는 허공의 악마들처럼, 한목소리로 비명을 질렀다. 가끔은 위쪽 창문에서 잔돈이 신문지 조각에 돌돌 말려 휙 던져지기도 했다. 그것은 바닥에 부딪혀 총알처럼 다시 튀어올랐지만, 어린 소녀들은 움찔 놀라는 법도 없었다.

가끔 방문 간호사가 노바크 부인을 보러 왔다가, 식구들이 어떻게 잠자리를 배치했는지 보고는 고개를 절레절레 흔들며 돌아가기도 했다. 주거 감독관은 옷깃을 풀어 헤친 창백한 젊은이였는데, (원칙에 따라 그렇게 입는 것이 분명했다) 그 역시 찾아와서 뭔가를 엄청나게 기록했다. 그가 노바크 부인에게 말하기를, 이 다락방은 매우 비위생적이고 주거에 적합하지 않다는 것이다. 그는 이 말을 하면서 살짝 나무라는 분위기였다. 마치 우리 자신에게도 일부 책임이 있다는 듯이. 노바크 부인은 이들의 방문을 지독히 싫어했다. 그녀 생각에, 그들은 오로지 그녀를 감시하기 위해 온다는 거였다. 그녀는 간호사나 감독관이 아파트가 지저분할 때만 들여다본다는 두려움에 시달렸다. 그녀의 의심이 너무 깊은지라 그녀는 심

11 작은 아코디언같이 생긴 악기.

지어 거짓말—천장의 누수가 그리 심각하지 않다든지—을 해서 되도록 빨리 그들을 집 밖으로 쫓아내려고 했다.

정기적으로 찾아오는 또 한사람은 유대인 재단사 겸 옷 장수로서, 온갖 종류의 할부로 옷을 팔았다. 그는 자그마하고 다정하고 아주 설득력이 있었다. 하루 종일 그는 그 구역의 집들을 돌아다니며 여기서 50페니히, 저기서 1마르크를 걷어서, 마치 한마리 암탉처럼 이 명백히 척박한 토양에서 불안한 생계를 꾸려나갔다. 그는 돈을 내라고 심하게 재촉하지 않았다. 오히려 채무자들에게 그의 물건을 더 가져가고 새로운 할부를 시작하도록 권하는 것을 더 좋아했다. 이년 전, 노바크 부인은 300마르크에 오토의 정장과 외투를 샀다. 정장과 외투는 오래전에 낡아버렸지만, 돈은 아직 갚지 못했다. 내가 도착한 직후 노바크 부인은 75마르크에 그레테의 옷을 샀다. 재단사는 아무런 반대도 하지 않았다.

그 이웃 전체가 그에게 돈을 빚지고 있었다. 그렇지만 그는 인기가 없지 않았다. 그는 사람들이 진짜 악의는 없이 욕을 해대는, 공인의 지위를 누리고 있었다. "로타 말이 맞을지도 몰라." 노바크 부인은 때때로 이렇게 말했다. "히틀러가 오면 유대인들에게 뭔가 보여줄 거라고. 그러면 그들이 그렇게 뻔뻔스럽게 굴지 못하겠지." 그러나 히틀러가 자기 마음대로 하게 되면 그 재단사를 아예 없애버릴 거라고 내가 암시하자, 노바크 부인은 당장 어조를 바꿨다. "오, 그런 일이 생기면 안되지. 어쨌든 그 사람이 옷은 아주 잘 만들거든. 게다가 유대인은 형편이 어려우면 늘 시간을 주거든. 기독교인은 그 사람처럼 외상을 주는 일이 절대 없어…… 이 동네 사람들에게 물어봐, 크리스토프 씨. 그들은 절대 그 유대인을 내쫓지 않을 거야."

저녁이 다가오자 하루 종일 우울하게 빈둥거리며 지내던 — 아파트에서 뒹굴뒹굴하거나, 아래층 마당 입구에서 친구들과 수다를 떨거나 — 오토는 얼굴이 환해지기 시작했다. 내가 일을 끝내고 돌아오면 그는 대개 이미 스웨터와 헐렁한 반바지에서, 어깨에 패드가 잔뜩 들어간 가장 좋은 정장에, 작고 꼭 맞는 더블브레스트 조끼와 나팔바지를 입고 있었다. 그는 넥타이가 아주 많았고, 그래서 마음에 드는 넥타이를 골라 매는 데 거의 반시간을 소모했다. 그는 부엌에 있는 깨진 삼각 거울 앞에 서서 히죽거리면서, 혈색 좋은 분홍빛 얼굴에 의기양양하게 보조개를 만들고, 노바크 부인을 방해하며 그녀의 항변을 완전히 무시했다. 저녁식사가 끝나자마자 그는 춤추러 나갔다.

나도 저녁 시간에는 주로 외출했다. 아무리 피곤해도 저녁식사 직후에는 바로 잘 수 없었다. 그레테와 그녀의 부모는 9시까지는 잠자리에 드는 편이었다. 그래서 나는 영화관에 가거나 까페에 앉아 신문을 읽고 하품을 했다. 달리 아무것도 할 일이 없었다.

길 끝에는 알렉산더 카지노라는 지하 주점이 있었다. 우리가 우연히 집에서 함께 나오게 된 어느날 저녁, 오토는 나를 그리로 데려갔다. 길에서 네 계단 정도 내려가서 문을 열고, 바람을 막아주는 무거운 가죽 커튼을 옆으로 들추면, 길고, 낮고, 칙칙한 방이 하나 나온다. 그 방에는 중국식 홍등이 켜져 있고, 먼지 쌓인 종이띠로 장식되어 있다. 벽을 따라 등나무 탁자와, 영국 기차의 삼등칸 좌석처럼 생긴 커다랗고 낡은 소파가 놓여 있다. 맞은편 끝에는 격자무늬로 짜넣은 벽감이 있고 그 위로는 철사에 벚꽃 조화를 엮어 드리워놓았다. 그곳 전체가 맥주 냄새로 눅눅했다.

나는 전에도 여기 와본 적이 있었다. 일년 전쯤, 프리츠 벤델이 토요일마다 그 도시의 '지하 명소들'을 유람시켜주곤 하던 시절에 말이다. 그곳은 전에 와본 그대로였다. 단지 덜 흉흉하고, 덜 그림 같으며, 더이상 존재의 의미에 대한 엄청난 진실을 상징하고 있지는 않았다 — 왜냐하면 이번에는 전혀 취한 상태가 아니었으니까. 그때와 같은 권투 선수 출신의 주인은 엄청난 뱃살을 바에 올려놓고 있었고, 그때와 같은 쭈뼛거리는 웨이터가 더러운 흰옷을 입고 발을 끌며 다가왔다. 아마도 그때와 같은 두 여자가 잉잉거리는 스피커의 음악에 맞춰 함께 춤을 추고 있었다. 스웨터와 가죽 재킷을 입은 한 무리의 청년들이 양 머리 게임[12]을 하고, 구경꾼들은 카드를 보려고 목을 빼고 있었다. 팔에 문신을 새긴 청년 하나가 난롯가에 앉아 충격적인 범죄 뉴스에 푹 빠져 있었다. 그는 셔츠의 목 부분을 풀어 헤치고, 소매는 겨드랑이까지 걷어올리고 있었다. 그는 마치 당장 경주에라도 나갈 듯이 반바지를 입고 양말을 신고 있었다. 멀리 있는 벽감에는 한 남자와 젊은이가 함께 앉아 있었다. 젊은이는 아이 같은 동그란 얼굴이었고, 무겁고 붉은 눈꺼풀은 잠을 못 자서 부은 듯했다. 그는 머리를 박박 민, 점잖아 보이는 나이

---

12 18세기 중부 유럽에서 시작된 카드놀이의 일종.

든 사람에게 뭔가 이야기하고 있었고, 그 남자는 어쩔 수 없다는 듯이 들으며 짧은 씨가를 피웠다. 젊은이는 주의 깊게 상당한 인내심을 가지고 이야기를 했다. 이따금 요점을 강조하기 위해 그는 나이 든 사람의 무릎에 손을 올리고 얼굴을 올려다보며, 의사가 초조한 환자를 살피듯이 모든 움직임을 기민하고 골똘하게 관찰했다.

후에 나는 이 젊은이를 잘 알게 됐다. 그는 핍스라 불렸다. 그는 여행을 아주 많이 다녔다. 튀링겐 숲의 벌목꾼인 아버지가 그를 때리곤 해서, 그는 열네살에 집에서 뛰쳐나왔다. 핍스는 걸어서 함부르크까지 갔다. 함부르크에서 그는 앤트워프로 가는 배를 탔고, 앤트워프에서 다시 걸어서 독일로 들어와 라인 강을 따라갔다. 그는 오스트리아와 체코슬로바키아에도 가본 적이 있었다. 그는 노래와 이야기와 농담을 아주 많이 알았다. 그는 유달리 명랑하고 행복한 본성을 타고나서, 가진 것은 친구와 나눴고 그다음 끼니가 어디서 나올지 결코 걱정하지 않았다. 그는 영리한 소매치기였고, 지금은 형사들이 우글거려서 너무 위험해진 파사주[13]에서 그리 멀지 않은 프리드리히 가의 오락장에서 주로 활동했다. 이 오락장에는 펀치 볼과 핍 쇼, 악력 측정기 들이 있었다. 알렉산더 카지노에서 온 청년 대부분은 그들의 여자들이 매춘 상대를 찾으려고 프리드리히 가나 린덴에 나가 일하는 동안, 여기서 오후를 보냈다.

핍스는 게르하르트와 쿠르트라는 두 친구와 함께 고가철도역 가까이에 있는 운하 근처 지하층에 살았다. 그 지하실은 프리드리

---

13 건물 사이를 가로질러 덮개를 설치해 조성한 상가.

히 가의 나이 든 창녀인 게르하르트의 이모 소유였는데, 그녀의 다리와 팔에는 뱀, 새, 꽃 문신들이 새겨져 있었다. 게르하르트는 희미하고 바보스럽고 불행해 보이는 미소를 가진 키 큰 청년이었다. 그는 소매치기를 하지 않고 대형 백화점에서 물건을 훔쳤다. 그는 아직 잡힌 적이 없었는데, 아마 하도 정신 나간 놈처럼 뻔뻔스럽게 도둑질을 해서 그런 것 같았다. 그는 바보스럽게 씩 웃으며 가게 점원들 바로 앞에서 주머니에 물건들을 쑤셔넣곤 했다. 그는 훔친 물건들을 모두 자기 이모에게 줬고, 그녀는 그가 게으르다며 욕설을 퍼붓고 돈을 아주 조금씩만 줬다. 어느날 우리가 함께 있는데 그는 주머니에서 밝은색의 여성용 가죽 허리띠를 꺼냈다. "봐, 크리스토프, 이거 예쁘지 않아?"

"어디서 났어?"

"란다우어 백화점에서." 게르하르트가 내게 말했다. "왜…… 왜 웃어?"

"있지, 란다우어가는 나랑 친분이 있어. 웃겨서─그뿐이야."

곧 게르하르트의 얼굴은 낙담한 표정이 됐다. "말하지 마, 크리스토프, 안 할 거지?"

"응." 나는 약속했다. "안할게."

쿠르트는 다른 이들보다는 알렉산더 카지노에 뜸하게 왔다. 나는 핍스나 게르하르트보다는 그를 좀더 잘 이해할 수 있었다. 왜냐하면 그는 의식적으로 불행했기 때문이다. 그는 성격상 무모하고 치명적인 구석이 있어서, 자기 인생이 절망적이라는 데 대해서 돌연 격분을 터뜨리곤 했다. 독일 사람들은 이를 '부트'[14]라고 불렀다. 그는 구석에 말없이 앉아, 술을 마구 들이켜며, 도도하고 뚱한 표정을 하고 주먹으로 탁자를 탕탕 치곤 했다. 그러다가 갑자기 벌떡 일어나서 외쳤다. "에이, 쌍!"[15] 그러고는 걸어나가버렸다. 이런 기분일 때면 그는 다른 젊은이들에게 일부러 싸움을 걸어 한꺼번에 서너명과 싸우다가, 결국에는 반쯤 정신을 잃고 피투성이가 되어 길바닥에 내동댕이쳐졌다. 이런 경우에는 핍스와 게르하르트마저도 마치 공공의 위험에 대적하듯 그와 싸우곤 했다. 그들은 다른 사람들 못지않게 세게 그를 때렸고, 나중에는 그가 종종 그들의 눈두덩에 멍을 만들어놓아도 아무런 앙심도 품지 않은 채, 양쪽에서 그를 부축해서 질질 끌고 갔다. 그의 행동에 그들은 전혀 놀라는 것 같지 않았다. 이튿날이 되면 그들은 다시 좋은 친구가 됐다.

내가 돌아올 때쯤이면 노바크 부부는 이미 두세시간 전에 잠들어 있었다. 오토는 보통 그보다 더 늦게 들어왔다. 그러나 노바크 씨는 이것 외에도 아들의 행실에 마음에 안 드는 점이 많은지라, 밤 몇시가 됐든 일어나서 문을 열어주는 것쯤은 개의치 않는 듯했다. 몇가지 이상한 이유로 노바크 가족은 우리 둘 중 누구에게도 열쇠를 주지 않았다. 그들은 문을 잠그고 빗장까지 걸지 않으면 잠을 잘 수가 없었다.

이 건물에서는 화장실 하나를 아파트 네집이 함께 썼다. 우리 화장실은 한층 아래에 있었다. 잠자리에 들기 전에 볼일을 보고 싶다

---

14 (독) Wut. '화' 혹은 '격분'이라는 뜻.
15 (독) Ach, Scheiss!

면, 다시 어둠속에서 거실을 가로질러 부엌으로 들어가, 탁자 옆을 스치고 의자들을 피하고, 노바크 부부의 침대 머리와 부딪히거나 로타와 그레테가 자는 침대를 건드리지 않으려 조심하면서 두번째 여정을 떠나야 했다. 아무리 조심스럽게 움직여도 노바크 부인은 깨어나곤 했다. 그녀는 어둠속에서도 내가 보이는지, 예의 바르게 길을 가리켜서 나를 당황하게 했다. "아니, 크리스토프 씨 ― 거기가 아니에요. 왼쪽에 있는 양동이에, 난로 옆으로."

어둠속에서, 토끼장처럼 사람들이 바글거리는 이 커다란 건물의 작은 한구석 내 침대에 누워 있노라면, 나는 아래 마당에서 들려오는 모든 소리들을 섬뜩할 정도로 정확하게 들을 수 있었다. 마당의 형태가 축음기 스피커 노릇을 하는 모양이었다. 누군가가 아래층으로 내려가고 있었다. 아마도 이웃인 뮐러 씨일 것이다. 그는 철도에서 밤 근무를 했다. 나는 한층 한층 내려갈 때마다 그의 발소리가 점점 어렴풋해졌다가, 마당을 가로지르며 젖은 돌바닥에 또렷하게 착착 달라붙으며 울리는 것을 들었다. 귀를 쫑긋하면 길로 난 커다란 문에서 열쇠가 삐걱거리는 소리가 들렸다. 혹은, 들렸다고 믿었다. 잠시 후 문이 깊고 공허하게 탕 소리를 내며 닫혔다. 이제 옆방에서 노바크 부인이 기침을 터뜨렸다. 그뒤로 침묵이 이어지다가 로타가 자면서 알아들을 수 없는 소리를 중얼거리고 욕을 하면서 몸을 뒤척여 침대가 삐걱거렸다. 마당의 다른 편에선 갓난아이가 악을 쓰기 시작하고, 창문이 쾅 닫히고, 건물의 가장 안쪽 구석에서 뭔가 묵직한 것이 벽에 퉁 둔중하게 부딪혔다. 마치 밀림에서 홀로 자고 있는 것처럼, 낯설고 신비롭고 섬뜩했다.

노바크가에서는 일요일이 매우 길었다. 이 처량한 날씨에 갈 곳이 없었다. 우리는 모두 집에 있었다. 그레테와 노바크 씨는 창가에 덫을 만들어 고정시켜놓고 참새가 걸리기를 지켜보고 있었다. 그들은 몇시간이고 골똘하게 거기 앉아 있었다. 덫에 달린 줄은 그레테의 손에 쥐어져 있었다. 때때로 그들은 서로 킬킬거리며 나를 쳐다보곤 했다. 나는 탁자의 반대편에 앉아 얼굴을 찌푸리고 내가 쓴 종이를 들여다보고 있었다. "그렇지만, 에드워드, **모르겠어**?" 나는 소설을 진행하려고 노력 중이었다. 커다란 별장에서 불로소득으로 살아가는, 매우 불행한 어떤 가족에 관한 소설이었다. 그들은 왜 자신들이 삶을 즐길 수 없는가를 서로에게 설명하면서 시간을 보낸다. 그리고 그 이유 중 일부는 — 나 자신이 하는 말이긴 하지만 — 정말 기발하다. 유감스럽게도 나는 나의 이 불행한 가족에게 점점 더 흥미를 잃어가고 있었다. 노바크 집안의 분위기는 그다지 영감을 불러일으키는 것이 아니었다. 오토는 안쪽 방에서 문을 열어놓고 울림통과 음관이 없는 낡은 축음기의 턴테이블에 달린 부속품들의 균형을 맞추면서 얼마나 더 하면 그것들이 날아가서 박살 날 것인지 살펴보는 데 재미가 들렸다. 로타는 그 창백하고 뚱한 얼굴로 고집스럽게 집중한 채 고개를 숙이고, 이웃들을 위해 열쇠를 갈고 자물쇠를 고치고 있었다. 음식을 만들고 있던 노바크 부인은 착한 형과 쓸모없는 동생에 관한 설교를 시작했다. "로타 좀 봐라. 일자리를 잃어도 계속 뭔가 하잖니. 너는 그냥 물건을 부수는 일밖에는 쓸모가 없어. 정말 내 아들도 아니야."

오토는 싱글싱글 웃으며 침대에서 빈둥거리다, 음탕한 말을 내뱉거나 입으로 방귀 소리를 냈다. 그의 목소리의 어떤 어조는 사람을 아주 미치게 만들었다. 그를 해치고 싶게 만들 지경이었다 ─ 그도 그 사실을 알고 있었다. 노바크 부인의 쟁쟁거리는 꾸지람은 곧 비명으로 변했다.

"널 아주 이 집에서 쫓아내고 싶은 심정이다! 네가 우리한테 해준 게 뭐가 있니? 무슨 일만 하면 너무 피곤해서 못하겠다고 하고. 그래도 밤새 건들거리며 놀러 다니는 건 피곤하지 않지 ─ 이 못되고 불효막심하고 아무 짝에도 쓸모없는……"

오토는 벌떡 일어나 동물처럼 의기양양하게 고함치며 방에서 춤추기 시작했다. 노바크 부인은 비누를 집어들어 그에게로 던졌다. 그는 피했고, 창문이 박살 났다. 그뒤 노바크 부인은 주저앉아 울기 시작했다. 오토는 당장 그녀에게 달려가 요란하게 뽀뽀하며 달래기 시작했다. 로타도 노바크 씨도 이 소동에 크게 주의를 기울이지 않았다. 노바크 씨는 심지어 그 상황을 약간 즐기는 것처럼 보였다. 그는 다 안다는 듯 내게 윙크를 했다. 나중에 창문에 난 구멍은 마분지로 막아놓았다. 그리고 손보지 않고 그대로 둬서, 그 다락방의 수많은 바람구멍에 하나가 더해졌다.

저녁 시간에 우리는 모두 기분이 좋았다. 노바크 씨는 식탁에서 일어나 유대교와 가톨릭의 서로 다른 기도 방식을 흉내 냈다. 그는 꿇어앉아서 바닥에 머리를 몇차례 격하게 부딪치고, 히브리어와 라틴어 기도를 표현하는 것이라 생각되는 말도 안되는 소리를 주절댔다. "쿨리보치카, 쿨리보치카, 쿨리보치카. 아멘." 그리고 그는 그레테와 노바크 부인이 무서워하면서도 재미있어하는 처형에 관한 이야기들을 해줬다. "빌헬름 1세——그 옛날 빌헬름 말이야——그는 사형 집행 영장에 서명한 적이 없어. 왜 그런지 알아? 그가 즉위한 직후에 유명한 살인 사건이 있었는데, 그 죄수가 유죄인지 무죄인지 판사들이 오랫동안 합의할 수가 없었대. 그렇지만 마침내 그를 사형에 처하기로 선고한 거야. 그를 교수대에 올리고 집행관이 도끼를 들어서——이렇게 말이야. 그리고 휘둘렀지——이렇게. 그리고 내려쳤어. 콱악! (물론 그들은 다 숙련된 사람들이야. 너나 나나 1000마르크를 준대도 사람 머리를 그렇게 단칼에 베어 버릴 수는 없어.) 그리고 머리가 바구니 안으로 굴러 떨어졌지——툭!" 노바크 씨는 다시 눈을 굴리고 입구석으로 혀를 빼물어서 잘린 머리를 그야말로 아주 생생하고 흉측하게 흉내 냈다. "그러자 그 머리가 저 혼자서 이렇게 말하는 거야. '나는 무죄다!' (물론 신경밖에 안 남았지만, 내가 지금 얘기하는 것처럼 똑똑히 말한 거야.) '나는 무죄다!' 머리가 그렇게 말했어…… 그리고 몇달 후, 다른 사람이 임종하면서 자기가 진짜 살인자라고 고백한 거야. 그래서 그때부터 빌헬름 황제가 다시는 사형 집행 영장에 서명하지 않았대!"

바서토르 가의 일상은 매주 비슷비슷했다. 물이 새는 답답한 작은 다락방에선 음식과 찌꺼기 냄새가 났다. 거실 난로에 불이 켜져 있을 때면 거의 숨을 쉴 수가 없었고, 끄면 꽁꽁 얼었다. 날씨가 매우 추워졌다. 노바크 부인은 일을 하지 않을 때면 총총거리며 병원과 보건부를 오갔다. 여러시간을 그녀는 바람이 들이치는 복도 벤치에 앉아서 기다리거나 복잡한 신청 서식에 당혹스러워하며 보냈다. 의사들은 그녀의 병에 대해 서로 합의하지 못했다. 어떤 이는 당장 그녀를 요양원으로 보내는 데 찬성했다. 또다른 사람은 거기 보내기에는 이미 너무 늦었다고 봤고 — 그녀에게도 그렇게 말했다. 또다른 이는 그녀에게 전혀 심각한 문제가 아니라고 확언했다. 그냥 알프스에서 보름쯤 지내면 된다는 거였다. 노바크 부인은 세 사람의 말을 모두 지극한 존경심으로 듣고 나서, 이 면담들을 내게 설명해주면서 그들 모두가 유럽 전체에서 가장 친절하고 똑똑한 교수님이라는 말을 잊지 않았다.

그녀는 기침을 하고 벌벌 떨며, 젖은 신발을 신은 채 기진맥진하고 반쯤 발작적인 상태가 되어 집으로 돌아왔다. 그녀는 아파트에 들어서자마자 마치 용수철이 풀린 태엽 인형처럼 거의 자동적으로, 그레테나 오토를 야단치기 시작했다.

"내 말 좀 들어라 — 그러다 감옥에 가고 말지! 네가 열네살 때 소년원으로 보내버렸어야 하는 건데! 그러면 네게 도움이 됐을 걸…… 예전에는 우리 가문을 통틀어 점잖고 훌륭하지 않은 사람이 없었는데!"

"엄마가 점잖다고!" 오토가 비아냥거렸다. "젊었을 때는 만나는 남자마다 다 놀고 다녔으면서!"

"나한테 그런 식으로 말하지 마! 알아들어? 그러지 말라고! 아, 정말 내가 널 낳기 전에 죽었어야 하는데, 이런 흉악하고 불효막심한 놈!"

오토는 그녀의 매를 피하면서, 그가 일으킨 이 소동에 기뻐 날뛰며 그녀 주변을 팔짝팔짝 뛰어다녔다. 그는 흥분해서 흉측하게 얼굴을 찡그렸다.

"미쳤어!" 노바크 부인이 외쳤다. "쟤 좀 봐요, 크리스토프 씨. 정말 미친놈 아니우? 병원에 데려가서 검사를 해봐야겠어요."

이 말에 오토의 낭만적 상상력이 발동했다. 우리가 단둘이 있을 때 그는 종종 눈물을 글썽이며 이렇게 말하곤 했다.

"여기서 오래 못 살 것 같아, 크리스토프. 내 신경이 쇠약해지고 있어. 곧 그들이 와서 나를 끌고 갈 거야. 나에게 구속복을 입히고 고무관으로 음식을 먹이겠지. 네가 나를 보러 오면 난 네가 누군지도 몰라볼 거야."

노바크 부인과 오토에게만 '신경'이 있는 게 아니었다. 천천히 그러나 확실히, 노바크가 사람들은 내 저항력을 무너뜨리고 있었다. 매일 나는 부엌 씽크대에서 나는 냄새가 조금 더 지독하다고 느꼈다. 매일 오토의 싸우는 목소리가 더 거칠어졌고 그 엄마의 목소리도 좀더 날카로워졌다. 그레테의 징징대는 소리는 저절로 이를 악물게 했다. 오토가 문을 쾅 닫을 때면 나는 짜증이 나서 얼굴을 찌푸렸다. 밤마다 나는 반쯤 취하지 않으면 잠을 잘 수가 없었다. 또 나는 불쾌하고 정체불명의 발진에 대해 남몰래 걱정하고 있었다. 그건 노바크 부인의 음식 때문일 수도 있고, 더 나쁜 것일 수도 있었다.

이제 나는 저녁을 대부분 알렉산더 카지노에서 보냈다. 난로 옆 구석 테이블에 앉아 나는 편지를 쓰고, 핍스와 게르하르트와 이야기를 하거나, 다른 손님들을 쳐다보면서 지냈다. 그곳은 보통 무척 조용했다. 우리는 바에 둘러앉거나 어슬렁대면서 무슨 일이 일어나기를 기다렸다. 바깥문이 열리는 소리가 들리자마자 어떤 새로운 손님이 가죽 커튼 뒤에서 나타나는지 보려고 십여쌍의 눈이 돌아갔다. 대개는 그저 바구니를 든 비스킷 상인이거나, 모금함과 소책자를 든 구세군 여자였다. 비스킷 상인은 장사가 잘됐거나 취했거나 하면 설탕 과자 몇 봉지를 걸고 우리와 주사위 놀이를 하곤 했다. 구세군 여자로 말하면, 그녀는 나른한 목소리로 재잘거리며 방 안을 한바퀴 돌고는 아무것도 얻지 못한 채 나가면서도 우리를 조금도 불편하게 하지 않았다. 그녀는 저녁 일과의 한부분이 되어버려서, 게르하르트와 핍스는 그녀가 나간 후에도 그녀에 대한 농담조차 하지 않았다. 그러고 나면 어떤 노인이 발을 끌고 들어와서, 바텐더에게 뭐라고 속삭이고 나서 바 뒤편의 방으로 들어가곤 했다. 그는 코카인 중독자였다. 잠시 후 그는 다시 나타나 멍하게 예의 바른 몸짓으로 우리에게 모자를 들어 인사하고는 발을 끌며 나갔다. 그 노인은 틱 증세가 있어서 연신 머리를 내저었다. 마치 삶에 대해 이렇게 말하는 듯이. 아니야. 아니야. 아니야.

때로는 경찰이 들어와서 수배 중인 범죄자나 도망친 소년원생을 찾기도 했다. 대개 그들이 올 때는 다 예상하고 대비했다. 어쨌거나, 핍스가 내게 알려줬듯이, 막판에는 화장실 창문을 통해서 건물 뒤의 마당으로 빠져나갈 수가 있으니까. "그렇지만 조심해야 해, 크리스토프." 그는 덧붙였다. "멀리 잘 뛰어야 해. 아니면 석탄 통로나 지하실로 떨어지게 된다고. 내가 한번 그런 적 있잖아. 그리고 나를 뒤따라오던 함부르크 베르너가 엄청 웃어대다가 형사들에게 잡혔다고."

토요일과 일요일 저녁은 알렉산더 카지노가 북적였다. 마치 다른 나라에서 온 외교 사절처럼, 서쪽 구역에서 손님들이 도착했다. 외국인들도 많았다――대부분 네덜란드인이었고, 영국인도 있었다. 영국인은 요란하고 높고 흥분한 목소리로 떠들었다. 그들은 공산주의와 반 고흐와 최고급 식당들에 대해 이야기했다. 그들 중 일부는 약간 겁을 먹기도 했다. 아마도 그들은 이런 도둑놈 소굴에서는 칼로 찔리기라도 할 거라고 예상했는지도 모른다. 핍스와 게르하르트는 그들의 테이블에 앉아 억양을 흉내 내며 술이나 담배를 얻어냈다. 뿔테 안경을 쓴 건장한 남자가 물었다. "빌이 검둥이 가수들 초대한 그 멋진 파티에 왔었어?" 외알 안경을 낀 젊은이는 중얼거렸다. "이 세상의 모든 시가 그 얼굴에 있어." 나는 그가 그 순간 무엇을 느꼈는지 알 수 있었다. 나는 그에게 공감했고 심지어 그가 부러웠다. 그러나 그로부터 두주일 후 그가 사교계 인사들이나 교수들이 모인 소수 정예 파티에 가서 여기서 새로 알게 된 것들을 떠벌리면서――오래된 은제 식기와 전설적인 포트와인이 놓인 탁자에 둘러앉아 점잖게 미소 짓는 사람들의 관심을 끌게 될 것임을 알고 나면 서글퍼진다. 그러면 나는 나이를 먹어버린 듯한 기분이 든다.

마침내 의사들이 결정을 내렸다. 노바크 부인은 결국 요양원으로 가야 했다. 그것도 아주 빨리――크리스마스 직전에. 이 소식을 들자마자 그녀는 재단사에게 새 드레스를 주문했다. 그녀는 마치 파티에라도 초대된 양 흥분하고 기뻐했다. "수간호사들은 늘 굉장히 까다롭잖아요, 크리스토프 씨. 단정하고 깔끔하게 있도록 한대요. 그러지 않으면 벌을 받는다니 — 당연히 그래야죠, 뭐…… 난 거기서 아주 잘 지낼 거 같아요." 노바크 부인은 한숨을 쉬었다. "가족 걱정 좀 그만할 수 있었으면. 내가 가고 나면 그들이 어떻게 할지 아무도 몰라요. 양 떼처럼 무기력하니까……" 저녁에 그녀는 아기가 태어나기를 기다리는 여인처럼 혼자 웃으며 몇시간에 걸쳐 따뜻한 플란넬 속옷을 꿰맸다.

내가 떠나던 날 오토는 매우 우울했다.

"이제 가는구나, 크리스토프. 나한테 무슨 일이 생길지 모르겠다. 지금부터 여섯달 뒤면 내가 살아 있지 않을지도 몰라."

"내가 오기 전에도 잘 살았잖아, 안 그래?"

"그래…… 그렇지만 이제 엄마도 가니까. 내 생각에 아버지가 나한테 먹을 걸 줄 것 같지가 않아."

"말도 안되는 소리!"

"나도 데려가, 크리스토프. 네 하인이 되게 해줘. 아주 유용할 거야. 내가 음식도 해주고 옷도 고쳐주고 학생들 오면 문도 열어주고……" 오토는 이 새로운 역할을 맡은 자신에게 감탄하며 눈을 빛냈다. "나는 작은 흰색 재킷을 입고 — 아니면 파란색이 나을까, 은색 단추를 달고."

"널 하인으로 두는 건 내가 누릴 수 없는 사치야."

"오, 하지만, 크리스토프, 돈은 안 줘도 돼, 물론." 오토는 이 제안이 지나치게 너그럽다고 느꼈는지 잠시 말을 멈췄다. "그러니까," 그는 조심스럽게 덧붙였다. "춤추러 갈 돈 1, 2마르크만 가끔 주면 돼."

"정말 미안해."

노바크 부인이 돌아오는 바람에 우리는 대화를 중단했다. 그녀는 내게 작별 저녁을 해주기 위해 집에 일찍 돌아온 것이었다. 그녀의 가방은 사온 물건들로 가득했다. 그녀는 그것을 들고 오느라 이미 지쳐 있었다. 그녀는 한숨을 쉬며 부엌문을 닫고, 신경이 잔뜩 곤두서서 언제라도 한바탕 일전을 벌일 태세로 즉시 부스럭거리기 시작했다.

"아니, 오토, 너 난롯불을 꺼뜨렸구나! 내가 지켜보라고 특별히 말했는데! 아, 맙소사, 정말 이 집안에는 내가 한가지라도 믿고 도와달라고 의지할 사람이 없는 건가?"

"미안해요, 엄마." 오토가 말했다. "잊어버렸어요."

"물론 잊어버렸겠지! 네가 뭘 기억한 적이나 있니? 잊어버렸다고!" 노바크 부인은 그에게 고함쳤고, 그녀의 표정은 날카롭게 찌를 듯한 격분으로 일그러졌다. "난 죽도록 널 위해서 일해왔는데, 고작 보답이 이거구나. 내가 떠나면 네 아버지가 아마 널 길거리로 내쫓을 거다. 그럼 얼마나 좋을지 두고 봐라! 이 게으름뱅이, 짐덩어리야! 내 앞에서 썩 꺼져, 안 들리니! 꺼지라고!"

"좋아. 크리스토프, 너도 엄마 말 들었지?" 오토는 분노로 얼굴을 씰룩거리며 내게로 돌아섰다. 그 순간 그 두사람이 어찌나 닮

았는지 정말 깜짝 놀랄 지경이었다. 그들은 악마에게 사로잡힌 사람들 같았다. "엄마가 죽는 날까지 이 일을 후회하게 만들어줄 거야!"

그는 돌아서서 안쪽 침실로 뛰어 들어가더니 곧 부서질 것 같은 방문을 꽝 닫았다. 노바크 부인은 곧장 난로로 돌아서서 재를 퍼내기 시작했다. 그녀는 온몸을 떨면서 격렬하게 기침을 하고 있었다. 나는 장작과 석탄 조각을 그녀에게 건네주며 도왔다. 그녀는 나를 쳐다보지도 않고 말도 한마디 없이 무작정 그것들을 내게서 받았다. 여느 때처럼 나는 내가 방해가 된다고 느껴져서, 거실로 가서 창문 옆에 바보처럼 서서는 내가 그냥 사라져버렸으면 하고 바랐다. 이만하면 충분히 겪었다. 창틀에는 몽당연필 하나가 놓여 있었다. 나는 그것을 집어들어 나무에 작은 동그라미를 하나 그리며 이렇게 생각했다. 나의 흔적을 남겼어. 그러다가 나는 여러해 전, 내가 웨일스 북부의 하숙집을 떠나기 전에도 정확히 똑같은 짓을 했음을 기억해냈다. 안쪽 방에선 아무 소리도 나지 않았다. 나는 오토의 뾰루퉁한 얼굴을 대면하기로 결심했다. 나는 아직 싸야 할 짐이 있었다.

내가 문을 열었을 때 오토는 침대에 앉아 있었다. 그는 홀린 듯 왼쪽 팔목에 난 깊은 상처를 노려보고 있었고, 상처에서 나온 피가 펼쳐진 그의 손바닥을 타고 흘러넘쳐서 방울방울 바닥으로 뚝뚝 떨어지고 있었다. 오른손 엄지와 검지 사이에 안전면도날이 들려 있었다. 그는 내가 그것을 채가도 저항하지 않았다. 상처 자체는 그리 심각하지 않았다. 나는 상처를 그의 손수건으로 동여맸다. 오토는 잠깐 정신이 몽롱해진 듯하더니, 내 어깨에 기댔다.

"도대체 어떻게 이런 짓을 할 수가 있어?"

"엄마에게 보여주고 싶었어." 오토가 말했다. 그의 얼굴이 창백했다. 분명 잔뜩 겁을 먹은 것이었다. "날 말리지 말았어야지, 크리스토프."

"이런, 바보," 나는 화가 나서 말했다. 그 때문에 나도 겁을 먹었으니까. "조만간 넌 정말로 너 자신을 해치고 말 거야 — 실수로."

오토는 나를 책망하듯 한참을 봤다. 그의 눈에 천천히 눈물이 고였다.

"그게 뭐가 문제야, 크리스토프? 난 아무 소용도 없고…… 내가 나이 먹으면 어떻게 될 것 같아?"

"일하겠지."

"일이라……" 그 생각만으로도 오토는 눈물을 터뜨렸다. 그는 격하게 흐느끼면서 손등으로 코를 마구 문질렀다.

나는 호주머니에서 손수건을 꺼냈다. "여기. 이거 받아."

"고마워, 크리스토프……" 그는 서글프게 눈을 닦고 코를 풀었다. 그러다가 손수건이 그의 관심을 끌었다. 그는 처음에는 심드렁하게, 그러다 나중에는 아주 흥미롭게 손수건을 뜯어보기 시작했다.

"아, 크리스토프," 그는 화가 나서 외쳤다. "이거 내 거잖아!"

크리스마스가 며칠 지난 어느 오후에, 나는 바서토르 가를 다시 방문했다. 아치 아래를 통과하여 여기저기 더러워진 눈이 쌓여 있는 길고 눅눅한 길로 들어서니, 이미 등들이 켜져 있었다. 희미한 노란 불빛이 지하 상점에서 새어나왔다. 가스등 아래 손수레에서 불구인 사람 하나가 채소와 과일을 팔았다. 거칠고 뚱한 얼굴을 한 한 무리의 젊은이들이 두 남자아이가 문간에서 싸우는 모습을 지켜보고 있었다. 그중 하나가 발이 걸려 넘어지자 어떤 여자의 목소리가 격렬하게 높아졌다. 질척한 마당을 가로질러, 그 건물의 습하고 익숙한 썩은 내를 들이마시면서, 나는 생각했다. 내가 정말 여기 살았더란 말인가? 이미 서쪽 구역에 있는 편안한 방과 훌륭한 새 일자리를 가지게 됐던 터라, 빈민가에서 나는 낯선 사람이 되어 있었다.

노바크네 집으로 가는 층계의 조명은 고장 나 있었다. 칠흑처럼 깜깜했다. 나는 어렵지 않게 위층으로 더듬거리며 올라가 그 집 문을 두들겼다. 나는 될 수 있는 한 큰 소리를 냈다. 왜냐하면 안에서 들려오는 고함과 노랫소리와 찢어지게 웃는 소리로 미루어, 파티가 벌어지고 있는 것 같기 때문이었다.

"누구세요?" 노바크 씨의 고함이 들려왔다.

"크리스토프예요."

"아하! 크리스토프! 앙글레! 영국인! 들어와! 들어와!"

문이 활짝 열렸다. 노바크 씨는 문지방에 서서 휘청거리며 나를 안으려고 두 팔을 벌렸다. 그 뒤에는 젤리처럼 출렁대는 그레테가 웃다 눈물이 나서 뺨 위로 흐르는 채로 서 있었다. 그외에는 아무도 보이지 않았다.

"우리 크리스토프!" 노바크 씨가 내 등을 퍽퍽 치면서 외쳤다.

"내가 그레테에게 말했지. 그가 올 거라고. 크리스토프는 우리를 버리지 않는다고!" 그는 크고 익살스러운 환영의 몸짓을 하며 나를 거칠게 거실로 밀어넣었다. 그곳은 온통 무시무시하게 지저분했다. 각종 옷가지가 침대 하나에 뒤엉켜 쌓여 있었고, 다른 침대 위에는 컵, 받침 접시, 신발, 나이프, 포크 들이 흩어져 있었다. 싸이드보드에는 기름이 잔뜩 말라붙은 프라이팬이 있었다. 방에는 초 세개를 맥주병에 꽂아 불을 밝혀놓았다.

"전기가 끊겼어." 노바크 씨가 팔을 아무렇게나 휘두르며 설명했다. "요금을 내지 않아서…… 물론 언젠가는 내야지. 신경 쓰지 마―이렇게 하는 게 더 좋잖아, 그렇지? 자, 그레테, 크리스마스트리에 불을 켜자."

내가 본 크리스마스트리 중 가장 작은 것이었다. 너무 작고 허약해서 제일 위에 초 하나만 얹을 수 있을 정도였다. 가느다란 반짝이 장식 줄이 달랑 하나 빙 둘러 있었다. 노바크 씨는 불 켜진 성냥을 몇개나 바닥에 떨어뜨리고 나서야 겨우 초에 불을 붙였다. 내가 쿵쿵 밟아서 끄지 않았더라면 탁자보로 불이 옮겨붙을 뻔했다.

"로타와 오토는 어디 있나요?"

"몰라. 어딘가 있겠지…… 요새 잘 나타나지도 않아―여기 사는 게 걔네들한테 잘 맞지도 않고…… 신경 쓰지 마. 우린 우리끼리 아주 행복하니까, 안 그래, 그레테?" 노바크 씨는 둔중하게 댄스 스텝을 몇번 밟더니 노래를 시작했다.

"소나무야! 소나무야![16] ……자, 크리스토프, 다 같이! 언제나 푸른 네 빛![17]"

노래가 끝나자 나는 내 선물을 내놨다. 노바크 씨에게는 씨가, 그레테에게는 초콜릿과 태엽장치로 움직이는 쥐 장난감. 노바크 씨는 침대 아래에서 맥주 한병을 꺼냈다. 그는 한참 안경을 찾아 헤맸고, 결국 안경은 부엌 수도꼭지에 걸린 채 발견됐다. 그리고 그는 요양원에서 노바크 부인이 써 보낸 편지를 읽어줬다. 그는 각 문장을 서너번씩 반복해 읽었고, 중간에 어디까지 읽었는지 잊어버렸으며, 욕하고, 코를 풀고, 귀를 후볐다. 나는 한마디도 알아들을 수가 없었다. 그러고 나서 그와 그레테는 장난감 쥐를 가지고 놀면서, 탁자 위를 달리게 하고 가장자리로 가까이 갈 때마다 비명을 지르고 소리를 쳤다. 그 쥐가 아주 성공적이라서 나는 큰 소동을 피우지 않고 금방 작별인사를 할 수가 있었다. "잘 가, 크리스토프. 또 와." 노바크 씨는 이렇게 말하자마자 바로 탁자 쪽으로 돌아섰다. 내가 다락방을 빠져나오는데, 그와 그레테는 도박사들처럼 열중하여 그 장난감 위로 몸을 숙이고 있었다.

이 일이 있고 얼마 안 있어 나는 오토의 방문을 받았다. 그는 다음 일요일에 노바크 부인을 보러 함께 가지 않겠느냐고 물었다. 요양원에는 매달 면회일이 정해져 있었고, 할레셰스토르에서 가는 특별 운행 버스가 있을 것이었다.

"네가 내 비용까지 내줄 필요는 없어." 오토가 호기롭게 덧붙였다. 그는 자기만족으로 환하게 빛나고 있었다.

---

16 (독) O Tannenbaum! O Tannenbaum!
17 (독) Wie treu sind deine Blätter!

"아주 멋지네, 오토…… 새 옷이야?"

"맘에 들어?"

"꽤 비쌀 것 같은데."

"250마르크."

"세상에! 배라도 들어온 거야?"

오토는 히죽거렸다. "요새 트라데를 자주 보거든. 그 여자 삼촌이 돈을 좀 물려줬나봐. 우리 봄 되면 결혼할 거 같아."

"축하해…… 그런데 아직 집에서 사는 거지?"

"아, 가끔 들르는 정도야." 오토는 나른하게 혐오감을 드러내는 웃음을 지으며 입꼬리를 늘어뜨렸다. "아버지는 늘 취해 계시지."

"역겨워, 안 그래?" 나는 그의 어조를 흉내 냈다. 우리는 함께 웃었다.

"맙소사, 크리스토프, 시간이 그렇게 늦었나? 나 가봐야 해…… 일요일에 봐. 잘 있어."

우리는 정오쯤 요양원에 도착했다.

눈 덮인 소나무 숲을 따라 덜컹거리는 비포장도로가 수 킬로미터 구불구불 이어지다가, 교회 입구 같은 고딕식 벽돌 대문이 불쑥 나타나고 그 뒤로 커다란 붉은 건물들이 솟아 있었다. 버스가 멈췄다. 오토와 나는 맨 마지막으로 내렸다. 우리는 몸을 쭉 펴고 서서 새하얀 눈에 눈을 깜빡였다. 시골로 나오니 모든 것이 눈부신 흰색이었다. 우리는 모두 몸이 뻣뻣해져 있었다. 버스는 포장 상자와 학교 벤치로 좌석을 만들고 지붕을 덮은 화물차에 불과했기 때문이다. 우리는 마치 선반에 꽂아놓은 책들처럼 빽빽하게 앉아 있어서, 달리는 동안 자세를 고쳐 앉을 수도 없었다.

이제 환자들이 우리를 맞았다 ─ 숄과 담요를 두른, 어색하고 통통한 모습으로 길 위의 얼음들을 밟고 비틀거리거나 미끄러지면서 달려 나왔다. 그들은 너무 서둘러 덤벙거리다가 결국에는 미끄러지곤 했다. 그들은 미끄러지면서 친구들과 친척들의 품으로 뛰어들었고, 하도 세게 부딪혀서 비틀거렸다. 비명과 웃음소리가 이어지는 가운데 한쌍은 아예 넘어지기도 했다.

"오토!"

"엄마!"

"정말 왔구나! 좋아 보이네!"

"물론 왔죠, 엄마! 무슨 생각을 한 거예요?" 노바크 부인은 오토에게서 몸을 떼어내고 나와 악수했다. "안녕하세요, 크리스토프 씨?"

그녀는 훨씬 젊어 보였다. 통통하고 타원형인 순진한 얼굴과, 생기 있고 약간 교활하기도 한 촌부 같은 작은 눈은 젊은 여자 같았다. 그녀의 뺨은 아주 환하게 물들어 있었다. 그녀는 영원히 멈추지 않을 것처럼 미소 지었다.

"아, 크리스토프 씨, 여길 와주다니 정말 고마워요! 오토를 데려와줘서 얼마나 고마운지!"

그녀는 짧고 기이하게 발작하듯이 웃었다. 우리는 계단을 올라가 건물로 들어갔다. 따뜻하고 깨끗하고 위생적인 건물의 냄새가 마치 두려움의 숨결처럼 내 콧구멍으로 들어왔다.

"그들은 나를 작은 병실에 집어넣었어." 노바크 부인이 우리에게 말했다. "다 해서 전부 네명뿐이야. 일어나서 온갖 종류의 놀이를 하지." 그녀는 자랑스럽게 문을 열어젖히고, 우리에게 소개했다. "여긴 무첸 — 우리 질서를 잡아주는 분! 그리고 여긴 에르나. 여긴 에리카 — 우리 아기!"

에리카는 열여덟살의 앙상한 금발 소녀였다. 그녀는 키득거리며 말했다. "그 유명한 오토군요! 여러주 동안 만나보길 기대했었는데!"

오토는 미묘하고, 조심스럽게, 아주 편안하게 미소 지었다. 그의 새 갈색 양복은 이루 말할 수 없이 천박했다. 라일락색 각반과 뾰족한 노란 구두도 마찬가지였다. 손가락에는 초콜릿색 사각형 돌이 박힌 커다란 인장 반지를 끼고 있었다. 오토는 이를 매우 의식했고 그래서 손을 아주 우아한 자세로 유지하면서, 그것을 은근히 흘끔거리며 그 효과에 흐뭇해했다. 노바크 부인은 그를 좀처럼 가만 놔두지 않았다. 그녀는 연신 그를 껴안고 볼을 꼬집었다.

"멋져 보이잖나요!" 그녀가 외쳤다. "정말 근사해 보이잖나요! 아, 오토, 정말 크고 강해 보이는구나. 나를 한 손으로 들 수도 있겠다!"

그들 말로는 나이 든 무첸이 감기에 걸렸다고 했다. 그녀는 구식 검은 드레스의 옷깃 바로 아래로 목에 단단하게 붕대를 감고 있었다. 그녀는 괜찮은 할머니인 것 같았지만, 욕창이 생긴 늙은 개처럼 어쩐지 약간 음탕해 보이는 구석이 있었다. 그녀는 침대 가장자리에 앉아 있었고, 침대 옆 탁자에는 그녀가 받은 상처럼, 자식과 손자 손녀의 사진들이 놓여 있었다. 그녀는 마치 자신이 그렇게 아파서 기쁘기라도 한 것처럼, 은근히 즐거워하는 듯했다. 노바크 부인은 우리에게 무첸이 이 요양원에 이미 세번이나 왔었다고 말해줬다. 그녀는 매번 치료되어 퇴원했지만, 아홉달에서 일년 사이에 재발하여 다시 여기 와야 했다는 것이다.

"독일에서 가장 똑똑한 교수 몇명이 여기 와서 그녀를 검진해." 노바크 부인이 자랑스럽게 덧붙였다. "그렇지만 그들도 잘 모르죠, 안 그래요, 무첸?"

그 할머니는 마치 어른들에게 칭찬받는 영특한 아이처럼 미소지으며 고개를 끄덕였다.

"그리고 에르나는 여기 두번째 왔대." 노바크 부인이 말을 이었다. "의사들이 그러는데 괜찮을 거래. 그렇지만 충분히 먹지를 못해서. 그래서 여기 다시 온 거지, 그렇지, 에르나?"

"네, 그래서 돌아왔어요." 에르나가 동의했다.

그녀는 서른다섯살가량에 깡마른 단발머리였고, 한때는 매우 여성적이고, 매력 있고, 수심에 잠긴 듯하고 부드러웠을 것 같았다. 이제 그녀는 극도로 말라서, 일종의 절박한 결단, 어떤 반항심에 사로잡힌 사람처럼 보였다. 그녀는 아주 크고 검고 굶주린 눈을 가졌다. 그녀의 뼈만 남은 손가락에는 결혼반지가 헐렁하게 끼워져 있었다. 그녀가 말하다 흥분할 때면 그녀의 손은 두마리 말라빠진 나방처럼, 쉴 새 없이 막연한 동작들을 연달아 하며 펄럭였다.

"남편은 나를 때리고 도망갔어요. 그가 가버린 날엔 얼마나 때렸던지 몇달이나 자국이 남았었지요. 아주 크고 힘센 남자였어요. 거의 나를 죽일 뻔했죠." 그녀는 차분하게 찬찬히 이야기했지만, 어떤 흥분을 억누르는 듯했고, 한순간도 내 얼굴에서 눈을 떼지 않았다. 그녀의 굶주린 시선은 내 머릿속을 파고들어와 내가 무슨 생각을 하고 있는지 열심히 읽었다. "난 지금도 가끔 그 사람 꿈을 꿔요." 그녀가 좀 재미있다는 듯이 덧붙였다.

오토와 나는 식탁에 앉았고, 노바크 부인은 수선을 피우며 우리에게 수녀들 중 한명이 가져온 커피와 케이크를 날라다줬다. 오늘 내게 일어난 모든 일은 이상하게도 아무런 영향도 미치지 않았다. 내 감각들은 마치 생생한 꿈에서 그러하듯 억압되고 절연된 채로 기능했다. 커다란 창문으로 조용하게 눈 내린 소나무 숲이 보이는 이 고요하고 하얀 방에서 ─크리스마스트리가 탁자에 놓이고, 침대 위에는 종이 끈 장식이 걸려 있고, 못으로 걸어놓은 사진들, 하트 모양 초콜릿 비스킷이 담긴 접시도 있었다─ 이 네 여인들이 살아가고, 움직이고 있었다. 내 눈은 그들이 사는 세계 구석구석을 탐방했다. 체온 기록 차트, 소화기, 문 옆의 가죽 가리개. 매일 가장 좋은 옷을 입고, 깨끗한 손은 더이상 바늘에 찔리지도 청소로 거칠어지지도 않으며, 그들은 테라스에 누워서, 서로 대화하는 것은 금지된 채, 무선 라디오를 들었다. 이 방에 함께 갇힌 여인들은 마치 환기가 되지 않는 잠가놓은 수납장에 들어 있는 더러운 리넨처럼 어렴풋이 역한 분위기를 자아냈다. 그들은 서로 장난을 치면서 마치 웃자란 여학생들처럼 비명을 지르기도 했다. 노바크 부인과 에리카는 갑자기 은근히 서로 희롱하는 데 푹 빠져 있었다. 그들은 서로의 옷을 잡아당기고, 말없이 옥신각신하며, 그러다 날카로운 웃음소리가 터져나오려는 것을 억눌렀다. 그들은 우리 앞에서 뭔가를 과시하고 있었다.

"우리가 오늘을 얼마나 기다렸는지 모르실 거예요." 에르나가 내게 말했다. "정말 살아 있는 남자를 보게 되니까!"

노바크 부인이 킬킬 웃었다.

"에리카는 여기 올 때까지는 정말 순진한 애였는데…… 너 아무것도 몰랐잖아, 그렇지, 에리카?"

에리카가 킥킥댔다.

"그후로 많이 배웠죠……"

"그래, 그랬을 거야! 믿을 수 있겠어요, 크리스토프 씨 ─ 애 이모가 이 작은 인형을 크리스마스 선물로 보내줬는데, 매일밤 그걸 침대에 가지고 들어가는 거예요, 침대에는 남자가 있어야 한다면서!"

에리카가 대담하게 웃었다. "음, 없는 것보단 낫잖아요, 안 그래요?"

그녀는 오토에게 윙크를 했고, 오토는 충격받은 척하며 눈을 굴렸다.

점심을 먹은 후 노바크 부인은 한시간 동안 휴식해야 했다. 그래서 에르나와 에리카가 우리와 함께 구내를 산책하기로 했다.

"우선 묘지부터 보여주자." 에르나가 말했다.

그 묘지는 요양원 직원들이 기르다 죽은 애완동물들을 위한 것이었다. 여남은개의 작은 십자가와 비석이 있었고, 영웅시를 흉내

낸 시구가 새겨져 있었다. 죽은 새들, 흰 쥐와 토끼, 폭풍우 이후에 얼어 죽은 채 발견된 박쥐도 거기 묻혀 있었다.

"여기 그들이 묻혀 있는 것을 생각하면 슬프죠, 안 그래요?" 에르나가 말했다. 그녀는 무덤 하나에서 눈을 퍼내어 치웠다. 그녀의 눈에 눈물이 고였다.

그러나 우리가 길을 따라 내려가는 동안 그녀와 에리카는 매우 명랑해졌다. 우리는 웃으며 서로 눈을 뭉쳐 던졌다. 오토는 에리카를 들어서 그녀를 쌓인 눈 더미 속으로 던져넣으려는 척했다. 조금 더 가서 우리는 길에서 좀 떨어진, 나무 사이 언덕 위에 서 있는 여름 별장 가까이로 지나가게 됐다. 한 남자와 한 여자가 그곳에서 막 나오고 있었다.

"클렘케 부인이에요." 에르나가 말했다. "그녀의 남편이 오늘 여기 왔어요. 생각해보세요, 저 낡은 오두막이 이 구내를 통틀어 두 사람이 단둘이 있을 수 있는 유일한 장소인걸요……"

"날씨가 이래서 꽤 추울 텐데요."

"물론 춥죠! 내일이 되면 체온이 다시 올라서 꼼짝없이 침대에 보름은 누워 있어야 할걸요…… 그렇지만 뭐 어때요! 내가 그녀 입장이라도 똑같이 할 건데요." 에르나는 내 팔을 꼭 쥐었다. "젊을 때 인생을 살아야죠, 안 그래요?"

"물론 그렇죠!"

에르나는 재빨리 내 얼굴을 올려다봤다. 그녀의 크고 검은 눈이 마치 갈고리처럼 내 눈에 고정됐다. 나는 그 눈이 나를 끌어내리는 것 같다는 상상을 했다.

"난 사실 폐결핵 환자는 아니에요, 크리스토프…… 내가 단지 여기 있다고 해서 그럴 거라고 생각한 건 아니죠, 그렇죠?"

"그럼요, 에르나, 그런 생각 안했어요."

"여기 있는 여자들 다수는 환자가 아니에요. 그냥 나처럼 조금 돌봐줘야 하는 처지인 거죠…… 의사 말로는, 내가 스스로를 돌본다면 예전처럼 튼튼해질 거래요…… 그리고 내가 여기서 나가게 되면 내가 뭘 처음으로 할 것 같아요?"

"뭔데요?"

"우선은 이혼할 거고, 그러고 나면 새 남편을 찾아야죠." 에르나는 쓸쓸하면서도 의기양양하게 웃었다. "오래 걸리지 않을 거예요 — 장담할 수 있어요!"

차를 마신 후 우리는 병동의 위층에 앉아 있었다. 노바크 부인이 축음기를 빌려와서 우리는 춤을 췄다. 나는 에르나와 췄다. 에리카는 오토와 췄다. 그녀는 말괄량이 같고 어색했으며, 미끄러지거나 그의 발을 밟을 때마다 요란하게 웃어댔다. 오토는 세련되게 미소 지으며, 그의 어깨를 할레셰스토르에서 유행하는 침팬지 자세로 구부려 웅크린 채로, 능숙하게 그녀를 앞뒤로 밀고 당겼다. 늙은 무첸은 침대에 앉아서 구경했다. 내가 에르나를 안자 그녀가 온몸을 떠는 것이 느껴졌다. 이제 거의 깜깜해졌지만, 아무도 불을 켜자고 하지 않았다.

잠시 후 우리는 춤을 멈추고 침대 위에 둥그렇게 둘러앉았다. 노바크 부인은 어릴 적, 부모님과 함께 프로이센 동부의 농장에서 살던 시절 이야기를 꺼냈다. "우리는 방앗간도 가지고 있었어." 그녀가 우리에게 말했다. "말도 서른필 있었고. 아버지의 말은 그 지역에서 최고였지. 아버지는 말들을 데리고 대회에 나가서 상도 여러번 받았어……" 병동은 이제 아주 깜깜했다. 어둠속에서 창문이 커다랗고 창백한 사각형으로 빛났다. 침대 위 내 옆에 앉아 있던 에르나는 내 손을 더듬어 찾아서 꽉 잡았다. 그러더니 그녀는 내 등 뒤로 손을 내밀고 내 팔을 자기 몸에 둘렀다. 그녀는 격렬하게 떨고 있었다. "크리스토프……" 그녀가 내 귀에 속삭였다.

"……그리고 여름에는," 노바크 부인이 말하는 중이었다. "강 아래 커다란 헛간에서 춤추곤 했지……"

내 입이 에르나의 뜨겁고 건조한 입술에 가닿았다. 나는 접촉했다는 별다른 감각조차 없었다. 이 모든 것이 내가 그날 종일 꾸고 있던, 다소 불길하고 상징적인 기나긴 꿈의 일부였다. "오늘 저녁, 나 정말 행복해요……" 에르나가 속삭였다.

"우체국장 아들이 바이올린을 켜곤 했지." 노바크 부인이 말했다. "연주를 아주 멋지게 했어…… 울고 싶을 정도였지……"

에리카와 오토가 앉아 있던 침대에서 옥신각신하면서 크게 킥킥거리는 소리가 들려왔다. "오토, 이 나쁜 남자 같으니…… 정말 놀랐어요! 당신 엄마한테 말할 거야!"

오분 후 수녀가 와서 버스가 출발할 시간이라고 말했다.

"정말, 크리스토프," 오토가 외투를 입으며 내게 속삭였다. "저 여자를 위해서라면 난 뭐든지 할 수 있을 것 같은데! 정말 온몸으

로 느껴진다니까…… 넌 재미있게 보냈어? 좀 마르긴 했더라만, 안
그래? ─ 그래도 화끈할 것 같던데!"

우리는 다른 승객들과 함께 버스에 올라탔다. 환자들이 작별인
사를 하려고 모여들었다. 담요를 둘러싸고 뒤집어쓴 것이, 숲에 사
는 원주민 부족이라고 해도 될 것 같았다.

노바크 부인은 애써 웃으려고 했지만, 벌써 울기 시작했다.

"아버지한테 곧 돌아가겠다고 전해……"

"물론 그러실 거예요, 엄마! 곧 나을 거예요. 곧 집에 오게 되겠
죠."

"시간이 짧아서……" 노바크 부인이 흐느꼈다. 그녀의 흉측한
개구리 같은 미소 위로 눈물이 흘러내렸다. 갑자기 그녀는 기침을
하기 시작했다 ─ 그녀의 몸은 이음매가 떨어진 인형처럼 반으로
갈라지는 것 같았다. 가슴 위로 손을 부여잡고, 그녀는 절망적인 부
상을 입은 동물처럼 짧게 컹컹 짖는 기침을 내뱉었다. 그녀의 머리
와 어깨에서 담요가 미끄러져 떨어졌다. 매듭에서 풀려나온 머리
카락이 그녀의 눈으로 들어가려 했고 ─ 그녀는 들어가지 못하게
머리를 마구 흔들어댔다. 두 명의 수녀가 부드럽게 그녀를 데려가
려 했지만, 그녀는 즉시 맹렬하게 버둥거렸다. 그녀는 그들을 따라
가려고 하지 않았다.

"들어가요, 엄마." 오토가 애원했다. 그도 거의 눈물을 흘릴 지경
이었다. "제발 들어가요! 감기 걸리겠어요!"

"가끔 편지 써줘요, 네, 크리스토프?" 에르나는 마치 물에 가라
앉는 사람처럼 내 손을 꽉 붙잡고 있었다. 그녀의 눈은 무시무시하

게 강렬한, 염치없는 절망으로 나를 올려다봤다. "그냥 엽서라도 좋아요…… 당신 이름만 적어줘요."

"물론 그럴게요……"

그들은 헐떡이는 버스에서 나오는 작고 동그란 불빛을 받으며 우리 주변에 모여 섰고, 불빛에 비친 그들의 얼굴은 소나무의 검은 등치를 배경으로 으스스한 유령들 같았다. 이것이 내 꿈의 절정이었다. 악몽의 순간에 끝나버리는. 나는 그들이 ─ 두루뭉술하고 무시무시한 형체들의 무리가 ─ 우리를 공격하지 않을까 하고 ─ 굶주림에 우리를 자리에서 조용히 움켜잡아 질질 끌어내리지 않을까 하고 말도 안되게 격렬한 아픔 같은 공포를 느꼈다. 그러나 그 순간은 지나갔다. 그들은 어둠속으로 ─ 결국엔 한낱 유령들처럼, 아무 해도 끼치지 않고 ─ 물러갔고, 우리가 탄 버스는 털털 바퀴를 굴리며 보이지 않는 깊은 눈 속을 뚫고 도시를 향해 휘청거리며 다가갔다.

란다우어가 사람들
The Landauers

1930년 10월, 선거[1] 이후 한달쯤 지난 어느날 밤, 라이프치히 가에서 대소동이 있었다. 나치 깡패 패거리가 유대인 반대 시위를 하러 나온 것이다. 그들은 검은 머리에 코가 큰 행인들을 거칠게 밀쳐대고 모든 유대인 상점의 유리를 박살 냈다. 그 사건은 그 자체로 주목할 만한 것은 아니었다. 죽은 사람도 없었고, 충격도 거의 없었으며, 이십여명이 체포됐을 뿐이었다. 내가 그 사건을 기억하는 것은 단지 그것이 내가 베를린 정치에 입문하게 된 계기였기 때문이다.

물론 마이어 양은 기뻐했다. "쌤통이네!" 그녀가 외쳤다. "유대

---

1 1930년 9월 14일의 총선거를 말함. 히틀러의 국가사회주의 독일 노동자당이 제2당으로 부상함.

인들 때문에 정말 지긋지긋해. 어떤 돌이든 들추면 그놈들 두엇은 기어나온다니까. 우리가 마시는 물까지 오염시키고 있어! 그들은 우리를 목 조르고 강탈하고 피를 빨아먹고 있어. 저 대형 백화점들을 봐. 베르트하임[2], 카데베[3], 란다우어[4]. 그 소유주가 누구야? 추잡한 유대인 도둑놈들이라니까!"

"란다우어 집안은 나랑 개인적으로 친한데." 나는 냉랭하게 반박하고는, 마이어 양이 적당한 대답을 생각해낼 겨를을 주지 않고 방에서 나왔다.

그건 정확하게 사실은 아니었다. 사실 나는 그때까지 란다우어 가문의 어떤 사람도 만나본 적이 없었다. 그렇지만 영국을 떠나기 전에 나는 양쪽을 다 아는 친구로부터 그들에게 나를 소개하는 편지를 하나 받았다. 나는 소개장을 신뢰하지 않으므로, 이것도 사용하지 않았어야 했다. 마이어 양의 말만 아니었더라면 말이다. 이제 심술궂게도 나는 란다우어 부인에게 당장 편지를 쓰기로 결심했다.

사흘 뒤 내가 처음으로 나탈리아 란다우어를 만났을 때, 그녀는 열여덟살의 여학생이었다. 그녀는 복슬복슬한 검은 머리카락을 가졌다. 그것도 너무 많이 — 머리숱 때문에 빛나는 눈을 가진 그녀의 얼굴은 너무 길고 너무 좁아 보였다. 그녀는 어린 여우를 연상

---

2 1870년에 개장한 독일 최초의 백화점.

3 1907년 개장한 유럽 최대의 백화점. 카우프하우스 데스 베스텐스(Kaufhaus Des Westens) 백화점의 약칭.

4 이 작품 속 베른하르트 란다우어는 2차대전 전, 베를린 최대의 백화점이던 이스라엘 백화점을 경영한 빌프리트 이스라엘(Wilfrid Israel, 1899~1943)을 모델로 한 것으로 알려져 있음.

시켰다. 그녀는 요새 학생들이 하는 식으로 어깨에서부터 팔을 곧게 뻗어 악수했다. "이쪽으로요." 그녀의 어조는 위압적이고 사무적이었다.

거실은 전쟁 이전의 취향으로, 약간 과하게 장식된 크고 환한 방이었다. 나탈리아는 곧장 엄청 활달하게, 더듬거리는 영어로 열심히 이야기를 시작하더니, 축음기 레코드와 그림, 책 들을 보여줬다. 한가지도 잠깐 이상은 들여다볼 수가 없었다.

"모차르트 좋아하세요? 그래요? 아, 나도요! 아주 많이요! …… 이 그림은 황태자 궁에 있는 거예요. 본 적 없다고요? 언제 한번 제가 보여드릴게요, 네? ……하이네 좋아하세요? 솔직히 말씀해보세요." 그녀는 책꽂이를 올려다보고 웃으며, 그러나 어쩐지 학교 여선생처럼 엄격하게 말했다. "읽어보세요. 아름다워요."

내가 그 집에 채 십오분도 머무르기 전에, 나탈리아는 이미 네권의 책 —『토니오 크뢰거』, 야콥센⁵ 단편집, 슈테판 게오르게⁶의 책 한권, 괴테의 서간집 —을 따로 뽑아두고 내가 갈 때 들고 가도록 했다. "정말 진실한 의견을 말해줘야 해요." 그녀가 내게 경고했다.

갑자기, 하녀가 방 끝 유리 미닫이문을 열었고, 거기에 란다우어 부인이 있었다. 그녀는 크고 창백한 여인으로, 왼쪽 뺨에 사마귀가 있었고, 머리는 부드럽게 빗어넘겨 쪽을 찌고, 식탁에 차분하게 앉아서 싸모바르⁷에서 차를 따라 잔을 채우고 있었다. 햄과 차가운 쏘

---

5 옌스 페테르 야콥센(Jens Peter Jacobsen, 1847~85). 덴마크의 소설가, 시인.
6 슈테판 안톤 게오르게(Stefan Anton George, 1868~1933). 독일의 시인, 번역가.
7 러시아에서 찻물을 끓일 때 사용하는 큰 주전자.

시지가 담긴 접시들이 있었고, 껍질을 포크로 찌르면 뜨거운 물이 튀는 가늘고 미끈미끈한 쏘시지가 담긴 사발, 그리고 치즈, 순무, 호밀 흑빵, 병맥주가 있었다. "맥주를 드세요" 하고 나탈리아가 명령하며, 찻잔 하나를 어머니에게 돌려줬다.

주위를 둘러보니 벽에는 그림이 빽빽하게 걸려 남은 공간이 거의 없었고, 수납장은 괴상하게 생긴 실물대의 형상들, 머리카락을 휘날리는 처녀들이나 눈이 길쭉한 가젤 그림을 오려서 압정으로 고정시킨 것들로 장식되어 있었다. 그것들은 마호가니 가구의 부르주아적 견고함에 맞서 별 효과도 없이 우스꽝스럽게 저항하고 있었다. 누가 말해주지 않아도 나탈리아가 디자인했음을 알 수 있었다. 그렇다, 그녀가 파티용으로 그것들을 만들고 거기다 붙여놓은 것이었다. 이제 그녀는 그것들을 떼어내고 싶어했지만 그녀의 엄마가 허락하지 않았다. 그들은 이 문제로 사소한 말다툼을 했는데 ─ 분명히 이 가족의 일과의 일부인 듯했다. "그렇지만 정말 보기 싫잖아요!" 나탈리아가 영어로 외쳤다. "아주 예쁜 것 같은데." 란다우어 부인은 접시에서 눈을 들지 않고 입에 흑빵과 순무를 가득 넣은 채, 독일어로 차분히 대답했다.

식사를 마치자마자 나탈리아는 내가 란다우어 부인에게 정식으로 작별인사를 해야 한다는 점을 분명히 했다. 그러고 나서 우리는 거실로 돌아왔다. 그녀는 나를 반대심문하기 시작했다. 내 방은 어디 있는가? 방세는 얼마나 내는가? 내가 대답했더니 그녀는 당장에 지역을 정말 잘못 선택했다면서 (빌머스도르프가 훨씬 낫다는 것이다) 내가 사기당한 거라고 했다. 나는 같은 가격으로, 수도

시설에 중앙난방을 갖춘 똑같은 방을 얻을 수 있다는 거였다. "나한테 물어봤어야죠." 그녀는 우리가 그날 저녁 처음 만났다는 사실을 깡그리 잊어버린 것처럼 덧붙였다. "내가 찾아봐줄 수도 있었는데."

"친구분이 그러는데 작가라면서요?" 나탈리아가 불쑥 물었다.

"진짜 작가는 아니고." 내가 항변했다.

"그렇지만 책을 쓰기는 했죠? 네?"

그렇다, 난 책을 한권 쓴 적이 있다.

나탈리아는 의기양양했다. "책을 한권 쓰고도 작가가 아니라고 하다니요. 미친 것 같네요."

그래서 나는 그녀에게 『모든 공모자들』[8]이 나오기까지의 이야기, 왜 그 제목을 붙이게 됐으며, 무엇에 관한 것이며, 언제 출판됐는지 등등을 다 털어놓아야 했다.

"한권 갖다주세요."

"없어." 내가 그녀에게 흐뭇하게 말했다. "그리고 지금 절판이야."

이 말이 나탈리아에게 잠시 타격을 줬고, 그러자 그녀는 열심히 새로운 냄새를 찾아 쿵쿵거렸다. "그럼 베를린에서 쓸 얘기는요? 말해주세요."

그녀를 만족시키기 위해서 나는 케임브리지 대학 교지에 내려고 수년 전에 쓴 이야기의 줄거리를 말하기 시작했다. 나는 즉석에

---

8 *All the Conspirators*. 크리스토퍼 이셔우드가 1928년 출간한 첫 장편소설.

서 될 수 있는 한 개선해가며 말을 이어갔다. 그 이야기를 다시 하는 것은 나를 꽤 흥분시켰다 ─ 어찌나 흥분했던지 나는 그 속에 담긴 구상이 결국 그리 나쁘지 않았다고, 내가 그것을 정말 다시 쓸 수도 있을 거라고 느끼기 시작했다. 문장이 하나 끝날 때마다 나탈리아는 입술을 꼭 다물고 고개를 하도 세게 끄덕여서 머리카락이 얼굴 위로 풀썩풀썩했다.

"네, 네," 그녀는 계속 말했다. "네, 네."

몇분 지나지 않아서 나는 그녀가 내가 말하는 것을 전혀 알아듣지 못하고 있다는 사실을 깨달았다. 그녀는 분명 내 영어를 이해하지 못했다. 왜냐하면 나는 훨씬 빨리 말했고, 단어를 고르지도 않았으니까. 집중하려는 그녀의 엄청난 헌신적 노력에도 불구하고, 나는 그녀가 내 가르마 모양이나, 반들반들 낡은 내 넥타이 매듭을 보고 있음을 알 수 있었다. 그녀는 심지어 내 구두도 몰래 흘끔거리고 있었다. 그러나 나는 이 모든 것을 알아채지 못한 척했다. 갑자기 말을 멈춘다면 무례한 일일 것이고, 우리가 비록 실질적으로는 잘 알지도 못하는 사이이기는 하지만, 내가 정말 관심 있는 어떤 것에 대해 그녀에게 그렇게 친밀하게 이야기하고 있다는 사실 자체를 즐기는 나탈리아의 기쁨을 망쳐버린다면 아주 못된 짓일 테니까.

내가 이야기를 끝내자 그녀가 바로 물었다. "그럼 그 책은 ─ 언제쯤 나오는 건가요?" 그녀는 나의 다른 모든 것과 더불어 그 이야기 또한 고이 접수해뒀다. 나는 모르겠다고 대답했다. 게을러서.

"게으르다고요?" 나탈리아가 놀리듯이 눈을 크게 떴다. "그래요? 유감이네요. 내가 도와드릴 수도 없고."

이내 나는 가봐야겠다고 말했다. 그녀는 문까지 배웅을 나왔다. "그럼 그 이야기 곧 가져오세요." 그녀가 우겼다.

"알았어."

"얼마나 빨리요?"

"다음주에." 나는 막연하게 약속했다.

나는 보름 후에 다시 란다우어가를 방문했다. 저녁을 먹고 란다우어 부인이 방에서 나가자, 나탈리아는 우리가 함께 영화를 보러 가기로 되어 있다고 알려줬다. "엄마가 내실 거예요." 우리가 가려고 기다리고 있는데, 그녀는 갑자기 싸이드보드에서 사과 두개와 오렌지 하나를 집어들더니 내 호주머니에 쑤셔넣었다. 그녀는 분명 내가 영양실조로 고생하고 있다고 단정한 것이다. 나는 미미하게 저항했다.

"한마디만 더 하면, 화낼 거예요." 그녀가 내게 경고했다.

"그리고 그거 가져왔어요?" 집을 나서면서 그녀가 물었다.

그 이야기를 말하는 것임을 잘 알면서도 나는 최대한 순진한 목소리로 말했다. "뭘 가져와?"

"알잖아요. 약속한 거."

"뭘 약속했는지 기억이 안 나는데."

"기억이 안 나요?" 나탈리아는 비아냥거리며 웃었다. "그럼 안 됐네요. 도와줄 수가 없으니."

그러나 우리가 극장에 도착할 때쯤 그녀는 나를 이미 용서했다. 영화는 꺽다리와 땅딸보[9] 씨리즈였다. 나탈리아가 엄격하게 말했다. "이런 영화 안 좋아하시죠? 선생님 수준에 맞는 똑똑한 영화가 아니잖아요?"

나는 내가 '똑똑한' 영화만 좋아한다는 것을 부정했으나, 그녀는 회의적이었다. "좋아요. 어디 보죠."

영화를 보는 내내 그녀는 내가 웃는지 어쩌는지 보려고 계속 힐끔거렸다. 처음에 나는 일부러 과장해서 웃었다. 그러다가 지쳐서 나는 웃음을 딱 그쳤다. 나탈리아는 갈수록 초조해졌다. 영화의 결말 부분에 가자 그녀는 내가 웃어야 할 장면에서 나를 쿡쿡 찌르기까지 했다. 실내조명이 커지자마자 그녀가 달려들었다.

"봤죠? 내 말이 맞잖아요. 이런 영화 안 좋아하죠, 네?"

"정말 재미있었어."

"아, 그래요, 그렇군요! 이제 진짜로 말해봐요."

"말했잖아. 좋았다고."

"그렇지만 안 웃었잖아요. 계속 앉아서 얼굴을 이렇게……" 나탈리아는 나를 흉내 내려고 했다. "그리고 한번도 안 웃고."

"난 재미있으면 안 웃어." 내가 말했다.

"아, 그래요, 그럴지도! 영국의 관습은 그런가봐요, 안 웃고?"

"영국 사람은 즐거울 때 절대 웃지 않아."

"그 말을 믿으라는 거예요? 그럼 당신네 영국인들은 미쳤군요."

"그리 독창적이진 않은 말인데."

"그럼 내 말이 늘 독창적이어야 하는 건가요, 선생님?"

---

9 Fy og Bi. 1921~40년 사이에 유행했던 덴마크 무성 코미디 영화의 듀오.

“나랑 있을 때는, 그래야지.”

“말도 안돼!”

우리는 동물원 역 근처의 까페에 잠시 앉아서 아이스크림을 먹었다. 아이스크림은 덩어리가 많았고 살짝 감자 맛이 났다. 갑자기 나탈리아는 부모 이야기를 시작했다.

“난 요새 현대적인 책들에서 어머니와 아버지는 늘 아이들과 싸울 수밖에 없다고 하는 게 이해가 안돼요. 난 부모님이랑 싸우는 게 불가능하거든요. 전혀 불가능해요.”

나탈리아는 내가 이 말을 믿는지 보려고 나를 뚫어지게 봤다. 나는 끄덕였다.

“절대로 불가능.” 그녀가 엄숙하게 되풀이했다. “왜냐하면 아빠와 엄마가 나를 사랑한다는 걸 아니까. 그리고 부모님은 늘 자신들을 생각하는 게 아니라 나한테 뭐가 가장 좋은지를 생각하거든요. 엄마는 아시다시피 건강하질 않아요. 종종 아주 끔찍한 두통에 시달리죠. 그리고 물론 나는 엄마를 혼자 둘 수가 없어요. 정말로 자주, 난 영화도 보고 싶고, 연극이나 음악회에도 가고 싶은데, 엄마는, 엄마는 아무 말씀 안하지만, 엄마를 보면 몸이 안 좋은 게 눈에 보이고, 그러면 난, 아니요, 생각이 바뀌었어요, 안 갈 거예요, 하고 말하죠. 그렇지만 엄마가 자신이 겪고 있는 고통에 대해서 한마디라도 말하는 일은 절대 없어요. 절대.”

(내가 그다음에 란다우어가를 방문했을 때, 나는 2마르크 50을 들여 나탈리아의 어머니에게 줄 장미꽃을 샀다. 그만한 가치가 있었다. 저녁에 내가 나탈리아와 함께 나가겠다고 할 때, 란다우어 부

인이 두통이 있었던 적은 한번도 없었다.)

"아빠는 늘 내게 최고의 것을 주고 싶어하세요." 나탈리아는 말을 이었다. "아빠는 늘 내가, 우리 부모는 부자다, 그래서 난 돈 생각은 할 필요가 없다, 말하길 바라죠." 나탈리아는 한숨을 쉬었다. "그렇지만 난 좀 달라요. 난 늘 최악의 사태가 오길 기다리죠. 요새 독일이 어떤지 알거든요. 갑자기 우리 아빠가 모든 것을 잃을 수도 있어요. 이미 그런 일이 있었던 거 아시죠? 전쟁 전에 우리 아빠는 포젠[10]에 커다란 공장을 가지고 있었어요. 전쟁이 일어나자 아빠는 떠나야 했죠. 내일이라도 똑같은 일이 벌어질 수 있어요. 그렇지만 아빠는 어찌 됐든 마찬가지인 사람이에요. 1페니히를 가지고도 시작할 수 있고, 모든 것을 되찾을 때까지 일하고 또 일할 수 있죠."

"그리고 그게," 나탈리아는 계속했다. "내가 학교를 그만두고 뭔가 돈벌이가 될 만한 유용한 것을 배우고 싶은 이유예요. 난 앞으로 얼마나 오랫동안 우리 부모가 돈이 있을지 모르겠어요. 아빠는 내가 아비투어[11]를 해서 대학에 가기를 바라죠. 그렇지만 이제 아빠랑 얘기해서, 빠리에 가서 예술 공부를 하면 안되는지 물어볼래요. 그림을 그릴 수 있다면 내 삶을 꾸려볼 수 있을 것 같아요. 그리고 또 요리도 배울래요. 내가 정말 아주 간단한 것도 요리할 줄 모르는 거 알아요?"

"나도 못해."

10 1919년 베르사유 조약에 의해 독일이 폴란드에 양도한 지역 중 하나. 폴란드어 지명은 포즈난, 혹은 포즈나뉴.
11 독일의 대학 입학 자격시험.

"남자한테는 그리 중요하지 않아요. 그렇지만 여자는 모든 준비를 다 해둬야죠."

"내가 원하면," 나탈리아는 진지하게 덧붙였다. "난 내가 사랑하는 남자와 떠나서 함께 살 거예요. 결혼하지 못해도 상관없어요. 그러려면 내가 모든 것을 혼자서 해나갈 수 있어야 해요, 아시겠어요? 그냥 난 아비투어를 했어, 나는 대학 학위가 있어,라고 말하는 것으로는 충분하지 않아요. 그 남자는 '그런데 저녁식사는 어디 있어?'라고 말할 텐데요."

잠시 침묵이 흘렀다.

"내가 이런 말 해서 충격받은 건 아니죠?" 나탈리아가 문득 물었다. "결혼도 안하고 남자랑 같이 살 거라고 해서?"

"아니, 물론 아니야."

"제발 오해하지는 마세요. 이 남자 저 남자 옮겨다니는 여자가 되고 싶어하는 건 아니에요──그건 아주," 나탈리아는 혐오스럽다는 몸짓을 했다. "너무 타락한 것 같으니까요."

"그러니까 여자는 마음이 바뀌면 안된다고 생각하는 거야?"

"몰라요. 그런 문제는 잘 모르겠어요…… 그렇지만 그건 타락한 거예요."

나는 그녀를 집까지 바래다줬다. 나탈리아는 문 바로 앞까지 사람을 이끌고 가서는, 쏜살같이 재빠르게 악수를 하고 집으로 휙 들어가며 면전에서 문을 쾅 닫아버리는 버릇이 있었다.

"전화할 거죠? 다음주? 네?" 지금도 그녀의 목소리가 생생하다. 그러고는 문이 쾅 닫혔고 그녀는 대답을 기다리지도 않고 가버렸다.

나탈리아는 직접적이든 간접적이든 모든 신체 접촉을 피했다. 자기 집 문간에 서서 나와 함께 수다를 떠는 것을 견딜 수 없어하듯이, 그녀는 앉아 있을 때도 늘 둘 사이에 탁자를 놓으려 한다는 것을 깨달았다. 그녀는 외투를 입을 때 내가 도와주는 것도 싫어했다. "나 아직 예순살 아니에요, 선생님!" 우리가 까페나 식당을 나서려고 일어설 때 내 눈이 그녀의 외투가 걸린 못 쪽으로 향하는 것을 보면, 그녀는 마치 제 먹이를 지키는 동물처럼 즉시 달려들어 외투를 가지고 구석으로 갔다.

어느날 저녁, 우리는 까페로 들어가서 초콜릿 두잔을 주문했다. 초콜릿이 나오고 보니 웨이트리스가 나탈리아의 숟가락을 깜박하고 가져오지 않았다. 나는 이미 컵을 들어 홀짝이고는, 내 숟가락으로 컵을 저은 다음이었다. 내 숟가락을 나탈리아에게 건네는 것은 매우 자연스러워 보였다. 그래서 나는 그녀가 약간 싫은 내색을 하며 거절했을 때 놀랐고 조금 짜증도 났다. 그녀는 심지어 내 입과 간접적으로 접촉하는 것조차 거절했다.

나탈리아에게 모차르트 꼰체르또 음악회 표가 생긴 적이 있었다. 그날 저녁은 그다지 성공적이지 못했다. 간소한 코린트식 홀은 썰렁했고, 내 눈은 전등의 고전적인 광채 때문에 어지러웠다. 반질거리는 나무 의자는 소박하고 딱딱했다. 청중은 그 음악회를 일종의 종교적 의식으로 여기는 것이 분명했다. 그들의 팽팽하고 헌신적인 열광이 나를 두통처럼 짓눌렀다. 나는 이 모든 맹목적이고 반쯤 찌푸린 표정의 청중을 내내 의식해야만 했다. 모차르트의 음악에도 불구하고 나는 이렇게 느끼지 않을 수 없었다. 하루저녁을 이렇게 보내다니 이 얼마나 기이한가!

집으로 오는 길에 나는 피곤해서 뿌루퉁했고, 그 결과 나탈리아와 약간 다퉜다. 다툼은 그녀가 히피 베른슈타인을 언급하며 시작됐다. 내 직업을 베른슈타인가와 함께 거론해서 나를 건드린 것은 나탈리아였다. 그녀와 히피는 같은 학교에 다녔다. 며칠 전 나는 히피에게 첫 영어 수업을 했었다.

"그래서 걔 어때요?" 나탈리아가 물었다.

"좋아. 넌 안 좋아해?"

"아니요, 나도 좋아해…… 그렇지만 단점이 두가지 있어요. 아직 선생님은 눈치 못 챘을걸요?"

내가 이 말에 넘어가지 않았으므로 그녀는 엄숙하게 덧붙였다. "그럼, 내 단점이 뭔지를 사실대로 말해주면 좋겠는데요?"

다른 기분이었다면 이러는 것이 재미있다고 생각했을 수도 있고, 심지어 꽤 감동적이라고 느꼈을 수도 있었을 것이다. 그러나 상황이 그러했으므로 나는 단지 이렇게 생각했다. '지금 낚는 중이구나.' 그리고 짧게 끊었다.

"난 네가 말하는 '단점'이 무슨 뜻인지 모르겠네. 난 사람을 중간 보고서 식으로 판단하지 않아. 학교 선생님께나 물어봐."

잠시 나탈리아는 말이 없었다. 그러나 곧 그녀는 다시 시작했다. 빌려준 책 중 읽은 것이 있나요?

난 읽지 않았지만 이렇게 말했다. 그래, 야콥센의 『마리 그루베 부인』[12] 읽었어.

그럼 어떻게 생각해요?

"아주 좋아." 나는 켕겨서 짜증스럽게 말했다.

나탈리아는 나를 날카롭게 노려봤다. "정말 불성실하네요. 선생님은 진짜 얘기는 안해줘요."

나는 갑자기 유치하게 신경질이 났다. "물론 안해. 왜 그래야 하는데? 언쟁은 지겨워. 난 네가 동의하지 않을 어떤 것도 말할 생각이 없어."

"그렇지만 그런 거라면," 그녀는 정말로 낙담해서 말했다. "우리가 진지하게 무슨 얘기를 해봐야 아무런 소용이 없잖아요."

"물론 소용없지."

"그럼 아예 얘기하지 말까요?" 불쌍한 나탈리아가 물었다.

"가장 좋은 건," 내가 말했다. "우리가 그저 농장의 동물들 같은 소리나 내는 거야. 난 네 목소리를 듣는 게 좋지만 네가 무슨 말을 하는지에 대해서는 전혀 관심이 없거든. 그러니까 우리가 그냥 멍멍, 음매, 야옹, 이렇게 말하는 게 훨씬 좋겠어."

나탈리아는 얼굴이 붉어졌다. 그녀는 당황했고 깊이 상처받았다. 한참 말이 없다가 그녀는 이렇게 말했다. "네. 알았어요."

그녀의 집에 가면서, 나는 일을 수습해서 이 모든 것을 농담으로 만들어보려고 했지만, 그녀는 반응하지 않았다. 나는 나 자신을 매우 부끄러워하면서 집으로 돌아왔다.

---

12 *Fru Marie Grubbe*. 옌스 페테르 야콥센의 1876년작 장편소설.

그러나 이 일이 있고 며칠 후, 나탈리아가 먼저 전화를 걸어서 점심을 먹자고 했다. 그녀는 직접 문을 열고 ─ 분명 그러려고 기다리고 있었다 ─ 나에게 이렇게 외치며 인사했다. "멍멍! 음매! 야옹!"

잠시 동안 나는 정말로 그녀가 미친 줄 알았다. 그러다가 나는 우리의 말다툼을 기억해냈다. 그러나 나탈리아는 농담을 던져놓고는 다시 사이가 좋아질 준비가 되어 있었다.

우리는 거실로 들어갔고, 그녀는 화병에 아스피린 정제를 넣기 시작했다 ─ 꽃들을 되살리려고요,라고 그녀가 말했다. 나는 지난 며칠간 어떻게 지냈느냐고 물었다.

"이번 주 내내," 나탈리아가 말했다. "학교 안 갔어요. 몸이 아파서요. 사흘 전에 피아노 옆에 서 있는데, 갑자기 넘어져서 ─ 이렇게요. 뭐라고 그러죠 ─ 힘이 없다?[13]"

"그러니까, 기절했다고?"

나탈리아는 격렬하게 고개를 끄덕였다. "네, 맞아요. 힘이 없었어요."

"하지만 그러면 침대에 누워 있어야지." 난 갑자기 남자답게 그녀를 보호해주고 싶은 마음이 들었다. "지금은 어때?"

나탈리아는 즐겁게 웃었고, 분명 이보다 더 얼굴이 좋을 수는 없었다.

"아, 별일 아니에요!"

---

13 (독) ohnemächtig.

"한가지 말할 게 있는데요." 그녀가 덧붙였다. "정말 깜짝 놀라실 거예요 — 오늘 아빠랑 사촌 베른하르트가 와요."

"좋겠네."

"네! 안 그래요? 아빠는 요새 출장을 자주 다니셔서, 오실 때마다 정말 우리를 기쁘게 해주세요. 빠리, 빈, 프라하, 여기저기 정말 일이 많아요. 늘 기차 안에 계셔야 하죠. 선생님도 아빠가 맘에 드실 거예요."

"그럼, 물론이지."

그리고 유리문이 열리자 란다우어 씨가 나를 맞으러 기다리고 있었다. 그 옆에는 나탈리아의 사촌 베른하르트 란다우어가 서 있었다. 그는 나보다 불과 몇살 위로, 어두운색 양복을 입은 키가 크고 창백한 청년이었다. "만나서 반갑습니다." 그가 악수하며 말했다. 그는 외국인의 억양을 전혀 찾을 수 없는 영어를 구사했다.

란다우어 씨는 잘 닦인 오래된 장화처럼 가무잡잡하고 주름진 가죽 같은 피부를 가진, 자그마하고 생기 넘치는 남자였다. 그는 반짝거리는 갈색 장화 단추 같은 눈과, 저속한 코미디언 같은 눈썹을 가졌는데 숱이 너무 많고 검어서 마치 태운 코르크로 그려 분장한 것 같았다. 란다우어 씨는 자기 가족을 사랑하는 것이 분명했다. 그는 부인을 위해 마치 아주 아름다운 젊은 여자를 대하듯 문을 열어줬다. 그의 너그럽고 쾌활한 미소가 거기 모인 모든 사람을 감싸안았다 — 나탈리아는 아버지가 돌아와서 기쁨으로 빛났고, 란다우어 부인은 살풋 상기되어 있었으며, 베른하르트는 부드럽고 창백하고 공손하면서도 불가사의했다. 나조차도 그 일부가 되었다. 정말 란다우어 씨는 거의 모든 대화를 나를 보면서 했고, 내가 그의 식탁에서 이방인이라는 것을 일깨울 수도 있는 가정사에 대한 언급도 조심스럽게 피해갔다.

"삼십오년 전 내가 영국에 갔을 때," 그는 강한 억양으로 내게 말했다. "런던 이스트엔드에 거주하는 유대인 노동자들의 상태에 관한 박사학위 논문을 쓰러 당신네 수도에 갔었죠. 당신네 영국 관료들이 내가 보지 않았으면 하고 바라는 수많은 것을 난 봤어요. 그때는 아주 젊었죠. 지금 당신보다도 젊었을 거예요. 난 부두 노동자들과 창녀들과 당신들이 퍼브라 부르는 곳의 주인들하고 몹시도 흥미로운 대화들을 나눴어요. 아주 재미있었죠……" 란다우어 씨는 회상하며 미소 지었다. "그리고 내 보잘것없는 논문이 굉장한 논란을 불러일으켰어요. 그 논문은 자그마치 오개국어로 번역됐죠."

"오개국어요!" 나탈리아가 독일어로 내게 되풀이했다. "봐요, 우리 아빠도 작가라고요!"

"아, 그건 삼십오년 전 얘기지. 네가 태어나기 훨씬 전에 말이다." 란다우어 씨는 장화 단추 같은 눈을 너그럽게 반짝이며 아니라는 듯 고개를 저었다. "이제는 그런 연구를 할 시간이 없어." 그는 다시 나를 돌아봤다. "난 당신네 위대한 시인인 바이런 경에 대한 책을 프랑스어로 읽던 중이었어요. 상당히 재미있는 책이죠. 이제 이 중요한 질문에 대해서 작가로서 당신 의견을 듣고 싶은데—바이런이 근친상간의 죄를 지은 것이 맞나요? 어떻게 생각하세요, 이셔우드 씨?"

난 얼굴이 달아오르는 것을 느꼈다. 어떤 이상한 이유로 인해서, 이 순간에 나를 제일 당황하게 하는 사람은 나탈리아가 아니라 조용히 점심을 먹고 있던 란다우어 부인이었다. 베른하르트는 미묘한 미소를 지으며 자기 접시를 바라보고 있었다. "글쎄요," 나는 말을 시작했다. "그게 어려운 문제라서……"

"몹시 흥미로운 문제죠." 란다우어 씨가 온화하게 우리 모두를 둘러보며 대단히 만족스럽게 음식을 씹으며 끼어들었다. "천재적인 사람은 예외적인 일들을 할 수도 있는 예외적인 사람이라고 해둘까요? 아니면 이렇게 말할까요? 아니야 — 당신은 아름다운 시를 쓰거나 아름다운 그림을 그릴지도 모르지만, 일상생활에서는 보통 사람처럼 행동해야 하고, 우리가 보통 사람들을 위해 만들어놓은 이 규범들을 지켜야 해. 우리는 당신이 비범한 것을 용납하지 않을 거야." 란다우어 씨는 음식을 한입 가득 담고, 의기양양하게 우리를 하나하나 쳐다봤다. 갑자기 그가 눈을 빛내며 나를 주시했다. "당신네 극작가 오스카 와일드…… 이게 또다른 경우죠. 이 경우를 봅시다, 이셔우드 씨. 당신 의견을 정말 들어보고 싶어요. 영국 법이 오스카 와일드를 처벌한 것은[14] 정당한 것인가요, 아니면 정당하지 않은 건가요? 어떻게 생각하는지 말해주시겠어요?"

란다우어 씨는 포크로 고기를 찍어 들고 입으로 반쯤 가져간 상

---

14 영국의 극작가 오스카 와일드는 동성 연인 알프레드 더글러스의 아버지 퀸스베리 후작의 고소로 재판을 받고 '풍기문란'의 죄목으로 2년 형을 선고받아, 1895년부터 2년간 레딩 감옥에서 복역했음. 영국에서는 1533년 동성애금지법이 제정된 이래 1967년까지 유지됐음.

태로, 나를 즐겁게 바라봤다. 나는 베른하르트가 그 뒤에서 슬그머니 미소 짓고 있음을 알아챘다.

"글쎄요……" 나는 귀가 벌겋게 달아오르는 것을 느끼며 입을 열었다. 그러나 이번에는 예기치 않게 란다우어 부인이 나탈리아에게 독일어로 채소에 대한 무슨 말을 함으로써 나를 구해줬다. 잠시 토론이 이어졌고, 그동안 란다우어 씨는 그의 질문에 대해서는 아주 잊어버린 듯 보였다. 그는 흡족하게 식사를 계속했다. 그러나 이제 나탈리아가 끼어들어야 했다.

"아빠한테 선생님 책 제목을 얘기해줘요. 기억이 안 나서요. 웃기는 제목이었는데."

나는 그녀를 향해 다른 사람이 알아채지 못하게 마뜩잖은 듯이 얼굴을 찌푸렸다. "『모든 공모자들』." 내가 냉랭하게 말했다.

"『모든 공모자들』…… 아, 맞아요, 그래!"

"아, 범죄 소설을 쓰시나요, 이셔우드 씨?" 란다우어 씨는 만족스럽게 환히 웃었다.

"그 책은 사실 범죄자들과는 아무런 상관도 없습니다." 나는 공손하게 말했다. 란다우어 씨는 당혹스럽고 실망한 듯했다. "범죄자와 상관이 없다고요?"

"설명을 좀 해주세요." 나탈리아가 명령했다.

나는 숨을 길게 들이쉬었다. "그 제목은 상징적인 의미로 쓰인 것으로…… 셰익스피어의 『줄리어스 시저』에서 따왔습니다……"

란다우어 씨는 바로 얼굴이 밝아졌다. "아, 셰익스피어! 멋져요! 정말 흥미롭네요……"

"독일어로 된," 나는 자신의 재치에 슬며시 미소 지었다. 나는 그를 옆길로 이끌고 있었다. "셰익스피어 번역본이 아주 훌륭하잖아요, 그렇죠?"

"그럼요, 네! 그 번역본은 우리 언어로 된 것들 중 가장 뛰어난 작품에 속하죠. 그 번역 덕분에 당신네 셰익스피어는, 말하자면, 거의 독일 시인이 됐는데……"

"그렇지만 아직 말 안하셨거든요." 나탈리아가 정말 악마적인 악의라도 가진 듯 집요하게 말했다. "선생님 책이 뭐에 관한 것이죠?"

나는 이를 악물었다. "그건 두 젊은이에 관한 것인데. 한사람은 예술가고, 다른 한사람은 의대생."

"그 책에 이 두사람만 나오는 거예요?" 나탈리아가 물었다.

"물론 아니지…… 그렇지만 기억력이 나빠서 놀랐네. 얼마 전에 전체 줄거리를 다 이야기해줬는데."

"바보! 나 때문에 물어본 게 아니잖아요. 당연히 난 해주신 얘기를 다 기억하죠. 그렇지만 아빠가 아직 안 들으셨잖아요. 그러니까 말해주세요……그리고 어떻게 된다고요?"

"예술가에게는 엄마와 누이동생이 있어요. 그들은 매우 불행하고."

"그렇지만 왜 그들이 불행하죠? 아빠와 엄마, 그리고 나, 우리는 불행하지 않은데요."

나는 그녀가 땅속으로 빨려 들어갔으면 하고 바랐다. "모든 사람이 다 같지는 않으니까." 나는 조심스럽게 란다우어 씨의 눈을 피하며 말했다.

"좋아요." 나탈리아가 말했다. "그들은 불행했다…… 그리고 어떻게 되죠?"

"예술가는 집에서 도망쳐 나오고, 누이동생은 아주 불쾌한 젊은이와 결혼하게 되지."

나탈리아는 분명 내가 이 상황을 오래 견디지 못할 것임을 알고 있었다. 그녀는 치명적인 최후의 일격을 가했다. "그래서 몇부나 팔렸어요?"

"다섯권."

"다섯권이라고요! 너무 적네요, 안 그래요?"

"아주 적지."

점심을 다 먹은 후, 베른하르트와 그의 삼촌과 숙모는 함께 가족의 일을 논의하기로 암묵적 합의가 이뤄졌다. "그러면," 나탈리아가 내게 물었다. "우린 산책이나 좀 할까요?"

란다우어 씨는 내게 격식을 차려 작별인사를 했다. "언제든지, 이셔우드 씨, 집에 오시면 환영입니다." 우리는 둘 다 고개를 푹 숙여 인사했다. "혹시라도," 베른하르트가 내게 명함을 주며 말했다. "저녁에 시간 한번 내주셔서, 내 외로움을 좀 달래주시겠어요?" 나는 감사를 표하고 기꺼이 그러겠다고 했다.

"우리 아빠 어때요?" 집 밖으로 나서자마자 나탈리아가 물었다.

"내가 만난 중 가장 멋진 아버지이신 것 같아."

"정말로요?" 나탈리아가 기뻐했다.

"그럼, 정말이지."

"그럼 이제 털어봐봐요. 아버지가 바이런 경 애기했을 때 충격받았죠 — 아니에요? 뺨이 바닷가재처럼 빨개지던데요."

나는 웃었다. "아버지 때문에 내가 구식처럼 느껴져. 아버지의 대화는 아주 현대적이시더라고."

나탈리아는 의기양양하게 웃었다. "봐요, 내 말이 맞죠! 선생님은 충격받은 거예요. 아, 기분 좋아! 있잖아요. 내가 아빠에게 이렇게 말했거든요. 아주 지적인 젊은 분이 우리를 보러 올 거다 — 그리고 아빠에게 자기가 현대적이고 이 모든 주제에 대해 이야기할 수 있다는 것을 보여주고 싶어한다. 우리 아버지가 멍청한 늙은이일 줄 알았죠? 솔직하게 말해봐요, 제발."

"아니야," 내가 항변했다. "그런 생각 해본 적 없어!"

"그래요, 보시다시피 아버지는 바보가 아니에요…… 아주 똑똑해요. 단지 책 읽을 시간이 없을 뿐이죠. 늘 일을 해야 하니까. 어떤 때는 하루에 열여덟, 열아홉시간 일해야 할 때도 있어요. 끔찍하죠…… 그리고 이 세상에서 최고로 좋은 아빠예요!"

"사촌 베른하르트는 아버지 동업자인가, 그렇지?"

나탈리아는 고개를 끄덕였다. "이곳 베를린 매장을 운영하는 사람이 그 오빠예요. 그 오빠도 아주 똑똑하죠."

"그럼 자주 만나겠네?"

"아니요…… 우리 집에는 자주 오지 않아요…… 이상한 사람이죠, 안 그래요? 아주 외로운 사람 같아요. 그가 선생님한테 찾아오라고 초대해서 놀랐어요…… 조심하셔야 해요."

"조심해? 도대체 뭘 조심해야 하는데?"

"음, 아주 냉소적이거든요. 선생님을 비웃을지도 몰라요."

"글쎄, 그건 뭐 그리 끔찍하지 않을 것 같은데? 나를 비웃는 사람은 많아…… 너만 해도 나를 자주 비웃잖아."

"아, 저요! 그건 다르죠." 나탈리아는 진지하게 머리를 가로저었다. 그녀는 분명 불쾌한 경험을 해서 말해주는 것이었다. "내가 비웃을 때는 그냥 웃기려고 하는 거잖아요? 그렇지만 베른하르트가 선생님을 비웃으면, 그다지 기분 좋지 않을걸요……"

베른하르트는 티어가르텐과 멀지 않은 곳의 조용한 거리에 아파트를 가지고 있었다. 내가 바깥문의 초인종을 울리자, 땅속 요정같이 생긴 관리인이 작은 지하실 창문으로 나를 내다보고는 누구를 찾아왔느냐고 물었고, 한동안 아주 미심쩍게 쳐다보더니 마침내 단추를 눌러 바깥문의 잠금장치를 풀어줬다. 문이 아주 무거워서 나는 두 손으로 밀어서 열어야 했다. 대포를 쏘는 것처럼 텅 하고 울리며 문이 내 뒤에서 닫혔다. 그러자 마당으로 통하는 문 한 쌍이 나타났고, 그리고 뒤채로 들어가는 문, 그리고 다섯층의 계단, 그리고 아파트 문이 나타났다. 바깥 세계로부터 베른하르트를 지키는 네개의 문.

그날 저녁, 그는 평상복 위에 아름답게 수를 놓은 키모노를 입고 있었다. 그는 첫 만남에서 내가 기억하던 모습과는 좀 달랐다. 나는 그 당시에는 그가 동양적이라고 전혀 느끼지 못했는데 — 내 생각엔 키모노가 그런 측면을 돋보이게 해준 것 같았다. 과도하게 세련되고, 단정하고, 섬세하고, 코가 뾰족한 옆모습은 마치 중국의 자수

작품에 수놓인 새 같은 느낌을 주었다. 그는 부드럽고 소극적이었지만, 성소에 놓인 상아 조각처럼 정적인 힘을 가진 듯, 묘하게 강인했다. 내게 자기 침대 발치에 놓인 크메르[15]에서 가져온 사암으로 된 12세기 불상을 보여주며 말할 때, 나는 그의 아름다운 영어와 경멸하는 듯한 손짓에 다시 주목했다 ── 그는 "내 잠자리를 지켜주죠"라고 했다. 낮고 흰 책꽂이에는 대부분 베른하르트가 여행 가서 가져온, 그리스, 태국, 인도차이나의 작은 조각상들과 돌로 만든 두상들이 놓여 있었다. 미술사, 조각과 골동품에 관한 도록과 단행본 들 가운데에서, 나는 바셸[16]의 『언덕』과 레닌의 『무엇을 할 것인가』를 봤다. 그 아파트는 첩첩산중에 있는 것 같았다. 바깥의 소리가 전혀 들리지 않았다. 앞치마를 한 침착한 가정부가 저녁을 차려줬다. 나는 수프, 생선, 갈빗살과 입가심 요리를 먹었다. 베른하르트는 우유를 마시고 토마토와 딱딱한 비스킷만 먹었다.

우리는 베른하르트가 가본 적이 없는 런던에 대해서, 그리고 그가 한동안 조각가의 작업실에서 공부했던 빠리에 대해서 대화를 나눴다. 그는 젊어서는 조각가가 되고 싶었다. "하지만," 베른하르트는 부드럽게 웃으며 한숨을 쉬었다. "신의 섭리가 다른 길을 가라고 운명 지어주시더군요."

나는 그와 란다우어가의 사업에 대해 이야기하고 싶었지만, 그

---

15 캄보디아의 옛 이름.

16 호레이스 앤슬리 바셸(Horace Annesley Vachell, 1861~1955). 영국의 작가. 『언덕』(*The Hill*, 1905)은 해로우 스쿨에서의 자전적 경험을 바탕으로, 두 소년의 우정을 그린 소설임.

러지 않았다 — 눈치 없는 짓이 될까봐. 그러나 베른하르트 자신이 지나가면서 언급했다. "혹시 관심 있으시면 언제 한번 우리 매장에 와보세요 — 우리 시대 경제 현상의 하나로서 보자면 흥미로울 거예요." 그는 미소 지었고, 얼굴은 피로로 뒤덮여 있었다. 어쩌면 그가 치명적인 병을 앓고 있을지도 모른다는 생각이 머릿속을 스쳐갔다.

그러나 저녁을 다 먹은 후에 그는 좀더 밝아 보였다. 그는 나에게 자신이 했던 여행에 관하여 이야기하기 시작했다. 몇년 전에 그는 세계를 일주했다 — 부드럽게 탐문하고, 온화하게 풍자적인 태도로, 그의 섬세한 부리 같은 코를 모든 것에 들이밀어봤던 것이다. 팔레스타인 유대인 마을 공동체, 흑해 연안의 유대인 정착지, 인도의 혁명위원회, 멕시꼬의 저항군. 망설이듯, 섬세하게 말을 고르면서 그는 중국 뱃사공과 나눈 악마에 대한 대화나, 믿기 힘든 뉴욕 경찰의 잔혹 행위 사례에 대해 들려줬다.

그날 저녁 너덧번 전화벨이 울렸고, 그때마다 사람들이 베른하르트에게 뭔가 도움이나 조언을 구하는 것 같았다. "내일 오세요." 그는 피곤하고 부드러운 목소리로 말했다. "네……그렇게 조정할 수 있을 겁니다…… 그러니, 더이상은 걱정 마세요. 푹 주무시고요. 아스피린 두세알쯤 드시면 좋을 것 같아요." 그는 부드럽게, 아이러니하게 미소 지었다. 분명 전화를 건 사람들에게 그가 돈을 얼마간 빌려줄 것이었다.

"그럼 말해봐요." 그는 내가 떠나기 직전에 물었다. "내가 주제넘은 질문을 하는 게 아니라면 — 왜 베를린에 와서 살게 된 거죠?"

"독일어 배우려고요." 내가 말했다. 나탈리아에게 경고를 받았기 때문에, 나는 베른하르트에게 내 인생 이야기를 털어놓지 않을 작정이었다.

"그럼 여기서 행복하신가요?"

"몹시 행복해요."

"좋아요…… 아주 좋아요……" 베른하르트는 그 부드럽고 아이러니한 웃음을 지었다. "정신이란 그렇게 활기찬 것이라서, 심지어 베를린에서도 행복할 수가 있군요. 제게 당신 비결을 가르쳐주세요. 당신 발밑에 꿇어앉아 지혜를 배워도 될까요?"

그의 미소가 줄어들더니, 사라졌다. 다시 한번, 치명적인 권태의 무표정이 그의 이상하게 젊어 보이는 얼굴 위에 그림자처럼 드리웠다. "저는요," 그가 말했다. "당신이 달리 아무것도 할 일이 없을 때 전화를 해줬으면 해요."

이 만남 직후, 나는 베른하르트의 사무실로 찾아갔다.

란다우어 백화점은 강철과 유리로 지어진 거대한 건물로, 포츠담 광장에서 멀지 않은 곳에 위치했다. 거의 십오분이 걸려서 나는 속옷, 장비, 전기제품, 스포츠용품, 날붙이 매장들을 지나 그 뒤의 은밀한 세계로 — 도매, 여행, 구매 담당 부서를 거쳐 베른하르트의 작은 스위트룸으로 찾아갈 수 있었다. 관리인이 나를 안내한 곳은 작은 대기실로, 고광택 줄무늬 목재로 패널을 댔고, 풍성한 푸른 카펫과, 1803년 베를린의 풍경을 새긴 동판화 한점이 있었다. 잠시 후 베른하르트가 들어왔다. 오늘 아침 그는 나비넥타이와 밝은 회색 양복을 입어서 더 젊고 말쑥해 보였다. "이 방이 당신 보기에 마음에 들었으면 좋겠어요." 그가 말했다. "이 방에서 나를 기다리는 사람이 많기 때문에, 최소한 사람들이 초조함을 덜 수 있게 다소간 공감하는 분위기를 느꼈으면 하거든요."

"아주 좋은데요." 나는 이렇게 말하고, 조금은 당황했기 때문에, 대화를 이어가기 위해 덧붙였다. "이 나무는 무슨 종류인가요?"

"코카서스 호두나무예요." 베른하르트는 그 단어들을 특유의 꼼꼼한 발음으로, 아주 정확하게 말했다. 그는 갑자기 씩 웃었다. 그는 한결 기분이 좋아 보였다. "가서 매장을 둘러보시죠."

기계류 매장에서는 작업복을 입은 여성 시연자가 특허를 받은 커피 여과기의 장점을 보여주고 있었다. 베른하르트는 멈춰서서 그녀에게 판매가 어떠냐고 물었고, 그녀는 우리에게 커피를 권했다. 내가 커피를 마시는 사이에 그는 나를 런던에서 온 유명한 커피 판매상이라고 소개했고, 그러니까 내 의견을 경청해볼 가치가 있겠다고 말했다. 그 여성은 처음에는 반쯤 이 말을 믿는 듯했지만, 우리가 둘 다 너무 웃어대니까 미심쩍어했다. 그러다가 베른하르트는 자기 커피 잔을 떨어뜨려 깨뜨렸다. 그는 무척 괴로워하며 연신 사과했다. "괜찮습니다." 시연자가 그를 안심시켰다 — 마치 그가 실수 때문에 해고될지도 모르는 하급 고용인이라도 되는 것처럼. "두개 더 있거든요."

우리는 곧 장난감 매장으로 갔다. 베른하르트는 자신과 삼촌은 란다우어 백화점에서는 장난감 병정이나 장난감 총을 팔지 않도록 하고 있다고 말했다. 최근에 임원 회의에서 장난감 탱크와 관련된 열띤 토론이 있었지만, 베른하르트는 자신의 의견을 관철시키는 데 성공했다. "그렇지만 이제 시작에 불과하지요." 그는 캐터필러 바퀴가 달린 장난감 트랙터를 집어들고 서글프게 덧붙였다.

그러고 나서 그는 엄마들이 쇼핑하는 동안 아이들이 놀 수 있는 방을 보여줬다. 제복을 입은 보모가 벽돌 성을 만드는 두 소년을 도와주고 있었다. "보세요," 베른하르트가 말했다. "여기서 고객 복지는 광고와 결합되어 있어요. 이 방 건너편에는 특별히 저렴하고 예쁜 모자들을 진열해놓지요. 아이들을 여기 데려온 엄마들은 곧장 유혹에 빠지게 돼요…… 당신이 우리를 딱한 물질주의자들이라고 생각할 것 같은데……"

나는 왜 서적 매장은 없느냐고 물었다.

"감히 그럴 수가 없어요. 삼촌은 내가 종일 거기 있을 거라는 걸 아시니까요."

상점마다 위쪽에 붉은색, 초록색, 파란색, 노란색 전등이 설치되어 있었다. 내가 무슨 용도냐고 묻자, 베른하르트는 조명 각각이 회사 임원들을 가리키는 신호라고 했다. "난 파란 등이에요. 그러니까, 어느정도는, 상징적인 거죠." 그게 무슨 말인지 미처 물어보기도 전에, 우리가 쳐다보고 있던 파란 등이 깜박거리기 시작했다. 베른하르트는 가장 가까운 전화기로 갔고 누군가가 사무실에서 그를 찾고 있다는 이야기를 들었다. 그래서 우리는 작별인사를 했다. 나오는 길에 나는 양말 한켤레를 샀다.

그해 겨울 초반, 나는 베른하르트를 자주 만났다. 그렇게 저녁을 함께 보내면서 그를 훨씬 더 잘 알게 됐다고 말할 수는 없다. 그는 묘하게도 내게 거리를 뒀다 ― 갓을 씌운 조명등 아래로 그의 얼굴은 피곤에 지쳐 무표정했고, 그의 온화한 목소리는 부드러운 유머를 담아 일화들을 계속 이어갔다. 예를 들어 그는 아주 철저한 유대인 친구와 점심을 먹은 이야기를 해준 적이 있다. "아," 베른하르트는 친밀한 말투로 말했다. "그래서 오늘은 밖에서 점심 먹는 거야? 좋았어! 이맘때치고는 날씨가 아직 따뜻하지, 안 그래? 그리고 정원도 아주 예쁜걸." 그러다가 문득 그는 자기를 초대한 주인이 자신을 떨떠름한 표정으로 보고 있음을 깨달았고, 그러고는 경악스럽게도, 그날이 수장절[17]임을 기억해냈다는 것이다.

나는 웃었다. 재미있었다. 베른하르트는 이야기를 아주 잘했다. 그러나 그러는 내내 나는 뭔가 초조한 기분을 느꼈다. 왜 그는 나를 아이처럼 대할까? 나는 생각했다. 그는 우리 모두를 ― 그의 삼촌과 숙모, 나탈리아, 나를 아이처럼 대했다. 그는 우리에게 이야기들을 해줬다. 그는 동정심이 많고 매력적이었다. 그러나 내게 포도주 한잔이나 담배 한대를 권하는 그의 몸짓에는 오만함이, 동양적인 오만한 겸손이 배어 있었다. 그는 내게 그가 정말로 무슨 생각을 하고 무엇을 느끼는지 말하려 하지 않았으며, 그는 내가 모르기 때문에 나를 멸시했다. 그는 내게 그 자신에 관한, 혹은 그에게 있어 가장 중요한 것들은 전혀 말하려고 하지 않았다. 그리고 나는

---

17 유대인의 주요 명절의 하나. 추수철 직후에 조상들의 광야에서의 초막 생활을 기념하여 초막을 짓고 그곳에서 생활하거나 식사함.

그와 같지 않고, 그와는 정반대이므로, 사람들이 내 이야기를 읽고 싶어만 한다면 사천만명과 내 생각과 감정을 기꺼이 공유하고 싶어한다. 나는 반쯤은 베른하르트를 좋아했지만, 동시에 반쯤은 싫어하기도 했다.

우리는 독일의 정치적 상황에 대해서는 거의 대화하지 않았다. 그러나 어느날 저녁, 베른하르트는 내게 내전 시절의 이야기를 해줬다. 그는 싸움에 가담하고 있는 학생 친구의 방문을 받은 적이 있다. 그 학생은 매우 초조했고 앉으려고 하지도 않았다. 이내 그는 베른하르트에게 자신이 경찰이 포위하고 있는 어떤 신문사 건물을 통과해 메시지를 전달하라는 명령을 받았다고 털어놓았다. 그 사무실에 도달하려면 기관총 사격에 노출된 지붕 위로 올라가 기어가야 했다. 당연히, 그는 얼른 출발하려 하지는 않았다. 그 학생은 굉장히 두꺼운 외투를 입고 있었기에 베른하르트는 그것을 벗으라고 권했다. 왜냐하면 그 방은 난방이 잘되어 있었고 그의 얼굴에는 문자 그대로 땀이 줄줄 흐르고 있었기 때문이다. 한참을 망설이다 마침내 그 학생은 외투를 벗었고, 그로써 드러나길, 베른하르트가 화들짝 놀라게도, 그 외투 안감에는 수류탄을 가득 채운 속주머니가 달려 있었다. "그리고 최악은," 베른하르트가 말했다. "그는 더이상 위험을 무릅쓰지 않고 그 외투를 나에게 두고 가겠다고 결심한 거였어요. 그는 그것을 욕조에 담고 찬물을 틀려고 했어요. 결국 나는 그에게 어두워진 다음에 벗어서 운하에 버리는 게 낫겠다고 설득했고 ─ 그리고 결국엔 그렇게 하는 데 성공했지요…… 그는 지금 어느 지방 대학에서 가장 뛰어난 교수예요. 난 그가 이 다소 당혹스러운 행각에 대해 이미 오래전에 잊었을 거라고 확신해요……"

"공산주의자인 적이 있어요, 베른하르트?" 내가 물었다.

당장에 ─ 그의 얼굴에서 볼 수 있었는데 ─ 그는 방어적인 태도를 취했다. 잠시 후 그는 천천히 말했다.

"아니요, 크리스토퍼. 난 체질적으로 거기서 요구되는 강도의 열정을 가질 수 없었던 것 같아요."

난 갑자기 그에게 짜증이 났다. 심지어, 화까지 났다. "─그럼 뭘 믿어본 적은요?"

베른하르트는 내 격렬함에 희미하게 웃었다. 아마 나를 이렇게까지 도발한 것이 재미있었던 모양이다.

"아마도……" 그러다가 그는 스스로에게 말하듯 덧붙였다. "아니요…… 그렇지 않아요……"

"그럼, 대체 뭘 믿나요?" 나는 도전적으로 물었다.

베른하르트는 곰곰이 생각하면서, 잠시 침묵했다 ─ 그의 뾰족하고 섬세한 옆모습은 무표정한 채로, 반쯤 눈을 감고 있었다. 마침내 그가 말했다. "아마도 난 기율을 믿는 것 같아요."

"기율요?"

"이해 못해요, 크리스토프? 설명해볼게요…… 난 딱히 다른 사람에게는 아니지만, 나 자신에 있어서는 기율을 신봉해요. 다른 사람에 대해서는, 내가 판단할 순 없어요. 난 그저 나 자신이 지켜야 하고 그게 없으면 내가 길을 잃게 되는, 어떤 기준이 있어야 한다는 것을 알고 있을 뿐이죠…… 아주 끔찍하게 들리나요?"

"아니요." 나는 말했다 ── 이렇게 생각하면서. 그는 나탈리아 같구나.

"날 너무 가혹하게 비난하지 마요, 크리스토퍼." 비웃는 듯한 미소가 베른하르트의 얼굴에 번졌다. "난 잡종이라는 걸 기억해줘요. 아마도, 결국 내 오염된 혈관엔 순수한 프로이센의 피가 한방울 정도 들어 있는지나 몰라요. 아마 이 새끼손가락이," 그는 그것을 불빛에 들어 보였다. "프로이센 훈련 교관의 손가락이겠죠…… 당신은요, 크리스토퍼, 과거 수세기 동안의 앵글로색슨의 자유가 있고, 마그나 카르타가 마음속에 새겨져 있으니, 우리 불쌍한 바이에른 사람들이 똑바로 서 있기 위해서 제복의 뻣뻣함을 필요로 한다는 것을 이해할 수 없을 테죠."

"왜 늘 저를 놀리는 거죠, 베른하르트?"

"놀리다니, 크리스토퍼! 내가 감히 어떻게!"

그러나 아마도, 이번에, 그는 그가 의도한 것보다 조금 더 이야기를 했던 것 같다.

나는 오랫동안 나탈리아를 쌜리 볼스에게 소개하면 어떨까 생각해봤다. 나는 그들의 만남이 어떤 결과를 낳을지 미리 알았던 것 같다. 어쨌든 프리츠 벤델을 초대하지 않을 정도의 분별은 있었다.

우리는 쿠어퓌르스텐담의 멋진 까페에서 만나기로 했다. 나탈리아가 맨 먼저 왔다. 그녀는 십오분이나 늦었다 ── 아마도 나중에 오는 이점을 노렸기 때문이리라. 그러나 그녀는 쌜리를 고려하지 않았고, 쌜리가 더 늦었다. 나탈리아는 근사하게 늦을 만한 배짱은 없었다. 불쌍한 나탈리아! 그녀는 좀더 어른스럽게 보이려고 노력했다 — 결과적으로는 오히려 촌스럽게 보일 뿐이었지만. 그녀가 입은 긴 도회풍 드레스는 그녀에게 전혀 어울리지 않았다. 머리 한쪽으로는 작은 모자를 썼는데 — 무의식적으로 쌜리의 심부름 소년 모자를 어설프게 따라한 셈이 됐다. 그러나 나탈리아의 머리는 그것을 쓰기엔 너무 곱슬곱슬했다. 모자는 거친 바다에서 반쯤 침수된 배처럼 파도를 타고 있었다.

"나 어때요?" 그녀는 어쩔 줄 몰라하며 내 앞에 앉자마자 바로 물었다.

"아주 멋있어."

"진짜로 말해봐요. 그녀가 날 어떻게 생각할까요?"

"굉장히 좋아할 거야."

"어떻게 알아요?" 나탈리아는 화가 났다. "모르잖아요!"

"먼저 내 의견을 궁금해했잖아. 그러고 나서 내가 모른다니!"

"바보! 칭찬을 해달란 게 아니란 말예요!"

"도대체 뭘 원하는지 알 수가 없네."

"아, 몰라요?" 나탈리아가 비아냥거리며 외쳤다. "모른다고요! 그럼 미안해요. 도와줄 수가 없네요!"

그 순간 쌜리가 도착했다.

"안뇨옹, 자기," 그녀는 더없이 상냥한 억양으로 외쳤다. "늦어서 정말정말 미안해 — 용서해줄 거지?" 그녀는 세련되게 앉아서, 향수 냄새로 우리를 휘감고는, 보일 듯 말 듯 나른한 몸짓으로 장갑을 벗기 시작했다. "더러운 유대인 제작자 영감하고 섹스를 하던 중이라. 연락처라도 줄 줄 알았는데 ── 그런데 아니야, 아직까지는......"

나는 황급히 탁자 밑으로 쌜리를 툭 차고, 그녀는 맹하게 놀란 표정으로 말을 멈췄다 ── 그러나 이젠, 물론, 너무 늦었다. 나탈리아는 우리 눈앞에서 얼어버렸다. 내가 쌜리의 행실에 대해서 미리 변명을 하고 암시를 해뒀던 것도 순간 아무 쓸모가 없어졌다. 잠시 빙하기 같은 침묵이 이어졌다가, 나탈리아는 내게 「빠리의 지붕 밑」[18]을 보았느냐고 물었다. 그녀는 독일어로 이야기했다. 그녀는 쌜리에게 자신의 영어를 비웃을 기회를 주지 않을 작정이었다.

그러나 쌜리는 전혀 스스럼없이 바로 끼어들었다. 그녀는 그 영화를 봤다, 근사한 영화라고 생각한다, 프레장[19]이 멋지지 않으냐, 그들이 싸우기 시작할 때 배경으로 기차가 지나가는 장면 기억하느냐. 쌜리의 독일어는 평상시보다 훨씬 더 끔찍해서, 나는 어쩐지 나탈리아를 놀리려고 일부러 과장하고 있는 것이 아닌가 생각됐다.

나머지 시간 동안 나는 바늘방석에 앉은 듯 불편했다. 나탈리아는 거의 말을 하지 않았다. 쌜리는 그녀의 흉악한 독일어로 조잘대며, 자기 딴에는 가볍고 보편적인 대화를, 주로 영국의 영화 산업에 관한 이야기를 했다. 그러나 등장한 일화들이 하나같이 다 누가 누구의 정부라더라, 이 사람은 술을 마시고, 저 사람은 약을 했다는 식이어서, 분위기를 전혀 화기애애하게 만들어주지 못했다. 나

---

18 Sous les Toits de Paris. 르네 끌레르 감독의 1930년작 뮤지컬 코미디 영화.
19 알베르 프레장(Albert Préjean, 1894~1979). 「빠리의 지붕 밑」의 주인공 알베르 역의 남자 배우.

는 두사람 모두에게 점점 화가 났다 — 쎌리에게는 그 끝없이 이어지는 바보스러운 포르노 같은 이야기 때문에, 나탈리아에게는 그렇게 조신한 척하는 것 때문에. 마침내 영원 같던, 그러나 실제로는 채 이십분도 안되는 시간이 지나가고, 나탈리아가 가봐야겠다고 말했다.

"어머나, 나도!" 쎌리가 영어로 외쳤다. "크리스, 자기, 에덴 호텔까지 나 좀 데려다줄래, 응?"

나는 비겁하게도 어쩔 수 없다는 의사를 전하려고 나탈리아를 슬쩍 봤다. 나는 이것이야말로 내 충성심에 대한 시험으로 여겨질 것임을 잘 알았고 — 그리고, 이미, 나는 그 시험에서 떨어졌다. 나탈리아의 표정에 자비라고는 없었다. 그녀의 얼굴이 굳었다. 그녀는 정말로 단단히 화가 나 있었다.

"언제 만나지?" 나는 용감하게 물었다.

"몰라요." 나탈리아는 말하고 — 그러고는 마치 우리 둘 중 누구도 다시 보고 싶지 않다는 듯 쿠어퓌르스텐담 거리를 걸어 내려갔다.

우리는 몇백 야드만 가면 됐지만, 쎌리는 굳이 택시를 타자고 우겼다. 그녀의 설명에 따르면, 에덴 호텔에 걸어서 도착한다는 것은 있을 수 없는 일이라고 했다.

"쟤는 내가 맘에 안 드나봐, 그렇지?" 그녀는 차를 타고 가면서 말했다.

"응, 쎌리. 별로인가봐."

"정말 왜 그러는지 모르겠네…… 걔한테 맞춰서 잘해주려고 했는데."

"그게 잘해주는 거라고……!" 나는 화가 났음에도 불구하고 웃었다.

"그럼, 어떻게 했어야 해?"

"뭘 하지 말았어야 하느냐의 문제지…… 불륜 말고는 수다 떨 거리가 그렇게 없어?"

"날 있는 그대로 받아들여줘야지." 쎌리가 당당하게 반박했다.

"손톱이랑 모두 다?" 나는 나탈리아의 눈이 자꾸 무서운 것에 사로잡힌 것처럼 쎌리의 손톱으로 향하던 것을 눈치챘었다.

쎌리가 웃었다. "오늘은 특별히 발톱은 안 칠했어."

"아, 젠장, 쎌리! 정말?"

"그래, 그렇다니까."

"그렇지만 그게 무슨 소용이야? 내 말은, 아무도 ─" 나는 정정했다. "그걸 볼 수 있는 사람은 거의 없을 텐데……"

쎌리는 나를 보고 너무나 바보스럽게 씩 웃었다. "알아, 자기…… 그렇지만 나 자신이 아주 근사하게 육감적으로 느껴지게 해주거든……"

이 만남이 있은 이후로 나와 나탈리아의 관계는 내리막길이었다. 우리 둘 사이에 대놓고 말다툼이 있었다거나, 명시적인 결별이 있었던 것은 아니었다. 사실은 불과 며칠 후에 다시 만났다. 그러나 나는 우리 우정의 온도에 변화가 있음을 바로 알아차렸다. 우리는 평상시처럼 예술, 음악, 책에 관해서 이야기했다 ─ 조심스럽게 개인적인 어조를 피하면서. 우리는 거의 한시간가량 티어가르텐 부근을 산책했고, 그러다 나탈리아가 불쑥 물었다.

"선생님은 볼스 양을 아주 좋아하죠?" 나뭇잎이 흩어진 길에 뚫어져라 고정된 채 그녀의 눈이 악의적으로 웃고 있었다.

"물론 그렇지…… 우리는 곧 결혼할 거야."

"바보!"

우리는 몇분 동안 말없이 걸었다.

"있잖아요," 나탈리아가 놀라운 발견을 한 사람처럼 갑자기 말했다. "난 당신의 볼스 양을 좋아하지 않는 거 아시죠?"

"안 좋아하는 줄은 알아."

내 어조가 그녀를 짜증나게 했다 — 내가 의도한 대로. "내가 무슨 생각을 하든, 중요하지 않잖아요?"

"전혀 중요하지 않지." 나는 놀리듯이 씩 웃었다.

"오로지 볼스 양만이, 그녀만이 중요한 거죠?"

"그녀가 가장 중요하지."

나탈리아는 얼굴이 붉어지며 입술을 깨물었다. 그녀는 점점 화가 나고 있었다. "언젠가는 내가 옳았다는 걸 알게 될 거예요."

"물론 그렇겠지."

우리는 서로 한마디도 하지 않고 나탈리아의 집까지 걸어서 돌아왔다. 그러나 문간에서 그녀는 여느 때처럼 물었다. "전화하실 거죠," 하고 잠시 멈췄다가 마지막으로 쏘았다. "볼스 양이 허락한다면?"

나는 웃었다. "그녀가 허락하건 아니건, 곧 전화할게." 내가 말을 마치기도 전에 나탈리아는 내 면전에서 문을 닫아버렸다.

그럼에도 불구하고 나는 약속을 지키지 않았다. 마침내 내가 나탈리아에게 전화를 건 것은 거의 한달이 지나서였다. 나는 여러번 전화를 걸려고 했지만, 늘 그녀를 다시 보고 싶은 욕망보다 그러기 싫은 마음이 더 강했다. 그리고 마침내 우리가 만났을 때는 기온이 몇도 더 내려가 있었다. 우리는 그냥 서로 아는 사이 정도 같았다. 내 생각에 나탈리아는 쎌리가 내 애인이 됐다고 확신하는 듯했다. 그리고 나는 굳이 그녀의 착각을 바로잡아줄 필요를 느끼지 못했다—그렇게 하면 마음을 열고 오래 이야기하게 될 뿐인데, 단지 내가 그럴 기분이 아니었다. 그리고 그 모든 것을 설명하더라도, 나탈리아는 아마도 지금 못지않게 크게 충격받게 될 것이고 훨씬 더 질투심을 느낄 것이었다. 나는 나탈리아가 애초에 나를 연인으로 원했다고 자부하지는 않았다. 그녀는 분명 나에게 일종의 동생을 휘두르는 누나처럼 행동하려 했고, 그리고—말도 안되지만—쎌리가 그녀에게서 빼앗은 것은 단지 그 역할이었을 뿐이다. 아니, 안타까운 일이었지만, 대체로 나는 지금 이대로가 더 낫다고 결정했다. 그래서 나는 나탈리아의 간접적인 질문과 암시에 적당히 맞춰줬고, 심지어 가정의 행복에 대한 암시까지 몇가지 얹어줬다. "쎌리랑 내가 아침을 먹는데, 오늘 아침에……"라거나 "이 넥타이 어때? 쎌리가 골라준 건데……" 가엾은 나탈리아는 이런 말들을 말없이 침울하게 받아들였다. 그리고 전처럼 자주, 나는 내가 못된 사람인 듯한 죄의식을 느꼈다. 그리고 2월 말쯤 집으로 전화를 했을 때, 나는 그녀가 외국으로 나갔다는 이야기를 들었다.

베른하르트 역시 한동안 만나지 않았다. 그래서 어느날 아침 전화에서 그의 목소리가 들려와 깜짝 놀랐다. 그는 그날 저녁 자기와 함께 "시골에" 가서 밤을 보내지 않겠는지 물었다. 그 말은 너무 수수께끼처럼 들렸고, 내가 어디로 갈 것이며 왜 가는 것인지 알아내려 하자 베른하르트는 그저 웃을 뿐이었다.

그는 기사가 딸린 큰 차를 타고 8시쯤 나를 찾아왔다. 베른하르트의 설명에 따르면 회사 차라고 했다. 차는 그와 삼촌이 같이 썼다. 내 생각에 이것은 란다우어가 사람들이 보여주는 가부장적인 소탈함의 전형적인 예로서, 나탈리아의 부모는 아예 자기 개인 차량이 없었고, 베른하르트는 심지어 이 차가 한대 있다는 것에 대해서도 내게 변명하려는 듯 보였다. 그것은 아주 복잡한 단순성, 부정의 부정이었다. 그 뿌리는 소유라는 끔찍한 죄와 아주 깊이 얽혀 있었다. 아, 이런, 나는 혼자 한숨을 쉬었다. 내가 이 사람들의 바닥까지 알 수 있을까, 내가 그들을 이해할 수나 있을까? 란다우어가 사람들의 심리적 기질을 생각만 해도, 늘 그렇듯, 완패의 절대적 피로감에 압도되는 기분이었다.

"피곤해요?" 베른하르트는 내 옆에서 세심하게 물었다.

"아, 아니요……" 나는 정신을 차렸다. "전혀요."

"우선 내 친구네 집에 좀 들러도 상관없죠? 우리랑 같이 가는 친구가 있어서요…… 반대하지 않는 거죠?"

"물론이죠, 괜찮습니다." 나는 공손하게 말했다.

"아주 조용해요. 오래된 집안 친구죠." 베른하르트는 무슨 이유에서인지 즐거워 보였다. 그는 혼자 슬며시 킥킥거렸다.

차는 파자넨 가의 한 저택 바깥에 멈췄다. 베른하르트는 초인종을 누르더니 들어갔다. 잠시 후 그는 스카이테리어종 개 한마리를 팔에 안고 다시 나타났다. 나는 웃었다.

"굉장히 공손하게 응하시던데요." 베른하르트가 미소 지으며 말했다. "그래도 뭔가 불편하긴 했던 것 같은데…… 맞죠?"

"아마도……"

"누구를 기대하고 있었는데요? 아마, 끔찍하게 지루한 노신사?" 베른하르트는 테리어를 쓰다듬었다. "그렇지만, 크리스토퍼, 그걸 지금 내게 고백하기에는 당신은 너무 반듯하게 자란 사람 같네요."

차는 속도를 줄이고 아부스[20] 고속도로 톨게이트에 멈춰섰다.

"어디로 가는 거예요?" 내가 물었다. "말 좀 해주면 좋겠어요!"

베른하르트는 부드럽고 환한 동양적인 미소를 지었다. "내가 좀 수수께끼 같죠, 안 그래요?"

"아주 많이요."

"밤중에 어디로 가는지도 모르고 차를 타고 가는 건 멋진 경험일 것 같은데요? 내가 당신에게 우리가 빠리로 간다, 마드리드로 간다, 모스끄바로 간다, 이러면 신비감도 사라지고 즐거움을 반쯤 잃어버릴 텐데요…… 크리스토퍼, 난 지금 당신이 우리가 어디로 가는지 모르는 게 얼마나 부러운지 알아요?"

"분명히 그렇게 볼 수도 있지요…… 그렇지만, 어쨌든, 난 이미

---

20 1921년 베를린에 개통된 유럽 최초의 고속도로. 주로 자동차 경주로 등으로 이용됨.

우리가 모스끄바로 가진 않는다는 건 알아요. 반대 방향으로 가고 있잖아요."

베른하르트가 웃었다. "당신은 가끔 너무나 영국적이에요, 크리스토퍼. 그거 알고 있어요?"

"당신이 내게서 영국적인 면을 끌어내는 거라고 생각해요." 나는 이렇게 대답하고는 즉시 약간 불편해졌다. 마치 이 말이 다소 모욕적이었던 것처럼. 베른하르트는 내 생각을 눈치챈 것 같았다.

"내가 그 말을 칭찬으로 이해해야 되요, 아니면 비난으로?"

"칭찬이에요, 물론."

차는 검은 아부스 고속도로를 달려 겨울 농촌의 거대한 어둠속으로 들어갔다. 커다란 반사장치 표지판이 전조등 불빛에 잠시 번쩍였다가 다 타버린 성냥처럼 소멸했다. 이미 베를린은 우리 뒤편 하늘에서 붉은빛이 되어, 밀려드는 소나무 숲 너머로 빠르게 사라지고 있었다. 송전탑 위의 써치라이트가 밤하늘로 작은 빛줄기를 빙빙 돌리고 있었다. 곧게 뻗은 검은 길이 마치 스스로 부서지려는 것처럼 으르렁대며 우리에게 달려들었다. 덮개를 씌운 차 안의 어둠속에서 베른하르트는 불안해하는 개를 무릎에 안고 쓰다듬고 있었다.

"좋아요, 말해주죠…… 우리는 반제 호숫가의 제 아버지 소유였던 어떤 장소에 가는 거예요. 영국에서는 시골집이라고 부르는."

"시골집요? 좋겠네요……"

내 어조에 베른하르트가 재미있어했다. 나는 그의 목소리에서 그가 미소 짓고 있음을 알 수 있었다. "불편하지는 않았으면 좋겠는데요?"

"좋을 것 같은데요."

"좀 원시적으로 보일 수도 있어요, 처음에는⋯⋯" 베른하르트는 조용히 혼자 웃었다. "그래도, 재미있어요⋯⋯"

"그렇겠죠⋯⋯"

나는 아마도 막연하게 호텔, 조명, 음악, 아주 좋은 음식 같은 것을 기대했던가보다. 나는 오로지 돈이 많고, 퇴폐적으로 과도하게 세련된 도시인만이 한겨울에 비좁고 습한 시골집에서 하룻밤을 보내는 것을 '재미있다'고 묘사할 수 있다는 사실을 씁쓸하게 되새겼다. 그리고 그가 나를 고급스러운 차에 태워 그 시골집으로 데려가고 있다니 얼마나 전형적인가! 운전기사는 어디서 잘 것인가? 아마도 포츠담에 있는 최고급 호텔에서⋯⋯ 우리가 아부스 끝 통행 요금소의 불빛을 지나치면서, 나는 베른하르트가 여전히 혼자 미소 짓고 있는 것을 봤다.

차는 우회전하여 그림자의 윤곽만 보이는 나무들 사이 내리막 길로 달려갔다. 왼쪽 숲 너머에는 보이지는 않지만 커다란 호수가 가까이 있는 것 같은 느낌을 줬다. 내가 미처 깨닫기도 전에 길은 끝나고 대문과 사유지 도로가 나타났다. 우리는 커다란 별장 앞에 멈춰섰다.

"여긴 어디죠?" 나는 그가 들를 데가 또 있는가 하고 혼란스러워하며 베른하르트에게 물었다—테리어 한마리가 더 있을지도 몰라. 베른하르트는 명랑하게 웃었다.

"목적지에 도착했어요, 크리스토퍼! 내려요!"

줄무늬 재킷을 입은 하인이 문을 열어줬다. 개가 뛰어내렸고, 베른하르트와 내가 뒤따랐다. 손을 내 어깨에 얹고, 그는 나를 이끌어 홀을 지나 계단을 올라갔다. 나는 고급스러운 카펫과 액자에 든 동판화들을 봤다. 그는 부드러운 실크 누빔 오리털 이불이 침대에 깔린 분홍색과 흰색의 사치스러운 침실 문을 열었다. 그 너머에는 잘 닦여 은빛으로 반짝이고, 보송보송한 흰 수건이 걸린 욕실이 있었다.

베른하르트는 씩 웃었다.

"불쌍한 크리스토퍼! 우리 시골집에 실망했나봐요! 너무 크고 너무 요란한가요? 바닥에서 자는 즐거움을 기대하고 있었는데 — 바퀴벌레들 사이에서?"

이 농담의 분위기는 저녁까지 우리를 감싸고 있었다. 하인이 은 접시에 새로운 요리를 내올 때마다, 베른하르트는 내 눈을 보면서 변명하는 것처럼 미소 지었다. 식당은 우아하고 좀 밋밋한, 지루한 바로끄풍이었다. 나는 이 별장이 언제 지어졌는지 물었다.

"1904년에 아버지가 이 집을 지었어요. 가능한 한 영국 집처럼 지으려고 했는데 — 어머니 때문에요."

저녁을 먹은 후, 우리는 어둠속에서 바람 부는 정원으로 걸어 내려갔다. 물 위에서 나무들 사이로 강한 바람이 불고 있었다. 나는 계속 내 다리 사이로 달려드는 테리어의 몸뚱이에 비틀거려가며 베른하르트를 따라 돌계단을 내려가 바닥까지 갔다. 어두운 호수에는 물결이 가득 일렁였고, 그 너머 포츠담 방향으로는 까딱거리는 불빛들이 검은 물 위로 혜성처럼 꼬리를 끌고 있었다. 난간 위에는 부서진 가스등 받침이 바람에 덜그럭거리고, 우리 아래로는 물결이 보이지 않는 돌에 부딪혀 기이할 정도로 부드럽고 축축하게 찰싹거렸다.

"내가 어릴 적에, 난 겨울 저녁에 이 계단을 내려와서 몇시간이고 여기 서 있곤 했어요……" 베른하르트가 말하기 시작했다. 그의 목소리는 너무 나직해서 거의 들리지 않을 정도였다. 그는 나를 외면한 채, 어둠속에서 호수 너머를 바라보고 있었다. 바람이 세차게 불어올 때면 그의 목소리는 좀더 또렷하게 들렸다 —— 마치 바람이 말하고 있는 것처럼. "그게 전쟁 때였어요. 우리 형은 전쟁이 시작되자마자 죽었죠…… 나중에 아버지의 사업 경쟁자들이 아버지에 대한 악선전을 하기 시작했어요. 어머니가 영국 여자라는 걸로. 그래서 아무도 우리를 찾아오지 않았고, 우리가 첩자라는 소문이 났어요. 마침내 지역 상인들마저도 우리 집에 찾아오지 않게 됐죠…… 참 우스꽝스러웠는데, 동시에 끔찍하기도 했어요. 사람들이 그렇게 악의에 사로잡힐 수 있다는 게……"

나는 물 위를 바라보며 약간 몸을 떨었다. 추웠다. 베른하르트의 부드럽고 조심스러운 목소리가 내 귀에 계속 이어졌다.

"난 그 겨울 저녁에 여기 서서 내가 이 세상에 마지막으로 살아남은 사람이라는 상상을 했어요…… 난 좀 이상한 종류의 아이였던 것 같아요…… 나는 다른 아이들과 잘 어울리지 못했어요, 인기도 많았으면 하고 바랐고, 친구도 사귀고 싶었지만요. 아마 내 실수였던 것 같아요 —— 난 지나치게 친하게 지내려고 했거든요. 아이들이 그걸 알고는 내게 잔인하게 대했어요. 객관적으로 보자면 이해할 수 있어요…… 아마 상황이 달랐더라면 나라도 그렇게 잔인하게 될 수 있었을 것 같아요. 단정하기는 어려워요…… 그렇지만, 내가 그런 아이였기 때문에, 학교는 일종의 중국식 고문 같았죠…… 그러니 내가 여기 밤에 호수에 내려와서 혼자 있기를 좋아하던 것을 이해할 수 있을 거예요. 그러고 나서 전쟁이 터진 거죠…… 그때 나는 그 전쟁이 십년, 십오년, 아니, 이십년이라도 계속될 거라고 믿었어요. 난 나도 곧 소집될 거라는 걸 알았죠. 이상한 일이지만, 내가 두려워한 기억은 전혀 없어요. 난 그걸 받아들였죠. 우리 모두가 죽어야 한다는 건 아주 당연해 보였어요. 내 생각엔 이게 전쟁 시기의 보편적인 정신 상태인 것 같아요. 그렇지만 내 경우에, 내 태도에는 뭔가 특징적으로 셈족 같은 면이 있었던 것 같아요…… 이런 것들에 대해 공평무사하게 이야기하기는 매우 어렵지만요. 어떤 때는 스스로 무엇을 인정하는 게 힘들잖아요, 자존감에 상처를 주는 것이기 때문에……"

우리는 호수에서 천천히 정원의 경사면으로 오르기 시작했다. 때때로 나는 테리어가 어둠속을 헤집고 다니며 헐떡거리는 소리를 들었다. 베른하르트의 목소리는 단어를 선택하느라 주저하면서도 계속 이어졌다.

"형이 죽은 후, 어머니는 이 집과 대지를 거의 떠나지 않았어요. 난 어머니가 독일이라는 나라가 있다는 것도 잊어버리려 했다고 생각해요. 어머니는 히브리어를 공부하기 시작했고, 온 정신을 유대의 고대 역사와 문학에 쏟았어요. 난 이게 유대인의 발전 과정의 현대적 국면에서 나타나는 어떤 증상이라고 생각해요 ─ 유럽 문화와 유럽적 전통에서 등을 돌리는 거요. 난 때로 나 스스로에게서도 이런 경향을 인식해요…… 난 어머니가 몽유병 환자처럼 이 집에서 돌아다니던 것을 기억해요. 어머니는 공부를 하지 않는 매 순간을 아까워했고, 그건 정말 끔찍했어요. 왜냐하면 그러는 내내 어머니는 암으로 죽어가고 있었거든요…… 뭐가 문제인지 알게 되자마자 어머니는 의사를 만나길 거부했어요. 수술이 무서웠던 거죠…… 마침내 고통이 극심해지자, 어머니는 자살했어요……"

우리는 집에 도착했다. 베른하르트는 유리문을 열었고, 우리는 작은 온실을 거쳐 영국식 벽난로에서 타고 있는 불길의 그림자가 벽에 어른거리는 커다란 응접실로 들어갔다. 베른하르트는 조명등을 여러개 켜서 방을 아주 눈부시게 환하도록 만들었다.

"조명이 이렇게 많이 필요한가요?" 내가 물었다. "난로 불빛이 훨씬 더 좋은데요."

"그래요?" 베른하르트는 미묘하게 미소 지었다. "나도 그래요…… 그렇지만, 왜인지, 당신이 조명등을 더 좋아할 것 같아서."

"도대체 내가 왜요?" 나는 그의 어조를 무시하고 바로 말했다.

"몰라요. 그냥 당신 성격에 대해 일정 부분 내가 그렇게 생각했을 뿐이죠. 참 바보 같기도 하지!"

베른하르트의 목소리는 놀리는 것 같았다. 나는 아무 대답도 하지 않았다. 그는 일어나 내 옆 탁자의 작은 등 하나만 빼고 불을 모두 껐다. 긴 침묵이 이어졌다.

"라디오 들을래요?"

이번엔 그의 어조에 내가 웃음이 났다. "날 즐겁게 해줄 필요는 없어요, 알잖아요! 난 그냥 불가에 앉아 있는 것만으로 완벽하게 행복해요."

"행복하다니 나도 기뻐요…… 내가 참 바보 같아서 ─ 전혀 반대 인상을 받고 있었어요."

"무슨 소리예요?"

"아마 당신이 지루해할까봐 걱정했나봐요."

"물론 아니에요! 무슨 말도 안되는 소리를!"

"당신은 정말 예의 발라요, 크리스토퍼. 늘 매우 예의 바르죠. 그렇지만 난 당신이 무슨 생각 하는지 꽤 분명히 읽을 수가 있어요……" 난 전에는 이런 베른하르트의 목소리를 들어본 적이 없었다. 정말로 적대적인 목소리였다. "당신은 내가 왜 당신을 이 집에 데려왔는지 궁금해하고 있어요. 게다가, 당신은 왜 내가 당신에게 방금 그런 이야기를 했는지도 궁금해하고 있죠."

"그렇게 말씀해주시니 기쁘네요……"

"아니요, 크리스토퍼. 그건 사실이 아니에요. 당신은 약간 충격 받았죠. 보통은 그런 얘기들을 안하는데,라고 생각하는 거예요. 영국 사립학교에서 배운 당신의 감성에는 그게 역겨운 거죠, 조금은 ─ 이 유대인들의 감성주의 말예요. 당신은 자기가 세속적인 사람이라서 어떤 형태의 약점도 역겨워하지 않는다고 자부하지만, 당신이 받은 훈련은 너무 강력해요. 사람들은 서로 이런 얘기를 하면 안돼, 하고 당신은 느끼는 거예요. 훌륭한 형태가 아니니까."

"베른하르트, 정말 황당한 얘기네요!"

"그래요? 아마도…… 하지만 난 그렇게 생각하지 않아요. 신경 쓰지 마세요…… 당신이 알고 싶어하니까, 왜 내가 당신을 여기 데려왔는지 설명하도록 해볼게요…… 실험을 하나 해보고 싶었거든요."

"실험요? 나한테 말인가요?"

"아니요, 나 자신에게요. 말하자면…… 십년 동안 나는 내가 오늘밤 한 것처럼 어떤 사람한테 친밀하게 말해본 적이 없어요…… 당신이 내 입장이라면, 그게 무슨 의미인지 상상할 수 있겠어요? 그리고 오늘 저녁…… 아마 결국 설명하기는 불가능하겠지만…… 다른 식으로 말해볼게요. 난 당신을 이 집에, 당신하고는 아무런 연관도 없는 이 집에 데려와요. 당신은 과거 때문에 압박감을 느낄 이유가 없지요. 그리고 나는 당신에게 내 얘기를 해요…… 이런 방식으로 망령을 쫓아버릴 수 있는 거죠…… 난 표현이 아주 서툴러요. 이런 얘기 정말 황당하게 들리죠?"

"아니요. 전혀 아니에요…… 그렇지만 당신의 실험에 왜 저를 골랐나요?"

"그 말을 하는 당신 목소리가 아주 굳어 있어요, 크리스토퍼. 당신은 당신이 나를 경멸한다고 지금 생각하고 있어요."

"아니에요. 베른하르트. 난 당신이 나를 경멸한다고 생각하고 있어요…… 난 종종 왜 당신이 나와 교류하려고 하는지 궁금해요. 때로 난 당신이 사실은 나를 싫어한다고, 그래서 그것을 드러내는 말을 하고 행동을 한다고 느껴요 ─ 그렇지만 어떤 면에선 안 그렇다고도 생각해요. 그렇지 않으면 나더러 당신을 만나러 오라고 하지도 않을 테니까…… 어쨌거나, 난 당신이 실험이라고 부르는 것에 점점 싫증이 나고 있어요. 오늘이 첫번째 실험은 아닐 테죠, 절대로. 실험이 실패하고, 그러면 당신은 나한테 화가 나겠죠. 그건 정말 부당하다고 생각한다는 점은 말해야겠네요…… 그렇지만 내가 참을 수 없는 건 당신이 이 가식적으로 겸손한 태도를 택함으로써 당신의 양심을 드러낸다는 거예요…… 사실 당신은 내가 만난 사람 중 가장 안 겸손한 사람이거든요."

베른하르트는 침묵했다. 그는 담뱃불을 붙이고 천천히 콧구멍으로 연기를 뿜어냈다. 마침내 그가 말했다.

"당신 말이 맞을지도 몰라요…… 전적으로는 아니라도. 그래도 부분적으로는…… 그래요, 당신에게는 나를 이끌리게 하는, 내가 아주 부러워하는 어떤 특징이 있어요. 그렇지만 바로 그 특징이 적대감을 불러일으키기도 하죠…… 아마 그건 나 역시 부분적으로 영국인이고, 그래서 당신이 나 자신의 성격의 어떤 면을 보여주기 때문일지도 몰라요…… 아니, 그것도 사실이 아니에요…… 내가 바라는 대로 그렇게 간단하지가 않아요…… 그렇네요," 베른하르트는 피곤한 듯 유머러스한 손짓으로 그의 이마와 눈을 가리켰다. "난 정말로 불필요하게 복잡한 기계장치인가봐요."

잠시 침묵이 이어졌다. 이윽고 그가 덧붙였다.

"그렇지만 이건 다 바보 같은 자기중심적인 이야기죠. 용서해줘요. 내가 당신에게 이런 식으로 얘기할 권리는 없는데 말이죠."

그는 일어서서 조용히 방을 가로질러 라디오를 켰다. 일어나면서 그는 손을 잠깐 동안 내 어깨에 얹었다. 음악의 첫 음절이 나오자 그는 미소 지으며 불 앞의 자기 의자로 돌아왔다.

그의 미소는 부드러웠지만, 묘하게 적대적이었다. 아주 오래된 무언가가 보여주는 적대감이었다. 나는 그의 아파트에 있던 동양의 조각상 중 하나를 떠올렸다.

"오늘 저녁에는," 그가 부드럽게 웃었다. "「명가수」[21]의 마지막 막을 틀어주네요."

"몹시 흥미롭네요." 내가 말했다.

반시간 후, 베른하르트는 내 어깨에 손을 얹고 부드럽게 웃으며 나를 침실 문 앞까지 데려다줬다. 이튿날 아침식사 시간에, 그는 피곤해 보였지만 명랑하고 즐거웠다. 그는 우리가 나눈 전날 저녁의 대화를 전혀 언급하지 않았다.

우리는 베를린으로 돌아왔고, 그는 나를 놀렌도르프 광장 길모퉁이에 내려줬다.

"또 전화하세요." 내가 말했다.

"물론. 다음 주초에."

"그리고 정말 감사합니다."

"와줘서 고마워요, 크리스토퍼."

나는 그를 거의 여섯달 동안 만나지 않았다.

8월 초의 어느 일요일, 브뤼닝[22] 정부의 운명을 결정할 국민투표

---

21 「디 마이스터징어 폰 뉘른베르크」(Die Meistersinger von Nürnberg). 리하르트 바그너의 1868년작 3막 오페라.

22 하인리히 브뤼닝(Heinrich Brüning, 1885~1970). 독일의 정치가. 1930~32년에

가 있었다. 나는 슈뢰더 부인의 집에서 아름답고도 더운 날씨에 침대에 누워 내 발가락을 저주하고 있었다. 나는 지난번에 뤼겐에서 해수욕을 하다가 깡통에 발가락을 베였다. 그런데 그것이 갑자기 덧나더니 온통 곪아버렸던 것이다. 베른하르트가 갑자기 전화를 걸어서 나는 매우 기뻤다.

"반제 호숫가의 그 시골집 기억해요? 기억한다고요? 오늘 오후 거기서 몇시간쯤 보내면 어떨까 해서…… 네, 주인아주머니가 다쳤다고 이미 얘기해줬어요. 안됐네…… 차를 보낼게요. 도시에서 잠시 벗어나면 좋을 것 같은데? 거기선 하고 싶은 대로 하면 돼요――그냥 조용히 누워서 쉬든가. 아무도 간섭하지 않을 테니까요."

점심 직후, 나를 데리러 차가 왔다. 화창한 오후였고, 그래서 차를 타고 가는 동안 나는 베른하르트의 친절에 감사했다. 그러나 별장에 도착하고 나는 참담한 충격에 빠졌다. 잔디밭이 사람들로 우글거리고 있었다.

나는 정말이지 짜증이 났다. 이건 더러운 속임수야, 나는 생각했다. 나는 가장 낡은 옷을 입고, 발에 붕대를 감고, 지팡이를 짚은 채, 성대한 가든파티에 유인되어 온 것이다! 베른하르트는 플란넬 바지와 소년 같은 점퍼를 입고 있었다. 어찌나 젊어 보이는지 놀라웠다. 나를 맞으러 뛰어나오면서 그는 낮은 난간을 건너뛰었다.

"크리스토퍼! 마침내 왔네! 편하게 있어요!"

바이마르 공화국 수상을 역임함.

내가 마다했음에도 불구하고 그는 억지로 내 겉옷과 모자를 벗겼다. 운이 없으려니까 나는 마침 멜빵을 걸고 있었다. 대부분의 다른 손님들은 멋진 리비에라 플란넬을 입고 있었는데 말이다. 떨떠름하게 웃으며, 본능적으로 이런 경우에 나 자신을 보호해주는 뿌루퉁하고 괴팍한 외관을 취하면서, 나는 사람들 가운데로 절룩거리며 나아갔다. 몇몇 커플들이 휴대용 축음기 소리에 맞춰 춤추고 있었다. 두 청년은 각기 자기 여자 친구의 응원을 받으며 쿠션으로 베개 싸움을 하는 중이었다. 손님들 대부분은 풀밭 위의 깔개에 누워 잡담을 하고 있었다. 아주 격의 없는 분위기였고, 하인과 기사들은 조용히 옆에 서서 귀족 아이들을 돌보는 보모들처럼 그들의 익살스러운 행동을 지켜보고 있었다.

저들은 여기서 무엇을 하고 있는 것일까? 왜 베른하르트는 저들을 불렀을까? 이것 역시 망령을 쫓아버리려는 또다른 정교한 시도일까? 아니다, 나는 결론 내렸다. 이건 아무래도 그냥 일년에 한번씩 모든 친척, 친구, 부양가족에게 베푸는 의무적인 파티일 가능성이 더 컸다. 나는 그저 목록 저 아래쪽에 있는, 체크 표시를 해야 하는 또 하나의 이름일 뿐인 것이다. 좋아, 무례하게 구는 건 바보 같은 짓이다. 난 여기 왔다. 그러니 즐길 테다.

그리고 놀랍게도 난 나탈리아를 보았다. 그녀는 밝은 노란색 천으로 된, 작은 퍼프소매가 달린 드레스를 입고, 손에 커다란 밀짚모자를 들고 있었다. 그녀가 너무 예뻐서 나는 거의 못 알아볼 뻔했다. 그녀는 명랑하게 다가와 나를 반겼다.

"아, 크리스토퍼! 정말 반가워요!"

“그동안 내내 어디 있었어?”

“빠리에요…… 몰랐어요? 정말? 난 편지 안 오나 하고 늘 기다렸는데 ― 그런데 안 오더라고요!”

“그렇지만 나탈리아, 주소를 보내준 적이 없잖아.”

“아, 보냈어요!”

“음, 그렇다면, 내가 그 편지를 못 받았나봐…… 나도 어디 좀 가 있었거든.”

“그래요? 여기 없었어요? 그럼 미안해요…… 도와줄 수가 없네요!”

우리는 함께 웃었다. 나탈리아의 웃음소리는 그녀의 다른 점들처럼 바뀌어 있었다. 그것은 더이상 내게 야콥센과 괴테를 읽으라고 명령하던 엄격한 여학생의 웃음소리가 아니었다. 그녀의 얼굴에는 꿈꾸는 듯 즐거운 미소가 감돌았다 ― 마치 생기 있고 즐거운 음악을 늘 듣고 있는 것 같아, 나는 생각했다. 나를 다시 만나서 분명 기쁜데도 불구하고, 그녀는 우리 대화에 거의 집중하고 있지 않은 것 같았다.

“빠리에서 뭐 해? 원하던 대로 예술 공부를 하고 있는 건가?”

“그럼요!”

“재미있어?”

“좋아요!” 나탈리아는 세차게 고개를 끄덕였다. 그녀의 눈이 빛났다. 그러나 그 말은 뭔가 다른 것을 묘사하려고 하는 것 같았다.

“어머니도 함께 계셔?”

“네. 네……”

"그럼 아파트를 함께 쓰는 거야?"

"네……" 그녀는 다시 끄덕였다. "아파트예요…… 아, 좋아요!"

"그럼 곧 돌아가겠네?"

"아, 네…… 물론이죠! 내일요!" 그녀는 내가 그 질문을 해서 꽤 놀란 것 같았다 ─ 전세계가 알지 못해 놀랐다는 듯이…… 난 저 감정을 얼마나 잘 알고 있는지! 이제 나는 확신했다. 나탈리아는 사랑에 빠져 있었다.

우리는 몇분 더 이야기를 했다 ─ 나탈리아는 내내 미소 지었고, 내내 꿈꾸는 듯 듣고 있었지만, 내 말을 듣는 것은 아니었다. 그러다가 갑자기 그녀는 서둘렀다. 늦었어요, 그녀가 말했다. 그녀는 짐을 싸야 했다. 바로 가봐야 했다. 그녀는 내 손을 꼭 잡았고, 나는 그녀가 잔디밭을 가로질러 경쾌하게 뛰어가 기다리던 차에 타는 것을 지켜봤다. 그녀는 심지어 나에게 편지를 써달라고 하거나, 주소를 주는 것조차 잊어버렸다. 그녀에게 잘 가라고 손을 흔들어줄 때, 내 감염된 발가락이 날카로운 선망의 고통으로 찌릿해왔다.

나중에 젊은 손님들은 돌계단 아래의 더러운 호수 물에서 수영을 하고, 물장구를 쳤다. 베른하르트도 수영을 했다. 그의 몸은 아기처럼 희고 이상할 정도로 깨끗했고, 배도 아기처럼 둥글게 약간 튀어나와 있었다. 그는 웃으며 물장구를 치고 다른 사람보다 더 크게 소리쳤다. 내 눈과 마주치자, 그는 더 큰 소리를 냈다 ─ 일종의 반항인가, 나는 생각했다. 나처럼 그도 여섯달 전에 여기 서서 자기가 내게 한 말을 떠올리고 있는 것인가? "들어와요, 크리스토프!" 그가 외쳤다. "발에 좋을 거예요!" 마침내 그들이 모두 물에서 나와 몸을 말리고 있을 때, 그와 몇몇 젊은이들은 정원의 나무들 사이로 웃으면서 서로 쫓아다녔다.

그러나 베른하르트가 이렇게 까불어댔음에도 불구하고 파티는 좀처럼 '잘나가는' 기미가 보이지 않았다. 파티는 몇몇 집단과 패거리로 나뉘었다. 최고조로 재미가 있을 때에도 손님들 중 최소한 사분의 일은 낮고 심각한 목소리로 정치 이야기를 하고 있었다. 분명 그들 중 일부는 오로지 서로 만나서 자기 개인적인 일들을 논의하려고 베른하르트의 집에 온 것이라서, 굳이 사교 활동에 참여하는 시늉조차 하지 않았다. 그들은 그냥 자기 사무실이나 집에 앉아 있다 해도 될 정도였다.

어두워지자 한 여자가 노래를 부르기 시작했다. 러시아어로 노래했고, 늘 그렇듯 슬프게 들렸다. 하인이 잔과 커다란 끌라레 컵[23] 사발을 가지고 나왔다. 잔디밭은 차츰 쌀쌀해지고 있었다. 수백만 개의 별이 떴다. 커다랗고 고요한 호수에는 유령 같은 마지막 돛들이 희미하고 불확실한 밤바람 속에 이리저리 오갔다. 축음기가 울렸다. 나는 쿠션에 기대어 한 유대인 의사가 프랑스 사람들은 독일인들이 겪은 전후의 신경증적인 삶과 견줄 만한 경험을 해본 적이 없기 때문에 독일을 이해할 수 없다고 주장하는 소리를 들었다. 한 여자가 갑자기 청년들 무리 한가운데서 날카롭게 웃어대기 시작했다. 저 너머, 도시에서는 투표를 집계하는 중이었다. 나는 나탈리아를 떠올렸다. 그녀는 도망갔다 — 아마도, 꼭 알맞은 때에. 아무리

---

23 적포도주에 브랜디, 탄산수, 레몬, 설탕을 섞어 차게 한 음료.

자주 결정이 연기된다 해도 이 모든 사람의 운명은 궁극적으로는 결판나 있다. 오늘 저녁은 재앙의 최종 리허설이다. 한 시대의 마지막 밤 같은 것이다.

10시 반에 파티는 해산되기 시작했다. 우리는 모두 홀 안에, 혹은 현관 근처에 모여 서 있었고, 누군가가 뉴스를 듣기 위해 베를린으로 전화를 했다. 잠깐 동안 숨죽여 기다린 후, 전화 소리를 듣던 어두운 얼굴이 미소로 풀어졌다. 정부는 무사합니다, 그가 우리에게 말했다. 손님들 중 몇몇은 반쯤은 아이러니하게, 그러나 안도하며, 환호했다. 내가 돌아서니 바로 뒤에 베른하르트가 서 있었다. "다시 한번 자본주의가 구원받았네요." 그는 미묘하게 웃고 있었다.

그는 내가 베를린으로 가는 자동차의 뒤칸에 타고 집까지 갈 수 있도록 마련해줬다. 타우엔치엔 가로 가는데, 뷜로 광장의 총격 사건 뉴스가 실린 신문을 팔고 있었다. 나는 호숫가 잔디밭에 누워서 축음기를 틀어놓고 끌라레 컵을 마시던 파티를 생각했다. 그리고 손에 리볼버를 든 채, 극장 계단 위에서 치명적인 부상을 입고 판지로 된 코미디 영화의 광고 조형물 발치에 쓰러져 죽은 경찰관도 생각했다.

다시 단절 — 이번엔 여덟달이었다. 그리고 나는 여기 와서 베른하르트의 아파트 초인종을 누르고 있었다. 네, 계십니다.

"영광이에요, 크리스토퍼. 불행하게도, 아주 드문 일이라 그렇지."

"네, 죄송해요. 종종 만나러 와야지 생각했는데…… 왜 안 왔는지 모르겠어요……"

"쭉 베를린에 있던 거예요? 내가 슈뢰더 부인 댁에 두번이나 전화했는데, 낯선 목소리가 받아서 영국에 갔다고 하더라고요."

"슈뢰더 부인에게 그렇게 말했죠. 내가 아직 여기 있는 걸 부인에게 알리기 싫어서요."

"아, 그래요? 싸웠어요?"

"그 반대예요. 내가 영국에 간다고 말한 이유는, 그러지 않으면 계속 나를 돌봐주겠다고 우길 거라서 말이죠. 형편이 좀 쪼들렸거든요…… 지금은 다시 전부 다 말끔히 괜찮아졌어요." 나는 베른하르트의 얼굴에 근심의 표정이 도는 것을 보고 서둘러 덧붙였다.

"정말 확실해요? 잘됐네요…… 그렇지만 그동안 내내 뭘 하고 지낸 거예요?"

"할레셰스토르에 있는 방 두개짜리 다락방에서 오인 가족과 함께 살았어요."

베른하르트는 미소 지었다. "맙소사, 크리스토퍼 — 정말 낭만적으로 사네요!"

"그런 걸 낭만적이라고 해주니 기쁩니다. 사실은 아니에요!"

우리는 함께 웃었다.

"어쨌든," 베른하르트가 말했다. "잘 맞았나보군요. 아주 건강해 보이는데요."

나는 그 칭찬을 그에게 돌려줄 수가 없었다. 베른하르트가 그렇게 아파 보이는 것은 처음인 것 같았다. 그의 얼굴은 창백하고 수척했다. 미소를 지을 때도 피곤함이 가시질 않았다. 눈 아래가 푹 꺼져 반달 모양으로 혈색이 나빠져 있었다. 머리숱도 줄어든 것 같았다. 나이가 열살은 더 들어 보였다.

"어떻게 지냈어요?" 내가 물었다.

"내 삶은, 당신에 비하면, 서글플 정도로 단조롭죠. 난…… 그럼에도 불구하고 희비극적인 재미도 있긴 해요."

"어떤 재미요?"

"예를 들면, 이거요 ─ " 그는 책상으로 가서 종이 한장을 집어들어 내게 건네줬다. "오늘 아침에 이게 우편으로 왔어요."

나는 타이핑된 글을 읽었다.

베른하르트 란다우어, 조심해라. 우리는 너와 네 삼촌 그리고 모든 추잡한 유대인들에게 복수할 것이다. 스물네시간을 줄 테니 독일을 떠나라. 그러지 않으면 너는 죽은 목숨이다.

베른하르트는 웃었다. "피에 굶주렸죠, 안 그래요?"

"믿을 수가 없어요…… 누가 보낸 것 같아요?"

"해고된 고용인이겠죠, 아마. 아니면 장난이거나. 아니면 미친놈이거나. 아니면 성질 급한 학생 나치거나."

"어떻게 할 거예요?"

"아무것도."

"경찰에 신고는 할 거죠?"

"크리스토퍼, 경찰도 이런 말도 안되는 얘기에 금세 지쳐버릴 거예요. 이런 편지가 매주 서너통씩 오니까."

"그래도 이건 진짜일 수도 있잖아요…… 나치들이 학생들처럼 쓴 것일 수도 있지만, 그래도 그들이 뭐든지 할 수 있으니까요. 그래서 위험한 거잖아요. 사람들은 그들을 비웃는데, 마지막 순간에는……"

베른하르트는 특유의 피곤한 미소를 지었다. "날 위해서 그렇게 걱정해줘서 정말 고마워요. 그렇지만 난 그만한 가치가 없어요…… 내 삶은 사실 나 자신에게나 다른 사람에게나, 법의 힘을 빌어서 보호해줘야 할 만큼 중요하지가 않아요…… 삼촌의 경우에는, 지금 바르샤바에 계시니까……"

나는 그가 대화 주제를 바꾸고 싶어한다는 것을 깨달았다.

"나탈리아와 란다우어 부인 소식은 없나요?"

"아, 네, 그래요! 나탈리아가 결혼했어요. 몰랐어요? 젊은 프랑스 의사하고…… 아주 행복하게 잘 산대요."

"잘됐네요!"

"네…… 친구가 행복하다고 생각하면 기쁘죠, 안 그래요?" 베른하르트는 쓰레기통으로 가서 편지를 거기다 버렸다. "특히 다른 나라에서……" 부드럽고 서글프게, 그는 미소 지었다.

"그럼 이제 독일에서는 무슨 일이 벌어질 것 같나요?" 내가 물었다. "나치의 쿠데타, 아니면 공산주의 혁명이 일어날까요?"

베른하르트가 웃었다. "열정을 아직 잃어버리지 않았네요, 정말! 난 그저 그 질문이 당신에게처럼 내게도 중대해 보이기를 바랄 뿐이에요……"

"요새 같으면 충분히 중대한 문제로 보일 텐데요"——이런 반박이 입술까지 튀어나왔다. 지금 돌아보니 입 밖에 꺼내지 않기를 잘한 것 같다. 그 대신 나는 이렇게 물었다. "왜 그렇게 바라세요?"

"왜냐하면 그게 뭔가 내 성격이 좀더 건강하다는 표지일 것이기 때문이죠…… 요새는 그런 문제에 관심을 갖는 것이 맞아요. 나도 알지요. 그게 건전한 거예요. 건강한 거고…… 그런데 이 모든 것이 내게는 약간 비현실적으로, 조금은 ─기분 나쁘게 생각지 마요, 크리스토퍼─사소하게 보여서, 난 내가 삶과 접촉을 잃어가고 있다는 걸 알겠어요. 물론 나쁘죠…… 균형감을 유지해야 하는데 말이에요…… 그거 알아요, 내가 저녁마다 여기 이 책들과 석상들 사이에 혼자 앉아 있으면, 마치 이게 내 인생의 전부인 것처럼 이상하게 비현실적인 느낌이 든다는 거요? 네, 정말로, 가끔 난 우리 회사가 ─바닥부터 지붕까지 온갖 축적된 자산으로 꽉 차 있는 저 거대한 건물이 ─내 상상 속에서 말고, 실제 존재하는 건가, 의심스러워요…… 그러면 꿈에서처럼, 나 자신이 존재하지 않는 것 같은 불쾌한 기분이 들어요. 분명 매우 병적이고, 균형이 깨진 거지요…… 고백 하나 할게요, 크리스토퍼…… 어느날 저녁, 란다우어백화점이 존재하지 않는다는 환각에 너무 시달린 나머지, 전화를 집어들고 야간 경비원 한명과 긴 통화를 했어요. 그를 귀찮게 하는데 대해 바보 같은 평계를 대가며 말이죠. 그냥 안심하기 위해서요, 알겠어요? 내가 미쳐간다고 생각하는 건 아니죠?"

"그런 건 전혀 아닌데요…… 과로하면 누구나 그럴 수 있을 것 같아요."

"휴가를 추천하는 건가요? 봄이 시작될 무렵 이딸리아에서 한달쯤이라든가? 그래요…… 이딸리아의 햇살 한달이면 내 모든 문제가 해결될 수도 있던 그런 시절이 기억나요. 그러나 지금은, 아아, 그 약이 효력을 잃었어요. 이게 역설이죠! 란다우어 백화점은 더이상 내게 현실이 아니지만, 난 어느 때보다도 그것의 노예라는 것! 탐욕스러운 물질주의의 삶을 살아온 벌을 받고 있는 거예요. 나더러 이 지겨운 일을 관두라고 하면 난 분명히 불행해질 거예요…… 아, 크리스토퍼, 내 운명을 보고 경각심을 가져요!"

그는 웃으며 가볍게, 거의 농담조로 이야기했다. 나는 그 주제를 더이상 이어가고 싶지 않았다.

"저기요," 내가 말했다. "난 이제 진짜 영국으로 가려고 해요. 사나흘 뒤에 떠납니다."

"그 소식을 들으니 섭섭하네요. 얼마나 있을 건데요?"

"아마도 여름 내내요."

"드디어 베를린에 싫증이 난 건가요?"

"아, 아니요…… 그보다는 베를린이 제게 싫증이 난 것 같아요."

"그럼 돌아올 거예요?"

"네, 그럴 거 같아요."

"난 당신이 언제나 베를린으로 돌아오게 될 것 같아요, 크리스토퍼. 당신은 여기에 속하는 사람 같아요."

"그럴지도 모르죠, 어떤 면에서는."

"사람이 어디에 속한 것처럼 보이는 걸 보면 ─특히 자신이 태어나지 않은 장소에 속한 것처럼 보이는 걸 보면 이상해요…… 내가 처음에 중국에 갔을 때, 평생 처음으로 난 거기가 참 편했거든요…… 아마 내가 죽으면 내 영혼은 베이징으로 떠나갈 거예요."

"차라리 가능한 한 빨리 기차가 당신 몸을 그리로 데려가도록 하면 좋을 텐데요!"

베른하르트가 웃었다. "좋아요…… 충고를 따르죠! 그렇지만 조건이 두가지 있어요 ─ 첫째, 당신이 함께 가야 하고, 둘째, 오늘 저녁 베를린을 떠나는 거예요."

"진심이에요?"

"확실히요."

"안타깝네요! 가고 싶은데…… 불행하게도 수중에 150마르크밖에 없어요."

"당연히, 내가 낼 건데요."

"아, 베른하르트, 근사해요! 바르샤바에 며칠 머물면서 비자를 얻는 거예요. 그리고 모스끄바로 가서 시베리아 횡단열차를 타고……"

"그럼 갈 거예요?"

"물론이죠!"

"오늘 저녁?"

나는 생각해보는 척했다. "아무래도 오늘 저녁은 안될 것 같아요…… 우선 세탁소에서 빨래도 찾아와야 하고…… 내일은 어때요?"

"내일은 너무 늦어요."

"안타깝네요!"

"네, 그렇죠?"

우리는 함께 웃었다. 베른하르트는 이 농담이 특히 재미있는 것 같았다. 그의 웃음에는 심지어 어딘가 과장된 구석도 있었다. 마치 그 상황에 내가 간파하지 못하는 또다른 차원의 유머가 있다는 듯이. 우리는 내가 작별인사를 할 때까지도 웃어댔다.

아마 나는 농담에 둔한가보다. 어쨌든 그 의미를 알게 되기까지는 거의 열여덟달이 걸렸다 ─ 우리 둘에 대한 베른하르트의 마지막이자, 매우 대범하고 매우 냉소적인 실험이라는 것을 깨닫게 되기까지 말이다. 이제 나는 확실히 알고 ─ 절대적으로 확신한다 ─ 그의 제안이 완벽하게 진지한 것이었음을.

1932년 가을, 내가 베를린으로 돌아왔을 때, 나는 때맞춰 베른하르트에게 전화를 걸었고, 그가 사업차 함부르크에 출장 중이라는 이야기를 들었다. 지금 와서야 나는 자책한다 ─ 사람은 늘 뒤늦게 자책하는 법이다 ─ 좀더 집요하지 않았던 것에 대해서 말이다. 그러나 나는 할 일이 너무 많았고, 학생도 많았고, 만날 사람들도 많았다. 몇주일이 몇달이 되고, 크리스마스가 됐다 ─ 나는 베른하르트에게 카드를 보냈지만 답장을 받지는 못했다. 아마도 출장 중이겠지. 그리고 새해가 시작됐다.

히틀러가 등장했고, 국회의사당 화재 사건[24]이 있었고, 모의 선거가 있었다. 나는 베른하르트에게 무슨 일이 일어나고 있을지 궁금

---

24 1933년 2월 27일 국회의사당에 발생한 화재 사건. 히틀러는 공산주의 집단이 국회의사당을 불태우고 봉기를 일으켜 권력을 장악하려 한다고 주장했고, 나치당이 국회를 장악하는 계기가 됨.

했다. 나는 세번이나 전화를 했다 — 슈뢰더 부인을 곤경에 처하게 할까봐 공중전화에서. 전혀 응답이 없었다. 그러다가 4월 초 어느 날 저녁, 나는 그의 집으로 갔다. 관리인이 어느 때보다도 더 미심쩍어하는 얼굴로 작은 창문에서 내다봤다. 처음에는 심지어 베른하르트를 전혀 모른다고 잡아떼려는 것처럼 보이기까지 했다. 이윽고 그가 딱 잘라 말했다. "란다우어 씨는 떠났어요…… 아주 떠났습니다."

"여기서 이사 나갔다는 겁니까?" 내가 물었다. "주소를 좀 주실 수 있나요?"

"떠나버렸다고요." 관리인은 이 말을 반복하고는 창문을 탕 닫았다.

나는 그쯤에서 물러났다 — 당연히 베른하르트는 외국 어딘가에 안전하게 살고 있다고 결론지으면서.

유대인 상점 불매운동[25]이 있던 날 아침, 나는 란다우어 백화점을 들여다보러 갔다. 겉보기에는 모든 것이 예전 같았다. 제복 입은 나치 돌격대원들이 둘셋씩 큰 입구마다 배치되어 있었다. 쇼핑하는 사람들이 접근할 때마다 그들 중 한명이 이렇게 말했다. "유대인 사업체라는 걸 기억하십시오!" 그 청년들은 아주 정중했고, 싱글거리면서, 그들끼리 농담을 주고받았다. 일군의 행인들이 그 공연을 보러 모여들었다 — 흥미롭게, 즐겁게, 아니면 그저 무감하

25 1933년 4월 1일. 나치가 정권을 잡은 후, 유대인 사업가나 의사, 법률가에 대해 하루 동안 불매운동을 벌이며 독일 내 유대인들을 조직적으로 공격함.

게. 이 상황을 승인해야 할지 말아야 할지 확신하지 못한 채. 나중에 좀더 작은 지방도시에서 그랬다고 활자화된 것과 같은 그런 분위기, 그러니까 물건을 산 사람들이 강압적으로 이마와 뺨에 고무 스탬프를 찍힌 채 모욕당했다던, 그런 분위기는 없었다. 꽤 많은 사람들이 건물 안으로 들어가고 있었다. 나도 들어가서 처음 보이는 물건 — 마침 육두구 강판이었다 — 을 사서 내 작은 꾸러미를 흔들며 천천히 걸어 나왔다. 문에 있는 한 청년이 윙크를 하더니 자기 동료에게 뭔가 말했다. 나는 노바크 가족과 함께 살던 시절에, 그를 알렉산더 카지노에서 한두번 봤던 기억이 났다.

5월에 나는 베를린을 최종적으로 떠났다. 처음 머문 곳은 프라하였고 — 어느날 저녁 혼자 지하 식당에 앉아서, 나는 간접적으로 란다우어 가문에 대한 마지막 소식을 듣게 됐다.

두 남자가 바로 옆 식탁에 앉아 독일어로 대화하고 있었다. 그중 한명은 분명 오스트리아 사람이었고, 다른 사람은 잘 알 수 없었는데 — 마흔다섯살쯤 되어 보이는 통통하고 말끔한 남자였고, 베오그라드에서 스톡홀름까지 어떤 유럽 도시에서라도 작은 사업체를 가졌을 법한 사람이었다. 그들은 분명 부유했고, 엄밀히 말하면 아리아인이며, 정치적으로는 중립이었다. 살찐 남자가 이렇게 말해서 나는 깜짝 놀라 주의를 기울였다.

"란다우어 알아? 베를린의 그 란다우어 백화점?"

오스트리아 사람이 고개를 끄덕였다. "그럼, 알지…… 한때 그들과 일을 많이 했는걸…… 건물 좋더라. 돈 좀 들었겠지만……"

"오늘 아침 신문 봤어?"

"아니. 시간이 없어서…… 새 아파트로 이사했잖아. 아내도 돌아올 거고."

"놀아오는 거야? 설마! 빈에 가 있었던가, 맞아?"

"맞아."

"잘 지냈대?"

"모르지 뭐! 어쨌든 돈은 적잖이 들었어."

"빈 물가 꽤 비싸, 요즘은."

"그렇더군."

"음식도 비싸고."

"어디나 비싸지, 뭐."

"맞는 말이야." 살찐 남자는 이를 쑤시기 시작했다. "내가 무슨 얘기 하고 있었지?"

"란다우어 얘기 하고 있었어."

"그랬지…… 오늘 아침 신문 안 읽었단 말이야?"

"응, 안 읽었어."

"베른하르트 란다우어 얘기가 났더라고."

"베른하르트?" 오스트리아인이 말했다. "보자 ― 아들이지, 아니야?"

"난 모르지……" 살찐 남자는 이쑤시개 끝으로 작은 고기 조각을 끄집어냈다. 그는 그것을 불빛에 비춰서 곰곰이 들여다봤다.

"내 생각에 아들인 것 같은데," 오스트리아인이 말했다. "아니면 조카일 수도…… 아니야, 아들인 것 같아."

"누구든 간에," 살찐 남자는 고기 조각을 혐오스럽다는 듯 접시 위로 휙 튕겼다. "죽었어."

"설마!"

"심장마비래." 살찐 남자가 얼굴을 찌푸리고는 손을 들어올려 트림이 나오는 것을 가렸다. 그는 금반지를 세개 끼고 있었다. "신문에 그렇게 났어."

"심장마비라고!" 오스트리아인은 거북한 듯 자세를 바꿨다. "설마!"

"심장마비야 흔하지," 살찐 남자가 말했다. "요즘 독일에서는."

오스트리아인이 고개를 끄덕였다. "들리는 말을 다 믿을 수가 없으니까. 사실이 그래."

"내 말이." 살찐 남자가 말했다. "누구나 심장은 마비돼. 총알을 맞으면."

오스트리아인은 매우 불편해 보였다. "저 나치들이……" 그가 말을 시작했다.

"그들은 할 일을 하는 거야." 살찐 사람은 자기 친구를 오싹하게 만드는 데 재미 붙인 것 같았다. "내 말 잘 들어. 그들은 독일에서 유대인들을 싹 쓸어내버리려고 해. 싹 다."

오스트리아인은 고개를 저었다. "맘에 안 들어."

"강제수용소 있잖아," 살찐 남자는 씨가에 불을 붙였다. "거기다 집어넣는다고. 그리고 여기저기 서명하게 만들고…… 그러면 심장 마비가 일어나."

"맘에 안 들어." 오스트리아인이 말했다. "사업에 안 좋아."

"그래," 살찐 사람이 동의했다. "사업에 안 좋아."

"모든 것이 불안정해지잖아."

"맞아. 누구랑 사업을 하고 있는 건지 알 수가 없게 되지." 살찐 사람이 웃었다. 그는 그 나름대로 섬뜩해했다. "시체일 수도 있어."

오스트리아인이 몸을 부르르 떨었다. "그 노인네는 어떻게 되는 거야, 늙은 란다우어? 그 사람도 잡혔나?"

"아니, 그는 괜찮아. 그들이 잡기엔 너무 똑똑하지. 지금 빠리에 있어."

"설마!"

"내가 보기엔 나치들이 그 사업을 인수할 거야. 지금 그렇게 하고 있는 중이지."

"그럼 란다우어 영감은 망하겠네?"

"아니지!" 살찐 사람은 경멸하듯 씨가에서 재를 떨었다. "어딘가에 좀 비축해뒀겠지. 두고 봐. 그는 다른 일을 시작할 거야. 똑똑하거든, 그 유대인들은……"

"맞아." 오스트리아인이 동의했다. "유대인들을 눌러둘 순 없지."

그 생각을 하니 그는 기분이 조금은 나아진 것 같았다. 얼굴이 밝아졌다. "그러니까 생각나는데! 말해주고 싶은 게 있어…… 유대인과 나무 의족을 한 이교도 소녀 이야기 알아?"

"몰라." 살찐 남자는 씨가를 뻑뻑 피웠다. 이제 그는 소화가 잘되어가고 있었다. 그는 저녁을 막 먹고 난 듯한 분위기에 잠겼다. "계속해봐……"

베를린 일기
1932~33년 겨울

A Berlin Diary
Winter 1932-3

오늘밤, 올겨울 들어 처음으로 매우 추웠다. 무시무시한 추위가, 마치 강렬한 한여름 더위의 침묵처럼, 도시를 완전한 침묵으로 사로잡았다. 추위 속에서 도시는 실제로 수축하여, 거대한 유럽의 지도 위에서 고립되고 찾아내기 힘든 수백개 다른 점들보다 더 크지 않은, 검은 점 하나로 줄어든 것 같았다. 밤이 되면 저 바깥, 최근에 새로 지은 콘크리트 아파트 너머, 길이 끝나는 곳, 얼어붙은 주말 농장 너머에는 프로이센의 벌판이 펼쳐져 있었다. 오늘밤, 그 벌판들이 거대하고 황량한 낯선 바다처럼 도시로 슬금슬금 기어들어와 당신을 둘러싸는 것을 느낄 수 있다 ―앙상한 잡목 숲과 얼음 호수가, 반쯤 잊힌 전쟁의 이국적인 격전지 이름으로나 기억되는 작은 마을들이 여기저기 흩어져 있는 그 벌판이. 베를린은 추위에 몸이 아픈 해골이다. 나 자신의 해골이 아파한다. 나는 고가철로 대들보에, 발코니 철제 난간에, 다리에, 전차선에, 가로등 기둥에, 화장실에 맺힌 서리의 날카로운 아픔을 뼛속까지 느낀다. 철은 욱신거리다 수축하고, 돌과 벽돌은 둔중하게 아프고, 석회는 감각이 없다.

　베를린은 두개의 중심을 가진 도시이다 — 기념교회[1]를 중심으로 비싼 호텔, 바, 영화관, 상점 들이 모여 있는, 도시의 누추한 황혼 속에서 모조 다이아몬드처럼 반짝이는 빛의 중심이 있고, 운터 덴 린덴을 중심으로 조심스럽게 배치된 건물들이 모인 자의식적인 시민의 중심지가 있다. 거창한 국제적 건축 양식들, 복사판의 복사판으로, 그 건물들은 수도로서 우리의 존엄성을 주장한다 — 국회, 몇몇 박물관, 국영 은행, 성당, 오페라 극장, 십여개의 대사관, 개선문. 아무것도 잊지 않았다. 모든 것이 너무나 당당하고, 너무나 정확하다 — 모든 프로이센풍의 엄숙한 잿빛 정면 뒤에서 늘 번득이는 히스테리의 섬광을 그 건축물 자체로 드러내는 대성당[2]만 빼고. 그것은 처음 보면, 말도 안되게 생긴 돔에 눌린 것이, 깜짝 놀랄 만큼 우스꽝스러워서, 그에 걸맞게 황당한 이름을 찾아보게 되는데 — 무원죄 소비 교회[3]라든가.

　그러나 베를린의 진짜 심장은 작고 축축한 검은 숲 — 티어가르텐이다. 이맘때면 추위로부터 무방비한 작은 마을에서 농부의 아

---

1 카이저 빌헬름 기념교회를 말함.
2 베를린 대성당을 말함. 독일어로는 '베를리너 돔'(Berliner Dom)이라고 함.
3 '무원죄 잉태'(Immaculate Conception)를 빗대어 '무원죄 소비'(Immaculate Consumption)로 바꿔 말한 것임.

들들이 먹을 것과 일거리를 찾아 도시로 몰려나온다. 그러나 벌판 위로 밤하늘에 그리도 밝고 친근하게 빛나던 그 도시는, 차갑고 잔인하고 죽어 있다. 도시의 온기는 겨울 사막에서 본 환각이요, 신기루다. 도시는 이 소년들을 받아들이지 않을 것이다. 도시는 줄 것이 없다. 추위가 그들을 거리로부터 도시의 잔혹한 심장인 그 숲으로 몰아낸다. 그리고 그들은 벤치에 웅크리고, 굶주리고 얼어가면서, 저 멀리 그들의 오두막집 난로를 꿈꾼다.

슈뢰더 부인은 추위를 싫어한다. 모피 안감을 두른 벨벳 재킷을 껴입고 그녀는 양말 신은 발을 난로에 올려놓은 채 구석에 앉아 있다. 그녀는 때때로 담배를 한대 피우기도 하고 차를 홀짝거리기도 하지만, 대부분은 그냥 앉아 일종의 겨울잠을 자는 듯 멍하게 난로의 타일을 바라보며 있다. 그녀는 요새 외롭다. 마이어 양은 까바레 순회공연으로 홀란드에 갔다. 그래서 슈뢰더 부인은 보비와 나 말고는 이야기할 사람이 없다.

어쨌든 보비는 지금 아주 망신스러운 상태다. 그는 실직했고 석 달째 방세가 밀렸을 뿐만 아니라, 슈뢰더 부인은 그가 자기 가방에서 돈을 훔치는 것이 아닌지 의심할 만한 근거가 있다. "봐요, 이시부 씨," 그녀는 내게 말한다. "그 50마르크를 코스트 양에게서 슬쩍하지 않았나 의심해볼 필요도 없어요…… 충분히 그럴 수 있어, 돼지 같은 놈! 내가 저놈을 잘못 봤던 걸 생각하면! 이시부 씨, 내가 저놈을 내 아들처럼 대했다면 믿을 수 있겠어요? 그 보답이 이거라니! 만약 레이디 윈더미어에서 바텐더 일자리만 구하게 되면 버는 돈을 다 나한테 주겠다고 하는데…… 만약에, 만약……" 슈뢰더 부인은 극심한 경멸로 콧방귀를 뀐다. "뭔 소리는 못해! 우리 할머니에게 바퀴가 있으면 할머니더러 버스라고 할 판이야!"

보비는 이미 전의 방에서 몰려나 '스웨덴 파빌리온'으로 추방됐다. 그 위는 끔찍하게 외풍이 셀 것이었다. 불쌍한 보비는 때때로 추위 때문에 파랗게 질려 있다. 그는 지난 한해 동안 아주 많이 변했다. 머리는 성글어지고, 옷은 남루해지고, 그의 뻔뻔함은 반항적이고 다소 안쓰러워졌다. 보비 같은 사람들은 직업이 곧 그들이다 ─ 직업이 없어지면 그들은 부분적으로 존재하지 않게 된다. 때로 그는 면도도 하지 않은 채 호주머니에 손을 넣고 거실을 엿보기도 하고, 불편하게 반항적인 태도로 혼자 휘파람을 불면서 어슬렁거린다 ─ 그가 휘파람 부는 댄스 음악은 이제 딱히 신곡도 아니다. 슈뢰더 부인은 때때로 그에게 거친 빵조각 같은 말 한마디를 툭 던져주지만, 그녀는 그를 쳐다보거나 난로 옆에 자리를 내주지는 않는다. 아마도 그녀는 코스트 양과의 연애 사건으로 인해 그를 결코 용서하지 않고 있는지도 모른다. 간질이고 엉덩이를 찰싹 때려주던 시절은 이제 끝났다.

어제는 코스트 양이 찾아왔다. 나는 그때 외출 중이었다. 내가 돌아왔을 때, 슈뢰더 부인은 아주 흥분해 있었다. "생각해봐요, 이시부 씨 ─ 몰라볼 뻔했다니까! 이제 아주 귀부인이더라니까! 일본인 친구가 모피 외투를 사줬대 ─ 진짜 모피, 그게 얼마짜리인지 생각도 하고 싶지 않아! 그리고 구두는 ─ 진짜 뱀가죽이더라니까! 자, 자, 뭐 그건 자기가 벌었다고 쳐! 그런 게 여전히 요즘도 잘 나가는 사업이기는 하니까…… 나도 그 길로 나가볼까봐!" 그러나 슈뢰더 부인이 코스트 양의 씀씀이를 얼마나 비아냥거리건 간에, 나는 그녀가 아주 많이, 그리고 호의적으로 깊이 감명받았음을 알 수 있었다. 그녀에게 감명을 준 것은 모피 외투나 뱀가죽 구두만이 아니었다. 코스트 양은 그보다 더 높은 어떤 것 ─ 슈뢰더 부인의 세계에서 품위 있는 지위의 보증을 획득했다. 코스트 양은 개인 요양원에서 수술을 받았던 것이다. "아, 당신이 생각하는 그런 게 아니에요, 이시부 씨! 목하고 관련된 수술이에요. 그 비용도 그 친구가 내준 거지, 물론…… 생각해봐요 ─ 의사들이 그녀의 코 뒤에서 뭔가 잘라냈어요. 그리고 지금은 입에 물을 물고 있다가 콧구멍으로 그걸 뿜어낼 수도 있게 됐다고, 흡입기처럼! 처음엔 나도 믿지 않으려 했는데 ─ 직접 보여주지 뭐야! 정말로, 이시부 씨, 부엌을 가로질러서 물을 내뿜더라니까! 여기서 살던 때에 비하면 정말 많이 나아졌다는 건 부인할 수가 없어…… 이제 은행장하고 결혼한 다고 해도 놀랍지 않아. 아, 그래, 내 말 들어봐, 걔는 아주 멀리 갈 것……"

내 학생 중 하나인 젊은 공학도 크람프 씨는 전쟁과 인플레이션 시기였던 자신의 어린 시절을 이야기한다. 전쟁 막판에는 열차 창문을 여닫는 가죽 끈들이 사라졌다. 사람들이 가죽을 팔기 위해 그것을 잘라냈던 것이다. 심지어 열차 내부를 씌운 천으로 옷을 만들어 입고 다니는 사람들도 볼 수 있었다. 크람프의 학교 친구 한 무리는 어느날 밤 공장에 침입하여 가죽으로 된 구동 벨트를 모조리 훔쳐왔다. 모두가 도둑질을 했다. 팔아야 할 것이라면 모두 내다팔았다 —— 그들 자신까지 포함해서. 크람프 반에 있던 열네살짜리 소년은 수업 사이에 거리에서 코카인을 팔러 다녔다.

농부와 푸줏간 주인은 전능한 존재였다. 채소나 고기를 원한다면, 그들의 사소한 변덕도 만족시켜야 했다. 크람프 가족은 베를린 외곽 작은 마을의 푸줏간 주인을 한사람 알았고, 그에게는 늘 팔 고기가 있었다. 그러나 그 푸줏간 주인은 특이한 변태 성욕을 가지고 있었다. 그에게 최고의 성적 쾌락은 음전하게 자라고 예민한 소녀 혹은 여인의 뺨을 꼬집거나 때리는 것이었다. 크람프 부인 같은 귀부인을 그렇게 모욕할 가능성은 그를 엄청나게 흥분시켰다. 그가 이 환상을 실현하지 못할 거라면 그는 아예 거래를 하지 않으려고 했다. 그래서 매주 일요일마다 크람프의 어머니는 아이들과 함께 그 마을로 가서 참을성 있게 그녀의 뺨을 내밀어 맞고 꼬집혔고, 그 댓가로 커틀릿이나 스테이크 고기를 사오곤 했다.

포츠담 가 저 끝에는 회전목마, 그네, 핍 쇼 같은 것들이 있는 놀이공원이 있다. 그 놀이공원의 최고 명물은 권투나 레슬링 경기가 열리는 천막이다. 돈을 내고 들어가면 레슬러들이 서너 라운드를 싸우고, 더 보고 싶으면 10페니히를 추가로 내라고 심판이 알려준다. 이 레슬러 중 한사람은 배가 아주 불룩한 대머리 아저씨다. 그는 마치 노를 저으러 가는 사람처럼 밑단을 말아올린 캔버스 천 바지를 입는다. 그의 상대는 검은 타이츠를 입고 마차 끄는 늙은 말에서 벗겨낸 것처럼 보이는 가죽 무릎 보호대를 찬다. 레슬러들은 관중을 즐겁게 해주기 위해 서로 가능한 한 많이 집어던지고 공중 제비를 넘는다. 지는 역할을 하는 살찐 남자는 얻어맞으면 매우 화난 척하면서 심판과 싸우려 든다.

권투 선수 중 한명은 흑인이다. 어김없이 그가 이긴다. 권투 선수들은 오픈 글러브를 끼고 서로 때려서 엄청난 소리를 낸다. 또다른 권투 선수는 흑인보다 스무살쯤 젊고 분명 그보다 훨씬 강한, 키가 크고 체격이 좋은 청년인데, 어이없이 쉽게 '녹아웃'을 당한다. 그는 바닥에서 극심한 고통으로 몸부림치며, 열을 카운트할 때 겨우겨우 일어서고는, 다시 신음 소리를 내며 쓰러진다. 이 싸움이 끝나면 심판은 10페니히를 더 걸고, 관중 가운데서 도전할 사람이 없는지 묻는다. 진짜 도전자가 나타나기 전에, 조금 전까지 레슬러들과 아주 공공연히 수다를 떨며 농담을 주고받던 또다른 젊은이가 황급히 링으로 뛰어 올라와 옷을 벗으면, 그는 이미 반바지와 복싱화를 신고 있음이 밝혀진다. 심판은 5마르크의 상금을 선포하고, 이번에는 흑인이 '녹아웃'된다.

관중은 그 싸움을 굉장히 심각하게 받아들여서, 선수들을 응원하며 소리치고, 심지어는 결과를 놓고 그들끼리 다투거나 내기를 걸기도 한다. 그러나 거의 모든 사람들이 그 천막 안에 나만큼 오래 있었고, 내가 나온 다음에도 남아 있었다. 이것의 정치적 교훈은 확실히 우울하다. 이 사람들은 누구도 혹은 무엇도 믿도록 만들 수가 있다.

오늘 저녁 클라이스트 가를 걷다가 나는 어떤 자가용 주변에 사람들이 모여 있는 것을 보았다. 차 안에는 여자 두명이 타고 있었다. 길에는 두명의 젊은 유대인이 서서, 좀 취한 것이 분명한 덩치 큰 금발 사내와 격렬하게 싸우고 있었다. 그 유대인들은 거리를 따라 천천히 운전하며 하룻밤을 함께 보낼 여자가 있는지 살피며 지나가다가, 이 여자들에게 타라고 했던 모양이었다. 이 두 여자는 제안을 받아들여 차를 탔다. 그러나 그 순간 금발 사내가 끼어들었다. 그가 말하길, 자신은 나치이며, 음탕한 반유럽적 위협에 대항하여 모든 독일 여성의 명예를 지켜주는 것이 자신의 임무라고 느낀다는 것이었다. 두 유대인들은 전혀 겁을 먹지 않은 듯했다. 그들은 그 나치에게 자기 일이나 잘하라고 열을 내며 말했다. 그러는 동안 여자들은 그 소동을 틈타 차에서 빠져나와 길 아래로 달아났다. 그러자 나치는 유대인 중 한명을 질질 끌며 경찰관을 찾았고, 팔을 붙잡힌 유대인은 그에게 어퍼컷을 날려 그는 길에 쭉 뻗어버렸다. 나치가 일어나기 전에 두 젊은이는 차에 올라타고 가버렸다. 군중은 서로 논쟁을 벌이며 천천히 흩어졌다. 그들 중 공공연하게 나치 편을 드는 사람은 거의 없었다. 몇몇은 유대인들을 지지했다. 그러나 대다수가 모호하게 고개를 저으며 이렇게 중얼거렸다. "가지가지군![4]"

그로부터 세시간 후 내가 같은 장소를 지나가는데, 그 나치는 여전히 길을 위아래로 순찰하며 구출할 독일 여성이 더 없는지 굶주

---

4 (독) Allerhand!

린 듯 살피고 있었다.

우리는 방금 마이어 양으로부터 편지를 받았다. 슈뢰더 부인은 편지 내용을 들으러 내 방에 왔다. 마이어 양은 홀란드가 마음에 들지 않았다. 그녀는 여러 삼류 도시의 이류 까페들에서 노래를 해야 했고, 침실은 종종 난방이 잘되지 않았다. 그녀가 편지에 쓰기를, 홀란드 사람은 교양이 없다고 했다. 그녀는 진정으로 세련되고 우월한 신사를 한명 만났을 뿐이고, 그는 홀아비였다. 그는 그녀에게 정말 여성다운 여성이라고 말했다 — 그에게 젊은 계집애들은 아무 쓸모가 없었다. 그는 그녀에게 새 속옷 한벌을 선물함으로써 그녀의 예술에 대한 자신의 찬탄을 표했다.

마이어 양은 또 동료들과도 문제가 있었다. 어떤 도시에서는 마이어 양의 목소리에 질투심을 느낀 라이벌 여배우가 모자 핀으로 그녀의 눈을 찌르려고 했다. 나는 그 여배우의 용기에 감탄하지 않을 수 없었다. 마이어 양이 그녀와 끝을 봤을 때, 그녀는 너무 심하게 부상당해서 일주일 동안 무대에 설 수 없었다.

어젯밤, 프리츠 벤델이 '지하 명소들'을 둘러보자고 제안했다. 그것은 일종의 작별 방문 같은 성격을 띠었다. 왜냐하면 경찰이 이런 장소들에 크게 흥미를 보이기 시작했기 때문이었다. 그런 장소들은 자주 급습당했고, 고객들의 이름이 기록됐다. 베를린 전체를 소탕한다는 이야기까지 돌았다.

나는 내가 가본 적 없는 쌀로메까지 가자고 우기는 바람에 그의 속을 좀 썩였다. 밤 문화 애호가로서 프리츠는 더없이 경멸적인 태도를 취했다. 거긴 심지어 진짜도 아니야, 그는 내게 말했다. 매니 저들이 순전히 지방 관광객들을 위해서 운영하고 있다는 거였다.

쌀로메는 매우 비싸고 심지어 내가 상상하던 것보다 훨씬 우울했다. 레즈비언 공연을 하는 몇명과 눈썹을 뽑은 젊은 남자 몇명이 바에서 어슬렁거리며, 간간이 걸걸하게 웃거나 높게 소리를 지르곤 했다 — 분명 저주받은 자들의 웃음을 재현하는 것일 터였다. 그 장소 전체가 황금색과 지옥 같은 붉은색 — 두꺼운 선홍색 플러시 천, 그리고 거대한 금박 거울들로 뒤덮여 있었다. 사람들이 꽉 차 있었다. 관중들은 주로 점잖은 중년 상인과 그들의 가족들이었고, 그들은 기분 좋게 놀라서 외쳐댔다. "저 사람들 정말이야?" "아이고, 깜짝이야!" 스팽글로 장식한 크리놀린[5]을 입고 보석으로 장식된 가슴 캡을 한 젊은 남자가 고통스럽게 그러나 성공적으로 세 가지 다리 찢기를 보여주고 나니, 우리는 까바레 공연의 반쯤을 지나와 있었다.

입구에서 우리는 매우 취해서 들어갈까 말까 하고 있는 일군의 미국 청년들을 만났다. 무리의 대장은 짜증나게 두드러진 턱에 코안경을 쓴 작고 다부진 젊은이였다.

"저기요," 그가 프리츠에게 말했다. "여기서는 뭘 해요?"

"남자가 여자 옷을 입고 있어요." 프리츠가 씩 웃었다.

그 자그마한 미국인은 그 말을 믿을 수가 없었다. "남자가 여자 옷을 입는다고요? 여자처럼? 그럼 퀴어[6]라는 거예요?"

---

5 여자들이 치마를 불룩하게 보이게 하기 위해 안에 입던 틀.
6 '퀴어'는 '동성애자'라는 의미와 '이상한'의 의미를 동시에 가지고 있음.

"결국 우리는 모두 퀴어죠." 프리츠는 엄숙하게 느릿느릿, 애처로운 어조로 말했다. 그 젊은이는 우리를 천천히 훑어봤다. 그는 뛰어왔기 때문에 아직 숨을 헐떡이고 있었다. 다른 사람들은 그의 뒤에 어색하게 무리를 지은 채, 뭐든지 할 준비가 되어 있었고 — 다만 입을 헤벌린 그들의 미숙한 얼굴은 녹색을 띤 가로등 불빛에 비춰져 약간 두려워하는 것처럼 보였다.

"이봐요, 당신도 퀴어예요?" 작은 미국인이 갑자기 내게로 돌아서며 물었다.

"네," 내가 말했다. "정말 너무나 퀴어죠."

그는 잠시 내 앞에서 숨을 헐떡이며 턱을 내밀고 내 얼굴을 한대 쳐야 하나 말아야 하나 확신하지 못한 채 서 있었다. 그러다가 그는 돌아서서 무슨 대학 응원구호 같은 소리를 거칠게 내지르며, 다른 사람들을 이끌고 그 건물 안으로 몰려 들어갔다.

"동물원 근처의 공산주의자 클럽에 가본 적 있어?" 쌀로메에서 걸어오면서 프리츠가 내게 물었다. "마침내 거기 들러야 할 것 같은데…… 여섯달 후에는 아마 우리 모두가 붉은 셔츠를 입고 있을지도 모르잖아……"

나는 동의했다. 나는 프리츠가 생각하는 '공산주의자 클럽'이 뭔지 알고 싶었다.

정작 그것은 작고 흰 회벽을 한 지하실이었다. 우리는 탁자보를 씌우지 않은 커다란 탁자 앞 긴 나무 벤치에 앉았다. 십여명의 사람들이 함께 앉아 있었다 — 마치 학교 식당처럼. 벽에는 실제 신문을 오린 것, 진짜 카드, 못으로 박은 맥주잔 받침, 성냥갑, 담배갑, 사진에서 잘라낸 사람 얼굴 같은 것들이 들어간, 휘갈겨놓은 표현주의풍 그림들이 걸려 있었다. 까페 안은 대부분 정치적으로 공격적인 너저분함을 지향하는 옷차림을 한 학생들로 가득 차 있었다──남자들은 쎄일러 스웨터와 얼룩진 헐렁한 바지를 입었고, 여자들은 잘 안 맞는 점퍼에, 안전핀이 눈에 보이게 여민 치마를 입고 요란한 집시 스카프를 아무렇게나 매듭을 지어 매고 있었다. 주인 여자는 씨가를 피고 있었다. 종업원 노릇을 하는 청년은 입술 사이에 담배를 물고 어슬렁거리다가, 주문을 받으며 손님들 등을 찰싹 때리곤 했다.

그곳은 전체가 모조품 같고, 명랑하고 즐거웠다. 즉시 집에 온 듯 편안하게 느끼지 않을 수 없는 곳이었다. 프리츠는 늘 그렇듯 여기서도 친구들을 많이 만났다. 그는 나를 그중 세명에게 소개했다──마르틴이라는 남자, 베르너라는 예술학교 학생, 그의 여자친구인 잉에였다. 잉에는 자유분방하고 발랄했다──깃털을 꽂은 작은 모자를 쓰고 있어서 어딘가 헨리 8세와 우스꽝스럽게도 비슷해 보였다. 베르너와 잉에가 잡담하는 동안 마르틴은 말없이 앉아 있었다. 그는 여위고 가무잡잡하고 모난 얼굴에, 의식적인 음모자 같은 냉소적이고 우월한 미소를 띠고 있었다. 저녁 늦게, 프리츠와 베르너와 잉에가 다른 모임과 합석하러 옮겨가자, 마르틴은 임박한 내전에 대해 이야기하기 시작했다. 마르틴의 설명에 따르면, 전쟁이 터지면, 공산주의자들은 기관총이 거의 없으니 지붕 위를 점령할 것이라고 했다. 그리고 나서 수류탄으로 경찰을 오지 못하게 막을 것이었다. 사흘만 버티면 될 것인데, 왜냐하면 소련의 부대가 즉시 시비노우이시치에[7]를 칠 것이고, 군대를 상륙시킬 것이기 때문이었다. "난 요새 대부분의 시간을 폭탄을 만들면서 보내요." 마르틴이 덧붙였다. 나는 고개를 끄덕이며 씩 웃었고, 많이 당황했다 ─ 그가 나를 놀리는 것인지, 혹은 일부러 놀랍도록 경박한 짓을 하는 것인지 알 수가 없었다. 그는 분명 취하지는 않았고, 딱히 미친놈 같아 보이지도 않았다.

곧 열예닐곱살쯤 되어 보이는 기막히게 잘생긴 소년이 까페로 들어섰다. 그의 이름은 루디였다. 그는 러시안 블라우스[8]와 가죽 반바지를 입고 전령용 장화를 신었다. 그는 절망적인 임무를 성공적으로 마치고 돌아온 전령 같은 영웅적인 매너리즘을 보이며 우리 테이블로 성큼성큼 걸어왔다. 그러나 그에게는 전달할 메시지가 없었다. 회오리바람을 일으키며 들어와, 군인처럼 짧게 몇몇과 악수를 나누곤, 그는 아주 조용히 앉아서 차 한잔을 주문했다.

오늘 저녁, 나는 그 '공산주의자' 까페를 다시 방문했다. 그곳은 모의와 반대 모의가 이루어지는, 정말로 매력적인 작은 세계이다. 그 세계의 나뽈레옹은 폭탄을 만드는 음산한 마르틴이다. 베르너는 땅똥이고, 루디는 잔 다르끄다. 모든 사람이 모든 사람을 의심한다. 이미 마르틴은 내게 베르너를 조심하라고 경고했다. 그는 '정치적으로 믿을 수 없다'고 ─ 지난여름에 그가 공산주의 청년조직

───────────────

7 독일어명은 슈비네뮌데. 발트 해 연안, 현재의 폴란드 북서부 항구도시.
8 루바시까를 말함. 소매와 밑단에 장식이 있는 러시아의 남성용 상의.

의 기금을 몽땅 훔쳐갔다는 것이다. 그리고 베르너는 내게 마르틴을 조심하라고 경고했다. 그는 나치 첩자이거나, 아니면 경찰 첩자, 아니면 프랑스 정부의 돈을 받고 있다는 거였다. 여기에 더하여 마르틴과 베르너 둘 다 내게 루디와는 결코 연관되지 말라고 충고했다—그들은 왜 그런지는 한사코 말하지 않았다.

그러나 루디와 결코 연관되지 않는 것은 불가능했다. 그는 내 옆에 앉더니 바로 이야기를 시작했다—태풍 같은 열정으로. 그가 좋아하는 단어는 '끝내주는'이다. "오, 끝내줘!" 그는 탐험가다. 그는 영국의 보이스카우트가 어떤지 알고 싶어 했다. 그들에게도 모험 정신이 있는가? "독일 소년들은 모두 모험을 좋아해요. 모험은 끝내주잖아요. 우리 스카우트 대장님은 끝내주는 남자예요. 작년에 라플란드에 가서 여름 내내 혼자 오두막에서 살았거든요……당신은 공산주의자인가요?"

"아니. 너는?"

루디는 고통스러워했다.

"물론이죠! 여기 우리 모두가 그런데…… 괜찮으면 책 몇 권 빌려드릴게요…… 와서 우리 클럽하우스를 봐야 하는데. 끝내줘요…… 우리는 「적기가」를 부르고, 온갖 금지곡들을 부르죠…… 나한테 영어 가르쳐주실래요? 모든 언어를 다 배우고 싶어요."

나는 그에게 그 모험가 모임에 여자가 있느냐고 물었다. 루디는 내가 정말로 점잖지 못한 말이라도 한 것처럼 충격을 받았다.

"여자들은 아무 소용이 없어요." 그는 내게 쓸쓸하게 말했다. "여자들은 모든 걸 망쳐요. 모험심도 없어요. 남자들은 자기들끼리 있을 때 훨씬 서로를 잘 이해해요. 페터 아저씨 (우리 스카우트 대장님이에요) 말로는 여자들은 집에 들어앉아서 양말이나 꿰매야 한대요. 그런 일이나 어울린다는 거죠!"

"페터 아저씨도 공산주의자니?"

"물론이죠!" 루디는 나를 의심스럽게 바라봤다. "그건 왜 물어보세요?"

"아, 특별한 이유는 없어." 나는 황급히 대답했다. "아마 내가 그분을 다른 사람하고 헷갈린 모양이야."

오늘 오후, 나는 소년원에 가서 내 학생 중 하나이자 소년원 교사인 브링크 씨를 만났다. 그는 키가 작고 어깨가 넓으며, 죽은 사람처럼 성긴 금발머리와, 온화한 눈, 그리고 독일 채식주의자 지식인 특유의 튀어나오고 과하게 묵직한 이마를 지녔다. 그는 쌘들을 신고 셔츠 목 부분을 풀어 헤쳐 입었다. 그는 체육관에서 정신장애 아들에게 체육 수업을 하고 있었다. 소년원은 청소년 범죄자뿐만 아니라 정신장애아도 수용하고 있었다. 우울한 자부심으로 그는 여러 사례들을 보여줬다. 어린 소년 하나는 유전성 매독을 앓고 있어서, 심한 사시였다. 다른 소년은 나이 든 알코올중독자의 아이로, 웃음을 멈추지 못했다. 그들은 웃고 잡담하면서 겉보기에는 아주 행복하게, 원숭이처럼 늑목을 기어오르고 있었다.

그리고 나서 우리는 푸른 작업복을 입은 조금 더 나이 든 아이들 — 모두 유죄판결을 받은 범죄자들이었는데 — 이 장화를 만들고 있는 작업장으로 올라갔다. 브링크가 들어가자 대부분의 소년이 올려다보고 씩 웃었고, 몇명만이 뚱한 채로 있었다. 그러나 나는 그들의 눈을 똑바로 볼 수가 없었다. 나는 끔찍한 죄의식을 느꼈고 부끄러웠다. 그 순간 나는 자본주의 사회의, 그들을 가두고 있는 간수들의 유일한 대표자가 된 것 같았다. 나는 그들 중 알렉산더 카지노에서 체포된 사람이 있는지, 있다면 나를 알아보겠는지, 궁금했다.

우리는 여간수의 방에서 점심을 먹었다. 브링크 씨는 내게 소년들이 먹는 것과 똑같은 음식을 주는 데 대해 사과했다─쏘시지 두개가 들어 있는 감자 수프와 사과와 삶은 자두 한접시였다. 나는 음식이 매우 좋다고 항변했다─정말이지, 항변하는 것이 나의 의도였으므로. 그렇지만 소년들이 그 건물에서 이것을, 혹은 다른 음식을 먹어야 한다고 생각하니 한숟갈 한숟갈이 목에 달라붙는 듯했다. 시설의 급식은 뭐라고 표현할 수 없는, 아마도 순전히 상상 속의 맛을 가졌다. (내 학창 시절 가장 생생하고도 구역질 나는 기억 중 하나는 평범한 흰 빵 냄새다.)

"여긴 철창이나 잠긴 문이 없네요." 내가 말했다. "모든 소년원엔 그런 것이 있다고 생각했는데…… 아이들이 종종 달아나지 않나요?"

"그런 일은 거의 없어요." 브링크가 말했다. 그 점을 인정하면서 그는 아주 불행해 보였다. 그는 피곤한 표정으로 머리를 손에 묻었다. "도망가서 어딜 가겠어요? 여기는 나쁘죠. 집은 더 나빠요. 그들 대부분이 그걸 알고 있죠."

"그렇지만 자유에 대한 일종의 자연스러운 본능이 있지 않을까요?"

"네, 맞아요. 그렇지만 아이들은 그걸 곧 잃어버리죠. 체제가 그걸 잃어버리도록 도와줘요. 내 생각에 독일에서는 그런 본능이 아주 강한 적이 없는 것 같아요."

"그럼 별로 말썽이 없겠어요?"

"아, 네. 가끔은…… 석달 전에, 끔찍한 일이 일어났죠. 한 아이가 다른 아이의 외투를 훔쳤어요. 시내에 가도록 허가를 해달라고 했는데 ― 허가가 났고 ― 아마 그걸 팔려고 한 것 같아요. 그렇지만 외투 주인이 그를 따라가서, 서로 싸운 거예요. 원래 외투 주인이었던 아이가 큰 돌을 집어들어 다른 아이에게 던졌어요. 이 아이는 자기가 다친 걸 알고, 일부러 상처를 악화시키려고 흙을 비벼넣었고, 그래서 처벌을 면했어요. 상처는 점점 악화됐죠. 사흘 만에 그 아이는 패혈증으로 죽었어요. 그리고 다른 아이는 이 소식을 듣고 부엌칼로 자살했죠……" 브링크는 깊이 한숨을 쉬었다. "때로는 거의 절망해요." 그가 덧붙였다. "지금의 세상을 감염시키는 어떤 악, 병 같은 게 있는 것 같아요."

"그렇지만 이 아이들을 위해서 당신이 실제로 뭘 할 수 있겠어요?" 내가 물었다.

"거의 없죠. 우리는 그들에게 기술을 가르쳐요. 나중에는 그들에게 일자리를 찾아주려고 하는데 ― 거의 불가능하지요. 근처에 일자리를 얻게 되면, 밤에 여기 와서 잘 수 있어요…… 원장님은 기독교 교리를 가르치면 그들의 삶이 바뀔 수 있다고 믿어요. 난 공감을 못하겠어요. 문제가 그렇게 간단하지가 않아요. 그들 대부분은 일자리를 얻을 수 없다면 범죄를 저지르게 될 것 같아요. 결국 사람이 굶어 죽을 수는 없으니까요."

"다른 대안은 없을까요?"

브링크는 일어나 나를 창가로 데려갔다.

"저 두 건물 보이죠? 하나는 기계 공장이고, 다른 하나는 감옥이에요. 이 지역 아이들에게는 두가지 대안이 있었죠…… 그러나 지금은 공장이 파산 상태예요. 다음주에는 문을 닫을 거래요."

오늘 아침, 나는 루디의 클럽하우스를 구경하러 갔다. 그것은 스카우트 잡지의 사무실이기도 했다. 편집자이자 스카우트 대장이기도 한 페터 아저씨는 양피지 빛깔의 얼굴에 눈이 움푹 들어간 수척한 젊은이로, 코듀로이 재킷과 짧은 바지를 입었다. 그는 분명 루디의 우상이다. 루디가 이야기를 멈출 때는 페터 아저씨가 할 말이 있을 때뿐이다. 그들은 내게 남자아이들 사진을 수십장 보여줬다. 모두 아래에서 위로 올려보고 찍은 사진이라서 아이들은 모두 거대한 구름을 배경으로 도드라져 서사시 속 거인처럼 보였다. 잡지 자체에는 사냥, 트래킹, 음식 준비 등에 관한 기사가 실려 있었는데 ― 모두 과도하게 열정적인 문체로, 기저에는 묘하게 히스테리의 기미가 엿보였다. 거기 묘사된 행동들이 종교적인, 혹은 에로틱한 의식의 일부라도 되는 것처럼. 방에는 대여섯명의 소년이 더 있었다. 날씨가 매우 추웠음에도 불구하고, 그들은 모두 영웅처럼 반쯤 옷을 벗고, 가장 짧은 반바지에 가장 얇은 셔츠 혹은 속셔츠를 입고 있었다.

내가 사진을 다 보고 나자, 루디는 나를 클럽 회의실로 데려갔다. 머리글자와 신비로운 토템 문양이 수놓인, 화려한 긴 현수막이 벽에 드리워 있었다. 방 한쪽 끝에는 수를 놓은 선홍색 천으로 덮인 낮은 탁자가 —— 일종의 제단처럼 놓여 있었다. 탁자 위에는 놋쇠 촛대에 초가 꽂혀 있었다.

"목요일마다 촛불을 켜요." 루디가 설명했다. "캠프파이어 행사를 할 때요. 그러면 우린 바닥에 동그랗게 둘러앉아서 노래도 하고 이야기도 하죠."

촛대가 놓인 탁자 위로는 일종의 성상이 걸려 있었다 —— 비인간적으로 아름다운 젊은 길잡이가 깃발을 들고 저 멀리를 뚫어지게 바라보는 그림 액자였다. 그 장소 전체가 나를 심히 불편하게 만들었다. 나는 핑계를 대고 될 수 있는 한 빨리 그곳을 나왔다.

까페에서 엿들은 이야기. 한 젊은 나치가 여자 친구와 앉아 있다. 그들은 당의 미래에 대해 토론하고 있다. 나치는 술에 취했다.

"아, 우리가 이길 거라는 거 알아." 그가 초조하게 외친다. "그렇지만 그것만으로는 충분하지 않아!" 그는 주먹으로 테이블을 쾅친다. "피를 봐야 해!"

여자는 달래듯 그의 팔을 쓰다듬는다. 그녀는 그를 집으로 데려가려고 한다. "그렇지만, **물론**, 그렇게 될 건데, 자기," 그녀는 부드럽게 아양을 떤다. "우리 계획에 보면 지도자께서 그렇게 약속했잖아."

오늘은 '은빛 일요일'이다. 거리에는 쇼핑하는 사람들로 넘쳐난다. 타우엔치엔 가를 따라서 어른들과 소년들이 엽서, 꽃, 노래책, 머릿기름, 팔찌 같은 것을 팔러 다닌다. 전찻길 사이 중앙로를 따라 크리스마스트리가 진열되어 있다. 제복을 입은 나치 돌격대원들이 모금함을 절겅거리고 다닌다. 골목에는 경찰들이 잔뜩 대기 중이다. 요즘 대규모 군중은 언제라도 정치 폭동으로 변할 수가 있기 때문이다. 구세군은 비텐베르크 광장에 커다랗게 불 밝힌 크리스마스트리를 세우고 그 위에 전기로 푸른색 불을 켠 별을 올렸다. 학생 한 무리가 그 주변에 서서 냉소적인 말들을 내뱉고 있다. 그들 중 나는 '공산주의자' 까페에서 만났던 베르너를 알아본다.

"내년 이맘때면," 베르너가 말했다. "저 별은 색깔이 바뀌게 될 거야!" 그는 격렬하게 웃었다 — 그는 흥분했고, 약간 히스테리 상태였다. 그가 내게 말하기를, 어제 엄청난 모험을 했다는 것이었다. "봐, 다른 동지 세명하고 나하고 노이쾰른의 공공 직업소개소 앞에서 시위하기로 했거든. 나는 연설을 하고 다른 사람들은 내가 방해받지 않도록 봐주기로 했어. 우리가 거기 10시 반쯤 갔는데, 그때가 제일 붐비는 때거든. 물론 전부 미리 계획해뒀지 — 동지들이 하나씩 문을 붙들어서 사무실 직원들이 나오지 못하게 하도록 말이야. 토끼처럼 딱 가둬놓는 거지…… 물론 그들이 경찰에 전화하는 것을 막지는 못했어. 그건 이미 알고 있었지. 우리는 시간이 육칠분 정도 있다고 봤어…… 음, 그래서 문을 붙들어놓자마자 나는 탁자위로 뛰어 올라가, 머릿속에 떠오르는 대로 소리쳤지 — 무슨 말을 했는지는 모르겠네. 어쨌든 사람들이 좋아했어…… 삼십초쯤 지나니까 내가 사람들을 너무 흥분시켜서, 덜컥 겁이 나는 거야. 나는 그들이 사무실로 뛰어들어 누군가를 린치라도 할까봐 겁이 났어. 아주 난리였지 뭐야, 정말! 그런데 상황이 적당히 활기를 띠기 시작하려는데, 동지 하나가 아래층에서 올라와 벌써 경찰이 왔다고 하는 거야 — 지금 막 차에서 내린다고. 그래서 우리는 냅다 튀어야 했지…… 아마 경찰이 잡고도 남았을 텐데, 그래도 군중이 우리 편이라서 우리가 다른 문으로 나가 길로 나갈 때까지 경찰이 못 들어오게 해줬어……" 베르너는 숨도 안 쉬고 마무리했다. "있잖아, 크리스토퍼," 그가 덧붙였다. "자본주의 체제는 이제 오래 못 갈 것 같아. 노동자들이 움직이기 시작했어."

오늘 이른 저녁에, 나는 뷜로 가에 있었다. 슈포르트팔라스트[9]에서 나치의 대규모 집회가 있었고, 갈색 혹은 검은색 제복을 입은 남자 어른과 소년 들이 무리를 지어 거기에서 나오고 있었다. 내 앞 보도를 따라 세명의 나치 돌격대원이 걸어가고 있었다. 그들은 모두 나치 깃발을 깃대에 똘똘 말아 어깨에 마치 소총처럼 메고 있었다 — 깃대 끝은 금속으로 날카롭게 만든 화살촉 모양이었다.

그러다가 문득, 세명의 나치 돌격대원이 민간인 복장을 하고 반대쪽으로 서둘러 가고 있던 예닐곱살쯤 된 젊은이와 마주쳤다. 나는 나치 중 한명이 이렇게 외치는 것을 들었다. "저놈이다!" 그러자 곧 그 세사람은 젊은이에게 달려들었다. 그는 비명을 지르며 피

9 1400명 남짓을 수용할 수 있는 대규모 체육관 겸 강당으로 1910년에 건설되고 1973년에 철거됨.

하려 했지만, 그들이 너무 빨랐다. 한순간에 그들은 그를 어떤 집의 입구 그늘 속으로 밀어넣고, 그를 밟고 서고, 걷어차고, 깃대의 뾰족한 금속 끝으로 찔렀다. 이 모든 일이 믿을 수 없을 정도로 순식간에 일어나서, 나는 내 눈을 믿을 수가 없었다 ─ 이미 세명의 돌격대원은 그들의 희생자를 남겨두고 군중 속으로 유유히 사라졌다. 그들은 고가철도 역으로 이어지는 계단으로 올라가버렸다.

다른 행인 한사람과 내가 처음으로 그 젊은이가 누워 있는 문간에 도착했다. 마치 버려진 자루처럼 그는 구석에 몸을 웅크리고 쓰러져 있었다. 사람들이 그를 일으킬 때, 나는 그의 끔찍한 얼굴을 흘끗 보게 됐다 ─ 왼쪽 눈은 반쯤 비어져 나왔고, 상처에서 피가 쏟아지고 있었다. 그는 죽지는 않았다. 누군가가 나서서 그를 택시에 싣고 병원으로 데려갔다.

이때쯤에는 수십명이 구경하고 있었다. 그들은 놀란 것 같았지만, 특별히 충격받은 것 같지는 않았다 ─ 이런 종류의 일이 요즘은 너무 자주 벌어지고 있었으니까. "가지가지군……[10]" 그들이 중얼거렸다. 20야드쯤 떨어진 곳, 포츠담 가 길모퉁이에는 중무장한 경찰관 한 무리가 서 있었다. 가슴을 내밀고 권총을 찬 벨트에 손을 얹은 채로, 그들은 이 모든 일을 당당하게 무시했다.

베르너는 영웅이 됐다. 며칠 전, 그의 사진이 『디 로테 파네』[11]지에 다음과 같은 설명과 함께 실렸다. "경찰의 대학살에 또 희생되

---

10 (독) Allerhand……
11 *Die Rote Fahne*. 1918년 창간된 독일 최초의 좌파 신문. '붉은 깃발'이라는 뜻.

다." 어제는 설날이었고, 나는 그를 병문안하러 갔다.

크리스마스 직후 슈테티너 역 근처에서 시가전이 있었던가보다. 베르너는 군중 가장자리에 있었고, 무슨 싸움인지도 몰랐다. 혹시나 그게 뭔가 정치적인 것일지도 몰라서, 그는 "붉은 전선!"이라고 외치기 시작했다. 경찰 한명이 그를 체포하려고 했다. 베르너는 경찰의 배를 걷어찼다. 경찰은 권총을 꺼내서 베르너의 다리를 세차례 쏘았다. 총을 쏘고 나서 그는 다른 경찰관을 불렀고, 그들은 베르너를 택시에 싣고 갔다. 경찰서로 가는 도중, 경찰관들이 그의 머리를 곤봉으로 때려서 그는 기절하고 말았다. 충분히 회복되고 나면 베르너는 십중팔구 기소당할 것이다.

그는 침대에 앉아, 루디와 헨리 8세 모자를 쓴 잉에를 포함해 그를 존경하는 친구들에게 둘러싸인 채 아주 흐뭇하게 이 모든 이야기를 들려줬다. 그의 주위로 담요 위에는 신문에서 오려낸 그의 기사들이 놓여 있었다. 누군가가 붉은 색연필로 베르너의 이름이 언급되는 곳마다 주의 깊게 밑줄을 쳐놓았다.

오늘, 1월 22일, 나치는 뷜로 광장, 카를 리프크네히트관[12] 앞에서 시위를 했다. 지난주 내내 공산주의자들은 그 시위를 금지시키려고 노력했다. 그들은 그 시위가 도발할 의도일 뿐이라고 말했

---

12 1912년에 지어진 공장 건물을 1926년 독일공산당이 매입하여 본부로 사용하며 독일사회주의동맹 및 독일공산당을 창립한 카를 리프크네히트(Karl Liebknecht, 1871~1919)의 이름을 붙임. 현재는 독일 좌파당 '디 링케'(Die Linke)의 당사로 사용되고 있음.

다 — 물론 실제로 그랬다. 나는 신문사 통신원인 프랭크와 함께 시위를 보러 갔다.

프랭크가 나중에 말했듯이, 이것은 실제로 전혀 나치의 시위가 아니라, 경찰의 시위였다 — 나치 한명에 최소한 경찰 두명이 붙어 있었으니까. 아마 슐라이허 장군[13]은 누가 베를린의 진정한 주인인지 보여주려고 그 행진을 허락했을 것이다. 사람들은 모두 그가 곧 군사독재를 선포할 것이라고 한다.

그러나 베를린의 진짜 주인은 경찰도 아니고, 군대도 아니며, 분명 나치도 아니다. 베를린의 주인은 노동자들이다 — 내가 듣고 읽었던 모든 선전, 내가 참여했던 모든 시위에도 불구하고, 나는 오늘에서야 처음으로 이것을 깨달았다. 뷜로 광장 주변 거리에 운집한 수천명 중에서 조직된 공산주의자는 상대적으로 미미한 수였지만, 그들 하나하나가 이 행진에 대항하여 단결해 있다는 느낌을 줬다. 누군가가 「인터내셔널」을 노래하기 시작했고, 삽시간에 모두가 합세했다 — 아기들을 데리고 꼭대기 층 창문에서 내려다보고 있던 여자들까지도. 나치들은 이중으로 늘어서서 그들을 지켜주는 보호자들 사이로 가능한 한 빠르게 행진하여 슬금슬금 빠져나갔다. 그들 대부분은 땅만 쳐다보거나, 유리알같이 눈을 빛내며 앞만 보고 걸어갔다. 몇몇은 역겹게, 몰래 씩 웃어 보이기도 했다. 행렬이 지나가고 나자, 어쩌다 뒤에 남은 키가 작고 뚱뚱한 나이 든 돌격대원 하나가 혼자 남은 것을 깨닫고 절박하게 겁먹은 표정으로, 두

---

13 쿠르트 폰 슐라이허(Kurt von Schleicher, 1882~1934). 독일의 장군. 바이마르 공화국의 마지막 수상. 사임 후 7개월 만에 히틀러에게 암살당함.

줄로 늘어선 사이로 헐떡이며 나머지 사람들을 따라잡으려 애썼으나 헛일이었다. 군중 전체가 크게 웃었다.

시위가 진행되는 동안 뷜로 광장에는 아무도 들어가지 못했다. 그래서 군중은 불편하게 주변으로 몰려들었고, 그래서 상황이 험악하게 되어가는 듯싶었다. 경찰은 소총을 휘두르며 우리더러 뒤로 물러서라고 했다. 경험이 없는 몇몇은 당황하여 발포하려는 시늉도 했다. 그러자 무장한 차량 한대가 나타나 기관총을 우리 방향으로 돌리기 시작했다. 다들 집의 문간이나 까페로 우르르 몰려갔다. 그러나 차가 움직이자 모든 사람이 구호를 외치고 노래를 부르며 길거리로 이내 다시 몰려나왔다. 그것은 진지하게 우려스럽다기보다는 학생들의 장난스러운 게임 같았다. 프랭크는 엄청나게 즐거워했다. 입이 양쪽 귀에 걸리도록 웃으며, 펄럭거리는 외투와 커다란 부엉이 안경을 쓴 채, 볼품없는 앵무새처럼 이리저리 풀쩍풀쩍 뛰어다니면서.

*

위의 글을 쓴 지 겨우 일주일이다. 슐라이허가 사임했다. 외알 안경들[14]이 해냈다. 히틀러는 후겐베르크[15]와 내각을 구성했다. 아무도 그것이 봄까지 지속될 거라고는 생각지 않는다.

....
14 나치를 가리킴.
15 알프레트 후겐베르크(Alfred Hugenberg, 1865~1951). 독일의 사업가, 정치인. 독일국가인민당(DNVP)을 이끌고 나치당과 연합하여 히틀러의 집권을 도움.

신문들은 점점 더 교지의 복사본처럼 되어간다. 새로운 규칙, 새로운 벌칙, '연금된' 사람들의 명단 외에는 아무것도 없다. 오늘 아침, 괴링[16]은 새로 세가지 내란죄를 발명해냈다.

매일 저녁, 나는 기념교회 옆의 반쯤 빈 커다란 예술가 까페에 앉아 있다. 그곳에는 유대인과 좌파 지식인 들이 대리석 테이블에 머리를 맞대고 나지막하고 겁먹은 목소리로 이야기한다. 그들 중 다수는 자신들이 확실히 체포될 것임을 알고 있다 ── 오늘이 아니라면, 내일 혹은 다음주. 그래서 그들은 서로 예의 바르고 온화하게 대하며, 모자를 벗어 들고 동료들 가족의 안부를 묻는다. 몇년간 지속되어오던 악명 높은 문학적 논쟁들은 잊었다.

거의 매일 저녁, 돌격대원들이 까페로 들어온다. 때때로 그들은 그저 돈을 걷는다. 모든 사람들이 뭔가를 기부해야 한다. 때로 그들은 체포하러 온다. 어느날 저녁, 그곳에 있던 한 유대인 작가가 경찰을 부르려고 전화박스로 달려갔다. 나치들이 그를 끌어냈고, 데리고 가버렸다. 아무도 손가락 하나 까딱하지 않았다. 그들이 사라질 때까지, 바늘 떨어지는 소리조차도 들을 수 있을 정도였다.

외신 특파원들은 매일 똑같은 조그만 이딸리아 식당에서 구석의 큰 원탁에 모여 식사를 한다. 식당에 있는 다른 모든 사람들은

---

16 헤르만 빌헬름 괴링(Hermann Wilhelm Göring, 1893~1946). 나치의 초기 당원이자, 나치 돌격대 지휘관. 게슈타포를 창설하고, 나치 공군의 총사령관(제국원수)을 역임함. 종전 후 뉘른베르크 재판에서 사형을 선고받고, 형 집행 전날 자살함.

그들을 지켜보며 무슨 말을 하는지 엿들으려고 한다. 그들에게 갖다줄 소식이 하나라도 있으면 ─ 상세한 체포 경위, 혹은 친척들 취재가 가능한 희생자의 주소 ─ 기자 중 한명이 테이블에서 일어나 길거리로 나가서 함께 이리저리 걸어다닌다.

내가 아는 한 젊은 공산주의자가 돌격대원들에게 체포되어 나치 막사로 끌려가 심하게 맞았다. 사나흘 뒤, 그는 석방되어 귀가했다. 이튿날 아침 누군가가 문을 노크했다. 그 공산주의자는 비틀거리며 팔에 깁스를 한 채로 문을 열었는데 ─ 나치 한명이 모금함을 들고 있더란다. 그 모습을 보고 그 공산주의자는 완전히 이성을 잃었다. "이제 충분하지 않나?" 그가 고함쳤다. "나를 그렇게 때려놓고? 그러고는 감히 나한테 와서 돈을 내라고 해?"

그러나 그 나치는 씩 웃을 뿐이었다. "자, 자, 동지! 정치 논쟁은 하지 맙시다! 기억하세요, 우린 제삼제국에 살고 있다고요! 우린 모두 형제예요! 그 어리석은 정치적 증오심을 마음에서 몰아내도록 노력해야 해요!"

오늘 저녁 나는 클라이스트 가에 있는 러시아 찻집에 갔고, 그곳엔 D.가 있었다. 잠시 동안 나는 정말로 내가 꿈꾸고 있는 줄 알았다. 그는 얼굴을 온통 환하게 빛내며 평상시처럼 나를 맞았다.

"맙소사!" 내가 속삭였다. "도대체 여기서 뭘 하고 있는 거야?"

D.의 얼굴이 환했다. "내가 외국에라도 간 줄 알았어?"

"음, 당연히……"

"그렇지만 요새 상황이 아주 재미있잖아……"

나는 웃었다. "물론 그렇게 보는 시각도 있지…… 그렇지만 너한테 상당히 위험한 거 아니야?"

D.는 미소 지을 뿐이었다. 그러고 나서 그는 함께 앉아 있던 여자를 돌아보고 이렇게 말했다. "여기는 이셔우드 씨…… 이 사람한테는 그냥 터놓고 얘기해도 돼. 그는 우리만큼이나 나치를 싫어하거든. 아, 그래! 이셔우드는 확고한 반파시스트라고!"

그는 실컷 웃으며 내 등을 탁 쳤다. 우리 가까이 있던 몇몇 사람들이 그의 말을 들었다. 그들의 반응이 묘했다. 그들은 자신의 귀를 믿을 수 없었거나, 아니면 너무 겁이 났던지, 아무 말도 못 들은 척하고는 귀먹은 공포 상태에서 계속 차를 홀짝였다. 나는 내 평생 그렇게 불편하다고 느낀 적이 거의 없을 정도였다.

(그럼에도 불구하고, D.의 기법은 나름대로 의미가 있었던 것 같다. 그는 체포되지 않았다. 두달 후, 그는 성공적으로 국경을 넘어 홀란드로 갔다.)

오늘 아침 뷜로 가를 걷고 있는데, 나치들이 소규모의 자유주의적 평화주의 출판사를 습격하고 있었다. 그들은 화물차를 가져와서 그 출판사의 책들을 싣고 있었다. 화물차의 운전기사는 비웃듯이 대중에게 책 제목들을 읽어주고 있었다. "『전쟁은 이제 그만!』" 그는 책 한권을 마치 더러운 파충류라도 되는 듯 역겨워하면서 모서리를 집어들고 외쳤다. 모두가 웃음을 터뜨렸다.

"전쟁은 이제 그만!" 살찌고 잘 차려입은 한 여자가 경멸하듯 야비한 웃음을 지으며 반복했다. "생각하고는!"

현재 내 정규 학생 중 한명은 바이마르 체제하의 경찰서장인 N. 씨다. 그는 매일 내게 온다. 그는 영어 공부를 다시 시작하고 싶어 한다. 조만간 이곳을 떠나 미국에서 직업을 얻으려고 하기 때문이다. 이 수업의 기묘한 점은, N. 씨의 꽉 닫힌 커다란 차를 타고 거리를 오가는 동안 수업을 한다는 것이다. N. 씨는 절대 우리 집에 들어오지 않는다. 그는 나를 데리러 운전기사를 올려보내고, 즉시 출발한다. 때로 우리는 티어가르텐 언저리에 잠시 멈춰서서 산책로를 오르내리기도 하고 ─ 운전기사는 늘 예의 바르게 거리를 유지하면서 우리를 따라온다.

N. 씨는 내게 주로 자기 가족에 대해 이야기한다. 그는 매우 허약한 아들을 걱정한다. 그는 아들이 수술받을 때 두고 떠나야 했었다. 그의 아내도 몸이 약하다. 그는 여행으로 그녀가 지치지 않기를 바란다. 그는 그녀의 증상과 그녀가 먹고 있는 약의 종류를 묘사한다. 그는 아들이 어릴 때 이야기들을 들려준다. 영민하게 사사로움을 배제하는 방식으로, 우리는 꽤 친해졌다. N. 씨는 늘 매력이 넘치게 예의 바르고, 문법적 요점에 대한 내 설명을 진지하고 주의 깊게 듣는다. 그가 말하는 모든 것 뒤에서 나는 거대한 슬픔을 느낀다.

우리는 결코 정치를 논하지 않는다. 그러나 N. 씨가 나치의 적이 틀림없다는 것, 그리고 아마도 몇시간 뒤에라도 체포될 위험에 처해 있는 것을 나는 안다. 어느날 아침, 운터덴린덴으로 차를 타고 지나가면서, 우리는 서로 잡담을 하며 인도 전체를 가로막고 있는,

자부심 넘치는 나치 돌격대원들을 지나치게 됐다. 행인들은 길옆 도랑으로 걸어가야만 했다. N. 씨는 희미하게 웃으며 서글프게 말했다. "요즘은 길거리에서 별 괴이한 풍경을 다 봐요." 그것이 그의 유일한 논평이었다.

때로 그는 창 쪽으로 몸을 기울여 건물이나 광장을 서글프게 뚫어져라 바라보기도 한다. 마치 그 영상을 기억에 새기고 작별인사를 하려는 듯이.

내일 나는 영국으로 간다. 몇주 있다가 돌아오지만, 베를린을 아주 떠나기 전에 물건들을 가져가기 위해서일 뿐이다.

가련한 슈뢰더 부인은 달랠 도리가 없었다. "정말 당신 같은 신사를 다시 찾을 수는 없을 거야. 이시부 씨 — 월세도 그렇게 꼬박꼬박 정확하게 내주고…… 난 정말 당신이 왜 베를린을 이렇게 갑자기 떠나는지 모르겠어……"

그녀에게 설명을 하려 하거나, 정치 이야기를 하는 것은 아무 소용 없는 일이었다. 이미 그녀는 스스로 적응하고 있었다. 매번 새 정권이 들어설 때마다 그러할 것이다. 오늘 아침 나는 그녀가 관리인 아내에게 '지도자'[17]에 대해 존경심을 품고 이야기하는 것을 듣기까지 했다. 누군가가 지난 11월 선거에서 그녀가 공산당에게 투표했다는 사실을 상기시킨다면, 그녀는 열렬하게, 완벽하게 선량한 신념에서, 그것을 부인할 것이다. 그녀는 겨울을 대비해서 틸갈

---

17 (독) Der Führer.

이를 하는 짐승처럼, 단지 자연의 법칙에 따라 스스로를 적응시키고 있을 따름이다. 슈뢰더 부인과 같은 수많은 사람이 스스로를 적응시키고 있다. 결국, 어떤 정부가 권력을 잡든, 그들은 이 도시에서 살아가야 할 운명이니까.

오늘은 태양이 환하게 빛나고 있다. 날씨가 꽤 온화하고 따뜻하다. 나는 외투도 모자도 없이, 마지막 아침 산책을 나간다. 태양이 빛나고, 히틀러가 이 도시의 주인이다. 태양이 빛나고, 수십명의 내 친구들 ─ 노동자 학교의 내 친구들, 내가 국제노동구호협회[18]에서 만난 남녀들 ─ 은 감옥에 있으며, 아마도 죽었을 것이다. 그러나 내가 생각하고 있는 것은 그들 ─ 명석하고, 목적의식이 분명하며, 영웅적인 사람들 ─ 이 아니다. 그들은 자신의 위험을 인식했고, 받아들였다. 나는 황당한 러시안 블라우스를 입고 있는 불쌍한 루디를 생각하고 있다. 루디의 환상, 이야기책에나 나오는 게임은 이제 진짜가 됐다. 나치가 그와 함께 그 게임을 할 것이다. 나치는 그를 비웃지 않을 것이다. 나치는 그가 그런 척하는 것을 액면 그대로 믿고 받아들일 것이다. 아마도 바로 지금 이 순간 루디는 고문을 받고 죽어가고 있는지도 모른다.

나는 어느 상점의 거울 속에 비친 내 모습을 보고 내가 미소 짓고 있어서 충격을 받는다. 이런 아름다운 날씨에는 미소 짓지 않을 수가 없는 것이다. 여느 때처럼, 전차가 클라이스트 가를 오르내린

---

18 인테르나티오날 아르바이터힐페(Internationale Arbeiter-Hilfe: IAH). 1921년 베를린에서 창단된 기구.

다. 전차들, 인도 위의 사람들, 찻주전자 덮개처럼 생긴 놀렌도르프 역의 돔이 묘하게 친근한 분위기다. 정상적이고 유쾌했던 것으로 기억하고 있는 과거의 무언가와 놀랍게도 닮은 분위기—아주 잘 나온 사진처럼.

아니다. 지금도 나는 이 이야기 중 어떤 것도 실제로 일어났다고는 온전히 믿을 수가 없다……

제국의 서술자
─ 베를린의 이셔우드

잉글랜드에서 태어나 2차대전 기간 중 미국에 정착하여 캘리포니아에서 사망한 소설가 크리스토퍼 이셔우드(Christopher Isherwood, 1904~86)는 한국 독자들에게는 비교적 생소한 작가이다. 써머싯 몸은 "영국 소설의 미래가 그의 손에 달려 있다"라며 젊은 이셔우드의 잠재력을 높이 평가했지만, 1939년에 미국으로 건너간 후 단 한편의 소설만을 생산한 그에게 신비평(新批評)이 지배하고 있던 1950~60년대의 평단은 그리 후한 평가를 내리지 않았다. 그는 동성애가 형사 고발의 대상이던 영국 사회에서 태어났으나 자신의 동성애 성향을 굳이 숨기지 않았던 첫 세대에 속한 작가였고, 미국으로 이주한 뒤에는 1970년대 미국에서 소수자 인권 운동이 점화되면서 '퀴어'의 대표 주자 중 하나로 부각되었다.

잉글랜드에서 출발하여 유럽 전역을 방황하고 캘리포니아에 정착한 그의 문학적 여정은 20세기 문학의 흐름을 집약하여 보여주고 있다고도 할 수 있다. 그는 영국 사회에 정착하기를 거부하고, 자신의 문학적 동반자이자 연인이기도 했던 시인 오든(W. H. Auden)을 따라 25세가 되던 1929년에 독일 베를린으로 간다. 그는 1차대전에서 전사한 전쟁 영웅의 아들이었고, 어머니의 기대를 배반하고 케임브리지 대학과 런던 대학에서의 학업을 중도 포기하였으며, 이미 『모든 공모자들』(*All the Conspirators*, 1928)이라는 소설을 출간한 신인 작가였다. 동시에 그는 자신의 성적 취향이 다수의 남성들과 다르다는 것을 일찌감치 자각하고 있었다. 그는 동성애가 여전히 형사 고발의 대상이 되는 영국 사회에서 '제국'을 효율적으로 경영할 책임을 지닌 엘리트 계층의 '남성다움'의 규범에 순응할 생각이 없었다. 전쟁이 끝난 후 10여년밖에 지나지 않았기에 여전히 영국의 '적국'이라는 감정이 남아 있는 독일을 행선지로 선택한 것 또한 '대영제국'의 이념에 봉사할 생각이 없다는 그의 결의를 보여주는 것이기도 하다.

물론 '제국'의 이념에 대한 저항은 그 스스로 강렬하게 의식한 것은 아니었던 것 같다. 그를 영국 바깥으로 내몰았던 것은 제국의 이념에 대한 의식적인 반항이라기보다는, 성 소수자로서 자연스럽게 가질 수밖에 없었던 소속 계급의 무의미함이나, 권위에 대한 증오, 부당한 억압에 대한 분노 같은 것에 가까웠을 것이다. 1970년대 소수자 인권 운동의 흐름에 강렬한 목소리를 보탠 자서전 『크리스토퍼와 그의 부류』(*Christopher and His Kind*, 1976)에서 그는 1929년 당시 자신의 베를린행이 다름 아닌 오든이 약속한 '그' 베를린 때문이었음을, 그에게 베를린은 '소년들'(Boys)을 의미하는 것이었음을 분명히 밝힌다.[1] 이셔우드는 오든을 따라서 코지 코너 (Cosy Corner)를 중심으로 한 게이 바와 베를린 특유의 밤 문화에 입문했고, 다양한 계층의 남성들과 접촉하였다. 독일로의 이민까지 고려할 무렵 영국을 다녀오던 그가 국경에서 여행 목적을 묻는 출입국관리소 직원에게 "고향을 찾으러 왔다"라고 답변한 것은 의미심장하다. 그러나 바이마르 공화국이 붕괴하고 나치가 서서히 권력을 장악해나가던 베를린은 그의 고향이 될 수 없었다. 1933년 나치가 정권을 잡고 본격적으로 유대인, 공산주의자, 그리고 동성애자 등 소수자들을 탄압하기 시작하면서 이셔우드는 베를린을 떠날 수밖에 없었다. 유럽을 떠돌던 이셔우드는 결국 2차대전 전야에 미국으로 건너가 정착하고, 2차대전이 끝난 1946년에 미국 시민권을 획득한다.

물론 이 시대에 조국을 떠나 타지를 방황하며 새로운 삶과 새로운 문학을 모색하던 작가가 이셔우드뿐만이 아니라는 점에서 이셔우드 역시 수많은 당대 작가들에게서 발견할 수 있는 망명자 감수성, 혹은 '길 잃은 세대'의 특징을 전형적으로 보여주고 있다. 그

---

[1] Christopher Isherwood, *Christopher and His Kind: 1929-1939* (New York: Avon Books 1976) 2면 참조.

런데 여기서 이셔우드가 특이한 점은 당시 수많은 영미권 작가들에게 현대예술의 중심지로 여겨지던 빠리나, 무수한 영국 작가들에게 르네상스 문화의 원천이자 매혹적인 지중해 문화의 본거지로 여겨지던 이딸리아 도시들을 마다하고, 1차대전 시기 영국과의 적대관계가 아직 완전히 해소되지 않은, 그러나 바이마르 공화국의 중심이자 새롭게 떠오르는 동성애자들의 성지이던 베를린을 선택했다는 점이다.[2] 이방인으로서 바이마르 공화국 말기 사회의 관찰자였던 그는 자신의 관찰과 경험을 일련의 소설로 만들어냈고, 후에 『베를린 이야기』라 불리게 된 이 작품들은 위장된 자서전과 시대 다큐멘터리가 결합된 독특한 형식을 만들어내었다.

그러나 모더니즘의 형식실험과 문학작품의 유기적 완결성을 중시하는 신비평의 흐름 속에서 이셔우드의 소설은 딱히 높이 평가받을 요소가 없는 것으로 간주되었으며, 특히 미국에 정착하여 베단타 사상[3]에 심취한 이후로는 작가로서의 생산력이 감퇴하고 문학적 성과도 보잘것없다고 평가되어왔다. 그러다가 1970년대 이후 인종적, 계급적, 성적 소수자의 인권 문제가 제기되고 그동안 강제로 침묵해야만 했던 목소리들을 발굴하고 재조명하는 작업이 활발해지면서 이셔우드의 자전적 소설들은 새롭게 부각되기 시작했다. 소수자의 자서전은 지배 이데올로기에서 벗어난 새로운 목소리로

---

2 Norman Page, *Auden and Isherwood: The Berlin Years* (New York: St. Martin's Press 1998) 8, 35면 참조.

3 아란야카와 우파니샤드의 철학적, 신비적, 밀교적 가르침을 연구하는 힌두교 철학 학파로, 힌두교의 정통 육파철학 중 하나임.

각광받게 되었고, 페미니즘과 더불어 퀴어 이론의 발달과 전개는 이셔우드의 소설들을 새로운 각도에서 조명할 수 있는 기초를 다져놓았다.

　여기 번역된 작품은 1935년에 출간된 장편 『노리스 씨 기차를 갈아타다』(*Mr Norris Changes Trains*)와 1939년에 여섯편의 중단편을 모아 출간된 『베를린이여 안녕』(*Goodbye to Berlin*)이다.[4] 후에 미국에서 『베를린 이야기』(*Berlin Stories*)로 합본 출간되기도 한 이 작품들은, 애초에 '없어진 사람들'(The Lost)이라는 제목의 대규모 연작소설로 기획되었던 것이다. 발자끄가 구상한 『인간 희극』(*La Comédie humaine*)처럼, 이셔우드는 자신이 오든을 따라 베를린으로 건너간 1929년부터, 나치가 정권을 잡고 순혈 아리아식 국가주의의 기치를 내걸면서 소수자들을 탄압하기 시작한 1933년 사이의 베를린을 중심으로 방대한 서사의 소설을 기획하였다. 그러나 베를린 체류 기간 중 관찰하고 경험한 내용을 바탕으로 쓴 내용 전부를 모아도 대하 연작소설로 완결되기는 불가능하다는 판단하에 그는 '베를린 이야기'로 통칭되는 이 소설들을 간헐적으로 출간했던 것으로 보인다.

　이셔우드가 기획했던 연작소설의 완성본을 볼 수 없게 된 것은

---

4 번역의 저본으로는 뉴 디렉션스 북스(New Directions Books)사에서 2013년, 2012년에 각각 출간된 같은 제목의 책을 사용하였고, 해당 판본은 1935년과 1939년 텍스트를 기초로 한 것임.

아쉬운 일이지만, 출간된 작품들만으로도 베를린 소설은 충분히 흥미롭다. 무엇보다도 이 '베를린 이야기'는 영국인의 시선으로 본 바이마르 공화국 말기의 다양한 인간 군상을 정밀하고 생생하게 보여주는 다큐멘터리적 재미를 느끼게 해준다. 독재에 대한 반감에서 공산주의 운동에 가담하지만 섬세하고 나약한 기질 때문에 이중첩자 겸 사기꾼 행각을 벌일 수밖에 없었던 독특한 신사 노리스 씨, '나'에게 영어 교습을 받는 상류층 독일 가정의 인물들, 귀족이면서 동성애자인 프레그니츠 남작, 유대인이자 자수성가한 갑부 란다우어가의 사람들, 자신의 예술적 재능 혹은 성적 써비스를 판매하며 살아가는 쌜리 볼스, 마이어, 코스트 등과 같은 젊은 여성들, 불안정한 허드렛일을 하거나 일자리를 구하지 못하여 사회 밑바닥을 헤매며 절도와 성매매로 연명하는 독일 노동계급의 청년들을 서술자는 상세히 관찰하고 실감 나게 묘사한다. 발자끄의 스케일에 비할 바는 아니지만, 이셔우드는 짧은 기간 동안 관찰한 베를린 사람들의 다양한 모습을 마치 살아 있는 인물처럼 기억에 남는 인물들의 군상으로 만들어내는 데 성공한다.

이렇듯 실감 나는 인물 군상의 창조는 냉정한 관찰자로서의 서술자 설정과 밀접한 관계가 있다. 『노리스 씨 기차를 갈아타다』에서 화자로 등장하는 윌리엄 브래드쇼(William Bradshaw)[5]와 『베를린이여 안녕』의 '나'(=크리스토퍼 이셔우드)는 화자가 곧 작가 자

---

5 윌리엄 브래드쇼는 이셔우드의 중간 이름이기도 함.

신은 아니라는 경고에도 불구하고, 작가 자신의 경험이나 견지에서 크게 벗어나지 않는다. 그는 시종일관 주변 상황과 인물을 관찰하는 '카메라'의 위치를 고수한다. "생각하지 않으며, 수동적으로"(「베를린 일기: 1930년 가을」, 12면) 주변 상황을 기록만 하겠다는 서술자의 결심이 늘 철저하게 지켜지는 것은 아니지만, '나'는 대체로 갈등을 일으키거나 해결하는 존재라기보다는 어떤 상황에 들어가더라도 적극적으로 어떤 행위를 하기보다는 조용히 주변 인물들을 관찰하고 그들에 대한 자신의 생각과 느낌을 독자들에게 전달하는 데 치중한다. '나'는 노리스에게 묘한 매력을 느끼고 그의 사업이나 정치적 활동에 관심을 보이지만, 결정적으로 그의 삶에 깊이 연루되는 상황을 묘하게 피해나간다. 베를린에 거주하는 외국인이라는 그의 특수한 신분 덕에 그는 나치주의자와 공산주의자가 공존하며 경쟁하던 바이마르 공화국 말기의 치열한 정치적 격동에서 한발짝 비켜서 있을 수 있었고, 영어 교습으로 겨우겨우 생계를 꾸려나가던 그의 처지는 그가 노리스나 다른 이들과 금전적으로 연루되는 일을 막아준다.

결정적으로, 동성애자였던 작가는 서술자인 '나'를 명시적으로 동성애자로 설정하지는 않았으나, 분명히 이성애자는 아닌 것으로 설정함으로써 쌜리 볼스를 비롯하여 작품에 등장하는 수많은 여성 인물과 서로 속내를 털어놓을 만큼 친밀하지만 결코 연인 관계는 아닌, 미묘한 거리감이 느껴지게 만들었다. 이러한 설정은 특히 쌜리 볼스 같은 전형적인 '팜 파탈'을 남성 이성애자의 관습적인 시선이 아닌, 좀더 섬세하고 객관적이고 냉정하면서도 친밀한 공감을 잃지 않는 독특한 시각에서 그려낼 수 있도록 해준다. 또 동성애자로 설정된 것이 분명한 수많은 남성 인물들 — 아서 노리스, 프레그니츠, 오토 노바크, 피터 윌킨슨, 베른하르트 란다우어 등 — 에 대해서 서술자는 그들의 은밀한 욕구나 질투, 좌절, 소외감 등을 생생하게 그려내면서도, 서술자 자신의 성 정체성을 굳이 강조하지 않고 은폐함으로써 그들과의 적절한 연대감과 거리감을 동시에 보여준다. 결국 영어 교습으로 먹고사는 가난한 외국인 청년의 사회적 입지, 대영제국에서는 범죄였고 나치의 시각에서는 처단 대상이었던 성 소수자로서의 정체성, 그러한 자신의 성 정체성을 작품에 명시적으로는 드러내지 않으려 했던 조심성으로 인하여 이셔우드는 섬세하지만 냉정하고 조심스러운 관찰자라는 '나'의 독특한 시선을 창조했고, 이것은 그의 '베를린 이야기'를 동시대에 관한 특이하고도 진솔한 기록으로 남게 만들었다.

19세기 말에서 1930년대 초반까지의 베를린은 '게이 베를린'[6]이라는 명칭으로 불릴 정도로 동성애에 대한 관심이 높은 장소였다. 구글 엔그램 도표에 의하면 1890년대부터 1930년대까지 '동성애' 혹은 '동성애적인'이라는 어휘는 영어, 프랑스어, 이딸리아어에 비해서 독일어 저술에서 출현 빈도가 월등히 높았고,[7] 이는 베를린과

---

6 Robert Beachy, *Gay Berlin: Birthplace of a Modern Identity* (New York: Alfred A. Knoph 2014) 참조.

7 같은 책, xvi 참조.

라이프치히를 중심으로 한 독일어 출판에서 이 용어를 대중화했음을 보여주고 있다. 물론 프로이센의 전통적인 법률은 여전히 동성애를 불법화하고 있었으나, 동시에 이 법안에 반대하여 성 소수자의 인권을 주장하는 사회운동 또한 여타 지역에 비해 매우 활발했고, 또 바이마르 공화국 체제에서 1918년 공식적인 검열제도가 철폐됨으로써, 성 소수자들이 공개적으로 주장을 표출할 수 있는 분위기가 마련되었다. 1919년 『디 프로인트샤프트』(*Die Freundschaft*)가 처음으로 가판대에 등장한 이후로 1933년까지 베를린에서만 25~30여개의 성 소수자 관련 신문, 잡지가 발간되었고, 이러한 현상은 1945년 이전에는 세계 어디에도 유례가 없는 것이었다.[8]

자신의 성 정체성을 노골적으로 공개하지는 않았으나 또 굳이 숨기지도 않은 이셔우드의 독특한 태도는 바로 이러한 바이마르 공화국 시대 베를린의 자유분방한 분위기에서 가능했다. 또 나치당이 등장한 이후 유대인들을 비롯하여 모든 타민족과 성 소수자, 사회주의자를 탄압하고 사적으로 징벌하는 사회적 분위기를 맞아 서서히 베를린과의 이별을 준비하는 과정에서 이셔우드는 자신의 정체성을 더더욱 조심스럽게 숨겨야 했고, 이는 도리어 성 소수자의 특이한 경험담에 한정될 수도 있었던 '베를린 이야기'에 넓은 의미의 국외자, 소수자의 감성을 부여함으로써 작품의 외연을 좀더 보편적인 수준으로 확장시키는 데 기여했다. 후에 이셔우드

---

8 같은 책, 189~90면 참조.

는 좀더 과감한 어조로 자신이 베를린에 체류하게 된 동기와 그 기간 중의 주요 사건들에 대해 서술하지만, 그것은 성 소수자로서 자신과 같은 입장에 놓인 사람들에 대한 사회적 존중을 촉구하는 의도에서 쓰인 자서전, 혹은 비망록에 가깝다. 결국 베를린 체류 기간을 소재로 사용한 이 두권의 소설(집)은 성 소수자에 대한 관심과 그들의 시민적 권익에 대한 논의가 그 어느 곳보다 활발했던 바이마르 공화국 말기의 베를린이라는 환경에서 탄생할 수 있었으나, 또 한편으로는 독일 민족의 영광을 위해 소수자들을 무참하게 희생시켰던 나치의 등장으로 인해 스스로의 정체성을 공공연히 드러내기 어려웠던 2차대전 직전의 억압적인 분위기 속에서 간접적이고 느슨한 방식으로 구성될 수밖에 없었던 것이다. 하지만 이러한 모호성 자체가 어쩌면 이 작품이 지닌 강력한 매력의 일부일 것이며, 역사적으로 억압되어왔던 목소리들을 들려주는 수많은 '소수자 문학'이 단지 특정한 부류의 사람들을 위한 것이 아닌, 보편적인 공감대를 형성할 수 있는 하나의 방식일 수도 있을 것이다.

미국 이민 이후 이셔우드의 경력은 한편으로는 영혼의 문제를 해결하려는 종교적 탐색과, 1970년대 이후 드높아진 성 소수자의 문제로 요약될 수 있다. 그 이전에 모든 세부 사항을 사실대로 말할 수 없어 여러가지 은폐 장치를 활용했던 자전적 작품들에 대해서 좀더 정확한 정보들을 드러내려고 한 자전적 비망록 『크리스토퍼와 그의 부류』는 미국 시민으로서 그의 위치와 영향력을 축약해서 보여준다고도 할 수 있다. 이셔우드 본인이 원했든 그러지 않았든, 이셔우드는 성 소수자들의 역할 모델이었고, 퀴어 이론의 대표적인 사례가 되었으며, '퀴어'라는 말을 대중화한 장본인이었다. 그는 그 자신의 말을 빌면 "이성애자들의 독재"에 맞서고자 했지만, 동시에 자신의 문학이 서점 구석의 '퀴어 문학' 코너라는 써브 장르의 좁은 공간에서 벗어나 모든 사람을 위한 모든 사람의 문학으로서 보편성을 갖게 되기를 바랐다.[9] 이러한 그의 소망에 가장 부합하는 업적은 아마도 캘리포니아에 와서 정착한 이후 소수자 인권 운동의 주요 주자로서 보여준 여러가지 적극적인 사회 활동이나, 새로운 형태의 종교적 심성을 모색하기 위해 보여주던 인도 철학에 대한 다채로운 관심들보다, 오히려 조심스럽게 숨죽여 지내야 했던 엄혹한 시절을 섬세한 관찰로 돌파해 나온 '베를린 이야기'가 아니었을까.

대한민국은 여전히 성 소수자들에 대해 냉혹하다. 비단 성 소수자뿐이 아니다. 우리 사회의 '소수자'들은 국적, 인종, 출신 지역, 성 정체성, 행동 방식, 정치적 신념, 이런저런 사소한 취향에 이르기까지 매우 모호하고도 자의적인 기준에 의해 구성되고, 동시에 그들이 속한 집단으로부터 핍박, 혹은 따돌림을 당한다. 익명으로 작동하는 인터넷 세상에서의 '일탈'이 기껏해야 자신을 '주류' 내

---

9 James J. Berg & Chris Freeman eds., *The Isherwood Century: Essays on the Life and Work of Christopher Isherwood* (Madison: U. of Wisconsin P. 1999), xiii 참조.

지는 '다수파'로 위치 설정하고, 다양한 종류의 소수자들을 조롱, 비하하는 것을 유희로 삼는 것으로 귀결되는 현상은 우리 사회가 얼마나 소수자들에 대해 가혹한가를 보여주는 하나의 징후라고도 할 수 있다. 성 소수자의 '커밍아웃'이 여전히 쉽지 않은 사회라는 것은, 모든 종류의 소수자들, '남다른' 사람들이 살아가기 힘든 사회라는 것을 의미하고, 그것은 이 사회가 다양한 종류의 창조적 역량과 활기를 고사시키고 있다는 뜻일 것이다. 대영제국의 아들인 이셔우드가 자신의 계급적 특권을 거부하고 베를린으로 건너가 엄혹한 시절을 거쳐오면서 조심스럽게 기록한 바이마르 공화국 말기의 베를린 사회의 모습은 한국 독자들에게는 단지 지나가버린 옛날이 아니라, 다시 한번 한국 사회를 돌아보고 반성의 기회로 삼게 만드는 지침서 구실을 할 수 있을 것이라 기대한다.

한국 독자들에게 그동안 잘 알려지지 않았다가 최근 「싱글 맨」(A Single Man)이라는 영화[10]의 원작 소설로 이름을 조금 알리게 된 이셔우드의 대표작을 번역하게 된 것은 순전히 우연의 산물이었지만, 이 작품들을 번역하는 데에만 집중하면서 보낸 그 겨울은 내게 놀랍고도 멋진 선물과도 같았다. 번역의 기회를 주신 한기욱 선생님, 편집과 교정 과정을 꼼꼼하게 관리해주신 창비 문학편집부의 권은경 선생님께 감사드린다.

성은애(단국대 영문학과 교수)

---

10 톰 포드 감독의 2009년작 영화. 원작은 1964년 출간된 이셔우드의 동명 소설임.

작가연보

1904년   8월 26일, 영국 체셔의 와이버슬레이홀에서 출생. 본명은 크리
         스토퍼 윌리엄 브래드쇼 이셔우드(Christopher William Bradshaw
         Isherwood).

1916년   1차대전 쏨(Somme) 전투에서 부친 사망.

1925년   케임브리지 대학 코퍼스 크리스티 칼리지 중퇴. 바이올리니스트
         앙드레 망조(André Mangeot)와 함께 살면서 망조 사중주단의 비
         서 역할을 함. A. S. T. 피셔(Fisher)가 W. H. 오든(Auden)을 소개함.
         오든을 통해서 스티븐 스펜더(Stephen Spender)와도 교류.

1928년   첫 소설 『모든 공모자들』(*All the Conspirators*) 출간. 5월에 독일 브
         레멘을 잠시 방문. 런던 대학 킹스 칼리지에서 의학 공부를 시작

했으나 6개월 만에 포기.

1929년   3월 14일, 영국을 떠나 이미 베를린에 가 있던 오든을 만나러 감. 이미 학창 시절부터 자각하고 있던 자신의 동성애 성향을 확인하고, 오든과 함께 코지 코너(Cosy Corner) 등의 유명 게이 바를 중심으로 베를린의 밤 문화 가운데서 성적 자유를 만끽함.

1930년   9월 선거에서 나치가 107석을 확보하면서 정치적 영향력 확대.

1931년   쌜리 볼스의 모델이 된 진 로스(Jean Ross)와, 노리스 씨의 모델이 된 제럴드 해밀턴(Gerald Hamilton)을 만남. 9월, 시인 윌리엄 플로머(William Plomer)가 포스터(E. M. Forster)를 소개. 베를린에서의 일화들을 모아 '없어진 사람들'(The Lost)이라는 제목으로 묶는 장편 연작소설을 구상했으나 결국 완성하지 못하고, 여러 중단편으로 나눠 집필함. 영국이 금본위제를 폐기함으로써 파운드화가 하락하여 생활에 어려움을 겪음. 이 시기의 경험이 「노바크가 사람들」(The Nowaks)에 반영됨.

1932년   두번째 소설 『기념비』(*The Memorial*) 출간. 독일인 하인츠 네더마이어(Heinz Neddermeyer)와 연인 관계가 됨. 7월, 스펜더, 빌프리트 이스라엘(Wilfrid Israel) 등과 함께 『베를린이여 안녕』(*Goodbye to Berlin*)에 묘사된 뤼겐 섬에서 여름 휴가를 보냄. 유대인이자 베를린 시내의 백화점 경영자인 빌프리트 이스라엘은 「란다우어가 사람들」(The Landauers)의 베른하르트 란다우어의 모델이 됨. 11월 총선거에서 나치가 다소 퇴조하고, 공산당이 일시적으로 득세함.

1933년   1월 30일, 히틀러가 수상이 됨. 3월 선거에서 나치당이 288석을 획득하여 다수당이 됨. 수권법 제정으로 히틀러의 독재가 시작됨. 4월 1일, 유대인 상점 불매운동에 저항하여 유대인 백화점에 가서 물건을 구매하다가 코지 코너에서 본 청년이 나치 돌격대 복장을 한 것을 목격함. 이 일화는 『베를린이여 안녕』에 등장함. 4월 초순, 영국으로 가서 3주간 체류. 4월 말, 다시 베를린으로 와서 그리스로 감. 5월, 베를린에서 노조 활동이 금지되고, 동성애 인권 운동의 거점 중 하나인 히르슈펠트(Hirschfeld) 연구소 폐쇄. 연인 하인츠와 함께 베를린을 떠나 프라하, 빈, 부다페스트, 베오그라드를 거쳐 아테네로 감. 유럽을 떠돌며 코펜하겐, 씬트라 등에서 거주함.

1935년 『노리스 씨 기차를 갈아타다』(*Mr Norris Changes Trains*) 출간. 미국 출간 시 제목을 『노리스 씨의 마지막』(*The Last of Mr Norris*)으로 변경. 이후 4년간 오든과 희곡 3편 『속으로는 개』(*The Dog Beneath the Skin*, 1935) 『F6의 등정』(*The Ascent of F6*, 1937) 『전선에서』(*On the Frontier*, 1938)를 공저함.

1937년 5월, 하인츠가 징집 기피 혐의로 게슈타포에게 체포됨. 『쌜리 볼스』 출간. 후에 『베를린이여 안녕』에 포함됨.

1938년 청년 시절의 경험을 다룬 자전적 소설 『사자와 그림자』(*Lions and Shadows*) 출간. 후일 이 작품에서 동성애 성향과 관계된, 자기 삶의 중요한 사실들을 은폐해왔음을 고백함. 오든과 함께 중국을 여행하며 중일 전쟁에 대한 자료 수집.

1939년 『베를린이여 안녕』 출간. 오든과 함께 집필한 소설 『전쟁으로 가

는 여정』(*Journey to a War*) 출간. 오든과 함께 미국으로 이민. 오든
은 뉴욕에 정착하고, 이셔우드는 할리우드로 가서 영화 관련 일
을 모색함.

1944년 스와미 프라바바난다(Swami Prabhavananda)와 함께『바가바드기
타』(*Bhagavadgītā*) 번역. 캘리포니아 남부의 베단타 학회지『베단
타와 서구』(*Vedanta and the West*) 편집에 관여하고, 1969년경까지
다수의 글을 기고함. 1962년까지 편집 고문 등으로 활동.

1945년 1933~34년의 런던 영화계를 배경으로 한 소설『프레이터 바이
올렛』(*Prater Violet*) 출간. 미국 시민이 되려 했으나 자신의 반전사
상과 국가방위 의무에 대한 서약 간의 갈등으로 망설임.『노리스
씨 기차를 갈아타다』와『베를린이여 안녕』을 합본하여『베를린
이야기』(*Berlin Stories*)로 재출간.『현대인을 위한 베단타』(*Vedanta
for Modern Men*) 출간. 이후 일련의 베단타 철학 관련 서적을 집필
하거나 편집함.

1946년 11월 8일, 미국 시민권 획득. 국가방위에 대해서 전투부대가 아닌
다른 방식으로 의무를 다하겠다고 답변하여 심사에 통과됨.

1947년 동거인 사진 작가 윌리엄 캐스키(William Caskey)와 남미 여행.

1949년 남미 여행기『콘도르와 소』(*The Condor and the Cows*) 출간.

1951년 극작가 존 밴 드루턴(John Van Druten)이『베를린이여 안녕』을
희곡으로 각색, 브로드웨이에서 공연.

1953년 2월 14일, 쌘타모니카에서 돈 버카디(Don Bachardy)와 만남. 30살
의 나이 차에도 불구하고 이셔우드가 사망할 때까지 파트너 관계

유지. 장기적인 파트너 관계를 모색하는 수많은 동성애자들에게 모범적인 사례로 남음.

1954년   소설 『저녁의 세상』(*The World in the Evening*) 출간. 로스앤젤레스 주립대(현 캘리포니아 주립대)에서 현대문학 강의.

1955년   『베를린이여 안녕』을 각색한 연극이 다시 「나는 카메라다」(I Am a Camera)라는 제목으로 영화화됨.

1962년   베를린 시절을 소재로 한 4편의 단편을 묶은 선집 『저쪽 나들이』 (*Down There on a Visit*) 출간.

1964년   중년의 남성 동성애자 교수의 삶을 묘사한 소설 『싱글 맨』(*A Single Man*) 출간.

1966년   「나는 카메라다」가 뮤지컬 「까바레」(Cabaret)로 각색되어 토니 상 수상.

1972년   뮤지컬 「까바레」가 같은 제목의 영화로 제작됨. 이듬해 아카데미 감독상을 비롯, 8개 부문 수상. TV 영화 「프랑켄슈타인: 실화」 (Frankenstein: A True Story)의 대본을 돈 버카디와 공저.

1976년   1929~39년을 배경으로 한 자서전 『크리스토퍼와 그의 부류』 (*Christopher and His Kind*) 출간. 동성애 인권 운동의 영웅이 됨.

1980년   힌두 철학에 대한 관심과 스승 프라바바난다에 관해 쓴 산문 『나의 구루와 그의 사도』(*My Guru and His Disciple*) 출간. 생존 시 출간된 마지막 저서가 됨.

1986년   1월 4일, 미국 캘리포니아 쌘타모니카에서 전립선 암으로 사망. 향년 81세. 시신은 캘리포니아 주립대 의과대학에 기증.

1990년	돈 버카디가 그린 이셔우드 말년의 초상화집 『크리스토퍼 이셔우드의 마지막 그림』(*Last Drawings of Christopher Isherwood*) 출간.
1996년	『일기: 1939~60』(*Diaries: 1939-1960*) 출간. 『잃어버린 해: 비망록 1945~51』(*Lost Years: A Memoir 1945-51*) 출간.
2005년	어머니와 주고받은 편지를 모은 서간집 『캐슬린과 크리스토퍼』(*Kathleen and Christopher*) 출간.
2008년	이셔우드와 버카디의 관계를 조명한 다큐멘터리 영화 「크리스와 돈: 러브 스토리」(Chris & Don: A Love Story) 개봉.
2009년	『싱글 맨』이 톰 포드(Tom Ford) 감독에 의해 동명의 영화로 제작됨.
2010년	일기 『1960년대: 일기 1960~69』(*The Sixties: Diaries 1960-1969*) 출간. BBC에서 『크리스토퍼와 그의 부류』를 TV 영화로 제작.
2012년	일기 『해방: 일기 1970~83』(*Liberation: Diaries 1970-1983*) 출간.
2014년	돈 버카디와 주고받은 편지를 모은 서간집 『짐승들: 크리스토퍼 이셔우드와 돈 버카디의 연애편지』(*The Animals: Love Letters Between Christopher Isherwood and Don Bachardy*) 출간.

고전의 새로운 기준, 창비세계문학

오늘날 우리는 인간의 존엄과 개성이 매몰되어가는 시대를 살고 있다. 물질만능과 승자독식을 강요하는 자본주의가 전지구적으로 확산되면서 현대사회는 더 황폐해지고 삶의 질은 크게 훼손되었다. 경제성장만이 최고의 선으로 인정되고 상업주의에 물든 문화소비가 삶을 지배할수록 문학은 점점 더 변방으로 밀려나고 있다. 삶의 본질을 성찰하는 문학의 자리가 위축되는 세계에서는 가진 자와 못 가진 자 할 것 없이 모두가 불행할 수밖에 없다.

이 시대야말로 인간답게 산다는 것의 의미가 무엇인지 근본적인 화두를 다시 던지고 사유의 모험을 떠나야 할 때다. 우리는 그 여정에 반드시 필요한 벗과 스승이 다름 아닌 세계문학의 고전이라는 점을 강조한다. 고전에는 다양한 전통과 문화를 쌓아올린 공동체의 경험이 녹아들어 있고, 세계와 존재에 대한 탁월한 개인들의 치열한 탐색이 기록되어 있으며, 새로운 세상을 꿈꾸는 아름다운 도전과 눈물이 아로새겨 있기 때문이다. 이 무궁무진한 상상력의 보고이자 살아 있는 문화유산을 되새길 때만 개인의 일상에서 참다운 인간적 가치를 실현하고 근대적 삶의 의미와 한계를 성찰하는 지혜를 얻을 수 있을 것이다.

'창비세계문학'은 이러한 문제의식에서 출발한다. 세계문학의 참의미를 되새겨 '지금 여기'의 관점으로 우리의 정전을 재구성해야 할 필요성이 그 어느 때보다 절실하다. '정전'이란 본디 고정된 목록으로 존재하는 것이 아니라 그때그때 주어진 처소에서 새롭게 재구성됨으로써 생명을 이어가는 것이다. 우리는 먼저 전세계 문학들의 다양성과 차이를 존중하면서 국가와 민족, 언어의 경계를 넘어 보편적 가치에 기여할 수 있는 가능성에 주목하고자 한다. 근대를 깊이 성찰한 서양문학뿐 아니라 아시아와 라틴아메리카, 중동과 아프리카 등 비서구권 문학의 성취를 발굴하고 재평가하는 것 역시 세계문학의 지형도를 다시 그리려는 창비의 필수적인 작업이 될 것이다.

여러 전집들이 나와 있는 세계문학 시장에서 '창비세계문학'은 세계문학 독서의 새로운 기준이 되고자 한다. 참신하고 폭넓으면서도 엄정한 기획, 원작의 의도와 문체를 살려내는 적확하고 충실한 번역, 그리고 완성도 높은 책의 품질이 그 기초이다. 독서시장을 왜곡하는 값싼 유행과 상업주의에 맞서 문학정신을 굳건히 세우며, 안팎의 조언과 비판에 귀 기울이고 독자들과 꾸준히 소통하면서 진정 이 시대가 요구하는 세계문학이 무엇인지 되묻고 갱신해 나갈 것이다.

1966년 계간 『창작과비평』을 창간한 이래 한국문학을 풍성하게 하고 민족문학과 세계문학 담론을 주도해온 창비가 오직 좋은 책으로 독자와 함께해왔듯, '창비세계문학' 역시 그러한 항심을 지켜 나갈 것이다. '창비세계문학'이 다른 시공간에서 우리와 닮은 삶을 만나게 해주고, 가보지 못한 길을 걷게 하며, 그 길 끝에서 새로운 길을 열어주기를 소망한다. 또한 무한경쟁에 내몰린 젊은이와 청소년들에게 삶의 소중함과 기쁨을 일깨워주기를 바란다. 목록을 쌓아갈수록 '창비세계문학'이 독자들의 사랑으로 무르익고 그 감동이 세대를 넘나들며 이어진다면 더없는 보람이겠다.

2012년 가을
창비세계문학 기획위원회
김현균 서은혜 석영중 이욱연 임홍배 정혜용 한기욱

창비세계문학 46

베를린이여 안녕

초판 1쇄 발행 / 2015년 11월 2일

지은이 / 크리스토퍼 이셔우드
옮긴이 / 성은애
펴낸이 / 강일우
책임편집 / 권은경
조판 / 신혜원
펴낸곳 / (주)창비
등록 / 1986년 8월 5일 제85호
주소 / 10881 경기도 파주시 회동길 184
전화 / 031-955-3333
팩시밀리 / 영업 031-955-3399 편집 031-955-3400
홈페이지 / www.changbi.com
전자우편 / lit@changbi.com

한국어판 ⓒ (주)창비 2015
ISBN 978-89-364-6446-2 03840